JANA SCHÄFER

# Rosebery Avenue
# Acting Brave

W0314108

JANA SCHÄFER

# Acting Brave

ROSEBERY AVENUE

Ravensburger

**TRIGGERWARNUNG**
Dieses Buch enthält Themen, die potenziell triggern können.
Auf Seite 472 befindet sich ein Hinweis zu den Themen.

**ACHTUNG:** Dieser enthält Spoiler für die gesamte Handlung.

MIX
Papier | Fördert gute Waldnutzung
FSC® C111262

1 3 5 4 2

Originalausgabe
© 2023, Ravensburger Verlag GmbH
Postfach 2460, 88194 Ravensburg

Text © 2023, Jana Schäfer
Dieses Werk wurde vermittelt durch die
Literaturagentur Langenbuch & Weiß, Hamburg.

Umschlaggestaltung unter Verwendung von Motiven von
© Bokeh Blur Background, © Flipser, © ntnt, alle von Shutterstock

Lektorat: Tamara Reisinger
www.tamara-reisinger.de

Alle Rechte vorbehalten

Printed in Germany

ISBN 978-3-473-58627-1

ravensburger.com

*Für meine Freundinnen.*
*Ohne euch wäre ich nicht, wer ich heute bin.*

# Playlist

*Right Where You Left Me* Taylor Swift
*Ghost Of You* 5 Seconds of Summer
*Find My Own Way* RAIGN
*Let's Fall in Love for the Night* FINNEAS
*Complicated* Olivia O'Brien
*The Story Never Ends* Lauv
*Lose You Now* Lindsey Stirling, Lzzy Hale
*Empty Space* James Arthur
*Conversations in the Dark* John Legend
*The Art Of Starting Over* Demi Lovato
*Do You Remember* Jarryd James
*Begin Again* Taylor Swift
*Deja Vu* Olivia Rodrigo

## 1. KAPITEL

# Audrey

Unfähig mich zu rühren, stand ich da und starrte auf das Gebäude auf der anderen Straßenseite. Das Theater ragte hoch vor mir auf. Die Steinfassade glänzte im Licht der Nachmittagssonne und ließ die Verzierungen an den Säulen im Eingangsbereich noch ein wenig unwirklicher aussehen. Eingebettet zwischen kleinen Läden, Cafés und den dunklen Straßenlaternen, die die Rosebery Avenue in regelmäßigen Abständen säumten, wirkte das Theater beinahe majestätisch groß. Es war zwar eines der kleineren Theater in England, doch der Gedanke, dass dort in ein paar Monaten mein Stück aufgeführt werden würde, war unglaublich.

Ich holte tief Luft und widerstand dem Drang, mich zu kneifen. Mein Traum ging tatsächlich in Erfüllung: Heute war der Tag, auf den ich jahrelang hingefiebert hatte.

Vergeblich kämpfte ich gegen die Aufregung an, die meinen Körper erfasste. Ein breites Lächeln lag auf meinen Lippen. Es war schon seit heute Morgen da, und jedes Mal, wenn ich in der Glasfront eines Schaufensters einen Blick auf mein Spiegelbild erhascht hatte, war es noch breiter geworden. Ich konnte es immer noch kaum glauben. Direkt nach dem Studium eine solche Chance zu bekommen, war alles andere als selbstverständlich. Jedes Jahr gab es für die Absolventen der Akademie für Theaterwissenschaften und Dramaturgie die Möglichkeit, im Rahmen des Kurses Szenisches Schreiben ein eigenes Stück zu entwickeln. Die besten wurden im Anschluss an einem von insgesamt fünf ausgewählten Theatern aufgeführt, was nur dank einer Kooperation zwischen der Akademie und den Theatern möglich war und den Absolventinnen den Einstieg ins Berufsleben erleichtern sollte. Und mein Stück war unter den besten gewesen!

Ich umklammerte den Riemen meiner Tasche fester und setzte mich endlich in Bewegung. In wenigen Minuten begann das offizielle erste Kennenlernen des Teams. Joanne Shaw, die Regisseurin, hatte mir die Mail vor ein paar Wochen geschickt. Sie wollte das gesamte Team noch vor den Proben versammeln, damit alle sich schon mal aneinander gewöhnen konnten, bevor es dann richtig losging.

Nervös strich ich mir eine Strähne hinters Ohr, die sich aus meinem Zopf gelöst hatte, und überquerte die Straße. Das Herz schlug mir bis zum Hals, als ich das Theater betrat und mich umsah. Das Foyer war groß und lichtdurchflutet. Der Boden bestand aus hellem Marmor, und ich konnte mir bereits vorstellen, wie sich die Gäste hier kurz vor der Aufführung um die Stehtische herum versammelten und darüber spekulierten, wie das Stück werden würde.

Ich ging durch den Eingangsbereich und entdeckte Joanne vor einer der großen Türen, von denen ich annahm, dass sie zum Theatersaal führten. Sie unterhielt sich gerade mit einer jungen Frau, sodass ich sie unbemerkt mustern konnte. Joanne war groß, um einiges größer als ich, elegant gekleidet und trug ihre braunen Haare schulterlang. Sie war Ende zwanzig und arbeitete seit einigen Jahren als Regisseurin – zumindest hatte ich das bei meiner Internetrecherche über sie gelesen –, was mich automatisch mit einem gewissen Grad an Respekt erfüllte.

Was jedoch nicht den sympathischen Eindruck verringerte, der sich bereits in dem kurzen Videocall bestätigt hatte, in dem sie mir direkt das Du angeboten hatte, da wir hier alle über mehrere Wochen hinweg eng zusammenarbeiten und wie eine Familie sein würden.

»Joanne?«, fragte ich, als sie das Gespräch beendete, und ging auf sie zu.

Ein Lächeln erschien auf ihrem Gesicht. »Audrey. Hallo.«

»Hi.«

Sie schüttelte kurz meine Hand. »Es freut mich, dass wir uns endlich persönlich sehen. Wir sind alle schon so gespannt auf das Projekt!«

»Frag mich erst.« Ich lachte nervös und strich mir über den Arm, bis ich das geflochtene Armband berührte, dass Mum mir als Glücksbringer mitgegeben hatte. Es lag direkt über dem Tattoo, das ich mir vor ein paar Jahren hatte stechen lassen und das mich daran erinnern sollte, dass das Leben weiterging und dass bei genauerem Hinsehen in fast allem Schönheit und Stärke zu finden waren.

»Das glaube ich dir sofort. Aber wir machen die Kooperation mit der Akademie schon seit Jahren, und bisher konnten wir einige tolle Stücke umsetzen. Deins wird da keine Ausnahme sein.«

Ich nickte und dachte an den Moment zurück, als ich erfahren hatte, dass mein Stück ausgewählt worden war. Ich war für ein paar Minuten quietschend auf- und abgesprungen und hatte es überhaupt nicht glauben können. Als ich es am Telefon meinen Eltern erzählen wollte, hatte ich vor lauter Heulen kaum einen Ton rausbekommen und musste ihnen erst mal klarmachen, dass nichts Schlimmes passiert war, sondern sich ein Lebenstraum erfüllt hatte. Ab dem Moment hatte ich das Ende des Semesters kaum noch erwarten können. Erst recht nicht, da das Theater in der Kleinstadt Chesthill lag. Das machte die ganze Sache sogar noch besser. Ich hatte mich schon bei den Fotos aus dem Internet in das gemütliche Flair der Stadt verliebt: die kleinen gepflasterten Kopfsteingassen, die bunten Häuserfassaden in der Innenstadt, die Straßenlaternen ... Zwar war ich bisher nur einmal kurz durch die Stadt geschlendert, aber die Atmosphäre, die schon auf den Fotos rübergekommen war, war in Echt sogar noch beeindruckender. Ich hatte keinen Zweifel, dass ich mich hier wohlfühlen würde. Der Vertrag galt erst mal nur für dieses Stück, und ich sollte dem hauptverantwortlichen Dramaturgen und der Regisseurin bei der Inszenierung helfen, um einen Einblick in die Theaterwelt zu bekommen und so erste Kontakte zu knüpfen. Aber wenn ich mich gut anstellte, würde ich vielleicht auch zukünftig hier am Theater arbeiten können.

So oder so begann mein Einstieg in die Berufswelt mit der Erfüllung eines Traums, und allein das war es wert gewesen, London zu verlassen.

»Komm, ich zeig dir einmal die Bühne und den Theatersaal. Einige aus dem Team sind bereits da. Wir werden in den nächsten Wochen zwar zwischendurch woanders proben, aber für den Start dachte ich, es wäre schön, direkt die Atmosphäre des Theaters zu spüren.« Joanne wirkte energisch und freundlich zugleich, als sie mich in den Theatersaal führte. »Wenn der Saal ausgebucht ist, passen knapp dreihundert Besucher rein.«

Ich nickte bloß und schaute mich mit großen Augen um. Obwohl ich Fotos davon kannte, hielt ich kurz die Luft an. Rot gepolsterte Stühle reihten sich nebeneinander, der Boden war mit einem roten Teppich versehen und an der Decke schwebte ein kleiner Kronleuchter. Trotz der überschaubaren Größe des Theaters strahlte alles hier etwas Pompöses aus. Es brauchte nicht viel Fantasie, um sich auf den Zuschauerplätzen in vornehme Kleider gehüllte Gäste vorzustellen. Ich blickte zur Bühne, und eine plötzliche Wärme durchströmte mich. Das hier passierte wirklich. Nur mit Mühe unterdrückte ich ein aufgeregtes Quietschen.

»Hinter der Bühne befindet sich ein kleiner Aufenthaltsraum. Der führt dann wiederum zu einem Gang mit der Kostümkammer, einem zweiten Raum für die Maske und einem weiteren Zimmer, aber das ist jetzt am Anfang noch gar nicht so wichtig.« Joanne ging den Mittelgang entlang in Richtung Bühne, wo bereits Leute aus dem Team standen und sich unterhielten.

Ich folgte ihr, wobei ich immer wieder kurz stehen blieb, um mich umzusehen. Am liebsten hätte ich direkt Hunderte von Fotos geschossen, um sie später meiner besten Freundin Debby zu schicken, aber die Anwesenheit der anderen Leute aus dem Team hielt mich davon ab. Bei der Vorstellung, sie gleich kennenzulernen, erfüllte mich ein nervöses Kribbeln.

Doch Joanne schien das nicht zu merken. »Das ist Audrey Walker«, stellte sie mich den anderen vor, als wir die Gruppe erreichten. »Sie hat, wie ihr wisst, das Stück geschrieben und wird uns während der Proben und auf dem Weg zur Aufführung begleiten. Ihre Rolle ist ein wenig besonders, da sie von der Londoner Akademie vermittelt wurde, aber das kennen die meisten von euch ja schon.«

»Hallo«, sagte ich. Als ich in die fremden Gesichter sah, begegnete ich ausschließend freundlichen Mienen, was meine Nerven sofort etwas beruhigte.

Der Reihe nach stellten sich alle vor. Den Anfang machte Simon, der Dramaturg. Er umarmte mich direkt und betonte mehrmals, dass er sich auf die Zusammenarbeit freue. Ich hatte gar nicht viel Zeit, die Begegnung zu verdauen, denn gleich darauf lernte ich Dan kennen, einen Bühnen- und Kostümbildner, sowie Felicity, die Schauspielerin, die die weibliche Hauptfigur verkörperte. Sie gratulierte mir zu dem Stück und der Kooperation und klang dabei dermaßen aufrichtig, dass ich sie sofort ins Herz schloss. So ging es immer weiter, und mir schwirrte schon nach wenigen Minuten der Kopf von den vielen Namen. Aber alle waren unglaublich freundlich und ein wenig aufgeregt.

Während die anderen sich weiter unterhielten, nahm ich die ganze Atmosphäre in mich auf. Vorfreude lag in der Luft, und ich strich breit lächelnd über mein knielanges schwarzes Kleid, das ich extra für heute gekauft hatte. Mit zweiundzwanzig bereits so eine Möglichkeit zu bekommen, war mehr als ich mir je erhofft hatte.

Nach einer Weile ging Joanne auf die Bühne, vermutlich um eine kleine Rede zu halten, in der sie uns alle offiziell willkommen hieß. Doch gerade als sie anfing, betrat eine weitere Person den Theatersaal. Ich bemerkte sie zuerst nur aus dem Augenwinkel, aber irgendetwas ließ mich innehalten, und ich drehte mich ganz um. Der lässige Gang, das selbstbewusste Lächeln und der offene Gesichtsausdruck waren mir nur allzu vertraut.

Ich holte scharf Luft, als ich ihn erkannte. Mein Puls schnellte nach oben und ich blinzelte mehrmals, doch der Kerl löste sich nicht wie durch ein Wunder in Luft auf.

Obwohl er zu spät war, steckten seine Hände in den Hosentaschen, während er gemütlich zwischen den rot gepolsterten Stuhlreihen entlangschlenderte. Seine dunkelbraunen Haare waren einen Tick länger, als ich sie in Erinnerung hatte, und sahen aus, als wäre er eben erst mit den Fingern hindurchgefahren. Mit einem erwartungsvollen Lächeln sah er sich um. Joanne, die ihn ebenfalls bemerkt hatte, kürzte ihre Rede ab und trat auf ihn zu, während ich wie in Schockstarre dastand und ihn reglos musterte. Mein Herz raste und diesmal nicht vor Aufregung oder Glück.

*Miles Wilson.*

Knapp vier Jahre war es her, seit ich ihn das letzte Mal gesehen hatte. Trotzdem zog sich bei seinem Anblick alles in mir zusammen. Als wäre es erst gestern gewesen. Ich rang nach Atem. Das konnte nur ein schlechter Scherz sein.

»Das ist Miles«, hörte ich Joanne wie durch einen Nebel zu den anderen sagen. »Er wird den männlichen Hauptpart übernehmen. Miles, kennst du schon Audrey? Sie ist die Autorin unseres Stücks und kommt frisch von der Akademie.« Sie deutete nichts ahnend in meine Richtung, und das Lächeln auf Miles' Gesicht gefror.

Seine Augen weiteten sich, doch er fing sich schnell wieder und kam auf mich zu.

Ich regte mich nicht, sondern wartete noch immer darauf, dass jemand auflachte und erklärte, dass das alles nur ein Witz sei. Dass Miles natürlich nicht die Hauptrolle in meinem Stück spielen würde. Dass der Junge, der mir in der Schule das Herz gebrochen hatte, nicht derjenige war, den ich ab jetzt regelmäßig sehen musste. Dass ich mich nicht mit der schlimmsten Nacht meines

Lebens wieder und wieder auseinandersetzen musste, weil Miles' Anblick schonungslos die Erinnerungen zurückbrachte.

Doch niemand lachte. Niemand sagte, dass ich mich irrte.

»Hi.« Er blieb zwei Schritte vor mir stehen und fuhr sich durch die Haare. Den Tick hatte er früher schon gehabt. Ich glaubte, Unsicherheit in seinem Gesicht aufflackern zu sehen, doch vielleicht bildete ich es mir nur ein. »Es ist lange her, dass wir uns gesehen haben.«

Ich unterdrückte ein Schnauben. Nicht lange genug.

Endlich schaffte ich es, mich aus meiner Starre zu lösen. Ohne ihm zu antworten, sah ich zu Joanne. »Sorry, ich muss kurz an die frische Luft«, murmelte ich. »Ich, äh, bin gleich wieder da.« Dann lief ich los und floh aus dem Theater.

Sobald ich draußen an der frischen Luft war, atmete ich tief ein. Ein paar Wolken hingen am Himmel, doch die Sonne schien weiterhin, als wollte sie mich mit ihren Strahlen verhöhnen. Ich ignorierte die Menschen, die auf der Rosebery Avenue entlangliefen, ignorierte die schönen Fassaden und die unzähligen Läden und Cafés. Stattdessen ging ich ein paar Schritte vom Gebäude weg und umfasste die Kette an meinem Handgelenk. Nur langsam beruhigte sich mein Puls wieder. Was zur Hölle war da eben passiert? Verdammt, darüber, dass ich vor den Augen aller anderen einfach weggelaufen war, durfte ich gar nicht nachdenken. Der erste Eindruck war wichtig, und ich tat gerade mein Bestes, ihn zu versauen.

»Audrey?« Miles' Stimme ertönte hinter mir, und ich fuhr herum.

»Sag mir, dass das nicht wahr ist!« Ich merkte selbst, dass meine Stimme viel zu schrill klang. Doch ich hatte nicht mit ihm gerechnet. In einer Milliarde Jahren nicht, und dass es mich jetzt aus der Bahn warf, während meine – *unsere* – Kollegen drinnen warteten ... Es war nicht fair.

»Ich wusste nicht, dass das Stück von dir ist«, begann er und blieb atemlos vor mir stehen. »Hör mal, ich weiß, dass wir nicht im Guten auseinandergegangen sind. Und auch wenn ich mich bis heute frage, warum du mich im gesamten letzten Schuljahr ignoriert hast ...« Er holte tief Luft. »Wir sind jetzt keine Teenager mehr. Dass ich die Rolle spielen darf, ist 'ne riesige Sache für mich. Und ich nehme mal an, dass sich für dich auch gerade ein Traum erfüllt. Also lass uns die Vergangenheit vergessen und neu anfangen, ja?«

Er streckte mir eine Hand entgegen und lächelte hoffnungsvoll. Als ich die Grübchen auf seinen Wangen bemerkte, die mein Herz früher hatten höherschlagen lassen, hätte ich am liebsten geschrien. Die Vergangenheit vergessen? Wenn er wüsste, welcher Albtraum mich bis heute verfolgte, was ich alles getan hatte, um zu vergessen, was damals geschehen war, würde ihm das Lächeln vergehen.

»Klar«, stieß ich zwischen zusammengepressten Zähnen hervor. Seine Hand ignorierte ich. »Lass uns einfach neu anfangen.« Ich wusste nicht, was mit mir los war und warum ich es nicht schaffte, wieder zu meiner Professionalität zurückzukehren. Vermutlich war es der Schock, der tief in meinen Knochen saß und mein Herz zum Beben brachte. So hätte das alles nicht laufen sollen.

Er ließ die Hand sinken und sah mich ratlos an.

Ich biss auf die Innenseite meiner Wange und unterdrückte den Drang, umzudrehen und wegzulaufen. So etwas machte ich nicht mehr. Ich lief nicht weg, weil es unbequem wurde. Mit einem hatte Miles recht: Dass das Stück ausgewählt und am Theater inszeniert wurde, war mein Traum. Und den ließ ich mir nicht kaputt machen. Nicht von ihm und auch nicht von mir selbst.

»Ich muss das erst verdauen«, sagte ich daher bemüht ruhig, weil schreien gerade keine Option war. Doch ich konnte nicht verhindern, dass die Vergangenheit wieder hochkam.

In seiner Version der Geschichte hatten wir uns ein einziges Mal geküsst, bevor er mich einfach stehen ließ und mir damit das Herz brach. Seine Entschuldigungsversuche hatte ich damals alle abgeblockt, denn meine Version der Geschichte hatte ein Zusatzkapitel – und das sah ein bisschen anders aus.

Hastig schüttelte ich die Bilder ab, die in meinem Kopf aufstiegen, und konzentrierte mich wieder auf die Gegenwart. Ich straffte die Schultern und sah Miles direkt an. »Aber du hast recht, das hier ist mein Traum, und ich werde alles dafür tun, damit er wahr wird.«

»Selbst wenn es bedeutet, mit mir zusammenzuarbeiten«, schloss er und musterte mich aus seinen bernsteinfarbenen Augen, in denen ich mich damals zu oft verloren hatte.

»Genau. Machen wir es nicht kompliziert und konzentrieren uns auf den Job. Vergessen wir die Vergangenheit. Am besten vergessen wir, dass wir uns bereits kennen.«

»So meinte ich das eigentlich nicht«, setzte Miles an, nickte aber dann. »Na schön. Auf einen Neuanfang.« Wieder streckte er mir seine Hand hin, und wieder ignorierte ich sie. Die Angst, dass es bei seiner Berührung unmöglich sein würde, die Erinnerungen an früher unter Verschluss zu halten, war zu groß.

Er sah mich noch einmal nachdenklich an, sagte aber nichts

mehr und ging zurück ins Theater. Ich folgte ihm mit etwas Abstand und murmelte vor Joanne etwas von Kreislaufschwäche und zu viel Aufregung. Keine Ahnung, ob sie es mir abkaufte, aber weder sie noch die anderen fragten nach, sondern nahmen meine kurze Abwesenheit und die Tatsache, dass Miles mir gefolgt war, kommentarlos hin.

Ich stellte mich wieder zu meinen zukünftigen Kollegen und versuchte, mich auf das Hier und Jetzt zu konzentrieren. Dan schwärmte bereits von Kostümideen, und ich lauschte Felicitys Erzählungen von ihrem letzten Stück, in dem sie eine drogensüchtige Politikerin gespielt hatte. Obwohl ich die Begeisterung der anderen genoss, konnte ich nicht wie vorhin wieder voll in sie hineintauchen. Immer wieder huschte mein Blick zu Miles, und jedes Mal zog sich etwas in mir schmerzhaft zusammen.

Als Joanne nach einer Stunde das Treffen schließlich beendete, ging ich als Erste nach draußen. Mit schnellen Schritten lief ich die Rosebery Avenue – die schönste und bekannteste Straße der Stadt – entlang, ohne einen Blick für die idyllischen Häuserfassaden, die gemütlichen Cafés, hippen Bars oder die große Kathedrale hinter dem Park zu haben. Ich wollte nur noch nach Hause.

Meine neue Wohnung lag zum Glück nur eine Seitenstraße von der Rosebery Avenue entfernt und befand sich somit direkt im Zentrum. Ein absoluter Glücksgriff. Durch die verwinkelte Innenstadt kam mir die Lage dennoch nicht zu trubelig vor, denn anders als in London, wo ständiger Straßenlärm und Menschenmengen zum Alltag gehört hatten, ging es in Chesthill deutlich ruhiger zu. Auch hier waren zwar viele Leute unterwegs, aber es hatte dennoch etwas Heimeligeres.

Erst, als ich die Wohnung erreichte, wo ich später noch meine zwei neuen Mitbewohner kennenlernen würde, die ich bisher nur auf dem Bildschirm gesehen hatte, ließ ich die Tränen zu. Heiß brannten sie in meinen Augen. Ich ballte die Hände zu Fäusten und löste sie wieder.

Seit zwei Monaten, seit ich das Studium in London abgeschlossen hatte, freute ich mich auf heute. Als ich vor einigen Stunden mit meinen Eltern nach Chesthill gefahren war, hatte ich es kaum mehr erwarten können, endlich das Theater zu betreten. Wir hatten meine Sachen daher nur schnell in der neuen Wohnung abgestellt und waren in einem Burgerladen essen gegangen, bevor meine Eltern zurückmussten. Ich war danach noch mal zurück in die Wohnung, um mich umzuziehen, und hatte vor Vorfreude am ganzen Körper gezittert.

Dieser Tag hätte der beste meines Lebens werden sollen. Mein erster Tag in Chesthill. Der Start eines neuen Kapitels. Und jetzt das. Nie im Leben hätte ich damit gerechnet, dass das erste Treffen mit den Theaterleuten eine solche Wendung nehmen würde.

Ich steckte den Schlüssel ins Schloss und stürmte regelrecht in den ersten Stock hoch, in dem sich die Wohnung befand. Kurz kämpfte ich mit dem Impuls, Mum anzurufen, aber ich wusste, dass ich dann erst recht anfangen würde zu heulen. Und das wollte ich an diesem Tag um jeden Preis vermeiden.

»Das hier ist der Anfang deiner Karriere, Audrey«, murmelte ich, während ich die Wohnungstür öffnete. »Du hast dafür gekämpft und du wirst es dir von Miles nicht kaputt machen lassen.«

Dann hatte er mir eben das Herz gebrochen. Ich stand trotzdem hier und hatte erreicht, wovon viele andere träumten. Das ließ ich mir nicht nehmen. Und so schlimm würden die Proben mit ihm bestimmt nicht werden. Immerhin waren es nur ein paar

Monate. Solange ich den Erinnerungen an damals keinen Raum gab, sollte ich auf der sicheren Seite sein.

Ich schüttelte den Kopf über mich selbst, ging an dem kleinen Wohnzimmer, das aus einem abgewetzten Sofa, einem Couchtisch und einem Sessel bestand, vorbei und den Flur entlang in mein Zimmer. Es war das hinterste und lag direkt neben dem Badezimmer. Das große Fenster mit dem breiten Sims hatte mich direkt überzeugt, es zu nehmen. Auch wenn es gerade mal zwölf Quadratmeter umfasste und ich mich inzwischen doch fragte, wie ich mein ganzes Zeug dort unterkriegen sollte.

Als ich die Tür eine Spur zu heftig öffnete, stieß sie gegen einen der Kartons, der prompt umfiel. Stifte, Bücher und Postkarten rutschten über den Boden. »Verdammt«, fluchte ich. Aber ab jetzt konnte es eigentlich nur noch besser werden, oder?

Ich hängte meine Handtasche über die Türklinke, holte mein Handy heraus und suchte nach einer Playlist, die ausschließlich aus rockigen Songs bestand. Dann drehte ich die Musik laut auf, tauschte das Kleid gegen eine Jogginghose und einen Pullover und nutzte meinen aufgestauten Frust, der mich seit Miles' Anblick im Griff hatte, zum Auspacken.

Nachdem ich den dritten Karton aufgerissen und einen Stapel Klamotten einfach nur auf das Bett geworfen hatte, hielt ich atemlos inne.

Wem wollte ich hier eigentlich etwas vormachen?

Ich konnte mir noch so sehr einreden, dass alles gut gehen würde. Aber aus meinem perfekten Start in die Theaterwelt würde definitiv nichts werden. Wäre ja auch zu schön gewesen.

## 2. KAPITEL

# Audrey

Ich war bei meinem vorletzten Karton angekommen, als es energisch an der Tür klopfte. Sofort drehte ich die Musik leiser und öffnete sie mit einem entschuldigenden Lächeln. Während der letzten Stunde war ich so mit Frust-Auspacken beschäftigt gewesen, dass ich kurz vergessen hatte, wo ich mich befand.

»Hi«, sagte ich und pustete mir eine verschwitzte Strähne aus dem Gesicht. »Sorry für die laute Musik!«

»Kein Problem.« Vor mir stand ein Typ in einer verwaschenen Jeans und einem schwarzen Pullover. Er trug seine dunklen Haare kurz und schaute mich neugierig an. »Ich wollte dich nur kurz herzlich willkommen heißen, Audrey. Ich bin Wyatt, aber das weißt du ja schon von unserem Videocall.«

Ich nickte. »Danke. Und sorry noch mal. Ich mache hier vermutlich keinen besonders guten ersten Eindruck.« Ich verzog das Gesicht und sah mich in dem Chaos hinter mir um.

»Ach was …«, winkte er ab. »Laute Musik und Chaos sind wir hier gewöhnt.«

»Wir? Sprich gefälligst nur für dich. Wenn ich nicht ständig hinter dir aufräumen würde, wärst du so was von verloren.«

Sutton, eine blonde junge Frau in Jogginghose und einem engen türkisen Top tauchte neben Wyatt auf. »Hey, Audrey. Schön, dass du es geschafft hast! Wird Zeit, dass wieder ein bisschen Leben in die Bude kommt. Sollen wir dir beim Auspacken helfen?« Sie schob sich in das Zimmer, in dem Klamottenstapel, Bücher, Dekokissen, zwei Pflanzen und mehrere Ordner mit Unterlagen aus den Vorlesungen an der Uni ein heilloses Durcheinander bildeten. In einer Ecke lag der Teddybär, den Dad mir gekauft hatte, als ich noch ein Kind war, und dahinter Mums alter Plattenspieler, den ich mir erbettelt hatte, bevor wir gefahren waren.

Überrumpelt sah ich Sutton an. »Äh, ihr müsst das wirklich nicht tun. Hier sieht es gerade ziemlich wild aus, und hinter mir liegen ein paar stressige Stunden …«

»Sutton, du verschreckst sie mit deinem Übereifer. Warum kannst du Leute nicht erst mal ankommen lassen?«, warf Wyatt ein. Er hatte sich an den Türrahmen gelehnt und musterte seine Mitbewohnerin mit einer Mischung aus Belustigung und Vorwurf.

»Ich bin nur hilfsbereit« verteidigte sich Sutton.

Schmunzelnd beobachtete ich die beiden. Hatte ich nach dem Desaster im Theater noch mit den Tränen gekämpft und mich nach Hause zu meinen Eltern gewünscht, so schlich sich jetzt die Hoffnung ein, dass mein Start in Chesthill vielleicht doch nicht ganz so übel werden würde.

»Also, wenn es euch echt nichts ausmacht …«, sagte ich. »Ich bin völlig verloren, wenn es darum geht, ein Zimmer schön zu gestalten, und dieses Chaos hier macht mich dezent nervös.«

»Na also«, meinte Sutton mit einem triumphierenden Blick in Wyatts Richtung. »Wir werden hier gebraucht. Hol du doch schon mal drei Gläser Wein. Ich überlege mit Audrey, in welcher Reihenfolge wir am besten ihre Sachen einrichten. Ich bin mir sicher, das Zimmer wird in zwei Stunden eine Wohlfühloase sein.«

Sie strahlte mich an, und ich war kurz davor, ihr um den Hals zu fallen. »Danke«, brachte ich hervor.

»Kein Problem.« Sie winkte ab. »Wir helfen uns hier gegenseitig, wenn jemand was braucht. Zwar zieht sich hier auch jeder mal zurück, aber wir wollen ein familiäres Zusammenleben. Aber das weißt du ja aus der Wohnungsanzeige, nicht wahr?«

»Ja, das war einer der Hauptgründe, warum ich mich darauf gemeldet habe«, sagte ich. Immerhin kannte ich in Chesthill niemanden, und Mitbewohner waren ein guter Anknüpfpunkt. In London hatte ich in einem winzigen Apartment gewohnt, das ich mir nur dank der finanziellen Unterstützung meiner Eltern hatte leisten können. Im Vergleich dazu war diese Wohnung mit ihren drei Zimmern und dem kleinen Wohnzimmer eine echte Steigerung.

»Sehr gut. Wie wär's, wenn wir erst mal deine Klamotten in den Schrank räumen und danach mit dem Regal weitermachen?«, schlug Sutton vor.

»Gern.« In der Stimmung, in der ich war, hätte ich vermutlich jedem Vorschlag zugestimmt.

Wyatt kam kurz darauf mit drei Gläsern Wein zurück, und als wir auf meinen Einzug anstießen, breitete sich ein Lächeln auf meinen Lippen aus, das echt war. Ich verdrängte sämtliche Gedanken an Miles und die Erinnerungen und widmete mich ganz meinen neuen Mitbewohnern. Ich war hierhergekommen, um mir einen Traum zu erfüllen, und wenn ich in den letzten Jahren eines gelernt hatte, dann, dass es auf die positiven Dinge ankam. Und darauf würde ich mich ab jetzt konzentrieren.

Nach einem großen Schluck Wein verdonnerte Sutton Wyatt dazu, meine zwei Bilder über dem Bett aufzuhängen. Mum hatte sie gemalt, ein dunkles Meer mit endlos weitem Horizont und eine grau-grüne Berglandschaft, die sich vor einem hellen Himmel erhob. Zwei Sehnsuchtsorte – das Meer für mich und die Berge für sie und Dad. Bei Familienurlauben waren wir immer an Orte gereist, an denen es beides gab: weite Strände und Wasser und Berge zum Wandern.

Ich sortierte meine Kleider in den Schrank ein, den ich so wie alle anderen Möbel von der Vormieterin hatte übernehmen können, während ich Sutton bat, meine Bücher und Ordner in das Regal neben der Tür einzuräumen.

Eine Stunde später war das meiste an seinem Platz. Die Pflanzen standen auf dem Fenstersims, eine Lichterkette schlang sich an der Wand zwischen den beiden Bildern hindurch und der Traumfänger, den ich als Kind gebastelt hatte, hing über meinem Bett. Es fehlten noch ein Teppich und ein Sessel oder eine andere Sitzgelegenheit, aber dafür würde ich in den nächsten Tagen einkaufen gehen. Für heute war ich froh, ein Zimmer zu haben, in dem ich schlafen konnte und in dem ich mich tatsächlich auf Anhieb wohlfühlte.

»Danke«, sagte ich zu Wyatt und Sutton, die sich zufrieden in dem Zimmer umsahen. »Ohne euch hätte ich das niemals hinbekommen.«

»Hättest du schon. Aber so ging es definitiv schneller«, erwiderte Sutton lächelnd. »Ich wäre jetzt dafür, Abendessen zu kochen.«

»Das ist dann wohl mein Stichwort«, murmelte Wyatt und seufzte übertrieben.

»Du kennst doch die Aufteilung: Ich putze, du kochst. Ist für unser aller Wohl am besten so.« Sutton stieß ihm spielerisch ihren Ellenbogen in die Seite, woraufhin er lachend auswich.

»Stimmt. Wir wollen schließlich nicht, dass du die Küche abfackelst«, sagte er und wandte sich in Richtung Küche. »Dann zeig du inzwischen Audrey mal den Rest der Wohnung.«

»Das hatte ich sowieso vor.« Schwungvoll drehte sie sich zu mir um. »So wahnsinnig viel gibt es nicht zu sehen, und du kennst die Wohnung ja schon vom Videocall. Aber ich zeig dir trotzdem alles.«

Ich folgte ihr ins Badezimmer, das mit hellen Fliesen ausgestattet war und erstaunlich sauber glänzte. Es gab zwei Waschbecken, eine Dusche und ein kleines Regal mit drei Fächern, wobei das unterste frei war, während sich in den oberen beiden Shampoos, Deos und andere Kosmetikartikel stapelten.

»Wir haben hier keinen Putzplan, versuchen aber, jeden Sonntag in der Wohnung klar Schiff zu machen. Falls du gern einen Plan hättest, können wir das aber einführen«, sagte Sutton und lotste mich den Flur entlang in das Wohnzimmer. Es grenzte an die Küche an, wobei eine Tür verhinderte, dass der Essensgeruch durch die ganze Wohnung zog. Doch im Moment stand sie noch offen, und ich sah Wyatt in der Küche hantieren.

»Die Möbel sind alle schon ziemlich abgenutzt.« Sutton zeigte auf das Sofa, dessen Stoff ein paar Risse hatte, und den blassgrünen Sessel, der aussah, als würde er schon ewig dort stehen. An den Wänden hingen Fotos von Wyatt, Sutton und einigen anderen Leuten. Ein Wandbehang aus Makramee, in das kleine Perlen eingeflochten worden waren, hing hinter dem Sessel an der Wand und hellte den Raum auf.

»Ich mag es«, platzte es aus mir heraus. »Es ist gemütlich und hat irgendwie Charakter.«

Ein breites Grinsen erschien auf Suttons Lippen. »Ich weiß schon, warum wir dich als Mitbewohnerin ausgewählt haben. Die Küche zeige ich dir später. Wenn Wyatt erst einmal loslegt, kommt man ihm besser nicht in die Quere.«

»Das habe ich gehört!«, rief Wyatt, der gerade eine Pfanne auf den Herd stellte. »Ich mach hier aber mal zu, damit es nicht gleich überall nach Zwiebeln riecht.« Er schloss die Tür, und ich setzte mich auf den Sessel, während Sutton sich auf die Couch fallen ließ.

»Was macht ihr zwei eigentlich genau?«, fragte ich. »Du meintest bei dem Call ja, dass du in einem Blumenladen arbeitest. Bist du dann gelernte Floristin?«

Sutton schüttelte lachend den Kopf. »Nein. Ich arbeite da nur und bin über eine Freundin an den Job gekommen. Nebenher helfe ich in einem Tattoostudio die Straße runter aus. Das macht mir deutlich mehr Spaß.«

»Das kann ich mir vorstellen! Ist bestimmt eine spannende Arbeit.«

»Nicht ganz so spannend, wie in einem Theater das eigene Stück zu inszenieren, aber es ist auf jeden Fall nicht übel, und zu manchen Tattoos gibt es wirklich witzige Storys.« Sie grinste mich verschmitzt an. »Ach so, und Wyatt ist Barkeeper und schiebt ab und zu tagsüber auch Schichten in einem Touriladen, wo er den Leuten Souvenirs und so einen Kram verkauft. Er kann dir da sicher auch ein paar lustige Geschichten erzählen. Wir ticken beide eher so, dass der Job seinen Zweck erfüllen und Geld bringen muss. Solange es trotzdem auch bisschen Spaß macht und genügend

Zeit für Freunde bleibt, sind wir zufrieden.« Sie lehnte sich zurück und sah mich fragend an. »Wie ist es bei dir? Was genau machst du jetzt am Theater, und wie bist du zu der Stelle gekommen?«

»Na ja, ich habe vor ein paar Wochen mein Studium beendet und hatte das Glück, dass mein Stück inszeniert werden soll. Und ich darf dabei helfen. Es ist eine Art Stipendium-Schrägstrich-Praktikum, das durch die Zusammenarbeit des Theaters und der Uni zustande kommt. Mein Traum wäre es aber, auch zukünftig am Theater zu arbeiten und bei den Produktionen zu helfen.«

»Cool. Was interessiert dich daran so?«, fragte Sutton, ehrlich interessiert. »Ist ja jetzt nicht unbedingt ein Standardberuf, in einem Theater zu arbeiten und sogar selbst Stücke zu schreiben.«

Ich lächelte verhalten. »Stimmt. Meine Eltern lieben das Theater und haben mich, seit ich ein Kind bin, regelmäßig mitgeschleppt. Zu sehen, wie die Aufführungen die Leute begeistern und mitreißen, hat mich immer fasziniert. Lange dachte ich, ich würde gern Schauspielerin werden, aber als ich in der Schule in der Theater-AG war, war mir schnell klar geworden, dass ich mich eher hinter der Bühne sehe. Irgendwann habe ich angefangen, selbst Stücke zu schreiben, mir zu überlegen, wie man die Szenen inszenieren könnte, welche Kostüme, welche Kulissen und so weiter, und auf der Akademie habe ich dann im Rahmen eines Kurses tatsächlich ein Stück beendet. Aber ich fände es auch total spannend, in der Dramaturgie zu arbeiten, wo alles zusammenkommt und man quasi in jede Rolle schlüpfen kann.« Ich zuckte mit den Schultern. »Ich schätze, so ganz genau weiß ich noch nicht, in welchem Bereich ich dann tatsächlich arbeiten will. Das Studium war in vielerlei Hinsicht eben doch eher theoretisch. Mal sehen, wie ich das in ein paar Wochen sehe. Durch die Kooperation mit der Akademie habe ich auf jeden Fall die einmalige Chance, mal überall reinzuschnuppern und sowohl mit der Regisseurin als auch mit dem Dramaturgen zusammenzuarbeiten, was ziemlich cool ist.«

»Oh ja. Das ist auf jeden Fall cool. Worum geht es in deinem Stück?«

Ich verzog kurz das Gesicht. »Sorry, im Zusammenfassen von Inhalten bin ich immer furchtbar, auch wenn ich das beim eigenen Stück vermutlich nicht sein sollte. Es ist ein modernes, zeitgenössisches Stück mit einer Liebesgeschichte, das aber auch ein paar gesellschaftskritische Aspekte mit drin hat. Ganz entfernt ist es auch von *Romeo und Julia* inspiriert, wobei die Hauptinhalte stark abgewandelt sind.«

»Uh, das klingt gut! Und die Schauspieler hast du schon kennengelernt?« Suttons Blick bekam etwas Träumerisches wie bei den meisten Leuten, die bei dem Stichwort Theater als Erstes an attraktive Schauspieler dachten.

Kurz tauchte Miles vor meinem inneren Auge auf, aber ich schob das Bild rasch beiseite. »Ja, heute Nachmittag waren sie ebenfalls da. Mit ihnen kann es ziemlich cool, aber auch anstrengend werden. Ich lass mich überraschen.«

»Das klingt echt gut. Du musst uns dann unbedingt von den Proben berichten. Und von dem Drama, das sich hinter den Kulissen abspielt. Auf so was steh ich total, auch wenn ich weiß, dass das 'ne Schwäche ist.« Sie blitzte mich vergnügt aus ihren blauen Augen an, und ich dachte nicht zum ersten Mal an diesem Abend, dass ich mit der Wohnung einen Glückstreffer gelandet hatte. Bestimmt würde es auch hier Momente geben, in denen mich etwas nervte, aber ich war zuversichtlich, dass es nur Kleinigkeiten waren, die direkt angesprochen werden konnten.

»Mach ich«, versprach ich.

Kurze Zeit später kam Wyatt aus der Küche und stellte einen Topf Nudeln mit einer Gemüsesoße auf den kleinen Couchtisch. Sutton holte aus dem Schrank neben dem Herd Teller und Besteck, während ich noch leicht überfordert den routinierten Handgriffen der beiden folgte.

»Danke fürs Kochen«, wandte ich mich an Wyatt, als er sich neben Sutton aufs Sofa setzte und uns Essen auf die Teller schöpfte.

»Kein Ding. Ich mach das gern. Entspannt mich irgendwie.«

»So geht's mir beim Backen«, gab ich zu. »Das mach ich auch immer dann, wenn ich mal runterkommen muss.«

»Du backst?«, fragte Sutton begeistert. »Fühl dich frei, die Küche und den Ofen jederzeit zu benutzen. Ich kauf dafür auch regelmäßig Cider und Klopapier.«

Ich lachte. »Das klingt nach einem guten Deal.«

Sutton nickte zufrieden und machte sich über die große Portion her, die Wyatt ihr aufgeladen hatte.

In den nächsten Minuten sprach keiner von uns. Wir waren zu beschäftigt mit dem Essen, das mit frischen Kräutern gewürzt war und besser schmeckte als jedes Nudelgericht, das ich gekocht hätte.

»Das ist verdammt gut«, sagte ich nach ein paar Bissen und sah anerkennend zu Wyatt. »Ich glaub, ich verstehe, warum Sutton sich freiwillig zum Putzen anbietet.«

Lachend schob er sich eine Gabel in den Mund. »Vielen Dank!«

»Man kann über Wyatt vieles sagen, aber das mit dem Kochen hat er wirklich drauf«, sagte Sutton. »Musst du morgen eigentlich direkt arbeiten?«

Ich nickte und schluckte die Nudeln, die ich gerade im Mund hatte, herunter. »Ja, es geht morgen ziemlich früh los. Ich hatte eigentlich schon am Wochenende herkommen wollen, um mich in Ruhe einzurichten, aber meine Eltern hatten erst heute Zeit, weil sie bei Freunden zu einem Geburtstag eingeladen waren. Und sie wollten mich unbedingt herbringen.«

Da heute Montag war, hatten sich die beiden extra freinehmen müssen, aber meinen Vorschlag, allein zu fahren, hatten sie direkt abgeschmettert. Loszulassen fiel ihnen manchmal immer noch schwer, obwohl ich bereits seit fast vier Jahren nicht mehr bei ihnen wohnte. Also waren wir heute Morgen zu dritt von Birmingham, wo ich seit meinem Abschluss vor zwei Monaten vorübergehend wieder gewohnt hatte, um Miete zu sparen, nach Chesthill gefahren. Obwohl die Fahrt nur zwei Stunden gedauert hatte, ich also nicht völlig aus der Welt war, musste ich ihnen versprechen, sie bald zu besuchen.

»Aber ist doch nett von deinen Eltern«, warf Wyatt ein. »Eine Mutter oder Vater hört schließlich nie auf, sich um das eigene Kind Sorgen zu machen.« Ein seltsamer Ausdruck huschte über sein Gesicht, aber er war so schnell wieder weg, dass ich ihn mir vielleicht auch nur eingebildet hatte.

»Das stimmt wohl«, murmelte ich, und daraufhin kehrte wieder Stille ein, während wir uns unserem Essen widmeten.

»Hach, das war erstaunlich gut!«, sagte Sutton mit einem verschmitzten Grinsen und stellte ihren leeren Teller auf den Tisch.

»Erstaunlich?« Wyatt hob übertrieben die Augenbrauen. »Kannst ja das nächste Mal selber kochen.«

Grinsend aß ich meine Nudeln, während die beiden sich weiter zankten.

»Soll ich dir eigentlich mal noch zeigen, in welchen Fächern du dein Essen verstauen kannst?«, wandte Sutton sich an mich, als ich ebenfalls meinen leeren Teller auf den Tisch gestellt hatte.

»Gern.«

Wyatt entschuldigte sich bei uns, da er nachher noch arbeiten musste, und verschwand in seinem Zimmer. Sutton und ich machten den Abwasch zusammen, und nachdem Sutton mir noch den Rest der Küche gezeigt hatte, zog auch sie sich zurück. Ich räumte in Ruhe die Vorräte, die Mum und Dad mir mitgegeben hatten, in mein Schrankfach und ging dann ebenfalls in mein Zimmer.

Draußen war es inzwischen dunkel, und ich schnappte mir mein Handy und setzte mich aufs Bett. Der Geruch, der im Zimmer hing, war noch fremd. Meistens brauchte ich ein paar Nächte, bis ich an einem neuen Ort gut schlief. Anfangs, wenn die Geräusche der Umgebung noch unbekannt waren, schreckte ich bei jedem Knarren und Knacksen zusammen. Doch das würde sich legen, und Wyatt und Sutton machten es mir unglaublich leicht, mich direkt wohlzufühlen.

Die Entscheidung, nach Chesthill zu ziehen, anstatt in London mein Glück zu versuchen, war mir angesichts der Chance, die ich am Theater bekam, leichtgefallen. Trotzdem hing mir der Abschied von London noch nach. Ich hatte dort einige gute Freunde, und auch wenn wir uns versprochen hatten, regelmäßig zu telefonieren und uns zu besuchen, wusste ich, wie schnell sich solche Kontakte auch wieder im Sand verliefen.

Debby war tatsächlich die Einzige, die sich auch nach meinem Abschluss fast täglich meldete. Wir kannten uns seit Jahren, waren zusammen zur Schule gegangen und hatten gemeinsam in

London studiert. Ich Theaterwissenschaften und Dramaturgie, sie Geschichte und Literatur. Wenn es jemanden gab, dem ich von meinem turbulenten ersten Tag in Chesthill erzählen wollte, dann war sie es. Ich öffnete meine Kontakte und wählte ihre Nummer.

Sie ging nach dem dritten Klingeln dran.

»Ich habe schon den ganzen Tag auf ein Lebenszeichen gewartet«, begrüßte sie mich. »Wie geht es dir? Wie war das Kennenlernen im Theater?« Sie klang beinahe so aufgeregt, wie ich mich vor dem Treffen gefühlt hatte, dabei war sie die Ruhige von uns beiden. Diejenige, die in Krisen standhaft und geduldig blieb, während ich sofort reagierte und versuchte, eine Lösung zu finden. Handelte ich manchmal zu überstürzt und impulsiv, so zerdachte sie die Dinge zu sehr. Zusammen ergaben wir eine ziemlich gute Kombination, die in den letzten Jahren zu einer wunderbaren Freundschaft geführt hatte.

»Es war … interessant.« Ich schluckte und suchte nach den richtigen Worten, dabei wusste ich, dass die Neuigkeit so oder so wie eine Bombe einschlagen würde, ganz gleich, wie ich sie verpackte.

»Interessant? Was heißt das?«

Ich schnappte mir ein Kissen und schob es hinter mich, sodass ich mich an der Wand anlehnen konnte. »Also das Theater ist atemberaubend, und dass sie mein Stück aufführen, der absolute Wahnsinn. Durch den Saal zu laufen, hat sich irre angefühlt! Er hat rote Samtstühle und einen Teppich, und es ist … na ja, ein richtiges Theater eben. Ich glaube, ich werde noch eine Weile brauchen, um das richtig zu realisieren. Das ist im Grunde genau das, wovon ich geträumt habe.«

»Und warum klingst du dann so, als würde ein Aber folgen?«,

hakte sie nach, denn natürlich hörte sie an meiner Stimme, dass etwas nicht ganz in Ordnung war.

»Weil Miles dort aufgetaucht ist.«

»Miles? Welcher Miles?« Ich konnte ihr Stirnrunzeln förmlich vor mir sehen.

»Miles Wilson. Miles aus unserer alten Schule.«

Stille.

Es raschelte kurz, als hätte Debby sich hingesetzt. »Du verarschst mich.«

»Nope. Er stand plötzlich da. Mitten im Theater, und dann hat Joanne – die Regisseurin – verkündet, dass er die Hauptrolle in dem Stück spielen werde. Ich konnte es gar nicht glauben. Ich meine, ich wusste, dass er Schauspieler werden will, aber damit hätte ich niemals gerechnet.«

»Natürlich nicht. Wie krass ist das bitte?«

Ich seufzte. »Ja, ich bin natürlich total durch den Wind gewesen und erst mal aus dem Theater gerannt.« Ich konnte nur hoffen, dass Joanne, Simon und die anderen sich wirklich nicht zu viel dabei gedacht hatten und mich nicht für unprofessionell hielten.

»Kein Wunder. Wie geht's dir damit?« Sie wusste genau, was mit Miles' Auftauchen unweigerlich an die Oberfläche trieb.

Ich zuckte mit den Schultern, obwohl Debby es nicht sehen konnte. »Keine Ahnung«, sagte ich leise, und in der Stille, die daraufhin zwischen uns schwebte, stiegen wieder Erinnerungen an damals in mir auf. Schlagartig wurde es eng in meiner Brust. Ich rang nach Luft und kämpfte gegen den plötzlichen Druck an, der es mir erschwerte, frei zu atmen. Die Bilder waren so greifend nah. So lebendig. Als wäre es erst gestern gewesen.

»Ich weiß nicht, ob ich es schaffe, mich auf die Gegenwart zu konzentrieren«, sagte ich, und obwohl es wehtat, sprach ich weiter. »Andererseits will ich es unbedingt. Wir sind nicht mehr dieselben wie damals. Zumindest ich bin es nicht. Miles ist mir hinterhergelaufen und meinte, wir sollten uns auf das Jetzt konzentrieren. Und auf die Ziele, die wir uns jeweils gesteckt haben. Auf unsere Träume. Ich denke, das ist tatsächlich das Beste, was ich jetzt tun kann.«

Aber dennoch. Vier Jahre war es nun her, und während ich in London die Erinnerungen tief in mir vergraben und den Blick auf die Zukunft gerichtet hatte, waren sie durch Miles schlagartig wieder auf mich eingeprasselt. Vermutlich gab es Erlebnisse, die ließen einen nie wieder los. Ganz gleich, wie viel Zeit verging und wie sehr man sie ausblendete.

»Soll ich nächstes Wochenende zu dir kommen? Vorher schaffe ich es vermutlich nicht, weil ich jeden Tag Vorlesungen habe, aber wenn du mich jetzt brauchst, kann ich die bestimmt auch nachholen.«

Ich zwang mich, mich zusammenzureißen und die Bilder abzuschütteln. »Das ist lieb, aber nicht nötig. Ich muss mich wahrscheinlich einfach erst mal an meinen neuen Alltag gewöhnen. Mit der Zeit wird es sicher leichter. Und meine Mitbewohner scheinen echt nett zu sein. Ich werde hier schon zurechtkommen.«

Debby atmete hörbar aus, und ich hätte wetten können, dass sie gerade mit den Fransen des Kissens spielte, das immer auf ihrem Bett lag. Wie schön es wäre, mich nur für ein paar Stunden zu ihr beamen zu können …

»Immerhin«, sagte sie schließlich. »Ich hoffe, sie machen dir den Start etwas leichter. Du darfst dich auf jeden Fall jederzeit melden! Vielleicht musst du Miles ja auch gar nicht so oft sehen.«

Ich stieß ein Lachen aus, das mehr verzweifelt als fröhlich klang. »Er spielt die Hauptrolle. Ich werde ihm nicht wirklich aus dem Weg gehen können. Aber das alles ist Jahre her. Wie gesagt, wenn ich den ersten Schock überwunden habe, wird es bestimmt leichter, mit seiner Anwesenheit klarzukommen.«

»Das hoffe ich«, sagte Debby, aber ich hörte die Zweifel in ihrer Stimme. Sie war damals dabei gewesen und wusste als eine der wenigen, was wirklich passiert war und warum ich mit Miles während des letzten Schuljahrs kein Wort mehr gesprochen hatte. Warum ich jeden seiner Entschuldigungsversuche abgeblockt hatte. Und dass ich all das in meinem Stück verarbeitet hatte.

»Ich werde mir das nicht verderben lassen«, sagte ich entschlossen und wusste nicht, wen ich mehr überzeugen wollte, sie oder mich. Aber morgen war mein erster Tag in meinem neuen Job, und ich wollte mich darauf freuen können. Ich wollte aufgeregt sein und es kaum erwarten können. Schließlich hatte ich genau darauf hingearbeitet.

»Natürlich nicht«, sagte Debby sofort. »Dafür bist du viel zu tough. Außerdem redest du seit wir Teenager sind davon, irgendwann am Theater zu arbeiten.«

»Eben.« Ich richtete mich entschlossen ein Stück auf. »Ist bei dir alles gut?«

»Ja, bei mir ist alles beim Alten. Das letzte Semester fordert noch mal viel, aber es macht auch Spaß. Ich muss leider auch gleich los, weil mein Yogakurs anfängt, aber wir reden morgen wieder, okay? Und wann immer du dich melden willst, du weißt ja, ich bin da.«

»Ja, ich weiß«, sagte ich und kämpfte gegen den plötzlichen Kloß in meinem Hals an. »Ich hab dich lieb, Debby. Danke für alles.«

»Immer.«

Nachdem wir uns verabschiedet und aufgelegt hatten, schnappte ich mir das Buch, das ich vorhin auf meinen Nachttisch gelegt hatte. Ein Thriller, der gerade eine völlig überraschende Wendung genommen hatte.

Das Gespräch mit Debby und das Essen mit Wyatt und Sutton hatten zwar meine angeschlagenen Nerven beruhigt, aber ich ahnte, dass ich noch etwas Ablenkung brauchte, bevor ich später schlafen ging. Wenn es jetzt zu ruhig in meinem Kopf wurde, tauchte nur wieder Miles' Gesicht darin auf, und ihn würde ich so oder so früh genug wiedersehen.

# 3. KAPITEL

# Miles

»In der ersten Szene, wenn du die Bühne betrittst, brauche ich direkt starke Emotionen von dir. Wir müssen deine Wut spüren, die Enttäuschung darüber, dass die Eltern deiner Geliebten dich ablehnen.« Joanne sah mich mit konzentrierter Miene an, und ich nickte und machte mir eine Notiz im Skript, während Felicity neben mir aufmerksam zuhörte.

Wir saßen seit heute Morgen im Proberaum, der sich nur ein paar Gehminuten vom Theater entfernt in einem eher unscheinbaren Gebäude in einer Seitenstraße zur Rosebery Avenue befand. Es strahlte nicht dieselbe Atmosphäre aus wie das Theater, aber der Raum war dennoch wie ein kleiner Saal eingerichtet mit einer Bühne und ein paar wenigen Sitzreihen. Zum Proben also genau richtig. Heute gingen wir aber nur das Skript durch. Dazu hatte Joanne auch erst mal nur mit Felicity und mir sprechen wollen. Die Chemie zwischen uns musste schließlich auf der Bühne stimmen, wobei ich mir da keine Sorgen machte. Felicity und ich hatten uns nach dem Kennenlerntag gestern für heute Morgen im *Coffee Corner*, einem netten kleinen Café gegenüber vom Theater, verabredet und dann länger unterhalten, bevor wir zum Proberaum mussten, und sie war mir sofort sympathisch gewesen. Sie war offen und aufgeschlossen, aber dennoch professionell. Obwohl sie bereits mehr Theatererfahrung hatte als ich, ließ sie das jedoch nicht unangenehm heraushängen. Was ganz angenehm war, denn ich selbst machte mir über solche Dinge nicht wirklich Gedanken.

Es war schon immer mein Traum gewesen, Schauspieler zu werden. Bereits als Kind hatte ich gemerkt, wie leicht es mir fiel, in andere Rollen zu schlüpfen. Als könnte ich meine eigenen Gedanken und Gefühle wie eine zweite Haut abstreifen und stattdessen in die eines anderen schlüpfen. Egal ob Helden, Schurken oder den eifrigen besten Freund. Sie zu spielen, bedeutete, eine Pause von meinem Leben zu nehmen, und das hatte ich am Schauspiel immer gemocht.

Es gab Kollegen, die erzählten, dass sie ihre eigenen Erfahrungen und Emotionen in die Rollen steckten und sie dadurch lebendig machten. Bei mir war es anders. Ich hatte die Rollen immer als Flucht vor meinen eigenen Gefühlen genutzt. Vor allem früher, als ich noch intuitiv gespielt hatte. Inzwischen wusste ich, wie ich verschiedene Techniken anwenden, mit Stimme, Gestik, Mimik und meiner Körperhaltung arbeiten konnte, doch wenn es um die Emotionen der Rolle ging, wählte ich immer noch die Flucht.

»Okay«, sagte Joanne und riss mich aus meinen Gedanken. »Und hier an dieser Stelle müssen wir darauf achten, dass Felicity nicht zu sehr in den Hintergrund rückt.«

»Alles klar.« Felicity machte sich eine Notiz, während Joanne bereits zu dem nächsten Punkt überging.

So ging es noch eine ganze Weile weiter, und als wir die erste Szene komplett durchbesprochen hatten, klappte Joanne zufrieden das Skript zu. »Das war es fürs Erste von meiner Seite. Nachher kommt Simon vorbei, der auch noch ein paar Anmerkungen zu dem Stück hat. Wie ihr wisst, haben wir es ein wenig gekürzt und abgewandelt, auch wenn Audreys Skript schon sehr gut war. Mit den Proben starten wir erst nächste Woche richtig, aber bis dahin könnt ihr ja schon mal für euch ein paar Szenen durchgehen, um miteinander warm zu werden.« Sie stand auf und verstaute das Skript in ihrer Handtasche. »Ich habe gleich noch ein Treffen mit Walter, dem Produktionsleiter. Um zwei Uhr kommen die anderen dazu, und dann geht's hier offiziell weiter.«

»Alles klar«, erwiderte Felicity und wandte sich mir zu. »Sollen wir den Dialog aus der ersten Szene mal durchsprechen? Um so ein bisschen ein Gefühl zu bekommen, wie die beiden miteinander umgehen? Wir können ja auch erst mal unsere eigenen Worte dafür nehmen, damit wir uns auf die Beziehung zwischen unseren Rollen konzentrieren.«

Ich richtete mich ein Stück auf dem Stuhl auf. »Von mir aus gern. Sollen wir uns dafür auf die Bühne stellen? Mir fällt es dort immer leichter, in die Rolle reinzufinden.«

Sie nickte. »Klar, geht mir genauso.«

Wir stellten uns zwei Schritte voneinander entfernt auf der kleinen Bühne auf und sprachen erst mal nur die Szene durch, bevor wir ein paar Dialoge durchspielten, ohne uns strikt an den Text zu halten. Das würde später kommen. Obwohl es erst der Anfang war, durchströmte mich bereits ein vorfreudiges Kribbeln. Es war zwar nichts im Vergleich zu dem Rausch, der mich ergreifen würde, sobald wir richtig probten, aber schon jetzt rückte alles andere in den Hintergrund. Die Angst, es als Schauspieler nicht zu schaffen, verblasste genauso wie der Gedanke daran, dass meine

Eltern bisher kein einziges Mal gefragt hatten, wie der Start in Chesthill lief. Und genau das war es, wonach ich mich so sehr sehnte.

Tatsächlich lief es ganz gut zwischen Felicity und mir. Obwohl wir heute das erste Mal zusammen auf der Bühne standen, fanden wir ziemlich schnell einen guten Zugang zu unseren Rollen. Was vielleicht auch an Felicity lag. Auf der Bühne bewegte sie sich mit einer Selbstverständlichkeit, die mir gefiel. Ich bezweifelte nicht, dass sie es weit bringen würde. Dennoch war ich überrascht, wie gut es zwischen uns funktionierte, und ich freute mich schon darauf, mit ihr und den anderen zusammenzuarbeiten.

»Seit wann spielst du schon?«, fragte Felicity, als wir uns nach etwa einer halben Stunde an den Rand der Bühne setzten. Geschickt band sie sich ihre schulterlangen braunen Haare zu einem Zopf, während sie mich aus ihren dunklen Rehaugen musterte, die von dichten Wimpern umrahmt wurden.

Kurz tauchte eine andere Frau vor meinen Augen auf. Lange dunkle Haare, die in leichten Wellen über den Rücken fielen, blaue Augen, die einen heftigen Kontrast dazu bildeten und es unmöglich machten, sich nicht in ihnen zu verlieren. Die Andeutung eines Lächelns, das bei meinem Anblick jedoch sofort verschwand.

Ich hatte Audrey jahrelang nicht gesehen, trotzdem war sie nie ganz aus meinen Gedanken verschwunden. Hin und wieder, wenn ich von einer dunkelhaarigen Schönheit in einer Bar auf einen Drink eingeladen worden war, hatte ich mich unwillkürlich gefragt, was Audrey machte. Wie es ihr ging. Ob sie glücklich war. Doch gleichzeitig war immer die Frage aufgetaucht, was zwischen uns so verdammt schiefgelaufen war, dass sie mich im letzten Schuljahr komplett ignoriert hatte. Ich wusste, dass ich ein Idiot sein konnte. Dass ich nicht gerade der emotional stabilste Mensch war und es vermutlich einen Grund gab, warum sämtliche Beziehungen in den letzten Jahren nur von kurzer Dauer gewesen waren. Dennoch hatte ich bei Audrey alles richtig machen wollen. Sie hatte mich von Anfang an fasziniert mit ihren hellen Augen und ihrem fröhlichen Lachen, das regelrecht ansteckend war. Und dann hatten wir uns geküsst, und ich dachte wirklich, es könnte mehr daraus werden. Doch irgendetwas musste ich falsch gemacht haben, denn am Tag darauf war ich Luft für sie geworden. Was immer es war, sie hatte mir nicht mal annähernd dafür verziehen – das war bei unserer kurzen Begegnung gestern eindeutig geworden.

»Miles?« Felicitys Stimme holte mich schlagartig zurück.

»Sorry«, murmelte ich. »Ich war grad in Gedanken. Was hast du gefragt?«

»Seit wann du schauspielerst?«

»Eigentlich schon seit Jahren, aber wirklich beruflich noch nicht so lange«, erwiderte ich und konzentrierte mich wieder auf Felicity und unser Gespräch. »Mit zehn oder so war ich zum ersten Mal in einer Theater-AG, und danach habe ich bei allen möglichen Projekten mitgewirkt, bis ich dann nach dem Schulabschluss ein Stipendium an der Oxford School of Drama erhalten habe. Wie ist es bei dir?«

»Ähnlich.« Felicity strich eine Strähne hinters Ohr und lächelte versonnen. »Meine Eltern haben mich mit acht oder so in meinen ersten Theaterkurs geschickt, und seither bin ich nicht mehr davon losgekommen. Auch wenn die Branche manchmal sehr hart ist, würde ich nichts anderes machen wollen.«

»Geht mir auch so«, stimmte ich zu. »Auf der Bühne bin ich zu Hause. Ich wüsste gar nichts mit mir anzufangen, wenn mir das genommen werden würde.«

»Ich weiß genau, was du meinst«, sagte Felicity, und nach einem Blick auf die Uhr fügte sie hinzu: »Ich hab mit Dan ausgemacht, dass wir uns gleich im *Coffee Corner* treffen. Hast du Lust mitzukommen? Dann können wir uns einen Kaffee holen und das schöne Wetter nutzen und uns ein bisschen die Stadt ansehen, bevor es weitergeht.« Sie stand auf und klopfte sich den Staub von der Hose, der sich auf der Bühne gesammelt hatte.

»Dan?«, hake ich nach und erhob mich ebenfalls.

»Er arbeitet hier im Theater als Kostüm- und Maskenbildner.«

»Ach, stimmt.« Ich erinnerte mich vage an den blonden Mann, den ich gestern kurz kennengelernt hatte. Tatsächlich klang das nach einer super Idee. Ich war erst vor ein paar Tagen nach Chesthill gezogen und kannte daher noch keine Leute, und neue Kontakte waren nie verkehrt. Außerdem hatte ich bisher auch noch nicht besonders viel von der Stadt gesehen. »Also von mir aus gern.«

Nach der Pause im *Coffee Corner* schlenderten wir noch ein wenig durch die Rosebery Avenue. Für Mai waren die Temperaturen überraschend mild, und Felicity reckte ihr Gesicht genießerisch der Sonne entgegen. Als wir an einem antiken Buchladen vorbeikamen, blieb Dan direkt stehen und sah sich die Auslage davor an. Es lagen hauptsächlich Klassiker wie *Der große Gatsby* und Werke von Shakespeare aus, aber dazwischen entdeckte ich auch aktuelle Literatur, die mir jedoch wenig sagte. Dan griff nach einer alten Ausgabe von *Sommernachtstraum* und murmelte etwas davon, dass das Exemplar nach Geschichte und Sehnsucht roch. Felicity und ich tauschten einen belustigten Blick, den Dan mit »Kulturbanausen« kommentierte, bevor er schnell hineinging und das Buch kaufte.

»Ist so was eigentlich normal?«, fragte ich, als Dan – um ein Buch glücklicher – zurückkam und wir weiterliefen, und deutete auf die dunklen gusseisernen Straßenlaternen, die in regelmäßigen Abständen am Wegrand standen. Blumenkörbe waren an ihnen angebracht worden, und die blauen und roten Blüten der Pflanzen sorgten für bunte Tupfer. »Ich meine nicht die Straßenlaternen, sondern die Blumen, die müssen doch alle regelmäßig gegossen werden. Das ist doch verrückt.«

»Es ist Chesthill«, meinte Felicity schulterzuckend. »So was steht hier ganz oben auf der Prioritätenliste.«

»Faszinierend«, murmelte ich, konnte mich aber dem Zauber der Straße nicht ganz verwehren. Die Auslagen der Läden waren liebevoll gestaltet. Es gab einen Kreativladen mit bunten Farbpaletten und gefalteten Papierkranichen im Schaufenster, sowie einen Keramikladen mit handgetöpferten Schalen und Tassen. Am beeindruckendsten war jedoch die Kathedrale, die sich hinter einem kleinen Park mit einigen Bänken erhob. Wir hatten nicht viel Zeit, sie anzusehen, weil wir zurückmussten, aber ich nahm mir vor, sie irgendwann noch mal richtig zu besuchen.

Als wir uns kurz darauf wieder mit Joanne, Simon und Audrey im Proberaum versammelten, erklärte Joanne noch mal den Ablauf der nächsten Wochen, bevor Simon die Änderungen im Skript durchging und uns einen ersten Entwurf des Spielplans zeigte. Es waren alles wichtige Informationen, und obwohl ich aufpassen sollte, schweifte meine Aufmerksamkeit ständig ab.

Audrey saß zwei Plätze weiter, und da nur Felicity, die nicht sonderlich groß war, zwischen uns saß, hatte ich einen direkten Blick auf sie. Was nicht hilfreich war. Doch mein Gehirn hatte es sich zur Aufgabe gemacht, sie zu mustern und mit meinen Erinnerungen an sie zu vergleichen. Ihre Haare waren noch genauso lang wie damals, doch ihre Gesichtszüge waren schmaler geworden. Sie hatte eine sportlichere Figur bekommen, und in ihrem Blick lag eine wilde Entschlossenheit, die früher noch nicht so ausgeprägt gewesen war. Den bunten Blusen und Röcken waren ein Blazer und eine enge Jeans gewichen, wobei das vielleicht auch nur ihr berufliches Outfit war. Sie wirkte reifer, selbstbewusster und auch distanzierter. Zwar hatte sie für die anderen Teammitglieder jederzeit ein offenes Lächeln, aber mir entging die Vorsicht in ihren Augen nicht. Als würde sie nicht mehr blind vertrauen können, und die Ahnung, dass ich dazu beigetragen hatte, nagte leise an mir.

»Das wär's fürs Erste. In den nächsten Tagen widmen wir uns vor allem dem ersten Akt«, schloss Joanne das Meeting und stand auf. Shit. Ich hatte die Hälfte von dem, was gesagt worden war, verpasst.

Felicity stand ebenfalls auf und drehte sich mit hochgezogenen Augenbrauen zu mir um. »Komm, wir sollen noch mal die erste Szene durchsprechen. Simon und Audrey wollten sich einen Eindruck verschaffen, wie wir auf der Bühne miteinander agieren.«

»Äh ja, klar«, sagte ich und folgte Felicity zur Bühne. Mein Blick zuckte zu Audrey, die jedoch demonstrativ in eine andere Richtung sah. Fantastisch. Wie sollte ich mich konzentrieren, wenn sie hier saß und mich ignorierte? Mich wieder an damals erinnerte und erneut die Frage aufwarf, was schiefgelaufen war?

Ich hatte zu fast niemandem aus unserer Schule noch Kontakt. Die Zeit in Oxford war ein Cut gewesen, den ich dringend gebraucht hatte. Für meine Mitschüler war ich immer nur der Typ mit den reichen Eltern und dem perfekten Leben gewesen, der eine Aussicht auf eine Schauspielkarriere hatte. Dass das vor allem eine Illusion war, hinter der sich Einsamkeit und Leere verbargen, hatte niemand gesehen. Daher war ich froh gewesen, das alles hinter mir lassen zu können. Das alles zu vergessen. Ich erinnerte mich nicht gern an die Jahre, in denen ich noch bei meinen Eltern gewohnt hatte. Doch Audreys Anwesenheit ließ das alles wieder hochkommen. Allem voran die Unsicherheit, die mich damals noch täglich begleitet hatte.

Shit. Ich musste mich zusammenreißen. Ich drückte meine Schultern durch und rief mir in Erinnerung, was ich in den letzten Jahren erreicht hatte. Wie sehr ich mich verändert hatte.

Mit entschlossenen Schritten betrat ich die Bühne. Den Blick auf das Textbuch gerichtet, blendete ich Simon, Audrey und Joanne aus, die in der ersten Reihe saßen und darauf warteten, dass Felicity und ich loslegten.

Ich räusperte mich und sprach die erste Zeile. Felicity stieg direkt mit ein, und wir ergänzten unsere Texte automatisch mit Gesten und untermalten die Emotionen mit der entsprechenden Mimik. Wie ich heute Morgen schon gemerkt hatte, stimmte die Chemie zwischen uns, und schon nach wenigen Sekunden vergaß ich unsere drei Zuschauer. Ich vergaß Audreys Wut auf mich, die nach all den Jahren noch immer in ihr zu brodeln schien, und tauchte tiefer in meine Rolle und ihr Schicksal ein, das nicht meins war.

Das Stück ähnelte in der Ausgangssituation einer modernen

Version von *Romeo und Julia*, wobei Audrey gesellschaftskritische Aspekte mit eingestreut hatte. Im Verlauf der Handlung gab es eine unvorhergesehene Wendung, und wenn ich daran dachte, dass Audrey das Stück geschrieben hatte, spürte ich nichts als grenzenlose Bewunderung. Dass sie talentiert war, wunderte mich nicht, trotzdem imponierte es mir.

Nach ein paar Minuten unterbrach uns Joanne. »Das war sehr gut. Ich würde sagen, wir machen eine kurze Pause, in der ich mich mit Simon berate, und dann tragen wir zusammen, worauf ihr beim weiteren Zusammenspiel achten könnt.«

»Alles klar«, sagte Felicity und verließ die Bühne, wobei sie direkt auf Audrey zusteuerte. Joanne und Simon hatten sich ein paar Meter entfernt und über ihre Notizen gebeugt, und da ich nicht allein auf der Bühne bleiben wollte, stellte ich mich zu Audrey und Felicity.

»Und? Wie gefällt es dir bisher?«, wandte Felicity sich an Audrey, die sich ebenfalls Notizen gemacht hatte und diese wahrscheinlich erst später mit Joanne durchgehen würde. Zumindest hatte Joanne das vorhin so angekündigt. Während der ersten Tage sollte Audrey sich einen Eindruck verschaffen und abgleichen, ob unsere Darstellungen zu ihren Vorstellungen der Figuren passten.

»Sehr gut«, erwiderte sie, und kurz verirrte sich ihr Blick zu mir. Das Lächeln auf ihren Lippen verrutschte, und sie richtete ihre Aufmerksamkeit wieder auf Felicity. »Es ist noch immer sehr unwirklich, und ich frage mich manchmal, wie das mein Leben sein kann.« Sie lachte kurz, und ihr Gesicht strahlte dabei so sehr, dass ich nicht anders konnte, als sie anzustarren und mir zu wünschen, dass sie das öfter tat. »Jedenfalls macht ihr das wahnsinnig gut. Ich glaube, zu sehen, wie das Stück langsam lebendig wird, wird es mir selbst noch mal ganz anders näherbringen.«

»Das glaube ich dir sofort. Die ersten Produktionen sind immer die aufregendsten. Aber ich denke, wir sind ein gutes Team.« Sie sah lächelnd von Audrey zu mir, und ich war mir nicht sicher, ob sie die Spannung, die in der Luft lag, nicht wahrnahm oder schlichtweg ignorierte.

Bevor Audrey oder ich antworten konnten, vibrierte Felicitys Handy, und sie wandte sich mit einem entschuldigenden Blick ab. Ich sah ihr nach, bevor ich mich wieder Audrey zuwandte, deren Lächeln inzwischen vollständig verschwunden war.

Seufzend fuhr ich mir durch die Haare. »Wird es ab jetzt immer so sein, wenn wir allein sind?«

Sie zog die Augenbrauen zusammen und trat einen kleinen Schritt zurück. »Was meinst du?«

Ich deutete zwischen uns hin und her. »Na, so. Du kannst mich kaum ansehen, und wenn du es doch tust, siehst du aus, als wärst du kurz davor, einen Mord zu begehen.«

»Das ist nicht wahr«, wehrte sie ab und biss sich auf die Lippe. Das hatte sie früher schon gemacht, wenn sie konzentriert über einem Test saß. Oder wenn sie nervös wurde, weil sie ein Referat halten musste. Vermutlich wusste sie bis heute nicht, dass ich sie in den Wochen vor dem Kuss immer wieder verstohlen gemustert hatte. Audrey war mit ihrer lebensfrohen Art in der Schule beliebt gewesen, trotzdem war sie mir erst zu Beginn des letzten Schuljahrs so richtig aufgefallen. Und dann war es zwischen uns vorbei gewesen, ehe es überhaupt angefangen hatte.

»Ach, nein?«, hakte ich nach und machte einen Schritt nach vorn, um den Abstand zwischen uns etwas zu verringern.

Audrey zuckte zurück, schob dann aber das Kinn nach vorn und sah mir direkt in die Augen.

Kurz verschlug es mir den Atem. In ihrem Blick lag ein Feuer, das mir mit voller Wucht entgegenschlug.

»Wir müssen keine Freunde sein, um zusammenzuarbeiten, Miles«, sagte sie mit fester Stimme. »Solange wir beide unseren Job machen, reicht das völlig aus.«

Ich hatte zwar mit einer Abwehr gerechnet, aber dass sie so heftig ausfiel, überraschte mich doch etwas. Trotzdem nickte ich und sah sie nachdenklich an, wobei das Funkeln in ihren Augen nur noch stärker zu werden schien.

»Vielleicht hast du recht«, sagte ich und konnte nicht verhindern, dass meine Mundwinkel zuckten. »Vielleicht überrasche ich dich aber auch und du stellst fest, dass ich gar nicht mehr so übel bin.«

Ich wusste genau, dass ich Audrey nicht reizen sollte. Dass ich ihr auf einer professionellen Art begegnen sollte. Doch es war so verflucht verführerisch, sie ein wenig zu provozieren. Vielleicht, weil mich ihr Anblick nie kaltgelassen hatte und es auch jetzt nicht tat.

Sie runzelte die Stirn. »Hör auf damit.«

Fragend sah ich sie an. »Womit?«

»Damit.« Sie deutete auf mein Gesicht.

Mein Grinsen wurde breiter. »Ich kann nichts für mein Lächeln.«

Sie schnaubte. »Siehst du, das meine ich. Du hast gesagt, wir sollen die Vergangenheit vergessen, aber dann tu nicht so, als würden wir uns kennen.«

»Sorry.« Abwehrend hob ich die Hände. »Du hast recht, wir kennen uns nicht. Nicht als die Menschen, die wir heute sind. Aber wenn wir in den nächsten Monaten eh schon beide hier sind, können wir das ja ändern.« In dem Moment, in dem ich es aussprach, bereute ich meine Worte auch schon.

Verdammt. Ich wollte nicht flirten. Das hier war so was von verkehrt. Keiner von uns konnte Komplikationen gebrauchen. Ich hatte lange auf meine erste große Rolle an einem Theater hingearbeitet und sollte mich auf nichts anderes als meinen Job konzentrieren. Ablenkungen konnte ich mir nicht leisten.

»Du bist unglaublich«, sagte sie kopfschüttelnd. »Wenn du glaubst, dass ich noch mal den Fehler mache, dir zu vertrauen, irrst du dich.« Sie griff nach ihrem Handgelenk, an dem sie ein schmales Armband trug. Darunter blitzte ein kleines Tattoo hervor, das leider halb verdeckt wurde, sodass ich das Motiv nicht erkennen konnte.

»In Ordnung.« Ich nickte und brachte wieder etwas Abstand zwischen uns. »Du hältst nicht viel von mir. Aber ich denke, dass das nicht so bleiben muss.«

Ohne eine Antwort abzuwarten, wandte ich mich ab und setzte mich mit dem Skript auf den Bühnenrand. Dennoch nahm ich genau wahr, wie sie mir mit verschränkten Armen hinterherstarrte und dabei ein Fragezeichen im Gesicht trug, als wüsste sie nicht, was sie von mir halten sollte. Kein Wunder. Ich wusste es schließlich auch nicht.

## 4. KAPITEL

# Audrey

Mein Atem ging schnell. Blut rauschte in meinen Ohren, und mein ganzer Körper war unter Strom. Schweiß stand mir auf der Stirn, trotzdem hob ich die Faust für einen weiteren Schlag. Mein Gegenüber wehrte ab und setzte direkt zum Gegenschlag an, während ich meine Füße für einen Kick in Stellung brachte. Wäre ich nicht zu konzentriert dafür, würde ich lächeln. Ich liebte das Gefühl, wie Adrenalin durch meinen Körper pumpte. Wie ich an meine Grenzen ging und mich gleichzeitig so lebendig fühlte, als könnte ich es mit der ganzen Welt aufnehmen.

Ich hatte gestern auf dem Heimweg noch nach Kickboxkursen gesucht und tatsächlich schon für heute eine Probestunde bekommen. Bei meinen Eltern hatte ich kaum trainiert, daher tat es jetzt ganz besonders gut, wieder in die vertrauten Abläufe einzutauchen. Ich hatte gar nicht gemerkt, wie sehr ich es vermisst hatte. Mit jedem Schlag und jedem Kick spürte ich meinen Körper mehr. Das Brennen meiner Muskeln erinnerte mich daran, dass ich stark war. Dass ich Kraft hatte und sie einzusetzen wusste. Und es half, die Gedanken an das kurze Gespräch mit Miles gestern zu verdrängen.

»Das reicht fürs Erste«, sagte Pete schließlich, und ich trat atemlos einen Schritt zurück und griff nach meiner Wasserflasche. Pete war einer der Trainer hier und hatte sehen wollen, was ich draufhatte, bevor er mich einer der Gruppen zuteilte. Nach vier Jahren Erfahrung im Kickboxen und zwei Judokursen war es genug, um ein anerkennendes Nicken zu erhalten. »Du kannst direkt in die Fortgeschrittenengruppe einsteigen. Ich kann dir nachher noch ein Formular mitgeben, da kannst du deine Mitgliedschaft beantragen. Der Kurs findet jeden Mittwochabend statt.«

»Perfekt, vielen Dank«, sagte ich und strahlte ihn mit verschwitztem Gesicht an.

»Tut immer gut, sich auszupowern, oder? Du kannst gern noch mit einem der anderen trainieren, die freuen sich immer, wenn jemand Neues dazukommt.« Er grinste und ging dann zu einem anderen Trainingspaar, um ihnen ein paar Tipps zu geben.

Nachdem ich erst mal die halbe Flasche leer getrunken hatte, stellte ich sie wieder ab und sah mich um. Ganz in meiner Nähe entdeckte ich die junge Frau, mit der ich vor der kurzen Einheit mit Pete bereits trainiert hatte, und die gerade allein Kicks übte.

»Wollen wir noch mal ein bisschen zusammen trainieren?«, fragte ich sie.

»Klar doch.« Sie nickte entschlossen und ging in Kampfposition.

Ich tat es ihr nach, und schon nach den ersten Schlägen verlor ich mich wieder voll und ganz in den Bewegungen. Der Rest der Probestunde verging wie im Flug, und als Pete den Kurs schließlich beendete, war ich vollkommen erledigt. Aber genau das hatte ich gebraucht. Die junge Frau, mit der ich trainiert hatte, hatte sich kurz als Amy vorgestellt, ansonsten hatten wir aber nicht viel gesprochen. Ich verabschiedete mich von ihr und ging dann noch mal zu Pete, damit er mir das Formular geben konnte, bevor ich mich auf den Weg in die Umkleide machte.

Während ich mich umzog, entspannten sich meine Muskeln langsam wieder. Mit der Mattigkeit kehrten jedoch auch die Gedanken zurück. Die ersten beiden Arbeitstage waren wirklich aufregend gewesen. Ich hatte jetzt schon so unglaublich viel gelernt, und mir schwirrte immer noch der Kopf von den ganzen Eindrücken. Als ich gestern Abend nach Hause gekommen war, hatte ich nur noch schnell etwas gegessen, hatte alles für den Kickboxkurs heute vorbereitet und war danach todmüde ins Bett gefallen. Aber es war eine gute Erschöpfung gewesen. Eine, die mich daran erinnerte, dass ich es geschafft hatte. Dass es mein Stück war, das ausgewählt worden war. Das Einzige, was das Glück ein wenig trübte, war die Erinnerung an Miles. Ich hatte ihn heute zum Glück kaum zu Gesicht bekommen, weil Simon mit mir den vorläufigen Spielplan durchgegangen war, aber der kurze Schlagabtausch gestern hatte mir gereicht. Er wollte, dass wir uns kennenlernten? Dass wir herausfanden, wer wir heute waren? Keine Ahnung, wie er sich das vorstellte. Oder ob ich das überhaupt wollte. Was ich wusste, war, dass ich nie wieder blindlings in eine Schwärmerei geraten und mich einem Kerl ausliefern wollte. Das hatte ich mir nach der Nacht auf dieser verdammten Party geschworen, und daran hielt ich mich seitdem auch. Dass ich dabei immer mehr zu jemandem mutierte, der sich grundsätzlich vor Kerlen verschloss, blendete ich lieber aus. Und bis Miles aufgetaucht war, hatte ich damit auch keine Schwierigkeiten gehabt.

Ich schüttelte den Kopf über mich selbst und griff nach meiner Tasche. Mit zügigen Schritten verließ ich die Umkleide und machte mich auf den Rückweg. Die Trainingshalle befand sich etwas abseits im neueren Teil der Stadt, lag aber dennoch nur gute fünfzehn Minuten Fußweg von meiner Wohnung entfernt. Mit zügigen Schritten lief ich durch die Straßen und bog nach kurzer Zeit in die Rosebery Avenue ein. Am Himmel dämmerte es bereits, und die Straßenlaternen verbreiteten ein warmes, helles Licht. Zusammen mit den beleuchteten Schaufenstern verliehen sie der Straße eine fast schon romantische Atmosphäre. Kurz blieb ich stehen und sah zu der Kathedrale rüber, die von Strahlern erhellt wurde und dadurch fast noch ein bisschen majestätischer wirkte als bei Tag. Eine plötzliche Wärme breitete sich in meiner Brust aus. Dieser Ort war mein neues Zuhause. Hier begann für mich ein neues Kapitel, eines, auf das ich mich seit Langem freute und das jetzt endlich startete. Als ich mich wieder in Bewegung setzte, langsamer diesmal, lag ein Lächeln auf meinen Lippen, das auch nicht verschwand, als ich wenig später unsere WG erreichte.

»Hi!«, rief ich, während ich die Tür hinter mir schloss, und erntete ein zweistimmiges Hallo aus Richtung Wohnzimmer.

»Es ist bereits alles vorbereitet«, meinte Sutton, als ich meine Schuhe abgestreift hatte. Sie hatte es sich auf der Couch bequem gemacht und schon mal die Spielkarten hervorgeholt und den Tisch gedeckt.

»Essen ist auch gleich fertig«, kam es von Wyatt aus der Küche.

Ich grinste. Ich hatte die beiden gestern noch gefragt, ob sie Lust auf einen Spieleabend hätten, und sie waren direkt begeistert gewesen. »Perfekt«, sagte ich, »ich springe nur schnell unter die Dusche und dann bin ich da, okay?«

»Klar«, erwiderte Wyatt.

Kurz darauf setzte ich mich frisch geduscht und in bequemen

Leggins und Pullover auf den freien Sessel zu den anderen beiden. Das Essen, das Wyatt zubereitet hatte – gefüllte Süßkartoffeln mit Ofengemüse –, schmeckte wieder einmal unglaublich, und ich war nach dem Sport so hungrig, dass ich mich nicht an dem Gespräch beteiligte, sondern meine Portion regelrecht inhalierte. Nachdem wir alles weggeräumt und eine Schüssel mit Chips und Getränke geholt hatten, legten wir direkt los. Bereits nach wenigen Minuten war mir klar, dass Sutton und Wyatt Spieleabende durchaus als ernste Angelegenheit sahen.

»Okay, das ist jetzt das dritte Mal in dieser Runde, dass du einen Joker legst. Du schummelst doch.« Misstrauisch musterte Wyatt Sutton über seine Karten hinweg. Wir waren inzwischen bei der fünften Runde, und bisher hatte Sutton viermal gewonnen.

»Ich?« Sie riss die Augen auf und blinzelte so empört, dass ich lachen musste. »Das würde ich niemals tun.«

»Ist klar«, erwiderte Wyatt. »Und ich bin ein Heiliger.«

Sutton zuckte mit den Schultern. »Vielleicht habe ich ja einfach nur Glück. Außerdem hat Audrey die letzte Runde gewonnen.«

»Vielleicht schummelt sie ja auch«, meinte Wyatt und sah mich grinsend an.

»Hey«, empörte ich mich. »Ich hab vor einer Stunde das Spiel noch nicht mal gekannt, wie könnte ich da schummeln?« Wir spielten Canasta, was in der WG Standard zu sein schien. Zumindest war der Block, in dem Sutton die Punkte notierte, bereits halb voll.

»Das ist natürlich ein Argument«, gab er zu. »Vielleicht hat Emy mich in der Hinsicht auch etwas zu misstrauisch gemacht.«

»Wer ist Emy?«, hakte ich nach und zog eine Karte vom Stapel, weil ich als Nächste dran war.

Wyatt griff nach seinem Bier und trank einen großen Schluck, bevor er mir antwortete. »Meine Tochter.«

Ich sortierte gerade die Karte auf meiner Hand ein und hob ruckartig den Kopf. »Deine was?«, rutschte es mir heraus, ehe mir klar wurde, wie bescheuert ich reagierte. Doch bei einem dreiundzwanzigjährigen Kerl, der in einer WG wohnte, hätte ich einfach nicht mit dieser Antwort gerechnet. Auch wenn es eigentlich nicht vollkommen abwegig war.

»Sie ist inzwischen fast vier«, sagte er, und ein kleines Lächeln stahl sich auf seine Lippen, bevor er tief seufzte. »War alles nicht so geplant, aber sie ist das Beste in meinem Leben. Ich sehe sie leider nur an zwei Tagen in der Woche, aber es geht ihr gut, und das ist alles, was zählt.« Er senkte den Blick auf seine Karten und machte dann eine Kopfbewegung in meine Richtung. »Du bist dran, oder?«

Da er offensichtlich nicht weiter über seine Tochter reden wollte, legte ich eine Karte ab und wechselte das Thema.

»Wie war's heute im Laden?«, fragte ich Sutton. »Du musst mir mal noch sagen, wo der ist, damit ich dich dort besuchen kann.«

Sie machte eine wegwerfende Handbewegung. »Das kannst du dir sparen. Ist ein stinknormaler Blumenladen. Aber im Tattoostudio bist du jederzeit willkommen. Kriegst auch einen Rabatt.« Sie zwinkerte mir zu und vervollständigte mit einer 10er-Karte ihr Canasta, sodass sie wieder einmal gewann.

»Ich steig aus«, verkündete Wyatt, wobei er mehr belustigt als verärgert klang. »Muss sowieso demnächst los. Die Schicht in der Bar fängt bald an.« Er sah auf die Uhr und stand auf. Während er ins Bad ging, räumte ich die Karten zurück in ihre Verpackung und blieb mit Sutton auf der Couch sitzen.

»Und wie läuft's bei dir so?«, fragte sie und griff nach der Schüssel Chips auf dem Couchtisch.

»Ganz gut, schätze ich.«

»Schätzt du?«

Ertappt zupfte ich an meinem Armband, unter dem sich der kleine Schmetterling verbarg, den ich mir vor drei Jahren hatte stechen lassen. »Nein, es ist wirklich gut. Die Arbeit ist superspannend und das Team unglaublich nett. Ich habe bereits viel Neues gelernt und bin mir jetzt sicher, dass das genau der Bereich ist, in dem ich arbeiten will.«

»Aber? Du klingst, als gäbe es ein Aber.« Sie holte eine Handvoll Chips aus der Schüssel und steckte sie sich in den Mund, während sie mich abwartend ansah.

»Ein ganz kleines vielleicht«, sagte ich und überlegte, wie viel ich erzählen wollte. »Der Schauspieler, der die Hauptrolle spielt, war auf meiner Schule. Wir hatten allerdings nie viel miteinander zu tun, bis er mich im letzten Schuljahr auf eine Party eingeladen hat.«

Ich zögerte kurz, während die Erinnerungen an den Abend aufstiegen. Die Bilder waren gestochen scharf. Wie ich voller Aufregung in mein blaues Kleid schlüpfte und mich schminkte. Wie ich mit Debby hinfuhr und als Erstes nach Miles Ausschau hielt. Wie er lächelnd auf mich zukam und ich mich beim Anblick seiner Grübchen und des liebevollen Blicks in seinen Augen noch ein bisschen mehr in ihn verliebte.

Doch da waren auch noch die anderen Bilder. Unwillkürlich stiegen sie in mir auf, und mir wurde schlagartig kalt. Es waren Bilder, die mir wochenlang Albträume beschert hatten. Ich hasste die Angst, die mit ihnen einherging. Das war das Gemeine mit den

Erinnerungen. Sie erzählten nicht nur von den schönen Momenten, sondern sie hatten auch all den Schmerz, der in dieser Nacht entstanden war, gespeichert. Wie Miles ging und nicht wiederkam. Wie er zu einer anderen ging, während ich allein zurückblieb.

Eine plötzliche Enge bildete sich in meiner Brust, und ich atmete mühsam ein. Schluss damit. Ich hatte die Bilder nicht wieder und wieder bekämpft, um sie jetzt über mich hereinbrechen zu lassen. Entschlossen ballte ich die Hand zur Faust und löste sie wieder, als könnte ich so vermeiden, dass der Rest dieses einen Abends in meinem Kopf ablief wie ein schlechter Film.

»Du musst es auch nicht erzählen, wenn du nicht willst«, sagte Sutton, und ich kehrte ruckartig in das Jetzt zurück. Offenbar war ihr meine Reaktion nicht entgangen, denn sie sah mich mitfühlend an.

»Schon gut, es ist nur … Das zwischen uns hat nicht gerade im Guten geendet. Wir haben uns geküsst, er hat mich kurz darauf wegen einer anderen stehen lassen, und danach wollte ich nichts mehr mit ihm zu tun haben.« Dass das nur ein Bruchteil dessen war, was damals wirklich passiert war, brauchte Sutton fürs Erste nicht zu wissen. Ich wollte sie nicht direkt mit dem Mist konfrontieren, der mich in manchen Nächten noch immer schlaflos an die Decke starren ließ.

»Und er hat sich nicht entschuldigt?« Sie runzelte die Stirn und griff ein weiteres Mal in die Chipstüte.

»Doch«, gab ich zu. »Zumindest hat er es mehrmals versucht. Er meinte, es gäbe eine Erklärung dafür, aber ich war zu dem Zeitpunkt nicht bereit, ihm zuzuhören, und seit dem Abschluss habe ich ihn nie wiedergesehen. Bis er dann am Montag plötzlich vor mir stand.«

»Uh, verstehe! Das klingt kompliziert.«

»Ist es eigentlich nicht.« Ich seufzte. »Zumindest müsste es das nicht sein. Wir sind inzwischen beide älter, und das Stück ist die größte Chance für mich und auch für ihn etwas, was er bestimmt nicht versauen will. Es gibt keinen Grund, das von damals weiterhin zwischen uns stehen zu lassen.«

»Nur ist es eine Sache, das im Kopf zu wissen, und eine andere, es dann auch umzusetzen«, bemerkte sie.

»Du sagst es. Ich will mich ihm gegenüber professionell verhalten, aber er macht es mir verdammt schwer. Er ist einfach so …«

»So was?«

So unverschämt. So verwirrend. So nervtötend. So attraktiv.

Ich zuckte hilflos mit den Schultern. Dass Miles diese Wirkung auf mich haben würde, hätte ich nicht gedacht. Ich hatte ihn schon damals interessant gefunden, aber jetzt? Dass er älter geworden war, stand ihm. Seine Gesichtszüge waren kantiger geworden und seine Mimik ausdrucksstärker. Er strahlte eine Lässigkeit aus, die mir imponierte, so ungern ich es auch zugab.

»Verstehe«, murmelte Sutton und warf mir einen wissenden Blick zu. »Er ist einer von der Sorte, die man nicht mehr vergisst, wenn man ihnen einmal zu nahegekommen ist.«

Ich erwiderte nichts, musste mir aber im Stillen eingestehen, dass sie recht hatte. Denn auch wenn ich es niemals laut zugeben würde, war mir Miles in all den Jahren nie aus dem Kopf gegangen.

»Genug von mir«, wechselte ich das Thema. »Wie war dein Tag?«

»Gut. Im Blumenladen war wie immer nicht viel los. Ich habe ein paar Sträuße zusammengesteckt und dazwischen sogar eine neue Skizze für ein Tattoo fertigstellen können.« Sutton grinste fröhlich und zog ihre Beine an, sodass sie im Schneidersitz auf dem Sofa saß. Sie trug bunt gemusterte Leggins und einen beigen Kapuzenpulli. Bis auf einen kleinen Lavendelzweig auf der Innenseite ihres rechten Handgelenks hatte ich keine Tattoos an ihrem Körper entdeckt. Aber so wie ihre Augen leuchteten, wenn sie über das Tattoostudio sprach, zweifelte ich keine Sekunde daran, dass sie die Arbeit dort liebte.

»Ich bewundere Leute, die so was können. Wenn ich zeichne, erkennt niemand auch nur ansatzweise, was ich da eigentlich darstellen will«, sagte ich und griff nun ebenfalls in die Schüssel mit Chips, obwohl ich noch von Wyatts Essen pappsatt war.

»Dafür hast du ein Theaterstück geschrieben und arbeitest bei der Inszenierung mit. Glaub mir, da wäre ich völlig raus. Hat halt jeder so seine Bereiche, oder?«

»Absolut.«

»Okay, Leute, ich mach mich auf den Weg.« Wyatt steckte seinen Kopf durch die Tür und winkte uns kurz zum Abschied zu. »Wir sehen uns morgen früh. Seid brav und fackelt die Bude nicht ab.«

Sutton verdrehte die Augen und warf ihm eine Kusshand zu. »Nur dein Zimmer.«

Lachend verschwand Wyatt, und kurz darauf fiel die Haustür ins Schloss.

»Hast du Lust auf eine Serie?«, wandte sich Sutton an mich. »Ich muss morgen früh raus, aber für zwei Folgen *Navy CIS* oder so wäre ich noch dabei.«

Kurz dachte ich an das Skript und Simons Anmerkungen, die er gestern und heute zu meinem Stück gemacht hatte. Eigentlich sollte ich die Sachen noch mal durchgehen, andererseits hatte er mir gesagt, ich dürfe in der ersten Arbeitswoche ruhig erst mal mitlaufen und alles auf mich wirken lassen. Bisher konnte ich seine Vorschläge auch alle nachvollziehen, obwohl es dennoch etwas schmerzte, wenn Passagen aus dem eigenen Stück gestrichen wurden. Aber das gehörte dazu.

»Ich kenn die Serie zwar nicht, aber bei ein, zwei Folgen wäre ich auch dabei«, sagte ich.

Sutton holte ihren Laptop, und wir machten es uns auf der Couch bequem, während *Navy CIS* über den Bildschirm flimmerte.

Ich lehnte mich zurück und ließ mich von der Serie einlullen, während sich langsam Müdigkeit in mir breitmachte. Die ersten Tage in Chesthill waren intensiv gewesen, doch ich gewöhnte mich langsam an meinen neuen Alltag. Und ich merkte bereits jetzt, wie sehr er mir gefiel. Daran änderte auch Miles' Anwesenheit nichts.

## 5. KAPITEL

# Miles

Unruhig lief ich vor dem Theater auf und ab. Ich presste mir das Handy noch fester ans Ohr, doch bis auf ein lautes Tuten war nichts zu hören. Joanne hatte uns nach einem Vormittag voller Proben und Analysen unserer Rollen in die Pause entlassen. Während die anderen Schauspieler sich in den Aufenthaltsraum verzogen hatten, war ich nach draußen und in Richtung Rosebery Avenue gegangen, um meine beste Freundin Peyton anzurufen.

Ich hatte mit ihr zuletzt vor zwei Wochen gesprochen, und auch wenn es normal war, dass wir nicht so oft Kontakt hatten, kroch mir dennoch langsam die Sorge den Rücken hinauf. Wie jedes Mal, wenn ich länger nichts von ihr hörte. Dabei sagte mir Peyton immer wieder, dass ich damit aufhören musste. Dass es nicht meine Aufgabe war, mich um sie zu sorgen. Dass sie einfach nicht der Typ war, der ständig am Handy hing. Ich hörte trotzdem nicht damit auf. Sie war meine beste Freundin, der Mensch, der mich besser kannte als irgendjemand sonst. Und ich war die Person, die als einzige über all die Dinge Bescheid wusste, die in ihrem Leben schiefgelaufen waren. Allein deshalb würden die Sorgen nie verschwinden. Dass sie seit Tagen nur spärlich auf meine

Nachrichten antwortete, wertete ich als schlechtes Zeichen. Irgendetwas war los, und ich wollte ihr zeigen, dass ich da war, egal was sie bedrückte.

Nach dem gefühlt hundertsten Klingeln nahm sie endlich ab. »Miles?«, fragte sie atemlos.

»Ja, hi. Ist alles okay?«

»Ist es. Ich hab nur mein Handy verlegt und musste es gerade erst mal suchen.«

Ich schmunzelte, und etwas von meiner Anspannung fiel ab. Das klang nach Peyton. Sie war schon früher chaotisch gewesen, obwohl sie ihr Zimmer stets ordentlich hielt. Vermutlich, weil der Rest der Wohnung meistens aussah, als wäre ein Hurrikan hindurchgefegt, der nichts als Verwüstung und Chaos hinterließ.

»Wie geht's dir?«, fragte ich. »Du hast dich in letzter Zeit nicht viel gemeldet.«

Sie seufzte. »Es war viel los. Ich habe jeden Tag Leo und Liam besucht und hänge in der Uni hinterher. Keine Ahnung, wie ich das packen soll.«

Mit gerunzelter Stirn blieb ich stehen. Ich hasste es, dass sie sich ständig um ihre Brüder kümmern musste, obwohl sie seit einem Jahr nicht mehr zu Hause wohnte. Auch wenn ich ihre Gründe zum Teil nachvollziehen konnte. Und ich wusste, dass es sie vor Schuldgefühlen zerfraß, überhaupt die Hölle verlassen zu haben, die ihr Zuhause gewesen war. Hätten Leo und Liam nicht selbst darauf bestanden, wäre sie garantiert geblieben.

»Das klingt nicht gut.«

»Ist es auch nicht. Aber ich schlag mich irgendwie durch. Mach ich doch immer.«

Ich presste die Lippen zusammen.

»Du willst mir gerade sagen, dass es so nicht sein sollte, oder?« Sie atmete hörbar aus. »Dass ich mich auf das Studium konzentrieren und auf mich schauen soll, aber du weißt, dass ich das nicht kann. Dass ich Mum, Leo und Liam nicht hängen lassen kann. Nicht, solange *er* noch dort wohnt.«

»Ich weiß«, sagte ich resigniert. »Ich wünschte, wir könnten etwas dagegen tun.«

»Jepp. Das wünsche ich mir seit Jahren. Aber solange meine Mutter zu schwach ist, um zu erkennen, wie toxisch das mit ihm ist … Ich habe alles versucht.« Ihre Stimme war mit jedem Wort leiser geworden, und die Mutlosigkeit darin versetzte mir einen Stich.

»Soll ich am Wochenende zu dir kommen?«, schlug ich vor.

»Nein«, wehrte sie ab. »Das ist lieb von dir, aber ich muss den Unikram nachholen. Und jetzt erzähl mal, wie läuft es in Chesthill? Hast du am Theater schon allen den Kopf verdreht?«

»Was denkst du denn?« Grinsend lehnte ich mich an die Steinfassade des Theaters und beobachtete die Passanten, die vorbeieilten. »Die Fans stehen schon längst Schlange.«

Sie lachte, und auch wenn sie noch nicht richtig fröhlich klang, atmete ich erleichtert auf. »Okay, und wie ist es wirklich?«, fragte sie.

»Alles in allem sehr gut! Die Kollegen sind nett und motiviert. Und mir ist erst jetzt bewusst geworden, wie sehr ich es in den letzten Wochen vermisst habe, auf der Bühne zu stehen.« Ich lächelte und dachte an die Monate auf der Schauspielakademie zurück, in denen ich von genau dieser Chance geträumt hatte.

»Das klingt doch echt gut. Du warst ja schon bei deiner Bewerbung so begeistert von dem Stück.«

»Ja …« Ich räusperte mich. Ein Teil von mir zögerte, ihr von Audrey zu erzählen, ein anderer wollte es unbedingt loswerden. Und wenn es jemanden gab, mit dem ich für gewöhnlich über alles sprechen konnte, war sie es. »Also was das angeht. Da hat mich am Montag 'ne ziemliche Überraschung erwartet. Erinnerst du dich an Audrey?«

»Audrey … sagt mir was. Warte, ist das nicht das Mädchen aus deiner Schule, das nach dieser einen Party, auf der ihr euch geküsst habt, nicht mehr mit dir gesprochen hat?«

Ich stieß mich von der Wand hinter mir ab und fing erneut an, hin- und herzulaufen. »Genau die. Sie ist die Autorin des Theaterstücks.«

»Oh, wow! Dann war das eine weniger gute Überraschung?«

Ich zuckte mit den Schultern. »Für sie, ja. Ich weiß nicht, was ich davon halten soll.«

»Oh, oh«, machte Peyton. »Den Tonfall kenne ich. Du findest sie interessant und verrennst dich in irgendetwas.«

Ertappt zuckte ich zusammen. »Ich weiß, dass ich es lassen sollte. Aber da ist dieser Drang in mir, ihr zu beweisen, dass ich … Ich weiß auch nicht. Dass ich nicht der schlechte Kerl bin, für den sie mich offenbar hält. Macht das Sinn?«

Am anderen Ende der Leitung herrschte kurz Schweigen.

»Natürlich«, sagte Peyton langsam. »Du tust schließlich schon immer genau das.«

Ich blieb abrupt stehen. »Autsch«, murmelte ich.

»Sorry«, ruderte Peyton zurück.

»Schon gut. Du hast ja recht.«

*Du willst Schauspieler werden? Ja dann viel Glück, Junge.*

Die Erinnerung stieg unweigerlich in mir hoch. Dad hatte nur gelacht, als ich ihm gesagt hatte, dass ich auf eine Schauspielschule gehen wolle. Mum hatte an ihrem Wein genippt und flüchtig gelächelt. Vermutlich war sie in Gedanken bei ihrer Arbeit oder dem nächsten Brunch mit ihren Freundinnen gewesen, bei dem jede die andere zu übertrumpfen versuchte. Wer besaß die teureren Schuhe, den reichsten Ehemann und die meisten Aufträge bei der Arbeit? Seit Mum in einer erfolgreichen Maklerfirma arbeitete und Immobilien an Millionäre verkaufte, verbrachte sie kaum noch Zeit zu Hause. Tatsächlich hatten meine Eltern am nächsten Tag meinen Entschluss bereits wieder vergessen gehabt, und ich hatte sie erneut daran erinnern müssen. Dad hatte daraufhin nur gemeint, er würde mir einen monatlichen Betrag überweisen, den er auch bei jedem anderen Studium gezahlt hätte. Mit dem Erbe seines Vaters, der ihm nicht nur Unmengen an Geld, sondern auch ein Bankunternehmen hinterlassen hatte, waren meine Studiengebühren keine große Sache für ihn. Dennoch hatte ich mich zusätzlich um ein Stipendium beworben, um nicht von ihm abhängig zu sein – und es bekommen. Das Gefühl, nicht gut genug zu sein, meine Eltern nicht mit Stolz zu erfüllen, war allerdings geblieben. Ganz gleich, wie gut die Noten, die Rückmeldungen der Dozierenden und die ersten Chancen auf eine Rolle am Theater auch gewesen waren. Weil es nie ausgereicht hatte, meinen Eltern auch nur ein anerkennendes Wort zu entlocken. Oder zumindest einen Hauch von echtem Interesse für das, was ich tat.

»Ich werde dir nicht ausreden, Audrey besser kennenlernen zu wollen«, sagte Peyton schließlich. »Dafür kenne ich deine Sturheit zu gut, aber pass einfach auf dich auf, ja?«

»Immer«, erwiderte ich, dabei wussten wir beide, dass an meinen schlechten Tagen eine selbstzerstörerische Tendenz in mir zum Vorschein kam, die mir schon so manche Chance kaputt gemacht hatte.

»Gut«, sagte sie. »Aber Themenwechsel. Hast du heute noch lange?«

»Nee, freitags machen wir nur bis drei, also habe ich in zwei Stunden Feierabend. Was echt nötig ist! Ich liebe die neuen Aufgaben zwar, aber es ist auch sehr intensiv. Heute Abend treffe ich mich dann noch mit Dan, der als Kostümbildner am Theater arbeitet, und mit Felicity, der Schauspielerin, die die weibliche Hauptrolle spielt.«

»Das klingt toll. Eine gute Möglichkeit, euch besser kennenzulernen.«

»Ja, so ein bisschen Sozialleben muss auch mal sein. Und du machst dich hoffentlich nicht zu verrückt mit dem Unikram. Du schaffst das.«

»Ich versuch's«, erwiderte sie, klang aber schon deutlich optimistischer als zu Beginn des Gesprächs.

»Gut.«

Wir redeten noch kurz weiter und verabschiedeten uns dann mit dem Versprechen, uns bald wieder real zu sehen. Mit deutlich mehr Energie lief ich zurück in die Straße, in der der Proberaum lag, und stellte mich auf zwei weitere Stunden Proben ein.

»Dein erstes Stück war wirklich *Sommernachtstraum* von Shakespeare? Mehr Klischee geht ja fast nicht.« Mit einem amüsierten Kopfschütteln musterte Dan Felicity, die an einem Cider nippte und grinsend nickte.

»Es war in der fünften Klasse, und ich habe eine Elfe gespielt.

Rückblickend würde ich gern sagen, dass das der Moment war, in dem ich wusste, dass ich auf die Bühne gehöre, aber in Wahrheit habe ich die Hälfte des Stücks eine Schnute gezogen, weil ich unbedingt eine der Hauptrollen haben wollte, und darum eine todunglückliche Elfe abgegeben. Unsere Lehrerin war nicht gerade begeistert, und mit den Fotos von dem Stück zieht meine Mum mich heute noch auf.«

Ich lachte. »Das klingt wirklich klischeehaft.«

»Was war denn deine erste Rolle?«, fragte Dan.

Wir saßen zu dritt in einem Pub, der sich in einer Seitenstraße zur Rosebery Avenue befand. Es hätte auch dort einer zur Auswahl gestanden, aber mit dem Theater, den gemütlichen Cafés sowie der Kathedrale, dem Park und den unzähligen Läden war immer viel los. Da war es hier eindeutig etwas weniger trubelig. Die Einrichtung des Pubs war rustikal gehalten mit dunkel angelaufenen Stühlen und Tischen, einem Tischkicker und einem Billardtisch in einer Ecke. An der Theke saßen ein paar Leute, tranken Bier und Cider oder aßen Burger, die hier gigantisch groß waren. Obwohl es Freitagabend war, war nicht viel los und erst die Hälfte der Plätze besetzt. Aber bestimmt würde sich das in den nächsten Stunden noch ändern.

Ich nippte an meinem Bier und überlegte. »Keine Ahnung, ehrlich gesagt. Ich glaube, es war irgendein Märchen oder eine Kindergeschichte. *Peter Pan* vielleicht? Oder *Das Dschungelbuch*? Auf jeden Fall weiß ich noch, dass ich mich im Gegensatz zu Felicity von Anfang an in meinen Rollen wohlgefühlt habe. Ich war einfach nur froh, auf der Bühne stehen zu dürfen.«

Das Gefühl, wenn sämtliche Augenpaare aus dem Publikum auf mir lagen, war damals dasselbe wie heute. Jedes Mal, wenn der

Vorhang hochging, erfasste mich ein Adrenalinstoß und die Hoffnung, dass zwei ganz bestimmte Augenpaare zusahen und vielleicht sogar so etwas wie Stolz in ihrem Blick hatten. Und jedes Mal war ich enttäuscht, wenn es nicht so war. Auch wenn ich mich inzwischen mehr damit abgefunden hatte. Dennoch liebte ich jede Sekunde auf der Bühne.

»Das merkt man dir an«, sagte Felicity mit einem unmerklichen Lächeln, das ich über mein Glas hinweg erwiderte. Ich mochte ihre ruhige, sanfte Art, die völlig verschwand, wenn sie auf der Bühne zu jemand anderem wurde.

»Was ist mit dir?«, wandte sie sich an Dan. »Wie bist du ans Theater gekommen?«

Er zuckte mit den Schultern und fuhr sich durch seine kurzen blonden Haare, sodass sie in alle Richtungen abstanden. »Ich war früher oft mit meinen Eltern im Theater und fand die Kostüme schon immer am Spannendsten. In der Schule habe ich dann angefangen, mich für Mode zu interessieren, und nach dem Abschluss habe ich ein Praktikum beim *Mayflower Theatre* in Southampton gemacht. Damit hat es angefangen, und seither will ich nirgendwo anders als an einem Theater arbeiten.«

»Das klingt echt toll, ich bin schon so auf unsere Kostüme gespannt.« Felicitys Augen leuchteten auf, und kurz tauchte vor mir ein Bild auf, wie wir beide auf der Bühne standen, geschminkt und in Kostümen, während das Publikum erwartungsvoll auf die ersten Sätze wartete. Bei dem Gedanken erfasste mich kribbelnde Vorfreude. Es war genau dieser Moment, auf den wir hinarbeiteten, der all die Mühen und Proben wert war.

»Ich auch«, erwiderte Dan schmunzelnd.

Lächelnd lehnte ich mich zurück und sog die entspannte Atmosphäre des Pubs in mir auf. Aus einem Lautsprecher schräg hinter uns an der Decke drang leise ein Countrysong, und als eine junge Frau mit Tablett an uns vorbeilief, bestellte Felicity eine Runde Cider.

Nach und nach füllte sich der Pub, und die Anspannung der letzten Tage fiel von mir ab. Manchmal brauchte es Abende wie diesen, um den Kopf frei zu kriegen. Sosehr ich liebte, was ich tat, war es doch auch anstrengend.

Als Schauspieler hatte ich nicht die Sicherheit, die andere in ihrem Job hatten. Bei mir kam es nicht nur auf meine Leistung, sondern auch auf das richtige Timing und auf Glück an. Gerade am Anfang hieß es, sich reinhängen und alles geben. Mir gefiel die Abwechslung, die mein Alltag brachte. Die Chance, immer wieder in neue Rollen zu schlüpfen, mich selbst herauszufordern und über mich hinauszuwachsen. Die Chance, die Leute mit meiner Performance zu berühren und zu begeistern. Aber da war auch die ständige Unsicherheit, die Angst, dass es nicht reichte, dass ich nicht gut genug war und längerfristig keinen Erfolg haben würde. Dass ganz gleich, wie viel Mühe ich mir gab, ganz gleich, wie erfolgreich ich tatsächlich sein würde, dieses nagende Gefühl, nicht auszureichen, trotzdem nicht verschwinden würde.

»Hat jemand Lust auf eine Runde Tischkicker?«, fragte Dan und riss mich damit aus meinen viel zu trüben Gedanken.

»Aber so was von.« Ich schnappte mir den Cider, der uns eben gebracht worden war, und stand auf.

Felicity erhob sich ebenfalls. »Auf jeden Fall. Ich muss euch allerdings vorwarnen, ich bin quasi unschlagbar«, sagte sie.

»Dann bilden wir wohl ein Team«, wandte Dan sich an mich. »Zu zweit besiegen wir sie schon.«

Wir positionierten uns um den Tisch herum, wobei ich demonstrativ meine Ärmel hochkrempelte. »Na, dann wollen wir mal«, sagte ich grinsend.

Felicity schnaubte nur. Sie stand Dan und mir gegenüber, und sobald der Ball über den Tisch rollte, war sie nicht mehr zu halten. Sie wechselte und drehte die Griffe in einer Geschwindigkeit, die mir rätselhaft war. Innerhalb der ersten Minuten schoss sie direkt vier Tore, ohne dass Dan und ich auch nur ansatzweise rechtzeitig reagieren konnten.

»Verdammt«, murmelte Dan. »Du bis wirklich gut.«

»Habe ich ja gesagt«, erwiderte sie mit einem zufriedenen Grinsen.

»Noch ist nichts verloren«, meinte ich. Drei Runden später mussten wir uns allerdings eingestehen, dass wir gegen Felicity keine Chance hatten.

Trotzdem brachte das Spiel die Leichtigkeit zurück, die ich vorhin kurz verloren hatte. Inzwischen hatte ich wieder ein gutes Gefühl, was die nächsten Wochen anging, und vielleicht würden diesmal auch die Zweifel öfter ausbleiben.

## 6. KAPITEL

# Audrey

Ich hatte mir schon oft ausgemalt, wie es sein würde, an einem Theater zu arbeiten. Nicht als Praktikantin, sondern so, dass meine Meinung wirklich zählte. Auch wenn ich die zwei kurzen Praktika, die ich während des Studiums machen durfte, genossen hatte, war es etwas völlig anderes, nicht mehr nur Skripte zu kopieren und zuzusehen, sondern mich tatsächlich auch aktiv mit einbringen zu können. Und die zwei Wochen, die ich nun schon in Chesthill war, waren sogar noch besser gewesen als in meiner Vorstellung. Ich hatte in dieser Zeit bereits wahnsinnig viel gelernt, und meine Anmerkungen wurden auch respektiert und in Betracht gezogen. Inzwischen war ich mir auch ziemlich sicher, dass ich in Zukunft vor allem im Bereich der Dramaturgie arbeiten wollte. Denn dort kam alles zusammen: die Kommunikation mit den Schauspielern, das Arbeiten am Text und die Planung rund um das Stück und die Aufführungen. Wenn ich mit Simon zusammenarbeitete, machte ich mir anschließend jedes Mal direkt Notizen, um das neu Gelernte festzuhalten.

Simon war ehrgeizig, arbeitete anscheinend pausenlos und machte seinen Job voller Leidenschaft. Wie auch immer er das alles schaffte. Er stand in engem Kontakt zu den Schauspielern, vermittelte zwischen ihnen und Joanne, hatte den Spielplan auf dem Schirm, arbeitete bereits an dem Programmheft und überlegte, wie das Stück beworben werden könnte. Ich hatte jetzt schon mehr von ihm gelernt als im gesamten letzten Semester.

Aber auch von Joanne hatte ich mir bereits einiges abgucken können. Gerade saß ich auch wieder neben ihr auf einem der Stühle im Proberaum und sah zur Bühne, auf der Felicity mit zwei anderen Schauspielerinnen stand, die ihre besten Freundinnen spielten. Die drei unterhielten sich in dieser Szene an einer improvisierten Bar, und Felicity erzählte von ihren Eltern, die ihr verbieten wollten, ihren Geliebten wiederzusehen.

Der Hass zwischen den Familien der Hauptfiguren und dass ihre Beziehung nicht akzeptiert wurde, weil sie aus unterschiedlichen gesellschaftlichen Schichten kamen, war natürlich inspiriert durch Shakespeares *Romeo und Julia.* Allerdings hatte ich es in meiner Version bewusst neu interpretiert und das Stück nur als Vorlage genommen. Entgegen der Erwartung meines Dozenten hatte ich *Romeo und Julia* nie sonderlich gemocht, ich fand lediglich die Thematik spannend. Tatsächlich war mir die Idee, eine moderne, andere Version der Geschichte zu schreiben, erst gekommen, als ich mich mit Kommilitonen nach einem Kurs über Shakespeares Werke in der Cafeteria unterhalten hatte. Dass ich dann beim Schreiben sogar persönliche Szenen einbauen würde, hatte ich nie geplant. Aber es hatte gutgetan – die Stärke der weiblichen Figur Julie war beim Schreiben irgendwie auch zu meiner Stärke geworden. Sie entscheidet sich *für* ihre Liebe zu Johnny und stellt sich damit deutlich *gegen* die Erwartungen ihrer Eltern, die in ihr jemand sehen, der ein gewöhnliches Leben fernab von der Öffentlichkeit führt, und weniger auf seinen Beruf fokussiert ist. Sie entscheidet sich auch dafür, ihre Karriere als Modedesignerin zu verfolgen und wendet sich schließlich ganz vom Elternhaus ab, um zusammen mit Johnny ihren Traum zu leben.

Zu Beginn des Stücks tritt Julie noch als sehr starke Persönlichkeit auf, das ändert sich jedoch, als sie überfallen wird und sich anschließend aus der Öffentlichkeit zurückzieht. Leider schlägt durch den Vorfall auch Johnnys Liebe in Besessenheit um, und er taucht regelmäßig unangekündigt an ihrem Fenster auf, weil er sichergehen will, dass es ihr gut geht. Seine vermeintliche Leidenschaft löst in Julie Unbehagen aus, bis sie sich in ihren eigenen Wänden nicht mehr sicher fühlt.

Meine Hände hatten beim Schreiben gezittert, als ich Julies Machtlosigkeit beschrieben hatte und die Furcht davor, nicht stark genug zu sein. Dass sie letztendlich in all dieser Angst sich selbst und ihrer Liebe zu Johnny treu bleibt, würden manche vielleicht als schwach interpretieren. In dem Stück führen die beiden zu diesem Zeitpunkt auf jeden Fall eine toxische Beziehung. Doch für mich lag Julies eigentliche Stärke immer darin, dass sie an dem Drama nicht zerbricht, sondern daran arbeitet, der Welt gegenüberzutreten. Vor allem als ein wütender Mob verlangt, dass sie auf der Modenschau ihrer eigenen Kollektion persönlich auftaucht – was sie trotz ihrer Angst mit erhobenem Kopf tut. Zwar beugt sie sich damit dem Willen der anderen, aber sie entscheidet sich bewusst dafür, weil sie sich nicht länger in den eigenen vier Wänden verschanzen will. Etwas, was in meinen Augen wahnsinnig viel Mut erfordert.

Es war ein modernes Stück, das von Selbstbestimmung, Vorurteilen und einem Trauma handelte, das am Ende alles zerstörte.

Aber auch von Hoffnung und der dringenden Botschaft, dass wir toleranter, offener und mutiger werden mussten.

Nachdem Debby es zum ersten Mal gelesen hatte, hatte sie mich wortlos in die Arme gezogen. Erst da war mir klar geworden, wie viel ich unterbewusst von mir selbst in die Texte gesteckt hatte und wie viel ich noch immer loslassen musste.

»Sehr gut. Wir können direkt mit der nächsten Szene weitermachen.« Joannes Stimme erklang laut neben mir, und ich zuckte zusammen.

Schnell setzte ich mich aufrecht hin und verfolgte wieder das Geschehen auf der Bühne. Es war Donnerstagnachmittag, und obwohl die Schauspieler bereits die ganze Woche probten und auch heute schon seit dem Morgen wieder und wieder denselben Text durchgingen, waren sie immer noch unglaublich konzentriert. Ich hatte mir zwischendurch ein paar Notizen zu einzelnen Szenen und Charakteren gemacht, an deren Darstellung in meinen Augen noch gefeilt werden könnte. Allerdings fiel es mir bei einer Person schwer, Anmerkungen zu machen.

Wie aufs Stichwort betrat Miles die Bühne. Ich ließ das Skript sinken. Während der letzten Tage hatte ich ihn mehrmals in Aktion erlebt, und ich konnte meine Faszination nicht leugnen. Wenn er auf der Bühne stand, war er so sehr in seinem Element, dass ich keine Sekunde daran zweifelte, dass die Zuschauer ihn lieben würden.

Mit forschen Schritten lief er vor dem Fenster seiner Geliebten hin und her, rief mit echter Verzweiflung in der Stimme nach ihr und sank schließlich auf die Knie, als sie nicht antwortete. Trauer und tiefe Enttäuschung tanzten auf seinem Gesicht. Er ballte die Hände zu Fäusten, wiegte sich vor und zurück, und der Wahnsinn in seinen Augen wirkte so echt, dass mir eine Gänsehaut über die Arme kroch.

Wie schaffte er das? Aus dem Augenwinkel sah ich, wie Joanne anerkennend nickte und sich eine Notiz machte. Ich wünschte, ich könnte mit derselben professionellen Distanz reagieren, aber ich war Miles' Ausstrahlung auf der Bühne gnadenlos ausgeliefert.

Es fiel mir immer noch schwer, ihn mit dem Jungen von damals in Verbindung zu bringen, der mich stehen gelassen hatte, nachdem wir uns lange und tief geküsst und ich mich für das glücklichste Mädchen der Welt gehalten hatte. Wenn ich daran dachte und daran, was danach passiert war, spürte ich, wie die Kälte wieder nach mir griff. Wie sie sich um mein Herz legte und Panik schürte. Reflexartig beschleunigte sich mein Puls, und ich rang Luft. Nach all der Zeit reagierte mein Körper immer noch so. Schaltete in den Panikmodus, als müsste ich jeden Moment flüchten.

Entschlossen ballte ich eine Hand zur Faust und drängte die Angst zurück. Erinnerte mich an meine Kraft und daran, dass ich kein wehrloses, unsicheres Mädchen mehr war.

Ich blickte wieder zu Miles, der die Bühne verließ, während Felicity und Juan ihren Auftritt hatten, und sah ihm nach. Unwillkürlich stieg in mir die Frage auf, was er in den letzten Jahren erlebt hatte. Wie sein Weg nach der Schule weitergegangen war. Was aus seinen Träumen und Wünschen geworden war und ob er bereute, mich damals wegen eines anderen Mädchens hängen gelassen zu haben.

Felicitys und Juans Part endete, ohne dass ich irgendetwas davon mitbekommen hatte, und Miles kam zurück auf die Bühne. Innerhalb eines Augenblicks verwandelte er sich wieder in sich selbst zurück und setzte sich an den Rand der Bühne, wo Joanne erst ihm und dann Felicity und Juan Feedback gab.

»Hast du noch etwas zu ergänzen, Audrey?«

Ich sah von ihr zu Miles, und unsere Blicken trafen sich für den Bruchteil einer Sekunde. Neugierig wartete er auf mein Urteil, als wollte er unbedingt wissen, was ich von der Szene und ihm hielt.

Ich räusperte mich und senkte den Kopf. »Mir hat es gut gefallen«, sagte ich schließlich und verfluchte meine Stimme dafür, dass sie so belegt klang. »Vor allem die Emotionen waren sehr greifbar und echt. Im Grunde habe ich es mir genau so vorgestellt.« Das war die Wahrheit. Miles war gut. Bestimmt gab es Techniken, die er noch verbessern konnte, aber er brachte das Entscheidende mit: Er vermittelte auf der Bühne Emotionen. Tiefe, rohe Emotionen, die den Zuschauer direkt ins Herz trafen. Genau das hatte ich mir für das Stück gewünscht.

Als er nichts erwiderte, hob ich doch wieder den Kopf. Echte Überraschung lag in seinem Gesicht, und ein Ausdruck von Dankbarkeit. War es ihm so wichtig, was ich dachte?

Während der letzten Tage hatten wir uns zwar regelmäßig gesehen, aber kaum miteinander gesprochen. Ich war ihm – wohl mehr unterbewusst als bewusst – aus dem Weg gegangen. Zumindest in Situationen, in denen ein Gespräch unter vier Augen unausweichlich gewesen wäre. Es waren nichts als Sicherheitsmaßnahmen. Denn wenn ich ihn – wie jetzt – zu lange ansah, wurde nicht nur die Erinnerung an die schlimmste Nacht meines Lebens wach, sondern es kehrte auch die Wärme zurück, die ich bei unserem Kuss damals gespürt hatte. In dem Moment hatte ich mich so geborgen gefühlt, so sicher. Mein Herz hatte wie verrückt gepocht, und ich erinnerte mich noch genau an das Kribbeln in meinem

Bauch. Wir hatten uns nicht wirklich gut gekannt, aber in der Luft hatte der zarte Anfang einer Geschichte gelegen, die großartig hätte werden können.

Ich wünschte, ich könnte behaupten, dass ich damit abgeschlossen hatte und er heute keinerlei Faszination mehr auf mich ausüben würde. Doch ich kam nicht gegen die Neugier an, die mich hin und wieder ergriff. Wer war Miles heute? Als hätte er meine Gedanken gehört, hob er herausfordernd die Augenbrauen. Blinzelnd umklammerte ich mein Skript fester und erwiderte den Blick stoisch. So leicht würde ich mich nicht aus dem Konzept bringen lassen.

»Wie wär's mit einer kurzen Pause?«, schlug Joanne vor und rettete mich damit unwissentlich.

»Sehr gern«, stieß ich eine Spur zu hastig hervor und stand auf. Aus dem Augenwinkel nahm ich Miles' Stirnrunzeln wahr. Er sah mich fragend an, doch ich ignorierte ihn und verließ den Raum mit schnellen Schritten.

Sobald ich draußen an der frischen Luft war, atmete ich erleichtert auf. Warum musste Miles auch so verflucht begabt sein? Die Vorstellung, dass er sich intensiv überlegte, wie er meine geschriebene Figur darstellen konnte, verringerte die Distanz, die ich so unbedingt zwischen uns brauchte. Denn mit meinem Stück kannte er automatisch auch einen Teil von mir, und daran konnte ich nichts ändern.

Fröstelnd verschränkte ich die Arme. Am Himmel hing eine graue Wolkendecke, und ein kühler Wind wehte. Der Mai hatte bisher nur ein paar Sonnentage bereitgehalten, und die Temperaturen waren bei weit unter zwanzig Grad geblieben.

»Alles okay?«, erklang eine dunkle Stimme hinter mir, und ich fuhr herum. Mein Puls schnellte in die Höhe, und wie immer, wenn ich jemanden nicht kommen sah und mich erschreckte, hob ich reflexartig die Fäuste. Bereit, mich zu verteidigen, falls notwendig. Verlegen lockerte ich die Hände und ignorierte das Kribbeln darin. Genauso wie die Panik, die schlagartig abebbte, als ich Miles erkannte. Ich brachte meinen Gesichtsausdruck unter Kontrolle und zwang mich, tief einzuatmen.

»Ja«, sagte ich betont lässig. »Hab nur etwas frische Luft gebraucht.«

Er nickte langsam. Es war offensichtlich, dass er mir kein Wort glaubte. »Okay.« Er schob die Hände in die Hosentaschen und lehnte sich gegen die Steinmauer, die den Eingang zum Gebäude säumte. »Wie gefällt's dir bisher?«

Zögernd sah ich ihn an. Wollte ich das wirklich tun? Mich mit ihm unterhalten und ihn damit ein weiteres Stück in meine Gedanken lassen?

Sein Blick lag unverwandt auf mir, also gab ich mir einen Ruck. »Gut. Es ist … Ich weiß nicht, ob ich mich bereits daran gewöhnt habe, dass ihr tatsächlich meinen Text sprecht.« Ein leises Lachen entfloh mir, und ich sah an Miles vorbei zur Straße, auf der gerade kaum etwas los war. Nur eine Mutter mit ihrer kleinen Tochter schlenderte den Gehweg entlang, vorbei an den alten Backsteingebäuden, die im dämmrigen Licht rostrot schimmerten. Es war eine Szene wie aus einem Film.

»Das kann ich mir vorstellen«, erwiderte Miles und zog damit meine Aufmerksamkeit wieder zurück auf sich. »Kompliment übrigens für das Stück. Ich mag vor allem die inneren Konflikte der Figuren und wie diese im Laufe des Stücks immer mehr nach außen getragen und schließlich zu ihrem Untergang werden.«

Verblüfft starrte ich ihn an. Keine Ahnung, wieso er mich so leicht überraschte. Es war nur logisch, dass wir uns weiterentwickelt hatten und er sich mit Theaterstücken inzwischen besser auskannte. Trotzdem breitete sich ein warmes Gefühl in mir aus.

»Danke«, sagte ich und merkte im selben Augenblick, dass gerade das passierte, was ich hatte vermeiden wollen: Ich unterhielt mich mit Miles und fing an, mich für seine Ansichten zu interessieren. »Wir sollten wieder reingehen«, murmelte ich und wich seinem Blick aus. »Joanne will sicher gleich weitermachen.«

Kurz durchzuckte mich ein schlechtes Gewissen, weil ich das Gespräch einfach abwürgte und ihn nicht fragte, wie es ihm bisher so erging. Doch ich kam nicht gegen den Instinkt an, mich von ihm zurückziehen zu wollen. Vorsichtig zu sein, was Beziehungen anging, konnte einsam machen, und manchmal erdrückte mich das Gefühl fast. Aber es bewahrte auch vor weiterem Schmerz, und das war der Grund, warum ich jetzt mit schnellen, entschlossenen Schritten ins Innere des Gebäudes ging, als könnte ein weiteres Wort von Miles an dem Schloss rütteln, das ich vor Jahren um mein Herz gelegt hatte.

# 7. KAPITEL

## Audrey

Die restliche Zeit bis zum Feierabend verging wie im Flug. Joanne hatte die Schauspieler angewiesen, die erste Szene des Stücks mehrmals mit unterschiedlichen Interpretationen durchzugehen. Sie sollten mit Mimik, Gestik und Emotionen spielen, und im Anschluss würden wir gemeinsam schauen, welche Stimmung zu der Szene am besten passte. Dass Joanne den Schauspielern so viel Freiheit bei der Interpretation ihrer Rollen ließ, machte sie als Regisseurin direkt ein bisschen beliebter. Zumindest hatten die Gesichter der Schauspieler begeistert aufgeleuchtet, als Joanne ihnen ihren Plan vorgestellt hatte.

Während die Schauspieler die Szene immer wieder durchspielten, machte ich mir Notizen, wobei ich direkten Blickkontakt mit Miles vermied. Der Drang, in seine Richtung zu schauen, saß kribbelnd in meinem Nacken, und es war beinahe unmöglich, ihm nicht nachzugeben. Aber ich zwang mich, mich auf die Arbeit zu konzentrieren und die Schauspieler in ihren Rollen zu sehen.

Um kurz nach fünf hatten wir die erste Szene viermal gesehen, und ich hatte mehrere Seiten in meinem Block mit Notizen gefüllt. Von Gedanken zur Mimik, Abgang von der Bühne, Lautstärke und Position auf der Bühne selbst war alles dabei. Es waren Gedanken, die ich intuitiv festgehalten hatte und später mit Joanne abgleichen und durchgehen würde.

»Das war's für heute. Gut gemacht, Leute«, sprach Joanne schließlich die erlösenden Worte, und die Schauspieler sahen sich erleichtert an. »Musst du noch was mit Simon besprechen?« wandte sie sich an mich.

Ich schüttelte den Kopf. »Er wollte mir im Laufe des Tages einen vorläufigen Text fürs Programmheft schicken. Den schau ich mir zu Hause an, aber ansonsten ist so weit alles geklärt.«

»Sehr gut. Dann kannst du ja auch Feierabend machen. Wir können die Notizen auch morgen abgleichen. Ich möchte das gern noch ein wenig sacken lassen.« Sie packte ihre Unterlagen in die Tasche und stand auf. »Genieß den freien Abend, wir sehen uns dann morgen.«

Ein wenig überrascht sah ich sie an. »Oh, okay, danke. Dann bis morgen.«

Sie nickte mir lächelnd zu, bevor sie auch schon in ihren High Heels an mir vorbeirauschte. Ich blickte ihr nach. Wie sie nach einem langen Tag immer noch voller Energie sein konnte und dabei eine Eleganz ausstrahlte, die mir seit unserer ersten Begegnung imponierte, war mir ein Rätsel.

»Audrey, hast du Lust, mit Burger essen zu gehen?« Ich drehte mich zu der Stimme um. Felicity strahlte mich regelrecht an. Sie war schnell zu der guten Seele am Theater geworden. Wo sie auch auftauchte, schien sich die Laune der Leute sofort zu heben.

Kurz huschte mein Blick zu Miles, der ein Stück hinter Felicity stand und sich mit Juan unterhielt. Juan spielte den Geschäftsführer des Modelabels, für das Julie im Stück arbeitete. Er hatte bisher sehr aufgeschlossen und humorvoll gewirkt – womit er sich stark von seiner machtgierigen, skrupellosen Rolle unterschied.

»Gern«, sagte ich und beschloss, meine Vorbehalte bezüglich Miles fürs Erste zur Seite zu schieben. »Danke fürs Fragen!«

Kurze Zeit später saßen wir zu fünft im *Café Royale*, das sich ganz in der Nähe des Theaters befand. Durch die große Fensterfassade auf der vorderen Seite hatte man einen direkten Blick auf die Rosebery Avenue. Wann immer ich die mit Blumenkörben geschmückten Laternen oder die kopfsteingepflasterte Straße sah, konnte ich es kaum glauben, dass ich in dieser schönen Stadt wirklich lebte.

Ich schüttelte den Gedanken ab und richtete meine Aufmerksamkeit wieder auf das Café. Die sieben Tische, die es gab, waren alle besetzt, wobei wir die größte Gruppe bildeten. Ich hatte neben Felicity auf einem Sofa Platz genommen, rechts neben mir saß Miles auf einem der blassblau angestrichenen Klappstühle und auf der anderen Seite des Tischs saßen Juan und Brittany, die eines der Models des Modelabels spielte und somit ebenfalls zu unserem Team dazugehörte. Ich hatte bisher nicht viel mit ihr gesprochen, aber sie schien sich sehr gut mit Juan zu verstehen und machte einen ähnlich engagierten Eindruck wie Felicity. Wenn alle weiterhin so motiviert blieben, machte ich mir um die Aufführung keine Sorgen. Heute war es jedenfalls richtig gut gelaufen.

Lächelnd lehnte ich mich zurück und lauschte den Gesprächen. Im Hintergrund lief jazzige Klaviermusik, und ein junger Typ lief in regelmäßigen Abständen mit Tellern mit Burgern und Salaten aus der Küche an uns vorbei, um sie an die anderen Tische zu bringen.

»Die Burger hier sind wirklich unfassbar gut«, sagte Felicity zu mir, die dem Gang des Kellners wohl ebenfalls mit den Augen gefolgt war. »Das Café hat zwar nicht die urige Atmosphäre eines Pubs und ist auch nicht so atmosphärisch wie das *Coffee Corner*, sondern ein bisschen hipper, doch das Essen schmeckt fantastisch. Außerdem sind alle sehr nett und unkompliziert. Eine Freundin von mir jobbt hier an den Wochenenden und schwärmt immer von der tollen Zusammenarbeit des Teams.«

»Dann muss ich hier wohl öfter hingehen. Kommst du denn aus Chesthill? Du scheinst dich hier sehr gut auszukennen.«

»Nein.« Sie griff nach der Karte, wobei sie nur einen kurzen Blick darauf warf, ehe sie sie zu mir rüberschob.

Ich blätterte sie beiläufig durch, sie hatten ein paar Burger, zwei Salate und Pommes im Angebot sowie selbst gemachte Limonaden, alkoholische Getränke und natürlich Kaffee und Kuchen.

Während ich mit der Karte beschäftigt war, fuhr Felicity fort: »Ich bin vor zwei Jahren hergezogen, weil ich eine kleine Rolle am Theater bekommen habe. Seither durfte ich bei zwei weiteren Projekten mitwirken. Dein Stück ist allerdings meine erste Hauptrolle, weshalb ich mich riesig auf den Start gefreut habe.«

Ich lächelte. Es war jedes Mal unwirklich, wenn mir das jemand aus dem Team sagte. »Ich war in den letzten Wochen so gespannt auf den Cast und wie alles werden würde. Aber ich bin wahnsinnig froh, dass du die Hauptrolle spielst. Du bringst die Stärke von Julie richtig gut rüber.«

»Danke«, sagte sie lächelnd und schaute zu Miles, der unserem Gespräch mit aufmerksamem Blick folgte, wie ich jetzt feststellte. »Wir sind aber auch insgesamt ein gutes Team«, fuhr Felicity vor und zwinkerte ihm zu, woraufhin er breit grinste.

Ich beobachtete die beiden und spürte einen Anflug von Neid aufsteigen. Felicity wirkte so unbekümmert und frei. Für sie stellte es keine Herausforderung dar, mit Miles zu reden. Sie kämpfte nicht mit Erinnerungen und einer Stimme, die sie zur Vorsicht mahnte. Zumindest sah es nicht danach aus, auch wenn mir natürlich bewusst war, dass man manche Verletzungen und Narben nicht sehen konnte.

Ich riss mich von den beiden los und senkte den Blick wieder auf die Karte. Als die Bedienung an den Tisch trat, bestellte ich eine Portion Pommes und einen kleinen Salat. Zwar hätte Wyatt vermutlich wieder irgendetwas Leckeres in der WG zubereitet, aber ich hatte seit meinem Einzug nur ein einziges Mal gekocht, und so langsam bekam ich ein schlechtes Gewissen, weil ich mich an seinem Essen bediente. Auch wenn er es anbot. Vielleicht würde ich mich am Wochenende mit einer Ladung Scones revanchieren können.

Nachdem wir alle bestellt hatten, lehnte ich mich zurück, und lauschte dem Stimmengewirr, während ich die Gedanken an das Stück und die nächsten Wochen einfach mal losließ. Bei allem, was passierte, vergaß ich manchmal, den Augenblick bewusst zu genießen. All unsere Vorbereitungen richteten sich auf die Aufführungen in ein paar Wochen, dabei war das, was genau jetzt geschah, Teil des Traums.

Ich sah zu Juan und Brittany, die über ein Theaterstück diskutierten, das sie vor Kurzem gesehen hatten. Felicity klinkte sich in die Unterhaltung ein, und mein Blick glitt weiter zu Miles. Dass das ein Fehler war, wusste ich sofort.

Seine hellbraunen Augen, die mich an warme Herbsttage erinnerten, waren nachdenklich auf mich gerichtet. Wie lange beobachtete er mich schon? Obwohl zwischen uns die Tischkante lag und unsere Knie einige Zentimeter voneinander entfernt waren, kam er mir auf einmal nah vor. Viel zu nah. Als bräuchte es nur das Zucken meines Beins, um die Distanz zwischen uns zu überbrücken.

Er beugte den Kopf in meine Richtung, und ich hielt unwillkürlich die Luft an. Es war albern und unsinnig, aber ich konnte nichts gegen die Aufregung in meinem Innern tun. Genauso wenig wie gegen den Drang, auf keinen Fall zurückzuweichen, weil ein Teil von mir unbedingt wissen wollte, was er sagen würde.

»Alles klar?«, fragte er. »Du siehst so in Gedanken versunken aus.«

»Es geht mir gut«, sagte ich griff nach meinem Glas Eistee, das kurz vorher von der Bedienung gebracht worden war.

»Das freut mich, ehrlich. Ich weiß, wir haben gesagt, wir tun so, als würden wir uns nicht von früher kennen. Aber du hast dich verändert. Du wirkst, als wärst du genau da, wo du sein wolltest, und das freut mich für dich.«

Seine Stimme klang aufrichtig, und etwas von dem Widerstand in mir schmolz. Flüchtig tauchte der Gedanke an die letzten Monate des Abschlussjahrs auf. Ich hatte mich damals wahnsinnig verloren gefühlt und war ständig zwischen Unsicherheit und Wut geschwankt. Zwischen dem Versuch, zu vergessen, und dem Versuch, die Kontrolle wiederzugewinnen, die mir so plötzlich genommen worden war. Wenn ich mich jetzt an dem Tisch umsah und in die Gesichter meiner Kollegen vom Theater blickte, schien die Vergangenheit unendlich weit weg zu sein. Daran änderte auch Miles nichts, der sich genauso verändert hatte wie ich.

»Es war nicht leicht, dahin zu kommen, wo ich heute bin«,

sagte ich nach einer kurzen Pause. Miles lehnte sich unmerklich in meine Richtung, und noch ehe ich es bewusst plante, sprach ich weiter: »Ich habe viel gezweifelt, aber die Zeit an der Uni hat gutgetan. Ich habe Leute getroffen, die ebenfalls davon träumen, am Theater zu arbeiten. Wir haben uns gegenseitig inspiriert und motiviert, unser Bestes zu geben.«

Jetzt im Nachhinein wusste ich, dass ich den Abstand von Zuhause gebraucht hatte. Stück für Stück war ich wieder selbstbewusster geworden. Hatte mich wieder sicherer gefühlt. Stärker. Nicht zuletzt, weil ich Kickboxkurse besucht hatte. Was mir aber vermutlich am meisten geholfen hatte, war das Schreiben des Theaterstücks. Als ich den Kurs Szenisches Schreiben belegt hatte, hätte ich nie damit gerechnet, am Ende tatsächlich ein Stück fertigzustellen. Geschweige denn, dass ich darin so viel von mir selbst reinstecken würde und es mich am Ende an ein Theater führen würde. Hätte man mir am ersten Kurstag gesagt, dass meine Worte von echten Schauspielern auf einer echten Bühne gesprochen werden würden, hätte ich nur gelacht. Und jetzt saß ich hier mit genau den Schauspielern, die mein Stück aufführten.

Ich räusperte mich, schüttelte die Gedanken ab. »Wie ist es dir nach dem Schulabschluss ergangen?« Ehrlich interessiert sah ich ihn an.

Miles legte den Kopf schief und schien nachzudenken. »Für mich waren die letzten Jahre wie ein Befreiungsschlag«, sagte er nach einem kurzen Zögern, wobei er nach seinem Glas griff und mich nicht direkt ansah. »Nach der Schule war ich einfach nur froh, endlich wegziehen zu können.«

Unwillkürlich stieg in mir die Frage auf, wie das Verhältnis zu seinen Eltern wohl sein musste, wenn er sich so gefreut hatte, endlich ausziehen zu können. Ich wusste nur, dass sie reich waren. Wenn ich ehrlich war, war ich davon ausgegangen, dass er ein ziemlich sorgenfreies Leben hatte. Er verfügte über jede Menge Geld, sah gut aus, hatte in der Schule halbwegs gute Noten geschrieben und war beliebt gewesen. Was wollte man mehr? Doch als seine Augen sich verdunkelten, ahnte ich, dass ich mich von dem Bild hatte täuschen lassen.

»Die Schauspielschule war für mich ähnlich wie bei dir ein neuer Abschnitt, den ich gebraucht habe und der mit gutgetan hat. Die Leute dort haben meine Träume verstanden und geteilt. Ich musste mich nicht für sie rechtfertigen. Das war viel wert.«

»Musst du das bei deinen Eltern denn?« fragte ich vorsichtig. »Dich dafür rechtfertigen, dass du Schauspiel studiert hast?«

Miles stieß ein bitteres Lachen aus, das mich bis ins Mark traf. Es steckte so viel Enttäuschung und Wut darin, dass ich fast die Hand ausgestreckt hätte, um sie auf seinen Arm zu legen.

»Nein, muss ich nicht«, sagte er und fuhr sich durch die Haare. »Manchmal wünschte ich fast, es wäre so. Dann würden sie immerhin auf das, was ich mache, reagieren. Aber das tun sie nicht. Es ist ihnen egal. Was ich studiere, was ich mache, ist ihnen egal. Sie zahlen und das war's. Das war schon früher so.« Er zuckte mit den Schultern, als wäre es keine große Sache, doch der Schmerz in seinem Gesicht erzählte eine andere Geschichte.

Ich schluckte schwer. »Das tut mir leid«, sagte ich leise und dachte an meine Eltern, die mich mit ihrer Fürsorge manchmal erdrückten. Wie oft hatte ich ihnen gesagt, dass ich klarkam und ihre Sorge zu viel war?

»Man gewöhnt sich daran«, meinte Miles, aber ich nahm ihm die Gleichgültigkeit nicht ab.

Stille breitete sich zwischen uns aus, während um uns herum geredet und gelacht wurde. Etwas von der inneren Distanz, die ich seit seinem Auftauchen zwischen uns aufgebaut hatte, bröckelte. Ich merkte es genau, merkte, wie meine Mauer Risse bekam und ich gegen meinen Willen anfing, ihn nicht länger nur als den Kerl zu betrachten, der mich für eine andere hatte stehen lassen.

»Leute, das Essen kommt.« Juans begeisterter Ruf brachte schlagartig alles zurück – die Stimmen, die Musik, die Anwesenheit der anderen. Aus dem Augenwinkel nahm ich wahr, wie Miles ebenfalls kurz zusammenzuckte, ehe er etwas zu Brittany sagte, was sie zum Lachen brachte.

Ich sollte dringend wieder auf Abstand gehen. Trotzdem ertappte ich mich dabei, wie ich jedes Wort unseres kurzen Gesprächs in meinem Gedächtnis speicherte.

## 8. KAPITEL

# Miles

Ich war mir ziemlich sicher, dass Audrey keine Ahnung hatte, welche Wirkung sie auf mich hatte. Wie verflucht hinreißend sie war, wenn sie konzentriert ihre Augenbrauen zusammenzog und sich über das Skript beugte oder über das ganze Gesicht strahlte, wenn eine Szene gut gelang.

Unser Gespräch im Café gestern hatte alles nur schwieriger gemacht. Einerseits war ich froh – und auch ein wenig überrascht gewesen –, dass sie tatsächlich mit mir geredet hatte. Andererseits führte es dazu, dass sich jetzt meine Gedanken ständig um sie drehten.

Wie sollte ich so tun, als würde sie mich nicht faszinieren, wenn sie mich aus ihren blauen Augen sanft ansah und mich dazu brachte, über Dinge zu reden, die ich normalerweise lieber verdrängte?

Vielleicht bildete ich es mir nur ein, aber es kam mir vor, als betrachtete sie mich seit gestern anders. Weniger abwehrend und vorsichtig.

»Ist da noch frei?« Felicity kam mit einem Kaffee in der Hand auf mich zu und deutete auf den Platz neben mir. Wir hatten gerade Pause, und ich hatte mich im Aufenthaltsraum neben dem Probesaal auf eines der Sofas gesetzt.

»Klar«, erwiderte ich. Außer mir war niemand hier, obwohl der große Raum mit seinen breiten Fenstern und beigen Sesseln und Sofas durchaus einladend war. In den Ecken standen sogar Zimmerpflanzen, und die Landschaftsbilder an den Wänden sorgten für eine entspannte, ruhige Atmosphäre.

»Alles gut bei dir?«, fragte ich.

Sie stieß ein tiefes Seufzen aus und nippte an ihrem Kaffee. »Ja, ich bin etwas geschafft von der Woche, aber ansonsten schon. Ich freu mich auf jeden Fall aufs Wochenende.«

»Geht mir ähnlich«, sagte ich. »Eigentlich wollte ich am Wochenende vor allem die Texte durchgehen, aber morgen werde ich vermutlich erst mal entspannen und ein bisschen die Stadt erkunden. Ich hab bisher erschreckend wenig gesehen. Hast du irgendwelche Pläne?«

»Entspannen klingt schön. Und ja, die Stadt musst du dir auf jeden Fall ansehen. Ich kann dir den botanischen Garten und das Planetarium empfehlen. Und natürlich einfach durch die Straßen zu schlendern – da sieht man schon wahnsinnig viel!« Sie ließ ihren Kopf gegen die Lehne hinter sich sinken und schloss kurz die Augen. »Ich hätte dir auch gern was gezeigt, aber ich fahre nachher nach London zu meiner Freundin. Wir führen seit einem Jahr eine Fernbeziehung, und sosehr ich sie auch liebe, könnte ich auf die Fahrerei echt gern verzichten.«

»Das glaub ich dir sofort.« Immerhin lag London gute zwei Stunden Fahrt von Chesthill entfernt. »Aber hat ja auch was, dann an den Wochenenden mal rauszukommen und was anderes zu machen, oder?«

»Ja, das schon.« Sie setzte sich wieder aufrecht hin und warf mir einen prüfenden Seitenblick zu. »Ich will ja nicht zu neugierig sein, aber gestern haben du und Audrey sehr vertraut gewirkt …«

Ich schmunzelte. »Nicht zu neugierig, ja?«

»Na schön, ich geb's zu, ich bin eine hoffnungslose Romantikerin und liebe es, wenn sich zwischen zwei Menschen was entwickelt.«

»Ich fürchte, da muss ich dich enttäuschen.« Nur mit Mühe konnte ich ein leidvolles Seufzen unterdrücken. Himmel, was war nur los mit mir?

Bevor Felicity zu einer Antwort ansetzen konnte, wurde die Tür aufgestoßen, und als hätte das Schicksal besondere Freude daran, mit mir zu spielen, betrat ausgerechnet Audrey das Zimmer.

Zögernd wanderte ihr Blick zwischen uns hin und her. »Äh, störe ich?«

»Überhaupt nicht. Ich muss sowieso mal kurz telefonieren.« Felicity sprang auf und verließ mit verdächtig schnellen Schritten den Raum. Na, super.

Ich rechnete damit, dass Audrey umdrehen und ebenfalls gehen würde, doch sie blieb stehen und sah sich unentschlossen um.

»Du machst mich noch ganz nervös«, entfuhr es mir. »Willst du dich nicht setzen?«

Audreys Augenbrauen schossen nach oben, und ich konnte ihr deutlich ansehen, wie sie mit sich rang. Schließlich ging ein Ruck durch ihren Körper, und sie kam entschlossen auf mich zu. Als sie sich neben mich auf das Sofa sinken ließ, wo eben noch Felicity gesessen hatte, hielt ich kurz den Atem an. Ihr blumig frischer Duft drang mir in die Nase, und für ein paar Sekunden machte ihre Nähe es unmöglich, klar zu denken.

Räuspernd richtete ich mich ein Stück auf. Und tat etwas absolut Unüberlegtes. »Hast du schon Pläne fürs Wochenende? Und falls nein, Lust, morgen gemeinsam die Stadt zu erkunden? Immerhin sind wir beide neu hier.«

Audrey blinzelte überrascht. Jede Wette, dass sie meinen Vorschlag abschmettern würde. Wie dämlich war ich eigentlich? Wir mussten während der nächsten Monate eng zusammenarbeiten, und das Letzte, was ich gebrauchen konnte, war eine seltsame, angespannte Stimmung zwischen uns.

»Wieso?«, fragte sie, und diesmal war ich es, der irritiert blinzelte.

»Wieso was?«

»Wieso willst du das tun? Wieso willst du mich besser kennenlernen und Zeit mit mir verbringen?« In ihrer Stimme lag nichts als ehrliche Neugier.

Ich sah sie direkt an. »Meinst du das ernst?«

»Ja.« Sie verzog keine Miene. Gab mir keine Möglichkeit, aus ihr schlau zu werden.

Also beschloss ich, alles auf eine Karte zu setzen. Wenn ich schon mit dem Feuer spielte, dann so richtig. »Ich weiß, dass ich gesagt habe, wir sollten die Vergangenheit vergessen. Aber … ich wollte dich damals besser kennenlernen, und ich will es jetzt auch. Ist das so schwer zu glauben?«

Daraufhin schwieg sie erst mal. Ihre Brust hob und senkte sich schneller, und ich hatte keinen blassen Schimmer, was sie als Nächstes tun würde. Kommentarlos gehen? Mir sagen, dass es zu spät für eine zweite Chance war? Dass sie keine Lust auf mich hatte? Dass das damals ein Fehler war, der sich nicht wiederholen würde?

»Ich überlege es mir.«

Ich riss die Augen auf. »Wirklich?« Mein Herz schlug plötzlich heftiger, als wollte es mich daran erinnern, dass ich noch immer zu schnell zu viel fühlen konnte. Dass ich noch immer hoffte und mir wünschte, endlich so angesehen zu werden, wie ich es immer gewollt hatte: als wäre ich es wert, gemocht zu werden.

»Wirklich.«

Ein winziges Lächeln erschien auf Audreys Lippen, und das reichte aus, um mir vollends den Rest zu geben. Verdammt. Wenn sie mich damals in der Schule schon fasziniert hatte, dann haute sie mich jetzt um.

»Hast du mich damals wirklich besser kennenlernen wollen?«, fragte sie leise, während sie sich zurück in das weiche Polster des Sofas sinken ließ.

»Natürlich«, erwiderte ich wie aus der Pistole geschossen. »Ich dachte, ich hätte dir das deutlich gezeigt. Damals auf der Party …«

»Nicht«, unterbrach Audrey mich.

Die Bestimmtheit in ihrer Stimme ließ mich aufhorchen. Bisher hatte ich Audrey im Austausch mit den anderen vor allem als freundlich und interessiert erlebt. Sie lächelte viel und war begeistert von ihrer Arbeit, doch Ärger oder eine starke emotionale Reaktion war nicht dabei gewesen. Abgesehen von unserem ersten Wiedersehen vielleicht. Hatte es sie tatsächlich so sehr getroffen, was damals passiert war?

Schuld und das schreckliche Gefühl, etwas falsch gemacht zu haben, ohne zu wissen, was genau, stieg in mir auf. Und wieder meldete sich die verhasste Stimme in meinem Kopf zu Wort. Flüsterte mir zu, dass ich keine zweite Chance verdient hatte und Audrey mir zu Recht nicht vertraute.

»Ich will nicht darüber reden«, fügte sie hinzu. »Sorry, ich hätte nicht fragen sollen. Lassen wir das. Was in der Vergangenheit liegt, spielt keine Rolle mehr.« Sie klang viel zu angespannt, aber ich beließ es dabei. Zum einen, weil ich sie nicht drängen wollte, und zum anderen, um mich selbst zu schützen. Nicht nur sie konnte auf die Erinnerungen an den Miles aus der Schulzeit verzichten.

Ich wollte gerade das Thema wechseln, als Audrey mir zuvorkam.

»Was willst du dir in Chesthill denn alles anschauen?«, fragte sie.

Erleichtert atmete ich auf. »Wenn ich irgendwo neu bin, laufe ich am liebsten erst mal drauflos. Ohne genauen Plan oder Erklärungen und Tipps. Ich mag es, mir selbst ein Bild von der Stadt zu machen. Vielleicht können wir in der Rosebery Avenue starten und dann schauen, welche Läden es in den kleineren Gassen gibt. Also, falls du dich tatsächlich mit mir treffen willst. Ich wollte auch mal an dem Planetarium vorbei, das irgendwo in der Innenstadt sein müsste. Felicity hat es mir vorhin empfohlen, das heißt, es sollte sich zumindest lohnen.«

»Das klingt gut. Vielleicht ist es wirklich keine schlechte Idee, wenn ich mitkomme.«

Die Leichtigkeit, mit der sie das sagte, brachte mich zum Lächeln. »Also ist das ein Ja?«

Sie nickte energisch, und mein Lächeln wurde breiter. Ich wollte mir nicht zu viel erhoffen, aber die Vorstellung, Zeit mir ihr allein zu verbringen, gefiel mir. Ich wollte mehr über sie wissen, wollte hören, was sie beim Schreiben des Stücks empfunden hatte, wie sie in ihrer Freizeit von der Arbeit abschaltete und was ihr in Chesthill bisher am besten gefiel. Natürlich war da auch die nagende Frage, was damals zwischen uns schiefgelaufen war und wieso sie nach dieser einen verdammten Nacht nicht mehr mit mir gesprochen hatte. Doch etwas in mir zögerte, ihr die Frage zu stellen. Ich wollte nichts kaputt machen, und mein Gefühl und ihr Verhalten vorhin sagten mir, dass Audreys Offenheit schnell wieder verschwinden würde, wenn ich die Vergangenheit ins Jetzt zerrte.

»Dann sehen wir uns morgen?«, fragte ich. »So gegen fünfzehn Uhr? Da fällt mir ein ... Es wäre vielleicht ganz praktisch, wenn wir unsere Nummern austauschen.«

Sie drehte den Kopf in meine Richtung, und ihre Augen blitzten belustigt auf, als sie sich ein Stück aufrichtete. »Hast du meine Nummer nicht längst? Die stand doch zusammen mit den Kontaktdaten von Joanne und Simon in einer der Infomails, die zu Beginn rumgeschickt wurden.«

»Schon«, gab ich zu. »Aber ich wollte dich trotzdem noch mal richtig fragen, bevor ich dich einfach anschreibe.«

»Das finde ich gut.« Ein Lächeln zupfte an ihren Lippen, und ich konnte nicht anders, als sie anzustarren. Ob Audrey ahnte, wie schön sie war, wenn sie das tat? Während der Arbeit hatte sie meistens einen konzentrierten, ernsten Gesichtsausdruck, und wenn sie in den Pausen mit den Leuten redete, lachte sie freundlich. Aber dieser Ausdruck jetzt war anders. Sanfter, weicher.

»Tja, dann«, sagte sie. »Bist du bereit?«

Überrumpelt sah ich sie an. Verdammt – wie lange hatte ich sie angestarrt? »Bereit für ...?«

Audrey räusperte sich und verbarg dabei vergeblich ein breites Grinsen. »Na, die Nummern auszutauschen. Du könntest natürlich auch zu Hause auf der Liste nachschauen, aber wenn wir schon mal hier sind.« Sie wedelte demonstrativ mit ihrem Handy hin und her, und ich beeilte mich, meins aus der Tasche meiner Kapuzenjacke zu fischen.

Wortlos tauschten wir Handys und speicherten unsere Nummern ein. Als ich ihr ihres zurückgab, streiften sich unsere Finger kurz, und ein Kribbeln schoss durch meine Hand. Hastig griff ich nach dem Handy und verstaute es wieder. Mein Herz schlug unnatürlich heftig, und ich wagte es nicht, Audrey anzusehen. Was war nur los mit mir? Normalerweise verschlug es mir nicht so schnell die Sprache.

»Weißt du, woran ich gerade denken muss«, sagte Audrey plötzlich, und ich wagte es nun doch, den Kopf zu heben.

»Woran?«

»Daran, was unsere alten Mitschüler wohl über uns sagen würden, wenn sie sehen könnten, wo wir arbeiten.«

Es war das erste Mal, dass sie von sich aus über unsere gemeinsame Vergangenheit sprach und dabei ein unbeschwerter Tonfall in ihrer Stimme mitschwang.

»Ich schätze, sie wären ein kleines bisschen neidisch«, sagte ich. »Zumindest hoffe ich das irgendwie. Macht mich das zu einem schlechten Menschen?«

Sie schüttelte schmunzelnd den Kopf. »Zumindest nicht zu einem schlechteren als mich. Ich glaube, du hättest auf jeden Fall ein paar Verehrer und Verehrerinnen. ›Schauspieler von Beruf‹ klingt eben durchaus beeindruckend.«

»Ach, das hört sich verheißungsvoller an, als es ist«, wehrte ich ab. »Aber das brauche ich dir ja nicht zu erzählen.«

»Stimmt, ich weiß, dass Schauspieler auch nur normale Menschen sind.«

»Mehr oder weniger jedenfalls«, erwiderte ich grinsend.

Sie nickte und lehnte sich ein Stück in meine Richtung. Ob beabsichtigt oder unbewusst, konnte ich nicht sagen, aber mein Herz machte einen Satz, ehe es regelmäßig weiterschlug. Als hätte sie meine Reaktion bemerkt, trat ein herausforderndes Funkeln in ihre Augen. Völlig gefangen sah ich sie an. Was passierte hier? War es etwa so, wenn sie ihre Abwehr fallen ließ? Wenn sie sich auf den Moment einließ und es die Vergangenheit nicht länger gab?

»Da hast du natürlich recht«, sagte sie. »Schauspieler haben zwar den Ruf, nicht die pflegeleichtesten Menschen zu sein, aber ihr widerlegt die Vorurteile bisher recht gut. Und ihr gebt euch definitiv sehr viel Mühe bei den Proben und lasst euch nicht ablenken.«

»Das will ich doch hoffen«, sagte ich und versuchte, mir nicht anmerken zu lassen, was ihre Nähe mit mir machte.

Wie sie wohl reagieren würde, wenn sie wüsste, dass ich mir insgeheim ausmalte, wie es wäre, meine Hand auf ihr Bein zu legen, einfach weil es so verflucht nah neben meinem war?

»Wobei du es uns mit deinem Stück auch wirklich leicht machst, motiviert bei der Sache zu bleiben.«

»Ich, ähm … danke.« Sie wich meinem Blick aus, und ihre Wangen liefen rosa an.

Shit. Spätestens jetzt war es fast unmöglich, nicht die Hand auszustrecken und sie zu berühren.

Als hätte sie meinen Gedanken erraten, weiteten sich Audreys Augen leicht. Ihr Blick huschte zu meinen Lippen und verweilte dort eine Spur zu lange, ehe sie mich wieder direkt ansah. Sie öffnete den Mund, doch ehe sie etwas sagen konnte, wurde die Tür aufgerissen.

»Es geht weiter … Oh.« Juan stand im Türrahmen, und seine Lippen verzogen sich zu einem wissenden Grinsen.

Sofort wich Audrey zurück und sprang auf. Sie strich sich über ihre weiß-blau gestreifte Bluse, die sie zu einer engen schwarzen Hose trug, und fuhr sich mit einer fahrigen Geste durch die langen Haare.

»Bin sofort da«, sagte sie und verließ ohne einen weiteren Blick in meine Richtung den Raum.

Ich sah ihr nach, bis sie um die Ecke verschwand. Kaum war sie weg, wollten sich wieder Zweifel regen, doch ich rang sie nieder. Immerhin hatte Audrey für einen kurzen Moment ausgesehen, als wollte sie mich küssen. Sofern ich mir das nicht nur eingebildet hatte, aber mein schnell pochendes Herz erzählte seine ganz eigene Version von unserem Gespräch, und es verlangte klar und deutlich nach mehr davon.

# 9. KAPITEL

## Audrey

So war das alles nicht geplant gewesen. Mein Herz stolperte jedes Mal, wenn ich in Miles' Richtung blickte. Dabei wollte ich mich konzentrieren und professionell bleiben. Aber wie sollte das nach dem Gespräch eben gehen? Nach diesem Moment zwischen uns, der sich viel zu aufgeladen, viel zu intensiv angefühlt hatte? Und auf eine verdrehte Art gleichzeitig aufregend und schön war?

»Hier machen wir einen Cut.« Joannes Stimme dröhnte laut durch den Saal, und ich atmete erleichtert auf. »Hey.« Sie wandte sich Simon zu, der gerade hereingekommen war.

»Hey, ich bräuchte dann kurz Brittany, Felicity, Juan und Miles für einen Fototermin«, kam er direkt zum Punkt. »Im Programmheft und auf der Website des Theaters veröffentlichen wir Porträts von den mitwirkenden Schauspielern, und ihr vier fehlt noch.«

Joanne nickte und klatschte in die Hände. »Ihr habt ihn gehört.«

»Macht euch keinen Stress. Kommt am besten in zehn Minuten vors Theater«, meinte Simon und verschwand wieder.

»Alles klar, wir kommen gleich«, sagte Felicity.

Joanne drehte sich zu mir. »Wir können so lange den Plan für nächste Woche durchgehen«, sagte sie, während die Schauspieler kurz etwas tranken und dann ebenfalls den Saal verließen.

Miles' Blick streifte mich, als er an mir vorbeilief, und ich konzentrierte mich schnell wieder auf Joanne. Schlimm genug, dass ich vorhin die ganze Zeit über abgelenkt gewesen war. Wobei ich, wenn ich Felicitys wissende Blicke, die zwischen Miles und mir hin und her gehuscht waren, richtig deutete, damit nicht die Einzige gewesen war. Aber vielleicht war das auch nur Wunschdenken. Ich straffte die Schultern und schob jeden weiteren Gedanken an Miles konsequent beiseite. »Okay, was steht nächste Woche an?«

»Simon meinte, dass er dich am Montag braucht, aber an den anderen Tagen haben wir zwei wieder das Vergnügen. Dienstagvormittag steht ein Meeting mit dem gesamten Team an, aber nachmittags proben wir.«

»Alles klar, habe ich mir notiert. Ich habe auch noch Notizen von den Proben heute Morgen, die ich gern mit dir durchgehen würde«, sagte ich. »Bei der Szene am Anfang, wo Julie und Johnny sich das erste Mal wegschleichen, habe ich mich gefragt, ob Felicity und Miles den Fokus noch stärker auf die anfängliche Leidenschaft zwischen ihnen richten sollten, anstatt bereits Johnnys späteren Wahnsinn anzudeuten.«

Joanne nickte. »Das ist ein guter Einwand. Lass uns mal den Text anschauen und überlegen, wo die Emotionen noch mehr gezeigt werden können«

»Klar.«

Ich nahm das Skript, das ich neben mich gelegt hatte, und Joanne und ich gingen zusammen die Szene durch und markierten die Stellen, an denen sich die schnelle Entwicklung der Gefühle zwischen den Figuren zeigte. Wenn Felicity und Miles hier beim Sprechen noch mehr Emotionen in ihren Text legten, war ich sicher, dass die Szene genial werden könnte.

Stimmengewirr kündigte die Rückkehr der Schauspieler an. Miles und Felicity waren in ein Gespräch vertieft, als sie den Raum betraten, trotzdem huschte Miles' Blick direkt zu mir. Ich wich ihm aus und schaute stattdessen konzentriert auf das Skript vor mir. Das tat ich auch während der restlichen Probe, so gut es ging, und tatsächlich hatte ich meine Konzentration so wieder etwas besser im Griff. Zumindest, solange ich nicht an das Treffen mit Miles morgen dachte. Denn dann zog sich mein Magen nervös zusammen.

»Das war gut«, lobte Joanne, als Felicity und Miles eine Szene beendeten und sich an den Rand der Bühne setzten. »Miles, du hast ein wenig unkonzentriert gewirkt, und ich glaube, Johnny könnte sich hier noch etwas emotionaler zeigen.«

Miles nickte sofort und biss sich auf die Lippe, als ärgerte er sich über sich selbst. Im nächsten Moment hatte er seine Miene jedoch wieder unter Kontrolle. »Klar, mach ich.«

»Was mir wirklich sehr gut gefällt, ist die Dynamik zwischen euch«, fuhr Joanne fort, und da konnte ich ihr nur zustimmen. Miles und Felicity bildeten ein fantastisches Paar für Julie und Johnny. Dass mir das einen winzigen Stich versetzte, ignorierte ich. Ich hatte mir für das Stück eine fantastische Besetzung gewünscht und sie bekommen. Es gab also keinen Grund, mich nicht zu freuen.

Ich zog mich zum dritten Mal innerhalb der letzten zehn Minuten um. Es war nur eine Verabredung, um gemeinsam durch Chesthill zu schlendern, aber mein Körper schien das Memo nicht bekommen zu haben. Schon beim Aufwachen hatte mich eine seltsame Unruhe erfasst, und auch jetzt schnellte mein Puls in die Höhe, als ich daran dachte. Genervt von mir selbst schaute ich in den Spiegel, der gegenüber von meinem Bett an der Wand hing. Mein momentanes Outfit bestand aus einem weißen Strickpullover und einer hellblauen Jeans. Es war simpel, und ich fühlte mich darin wohl. Im Grunde also perfekt.

»So schlimm?« Sutton betrat mein Zimmer und setzte sich im Schneidersitz auf mein Bett. Ich hatte mich längst daran gewöhnt, dass sie bei offener Tür hereinspazierte und es sich gemütlich machte. Da ich wusste, dass sie jederzeit gehen würde, wenn ich sie darum bat, und sie mir bei geschlossener Tür meine Ruhe ließ, kam ich damit klar.

»Eigentlich nicht. Wir laufen nur eine Runde durch die Stadt. Keine Ahnung, wieso ich mir überhaupt Gedanken über meine Klamotten mache.« Ich wandte mich von meinem Spiegelbild ab. Noch einmal würde ich mich nicht umziehen.

»Du willst ihm gefallen«, stellte Sutton fest.

»Nein«, widersprach ich, musste mir in derselben Sekunde aber eingestehen, dass ich es ein bisschen eben doch wollte. »Verdammt«, murmelte ich, was Sutton mit einem Lachen quittierte.

»Wer ist der Kerl eigentlich?« Wyatts Stimme ertönte aus dem Flur, und keinen Augenblick später betrat er ebenfalls mein Zimmer und nahm neben Sutton auf dem Bett Platz.

»Er ist Schauspieler und spielt die Hauptrolle in ihrem Stück«, erklärte Sutton. »Aber das ist nicht das Problem, das Problem ist, dass sie sich noch aus der Schule kennen und er Audrey stehen gelassen hat, weshalb es gegen sämtliche ihrer Prinzipien verstößt, sich jetzt mit ihm zu treffen.«

Ich verzog das Gesicht. Wie sehr ich mir wünschte, es wäre nur das und nicht noch viel komplizierter und schmerzhafter! Für einen Moment flackerten wieder die Bilder von damals auf, und mir wurde schlagartig schlecht. Kalt kroch die Angst mir den Rücken hinauf, aber ich atmete tief ein und ließ sie nicht gewinnen. Das würde ich nie wieder zulassen. Zum Glück merkten Sutton und Wyatt nichts davon.

»Aha«, kommentierte Wyatt. »Und unterstützen wir das oder nicht?«

»Da bin ich noch nicht ganz sicher«, sagte Sutton. »Ich bin grundsätzlich pro Dating und Spaß haben, aber nur, wenn es sich wirklich gut anfühlt und der Kerl oder die Frau kein Arsch ist.«

»Ganz meine Meinung«, stimmte Wyatt zu. »Ist dieser Schauspieler ein Arsch?«

Halb belustigt, halb irritiert sah ich die beiden an. Sie hatten ihre ganz eigene Dynamik, die manchmal etwas viel sein konnte, aber meistens genoss ich ihr Geplänkel in vollen Zügen.

»Ich glaube nicht«, sagte ich und griff nach den Kleidungsstücken, die hinter den beiden auf dem Bett lagen, um sie zurück in den Schrank zu räumen.

»Was genau ist denn damals vorgefallen?«, erkundigte sich Wyatt und ahnte nicht, dass er meine Selbstbeherrschung damit erneut herausforderte.

Ich kämpfte gegen die Taubheit an, die mich ergriff, und schob erneut die Erinnerungen beiseite. Meine Finger fingen an zu zittern, sodass ich schnell die Schranktür schloss. Für ein paar Sekunden tanzten dunkle Flecken vor meinen Augen. Ich biss die Zähne zusammen.

»Ich rede nicht gern darüber«, presste ich hervor und konzentrierte mich auf meine Atmung. Die Panik verflog, und ich kehrte zurück in mein Zimmer zu Sutton und Wyatt, die mich mit gleichermaßen erschrockenen wie besorgten Gesichtern musterten.

»Es ist kompliziert«, murmelte ich. »Miles erinnert mich an eine Zeit, an die ich nicht besonders gern zurückdenke. Gleichzeitig erscheint es mir unfair, ihm nicht die Chance zu geben, ihn als den Menschen kennenzulernen, der er heute ist.« Damit erklärte ich mir zumindest selbst, warum ich ihn nicht länger mied, sondern meinen freien Tag mit ihm verbrachte.

»Weshalb du dich auch heute mit ihm triffst.« Sutton runzelte die Stirn, als stellte ich ein Rätsel dar, das es zu lösen galt. Gott, mein Verhalten musste total seltsam wirken.

»Ehrlich gesagt bin ich in dem Moment einfach schwach geworden. Er hat so nett gelächelt, und ich habe daran gedacht, wie er auf der Bühne eine so dermaßen krasse Ausstrahlung hat, dass es unmöglich ist, wegzusehen. Und jetzt will ich nicht absagen, weil das verdammt unhöflich wäre. Es ist ja nur ein Stadtbummel. Ein bisschen Sightseeing unter Kollegen.«

Wen wollte ich hier eigentlich mehr überzeugen – meine Mitbewohner oder mich selbst?

»Dann klingt das doch nach einem guten Plan«, sagte Wyatt mit einem zuversichtlichen Lächeln.

Sutton hingegen sah ihn an, als hätte er nicht mehr alle Tassen im Schrank. »Der Plan wird so was von nicht aufgehen«, murmelte sie. »Dafür herrscht zwischen euch viel zu viel sexuelle Spannung.«

Gegen meinen Willen musste ich bei ihren Worten lachen. »Du kennst ihn doch gar nicht.«

»Nein, aber ich kenne dein Gesicht, wenn du von ihm sprichst.«

*Oh.* Was auch immer sie damit meinte, ich wagte es nicht, genauer nachzufragen.

»Manchmal können Frauen und Männer auch einfach nur befreundet sein«, warf Wyatt ein.

Sutton schnaubte. »Mit welcher Frau bist du bitte befreundet? Abgesehen von mir.«

»Was kann ich denn dafür, dass die sich alle so leicht in mich verknallen?«

Sutton verdrehte übertrieben die Augen. »Du bist ein hoffnungsloser Fall. Irgendwann kommt eine, die dein Herz erobert und deine Gefühle nicht sofort erwidert. Dann weißt du, wie sich die armen Frauen fühlen, die sich in dich verlieben und sich vergeblich Hoffnung machen.«

»Die armen Frauen? Sie wissen alle genau, woran sie sind.«

»Äh, Leute«, schaltete ich mich ein. »Ich will euch ja nicht unterbrechen, aber ich muss in einer halben Stunde los, und irgendwo auf dem Bett liegt mein Handy, das ich brauche, um den Treffpunkt nachzuschauen, den Miles vorgeschlagen hat.«

»Sorry«, sagte Sutton zerknirscht. »Eigentlich sollte es hier um dich gehen. Wir sind manchmal furchtbar, ich weiß.«

»Quatsch«, wehrte ich ab. »Ich will nur echt keine größere Sache draus machen, als es ist.«

»Das versteh ich gut.« Sie stand auf und sah mich lächelnd an. »Tu einfach, was dir Spaß macht, und hör auf dein Bauchgefühl. Das ist meistens klüger als irgendwelche vernunftbegründeten Gedanken im Kopf.« Sie schlüpfte aus dem Zimmer, ehe ich zu einer Antwort ansetzen konnte.

»Sie hat recht.« Wyatt stand ebenfalls auf und reichte mir mein Handy, das irgendwo auf der Decke gelegen haben musste. »Solange du dich wohlfühlst, bist du vermutlich auf einem guten Weg. Und falls du schnell wegwillst, kannst du jederzeit anrufen. Ich habe heute nichts vor. Eigentlich wollte ich etwas mit Emy machen, aber sie ist krank und bleibt bei ihrer Mum.« Ein Schatten legte sich auf sein Gesicht, doch er fing sich schnell wieder. »Wenn nicht zu viel los ist, dann schaut euch auf jeden Fall mal die Kathedrale an. Das Bauwerk ist beeindruckend! Und ein Spaziergang an der Stadtmauer entlang lohnt sich auch immer.«

»Ist notiert.« Lächelnd nahm ich das Handy entgegen. »Danke dir.«

Ich sah ihm nach, wie er ins Wohnzimmer ging, wo er ein Gespräch mit Sutton anfing. Nach einem weiteren kurzen Blick in den Spiegel checkte ich auf meinem Handy, ob Miles noch mal was geschrieben hatte. Hatte er nicht. Das Letzte war die Nachricht, dass wir uns vor dem Theater in der Rosebery Avenue treffen würden. Anschließend wollten wir schauen, wohin es uns zog. So der Plan.

Wieder kamen Zweifel in mir hoch. War es verrückt, dass ich zugestimmt hatte? Am liebsten hätte ich mit Debby darüber gesprochen, sie kannte mich immerhin am besten. Allerdings hatte ich ihr noch nichts davon erzählt. Weil ich nicht wusste, wie. Sie würde mich zwar auf jeden Fall unterstützen, aber mit Sicherheit hatte sie auch Bedenken. Und selbst wenn diese berechtigt waren, wollte ich sie gerade nicht hören. Mir war selbst klar, dass es gute Gründe gab, Miles lediglich als Kollegen zu betrachten. Aber ich hatte es satt, mich von meiner Vorsicht bestimmen zu lassen. Von der Angst, erneut verletzt zu werden.

Entschlossen schnappte ich mir meine Handtasche, griff nach meiner Jeansjacke und verließ das Zimmer. Im Flur hing der Duft von frisch gebackenen Brownies, die ich vor einer guten Stunde aus dem Ofen geholt hatte. Ich hörte Sutton und Wyatt lachen und lächelte unwillkürlich.

»Ich mach mich auf den Weg!«, rief ich, als ich am Wohnzimmer vorbeiging. »Habt einen schönen Nachmittag.«

»Du auch«, rief Sutton. »Viel Spaß und bis später!«

»Ruf an, wenn du Hilfe brauchst«, fügte Wyatt hinzu.

»Mach ich. Bis dann.« Ich schlüpfte in meine Turnschuhe und ging nach draußen.

Der Himmel zeigte sich heute dankbarerweise in einem hellen Blau, das lediglich von ein paar grauen Wolken durchbrochen wurde. Vielleicht kehrte ja jetzt endlich der Frühling ein, auf den wir seit Wochen warteten. Das nutzten die Leute offenbar auch aus, denn auf den Straßen war einiges los. Touristen kamen mir mit Stadtplänen unterm Arm und gezückten Handys entgegen, aber auch Passanten, die es deutlich eiliger hatten.

Als ich in die Rosebery Avenue einbog, blieb ich kurz vor dem kleinen Keramikladen stehen, der neben dem *Coffee Corner* lag. Handgetöpferte Tassen und Schalen lagen im Schaufenster aus. Sie waren alle wunderschön, aber eine Tasse gefiel mir besonders gut – sie war mit feinen, handgemalten Blumen verziert und hatte einen breiten Henkel. Kurz war ich versucht, hineinzugehen und sie zu kaufen, aber dann dachte ich an die vielen Tassen, die sich im Schrank in der Küche stapelten. Wir brauchten wirklich nicht noch mehr Geschirr, also ging ich mit einem leisen Anflug von Bedauern weiter. Die Tür des *Coffee Corner* ging auf, und der Geruch von frischem Kaffee drang heraus. Ich atmete den süßlich herben Duft im Vorbeigehen tief ein, während ich den Blick schweifen ließ. Auf der anderen Straßenseite schaukelte eine Blumenampel, die an der Laterne festgemacht worden war, sanft im Wind, und spätestens dieses Bild machte deutlich, dass Chesthill so gar nicht mit London oder Birmingham zu vergleichen war.

Aus einer spontanen Laune heraus griff ich nach meinem Handy und hinterließ Mum eine Sprachnachricht, während ich weiterlief. Ich wusste, dass sie sie Dad vorspielen und die beiden sich über das Handy beugen würden, wobei Dad blinzeln und so tun würde, als vermisste er mich nicht jeden Tag. Der Gedanke ließ mich grinsen. Gleichzeitig setzte auch bei mir ein bisschen Heimweh ein. Vielleicht schaffte ich es ja in den nächsten Wochen mal, sie zu besuchen. Während des Studiums war ich mindestens einmal im Monat heimgefahren, und es würde wahrscheinlich nicht nur mir fehlen, wenn ich sie jetzt länger nicht besuchte.

Ich steckte gerade das Handy wieder weg, als ich einen kleinen Klamottenladen passierte, in dem nur Vintageware angeboten wurde. Daneben lag eine süße Buchhandlung, an der ich bereits ein paarmal vorbeigelaufen war und deren Auslage mit alten Klassikern mich direkt angesprochen hatte. Obwohl ich langsam ging, erreichte ich viel zu schnell das Theater.

Zu meiner Überraschung war Miles bereits da. Er lehnte an der Hauswand des großen Backsteingebäudes, in dem in wenigen Monaten das Stück aufgeführt werden würde, und hielt den Blick auf sein Handy gerichtet, weshalb er mich nicht kommen sah. Ich nutzte die Chance, ihn schamlos zu mustern. Er trug eine braune Lederjacke über einem dunklen Shirt und eine verwaschene Jeans. Die dunklen Haare fielen ihm in die Stirn, und obwohl seine Gesichtszüge seit früher kantiger geworden waren, strahlte er in diesem Moment etwas Verlorenes, beinahe Verletzliches aus. Es war die Mischung aus seinem coolen Outfit und dem selbstvergessenen Ausdruck auf seinem Gesicht, die ihn mir fast schon lächerlich attraktiv erscheinen ließ.

Als hätte Miles meine Anwesenheit gespürt, hob er den Kopf. Ein Lächeln erschien auf seinen Lippen, als er mir zuwinkte und auf mich zukam. Mein Herz stolperte kurz, und ich tastete nach dem Schmetterlingstattoo an meinem Handgelenk, wie immer, wenn ich nervös wurde.

»Hey, Audrey, schön, dass du gekommen bist.«

Hatte er daran gezweifelt? »Hey.«

Kurz vor mir blieb er stehen. Fast rechnete ich damit, dass er mich zur Begrüßung umarmen würde, doch zu meiner Erleichterung – und einem kurzen Anflug von Bedauern, das ich nicht weiter ergründen wollte – tat er nichts dergleichen. »Bist du bereit?«

»Die Stadt zu erkunden?«, fragte ich und ertappte mich dabei, dass ich breit lächelte. »Ja, klar.«

»Dann mal blind drauflos, oder?«

Fast gleichzeitig setzten wir uns in Bewegung und schlenderten ein Stück den Weg zurück, den ich gekommen war, in Richtung Kathedrale. Das gotische Bauwerk ragte hoch über die Dächer der Stadt und war ein beliebter Treffpunkt. Zumindest hatte ich auf den Treppenstufen davor häufig junge Leute mit Kaffeebechern in der Hand gesehen, die sich unterhielten und das Wetter genossen, sobald es mal halbwegs schön war.

»Was hast du gestern Abend noch gemacht?«, brach Miles schließlich als Erster das Schweigen, während wir auf den kleinen Park vor der Kathedrale zusteuerten. Er war liebevoll gestaltet worden. Unzählige Blumenbeete sorgten für bunte Farbtupfer zwischen den Grünflächen, und alle paar Meter befand sich eine Bank zum Ausruhen.

»Nicht viel«, erwiderte ich, während wir langsam zwischen den Grünflächen hindurchspazierten, wobei ich am liebsten alle paar Meter stehen geblieben und Fotos geschossen hätte. Neben einer der Bänke stand ein junger Kerl mit Gitarre und gab eine melancholische Ballade zum Besten. Wie zum Kontrast spielten ein Stück neben ihm zwei Kinder mit Luftballons, die sie immer wieder in die Luft warfen und lachend auffingen. »Ein bisschen gelesen. Und du?«

»Auch.«

»Du hast gelesen?«, hakte ich überrascht nach.

Miles warf mir einen belustigten Blick zu. »Die Liste mit den Vorbehalten scheint ja ganz schön lang zu sein.«

»Sorry«, sagte ich sofort und hätte mir am liebsten gegen den Kopf geschlagen. Seit wann ließ ich mich so sehr von Vorurteilen beeinflussen?

»Ich hab tatsächlich ein Faible für Horrorgeschichten und historische Liebesromane.« Er sah mich abwartend an, als erwartete er ein ungläubiges Schnauben, aber diesmal hatte ich mich im Griff.

»Bei mir sind es vor allem Thriller«, sagte ich, während wir an einer großen Eiche in der Mitte des Parks vorbeigingen. »Und ich lese tatsächlich manchmal ganz gern Theaterstücke, darunter auch Shakespeare, auch wenn es so furchtbar klischeehaft ist.«

Er lachte. »Oh ja, in unserer Branche ist eigentlich alles, was mit Shakespeare zusammenhängt, ein Klischee. Tatsächlich kam bei uns ein Dozent in der ersten Lehrveranstaltung rein und fing direkt damit an, dass Shakespeare ein Genie gewesen und er in seinem Klassenzimmer nicht infrage zu stellen sei.«

»Oh, wow. Der hätte sich prima mit meinem Dozenten verstanden, der bei uns die Einführung in die Theaterwissenschaften gemacht hat.«

»Glaub ich gern. Schon ein bisschen verrückt, dass wir etwas im selben Bereich studiert haben und jetzt beide am selben Theater arbeiten.« Seine Stimme nahm einen vorsichtigen Klang an, ganz so, als hätte er gerade vor Augen, wie wenig begeistert ich über unser erstes Aufeinandertreffen gewesen war.

»Verrückt trifft es gut«, murmelte ich. Wobei ich nicht umhin kam, mir einzugestehen, dass ich seine Besetzung immer weniger unpassend fand. Und das nicht nur, weil er ein guter Schauspieler war.

Stille breitete sich zwischen uns aus, und nach wenigen Minuten erreichten wir endlich die Kathedrale. Das Gebäude sah von Nahem mindestens so imposant aus wie von Weitem. Der dunkle Backstein leuchtete in der Sonne, und ich legte den Kopf in den Nacken, um die spitz zulaufenden Bögen zu bestaunen, die den Baustil der Gotik ausmachten. Ein paar Meter neben uns stand eine Reisegruppe, knipste fleißig Fotos und lauschte ihrem Reiseführer, der etwas über die Kirche und ihren Bau im 13. Jahrhundert erzählte. Da sich zu viele Menschen vor dem Gebäude tummelten, war es nur mit Mühe möglich, näher heranzutreten.

Ich drehte mich zu Miles. »Wollen wir uns einen Kaffee to go holen?«, fragte ich und nickte zu dem kleinen Café rüber, das sich hinter der Kathedrale am Straßenrand befand. »Wenn hier so viel los ist, können wir ja erst mal weitergehen, oder?«

»Stimmt, sich hier durchzudrängen, hat wenig Sinn.«

Wir bahnten uns einen Weg um die Touristen herum und betraten schließlich das kleine Café. Offenbar hatten wir einen guten Zeitpunkt erwischt, denn vor uns standen nur zwei Leute an. Als wir kurz darauf mit zwei Bechern Kaffee wieder hinaustraten, ging die Schlange schon bis nach draußen.

»Wollen wir zur Stadtmauer zu gehen?«, fragte Miles. »Von dort aus hat man einen guten Blick auf die Stadt und wir kommen am Planetarium vorbei.«

»Du stehst auf so Sternenzeug, oder?«, fragte ich.

»So Sternenzeug?« Seine Augenbrauen schossen nach oben. »Im Weltall befinden sich Milliarden von Galaxien, über die wir kaum etwas wissen. Allein das Standardprogramm, bei dem unsere Sternbilder erklärt und die Geschichten und Sagen dahinter erläutert werden, sind total beeindruckend. Zugegeben, bei meinem letzten Besuch in einem Planetarium war ich zwölf oder so, aber ich fand das damals ziemlich toll.«

Nur mit Mühe unterdrückte ich ein belustigtes Schmunzeln. »Na dann solltest du vielleicht bald mal wieder hingehen. Bestimmt gibt es regelmäßige Kindervorstellungen, in denen das kleine Einmaleins des Weltalls erklärt wird.«

»Hey!« Miles stieß mir spielerisch den Ellenbogen in die Seite, und ich lachte auf. »Machst du dich etwa über mich lustig?«

Sofort setzte ich eine betont ernste Miene auf. »Das würde ich doch niemals wagen.«

Miles grinste nur, und wir bogen bei der nächsten Kreuzung links ab. Hier wurden die Häuser wieder breiter und die Fassaden weniger schmuckvoll. Es gab zwar Straßenlaternen, aber die Blumenampeln blieben aus. Dennoch entdeckte ich auch hier bunt angestrichene Fensterläden und gepflegte Eingangsbereiche sowie Lichterketten in den Fenstern. Ganz so, als würden die Bewohner der Stadt das besondere Flair der Rosebery Avenue auch in den anderen Straßen nicht ganz verlieren wollen.

Tatsächlich passierten wir kurz darauf auch das Planetarium von Chesthill – ein unscheinbares, großes Steingebäude. An der gläsernen Eingangstür hing innen ein Programmplan. *Eine Reise durch die Nacht – Was sieht man am Sternenhimmel?* und *Schwarze Löcher – Eines der größten Rätsel unseres Universums*, waren nur zwei von mehreren Programmpunkten.

Miles blieb stehen und schoss ein Foto von dem Plakat, ehe er sein Handy wieder einsteckte. »Vielleicht kann ich dich ja irgendwann von einem Besuch im Planetarium überzeugen«, sagte er leichthin.

»Vielleicht«, antwortete ich und ertappte mich dabei, dass ich lächelte.

Miles unterdrückte ein Grinsen. »Na komm, gehen wir weiter.«

Wir folgten der Straße, bis wir an der Stadtmauer ankamen – oder besser gesagt dem Abschnitt der Mauer, der nach all den Jahren noch erhalten war. Die Mauer war gut dreißig Meter lang, und von oben hatte man einen guten Blick auf die Altstadt von Chesthill, die aus der langen Rosebery Avenue und den vielen schmalen Straßen drum herum bestand, sowie dem Neubaugebiet im Norden. Auf der anderen Seite erstreckten sich hinter einer großen Straße, weite Felder und Wiesen, von denen zahlreiche Wanderwege weiter in die Natur hineinführten.

In einvernehmliche Stille gehüllt, gingen wir auf eine der Treppen zu, über die man den Bogengang auf der Mauer erreichte.

»Wusstest du, dass die Mauer ursprünglich in der Römerzeit entstanden ist?«, unterbrach Miles nach ein paar Minuten schließlich das Schweigen. »Angeblich ist sie eine der am besten erhaltenen historischen Mauern in Europa.«

Ich unterdrückte ein Grinsen. »Denkst du dir das gerade aus?«

»Natürlich nicht«, protestierte er. »Das stand auf einer der Infotafeln.«

»Ach so.« Die hatte ich tatsächlich gar nicht näher angeschaut.

Als uns zwei Spaziergänger entgegenkamen, drängten wir uns eng an die Steinmauer, um sie vorbeizulassen. Dabei standen wir uns so nah, dass sich mein Arm gegen seinen presste. Ich wünschte, die Berührung würde mich kalt lassen. Tat sie aber nicht. Mein Puls schoss nach oben, und ich zwang mich, den Kopf nicht in Miles' Richtung zu drehen. Stattdessen starrte ich auf die Kathedrale, deren zwei dunkle Türme sich über den Dächern erhoben und bestimmt von fast überall in Chesthill zu sehen waren. Genauso wie der quadratische Turm in der Mitte der Kathedrale. Mum hätte daran ihre Freude gehabt. Sie liebte Architektur und hätte mir jetzt garantiert etwas über die verschiedenen Epochen sagen können, die sich in der Bauweise der Kirche widerspiegelten.

Als die Spaziergänger an uns vorbei waren, liefen wir weiter, wobei ich Miles den Vortritt lies. Unwillkürlich wanderte mein Blick zu seinem Rücken, und erst mit Verspätung bemerkte ich, dass ich ihn eine Spur zu eingehend musterte. Doch im nächsten Moment erinnerte ich mich wieder an die rasende Eifersucht, die mich damals durchströmt hatte, als ich erfahren hatte, warum er an dem Abend nicht wiedergekommen war. Und ich kam nicht gegen die Frage an, die unweigerlich in mir aufstieg: Wenn er mich kennenlernen wollte, wenn er es damals gewollt hatte und es heute auch tat, warum war er dann zu einer anderen gefahren?

## 10. KAPITEL

# Miles

»Wie bist du eigentlich darauf gekommen, dich ausgerechnet in Chesthill am Theater zu bewerben?«, fragte Audrey, als wir aus einer schmalen, mit Kopfstein gepflasterten Gasse hinaus auf einen offenen Platz traten.

Ich blinzelte gegen die plötzliche Helligkeit an. Die Häuser hinter uns waren so dicht aneinander gebaut, dass nur vereinzelt Sonnenlicht in die Gasse gedrungen war. Was mit den vielen Fensterläden, die rot oder blau gestrichen waren und somit einen ziemlichen Kontrast zu dem dunklen Farbton der Steinwände bildeten, ein unglaubliches Farbenspiel abgegeben hatte. Zusätzlich standen überall noch Blumentöpfe mit weißen und pinken Blüten auf den Fenstersimsen, und Audrey war mehrmals stehen geblieben, um Fotos zu schießen. Sie hatte dabei so unglaublich glücklich ausgesehen, dass ich ein paarmal kurz davor war, ein Foto von ihr zu machen. Auch jetzt starrte ich sie an, als sie gut gelaunt auf die kleine Grünfläche zusteuerte beziehungsweise auf die freie Bank, die direkt in der Sonne stand.

»Miles?«

Ertappt zuckte ich zusammen. »Oh, sorry, was hast du gesagt?«

»Ich habe dich gefragt, warum du dich ausgerechnet in Chesthill am Theater beworben hast.«

»Für mich war immer klar, dass ich nicht in die Filmbranche, sondern auf die Bühne will. Ein Freund von mir hatte den Aushang für die Rolle gesehen und gemeint, ich solle es versuchen. Und da das auch eines der Theater war, die uns unsere Dozenten an der Schauspielschule empfohlen haben, habe ich mich beworben.«

»Und Joanne und Simon haben dich dann gecastet und genommen, nicht schlecht.« Sie lächelte, und ich starrte auf ihren Mund, der so verflucht hinreißend aussah.

»Hätte schlechter laufen können, ja«, sagte ich und setzte mich auf die Bank.

Audrey folgte mir wenige Augenblicke später, wobei sie darauf achtete, einen kleinen Abstand zwischen uns zu lassen. Es war verwirrend. Im einen Moment schien ihr meine Nähe durchaus zu gefallen, im nächsten wurde ihre Miene verschlossen und sie distanzierte sich. Ich wurde einfach nicht schlau aus ihr. Weder aus ihrem Lächeln noch aus ihren großen blauen Augen, die viel zu einladend, viel zu gefährlich waren. Und dann war da noch dieser sanfte, ehrlich interessierte Ausdruck auf ihrem Gesicht, wenn sie vergaß, dass ich sie vor Jahren verletzt hatte. Er gab mir jedes Mal die lächerliche Hoffnung, dass wir noch mal ein ganz neues Kapitel aufschlagen könnten.

»Wo wohnst du eigentlich in Chesthill?«, fragte ich, um die Stille zwischen uns zu brechen. »Also ich meine, wie wohnst du – allein oder in einer WG mit anderen?«

Sie nippte an ihrem Kaffee und strich sich eine Strähne hinters Ohr, die aus ihrem Zopf gerutscht war. »In einer WG mit zwei

Mitbewohnern – Sutton und Wyatt. Ich hatte wirklich Glück, glaube ich. Die beiden sind superoffen und witzig.«

»Das klingt schön. Ich muss gestehen, dass ich es mir gar nicht mehr vorstellen kann, mir mit anderen Leuten eine Wohnung zu teilen.« Bis aufs erste Jahr an der Schauspielschule hatte ich immer allein gewohnt. Obwohl ich gern unter Menschen war, hatte ich gemerkt, dass ich zu Hause meine Ruhe brauchte.

»Musst du ja auch nicht. Ich kann mir vorstellen, dass es manchmal durchaus Vorteile hat, seine eigenen vier Wände zu haben und sie nach dem eigenen Geschmack einrichten zu können.«

»Absolut. Ich muss mir nie Gedanken um die Lautstärke in meinem Zimmer machen oder ob ich nackt durch die Wohnung laufen kann.«

»Ist bei mir aber auch so.«

Ich zuckte zusammen und verschluckte mich prompt an meinem Kaffee. Audrey klopfte mir auf den Rücken, ein freches Grinsen lag auf ihren Lippen.

»Du läufst nackt durch deine Wohnung?«, krächzte ich.

»Der Kommentar war auf die Lautstärke der Musik bezogen«, meinte sie schmunzelnd. »Aber Sutton und Wyatt würden es bestimmt auch tolerieren, wenn ich nackt durch die Wohnung spaziere.«

Okay, das war eindeutig zu viel Gerede über Nacktheit. Ich verfluchte die Bilder, die in meinem Kopf aufstiegen. Audrey, wie sie die Kleider fallen ließ und sich in ihrem Zimmer bewegte, während sich ihre langen Haare über die Schultern ergossen. Unauffällig lehnte ich mich ein Stück von ihr weg, obwohl zwischen uns immer noch etwas Abstand lag.

»Das hättest du nicht sagen dürfen«, murmelte ich.

Sie hob die Augenbrauen, als wollte sie nachhaken, schloss den Mund aber wieder. Kluge Entscheidung. Wir befanden uns längst auf dünnem Eis, und ich wusste nicht, wie lange ich mich noch beherrschen konnte. Oder ob ich es überhaupt wollte.

»Gut, Themawechsel.« Sie überlegte kurz und riss dann die Augen auf. »Hast du mitbekommen, dass Thea aus unserer Stufe vor einem Jahr in die USA gegangen ist und es dort jetzt als Model versuchen will?«

Ich blinzelte, brauchte kurz, um einzuordnen, über wen sie sprach. »Thea mit den pinken Haaren? Die im letzten Jahr mit Schildern vor der Schule dafür demonstriert hat, in der Kantine nur noch vegetarisches Essen anzubieten, um Tierleid zu vermeiden?«

Audrey nickte. »Genau die.«

Während der nächsten Stunde unterhielten wir uns über ehemalige Schulkameraden, über die Wohnungen, in denen wir gelebt hatten, und welche Theaterstücke und Filme wir am liebsten schauten. Wie sich herausstellte, mochten wir beide Horrorfilme und Thriller, schliefen bei Komödien aber oft ein. Audrey hatte außerdem eine Schwäche für Disneyfilme, während ich zu einem epischen Fantasyfilm oder historischem Drama manchmal nicht Nein sagen konnte.

Die Stimmung war ausgelassen, wir redeten auch dann noch, als unsere Kaffeebecher längst leer waren und die Wolken am Himmel sich verdichteten. Als der erste Regentropfen fiel, stand Audrey auf.

»Ich sollte zurück«, sagte sie mit ehrlichem Bedauern in der Stimme. »Ich muss noch das Skript und Simons Anmerkungen durchgehen.«

»Und ich sollte mich dem Text widmen.« Ich stand ebenfalls auf. »Darf ich dich noch ein kleines Stück begleiten?«

Überraschung huschte über ihr Gesicht und ein Ausdruck, den ich nicht ganz deuten konnte. Ihr Blick glitt zu mir und verweilte eine Spur zu lange auf meinen Lippen. »Okay«, sagte sie schließlich und zog sich die Kapuze ihrer Jacke über den Kopf, um sich vor dem Regen zu schützen. »Wobei es nicht fair ist«, murmelte sie so leise, dass ich sie kaum verstand.

»Was meinst du?« Der Regen wurde langsam stärker und prasselte in endlos vielen Tropfen auf uns nieder. Um uns herum spannten die Leute die Regenschirme auf und beschleunigten ihre Schritte.

Doch Audrey bewegte sich keinen Zentimeter. Unverwandt sah sie mich an. »Dass du es mir so schwer machst, es auf der nötigsten Zusammenarbeit zu belassen.«

Ihre Ehrlichkeit erwischte mich völlig unvorbereitet. Einige Sekunden lang starrte ich sie an, ohne die richtigen Worte zu finden.

Auf einmal ging ein Ruck durch ihren Körper. »Wie auch immer, wir sollten los«, wechselte sie das Thema und wandte sich von mir ab.

Wortlos folgte ich ihr durch den Regen, während sich die Gedanken in meinem Kopf überschlugen. Was war das eben gewesen? Und wieso zur Hölle war ich stumm geblieben? Ich hätte ihr sagen können, dass es mir ebenfalls schwerfiel, das zwischen uns auf einer rein beruflichen Ebene zu betrachten. Dass sie mich faszinierte wie lange keine Frau mehr und ich nicht wusste, ob ich dagegen ankämpfen wollte.

Shit. Worin verrannte ich mich da bloß?

Bevor ich wusste, was ich jetzt tun sollte, blieb sie auch schon vor einem mehrstöckigen Haus mit weißer Fassade stehen, in dem offenbar ihre Wohnung lag, denn sie hatte bereits den Schlüssel in der Hand.

Ich räusperte mich. »Es war ein schöner Nachmittag«, sagte ich und suchte ihren Blick, doch sie wich mir aus.

»Das stimmt, das war es«, murmelte sie so leise, dass ich sie kaum verstand, und ehe ich etwas erwidern konnte, umarmte sie mich. Schlang die Arme für ein paar Sekunden fest um mich, bevor sie sich losmachte und mit einem Winken ins Innere des Hauses verschwand.

Einen Moment lang blieb ich völlig verwirrt stehen, starrte ihr hinterher, während mein Herz viel zu schnell schlug. Als wollte es mich verhöhnen und mir von all den Dingen erzählen, die ich nicht haben konnte, weil ich zu verkorkst war. Fluchend drehte ich mich um und machte mich auf den Heimweg.

Mit gerunzelter Stirn las ich die letzte Zeile noch einmal. Seit dem Spaziergang mit Audrey schweifte meine Konzentration ständig ab, ich war abgelenkt und nicht richtig bei der Sache. Dabei musste der Text bald sitzen, und je schneller ich ihn im Kopf hatte, desto mehr konnte ich an Details wie Gestik, Mimik und dem Klang meiner Stimme feilen.

Als mein Handy vibrierte, griff ich fast schon erleichtert danach. Doch meine Erleichterung verschwand, als ich die Nachricht von Peyton sah.

Roy ist wieder mal ausgerastet. Ich weiß nicht mehr weiter. Liam besteht darauf, dass ich nicht zu ihnen komme, weil er meint, ich würde die Situation nur schlimmer machen. Aber ich halte es nicht aus, nichts zu tun. In der Uni hinke ich inzwischen so sehr hinterher, dass ich nicht weiß, ob ich das Semester schaffe. Überlege, abzubrechen. Scheiße, was soll ich machen? Und sorry, dass ich dich jetzt damit zutexte. Aber es sieht grad echt beschissen aus.

»Fuck«. Ich starrte auf die Nachricht und sah direkt rot.

Roy manipulierte und zerstörte die Familie schon seit Jahren. Peytons Mum war eine herzliche, liebevolle Frau, aber sie hatte nie gelernt, für sich einzustehen. Nachdem Peytons Vater die Familie verlassen hatte, war ihre Mutter von einer ungesunden Beziehung in die nächste gestürzt.

Ohne lange zu überlegen, wählte ich Peytons Nummer. Es klingelte und klingelte, doch sie nahm nicht ab. Shit. Hoffentlich tat sie nichts Unüberlegtes. Ich konnte nur darauf warten, dass sie zurückrief. Peyton neigte viel zu sehr dazu, die Dinge mit sich selbst auszumachen. Um Hilfe zu bitten, fiel ihr schwer, aber ich war schon mal froh, dass sie mir überhaupt geschrieben hatte. Außer mir wusste niemand, was sich seit Jahren zwischen Roy und ihrer Mutter abspielte. Dass er zu viel trank und zu Wutausbrüchen neigte, bei denen auch mal Gegenstände flogen.

Seufzend griff ich wieder nach dem Skript, aber mit meiner ohnehin schon geringen Konzentration war es nun endgültig vorbei. Ich setzte mich auf das breite Sofa, das mitten im Wohnzimmer vor einem großen Flachbildschirm stand, und suchte einen Thriller zur Ablenkung. Nachdem ich auf Play gedrückt hatte, öffnete ich den Chatverlauf mit Dad. Ich tippte die Termine für die Aufführungen, löschte sie dann aber wieder. Er würde die Nachricht direkt wegklicken. Das wusste ich. Kurz entschlossen pausierte ich den Film und wählte Dads Nummer. Zu meiner Überraschung nahm er nach dem vierten Klingeln ab.

»Hallo, Miles, was gibt's?«

»Hey, Dad. Ich, ähm, wollte mich mal wieder melden und dir die Termine für meine Theateraufführungen geben.«

»Für deine was?« Es raschelte kurz. »Warte, irgendwie verstehe ich dich nicht so gut.« Wieder ertönte ein Rascheln, begleitet von schweren Schritten.

»Okay, jetzt.«

Ich atmete tief durch. Vermutlich hätte ich doch einfach nur schreiben sollen. »Ich wollte dir die Termine durchgeben, an denen meine Aufführungen sind.«

»Ach ja, richtig.« Er klang abwesend, und ich kannte seine Stimme gut genug, um zu wissen, dass er gerade vermutlich mit gerunzelter Stirn vor seinem Schreibtisch stand und in Gedanken bereits woanders war.

»Also die Aufführungen sind im August.«

»Hm.«

Ich gab die Termine durch und hörte das Kratzen von einem Stift auf Papier. Immerhin schien er sie sich tatsächlich zu notieren.

»Wie läuft's denn sonst so?«, fragte Dad, und ich hielt überrumpelt inne. Keine Ahnung, wann er mir das letzte Mal diese Frage gestellt hatte.

»Ganz gut, die Proben machen echt Spaß, und das Team ist super! Ich konnte schon einiges lernen.«

»Schön, schön. Das klingt wirklich toll. Du, ich muss jetzt leider Schluss machen. Die Termine sind notiert, aber du weißt ja, wie voll die Kalender deiner Mum und mir sind.«

Seine Worte trafen mich unvermittelt. Ich schluckte schwer und drängte die Enttäuschung zurück, die sich rasend schnell in mir ausbreitete.

»Klar«, sagte ich betont locker. »Das weiß ich. Ich wollte euch nur Bescheid geben, falls ihr doch Zeit habt.«

»Okay, super, also bis dann. Mach's gut, Miles!«

»Mach's gut, Dad.«

Ein Klicken in der Leitung beendete das Telefonat. Wie betäubt saß ich da und starrte ins Leere.

Was hatte ich eigentlich gedacht? Ich hasste es, dass ich immer noch erwartete, von ihnen Zuspruch zu bekommen. Es sollte mich längst nicht mehr kümmern. Ich war erwachsen, ausgezogen und machte mein eigenes Ding. Trotzdem blieb die Hoffnung hartnäckig. Der Wunsch, ein einziges Mal von meinen Eltern richtig gesehen und wahrgenommen zu werden. Früher hatte ich mich oft gefragt, warum sie sich überhaupt für ein Kind entschieden hatten. Ob sie darüber nachgedacht hatten oder ob sie erst kurz nach der Geburt feststellen mussten, dass sie fürs Elternsein nicht gemacht waren.

Großgezogen hatten mich nämlich nicht meine Eltern, sondern zahlreiche Nannys, die liebevoll mit mir gespielt und mir Essen zubereitet hatten. Die fehlende Anwesenheit und Liebe von Mum und Dad hatten sie jedoch nie ersetzen können.

Ich verdrängte den Gedanken, startete den Film wieder und

richtete meine ganze Aufmerksamkeit auf den Bildschirm. Es brachte nichts, mir den Kopf darüber zu zerbrechen, warum ich nie das gehabt hatte, was andere mit ihren Eltern hatten. Warum ich mich, seit ich mich erinnern konnte, ungenügend fühlte. Ich hatte gelernt, damit umzugehen. Zu verdrängen, weiterzumachen und mich auf die Dinge zu konzentrieren, die gut liefen. Die ich gut konnte. Also würde ich das auch weiterhin tun.

## 11. KAPITEL

# Audrey

»Audrey, hast du kurz Zeit?« Sutton erschien in meinem Türrahmen.

Ich blickte von dem Buch auf, mit dem ich es mir nach dem anstrengenden Tag im Theater gemütlich gemacht hatte. »Klar.«

»Gut. Falls du irgendwelche Pläne für Samstagabend hast, sag sie ab.«

»Okay?« Ich klappte das Buch zu und legte es auf die Seite.

»Wir machen eine Party. Hier. Eigentlich wäre die kurz nach deinem Einzug schon angemessen gewesen, aber die holen wir jetzt Samstag nach.« Sutton klang so begeistert, dass ich lachen musste. Bisher hatte ich sie kaum schlecht gelaunt erlebt. Allerdings zog sie sich manchmal sehr zurück, und ich ahnte, dass das die Phasen waren, in denen ihre Fröhlichkeit einer anderen Stimmung wich.

»Eine richtige Party?«

»Na ja. Du kannst deine Freunde und Kollegen vom Theater einladen. Und wir fragen auch ein paar Leute. Es sollten nicht zu viele sein, aber so dreißig Personen passen locker in unsere Wohnung. Wir stellen einfach die größeren Möbel in ein Zimmer und machen das zu, dann geht auch nichts Wichtiges kaputt.«

»Ich merk schon, ihr seid richtige Profis, was Hauspartys angeht.«

Sutton zuckte grinsend mit den Schultern. »Ein bisschen vielleicht. Also, was sagst du? Gute Idee?«

»Warum nicht? Ich hatte auch schon überlegt, mal ein paar Leute aus dem Theater einzuladen, von daher passt das perfekt.«

Wir arbeiten momentan alle ziemlich intensiv an dem Stück. Gestern und heute hatte ich hauptsächlich mit Simon am Programmheft gesessen und mit Joanne einige Szenen durchgesprochen, bei denen ich Vorschläge für die Inszenierung hatte. Danach war ich immer zu erschöpft gewesen, um noch viel mit den anderen zu machen, denen es aber ähnlich ging. Daher bot es sich an, das Wochenende zu nutzen, um meine Kollegen mal außerhalb des Theaters besser kennenzulernen.

»Super! Dein Schauspieler ist natürlich auch willkommen. Ich will Miles endlich mal kennenlernen.«

Ich verzog das Gesicht. »Er ist nicht *mein* Schauspieler.«

»Weiß ich doch. Wie war es gestern denn, euch bei der Arbeit wiederzusehen? Von eurem Spaziergang warst du ja recht begeistert. Mal von deinen Zweifeln, ob es eine gute Idee ist, mit jemandem von der Arbeit auszugehen, abgesehen natürlich.«

Ich hatte Sutton nach dem Treffen von unserem Spaziergang erzählt und dabei meine Sorgen nicht verbergen können. Es war leicht gewesen, mich mit Miles zu unterhalten. Wir hatten viele gemeinsame Themen, und seine Sichtweisen interessierten mich. Die Zeit war nur so verflogen, und ich hatte unsere Gespräche genossen. Mehr als erwartet.

Aber da waren auch die Erinnerungen, die direkt unter der Oberfläche lauerten und die sich jedes Mal rührten, wenn wir über früher sprachen. Wann immer wir auf ehemalige Mitschüler oder Lehrer zu sprechen kamen, auch wenn es von ihr ausging, stieg in mir die Furcht auf, dass er mich nach meinem letzten Schuljahr fragen könnte. Nach meiner Abwehrhaltung ihm gegenüber und warum ich nach der Party nicht mehr mit ihm gesprochen hatte. Was sollte ich dann antworten? Und selbst wenn ich Worte fand, waren da immer noch die Bilder. Ich wollte den Schmerz und die Machtlosigkeit nicht wieder und wieder fühlen. Wollte das Kapitel nicht erneut aufschlagen, das ich nur mit Mühe geschlossen und hinter mir gelassen hatte.

»Audrey?«, fragte Sutton sanft, und ich zuckte zusammen.

»Es lief gut. Denke ich. Wir gehen normal miteinander um, reden in den Pausen und so.« Ich runzelte die Stirn. »Allerdings waren gestern immer andere dabei, wenn wir uns gesehen haben, und heute gab es nur ein kurzes Gespräch zu zweit, da ging es aber um eine Szene im Stück.«

Sutton legte den Kopf schief und sah mich nachdenklich an. »Was sind noch mal deine Gründe, dich nicht auf den Kerl zu stürzen? Du findest ihn attraktiv, das sehe ich dir an. Und er scheint nett zu sein, nach dem, was du erzählt hast. War sein Verhalten damals wirklich so scheiße?«

Ich erstarrte. Suchte nach den richtigen Worten und fand keine. Auch Jahre später nicht. Ich hasste diese Sprachlosigkeit, diese Unfähigkeit, zu erzählen, was geschehen war. Nichts davon war meine Schuld. Ich war heute stärker – körperlich und emotional. Trotzdem schaffte ich es nicht, den Mund aufzumachen und darüber zu sprechen.

»Schon gut, du musst nicht darüber reden«, sagte Sutton und legte eine Hand auf meinen Arm. Sanft strich sie darüber, als wüsste sie, wie sehr ich innerlich gerade kämpfte.

»Danke«, stieß ich hervor. »Irgendwann …« Ich schluckte schwer. »Irgendwann erzähl ich dir davon.«

»Nur, wenn du dich bereit fühlst.«

Ich blinzelte gegen die plötzlichen Tränen in meinen Augen. »Gott, sorry, jetzt verwandle ich mich hier total in eine Heulsuse.«

»Sag das nicht. Tränen gehören dazu.« Kurzerhand überbrückte sie den Abstand zwischen uns und zog mich in ihre Arme.

Mein Kopf sank gegen ihre Schulter, und ich ließ es zu, für einen Moment von ihr gehalten zu werden. »Danke«, wiederholte ich, als mein Atem wieder ruhiger ging. »Ich weiß gar nicht, was mit mir los ist. Normalerweise bin ich nicht so emotional. Wahrscheinlich waren die letzten Wochen wohl doch ein wenig zu ereignisreich.«

»Kein Wunder. Mit dem Umzug und der Arbeit am Theater kam halt auch viel zusammen.«

Ich fuhr mir mit einer Hand übers Gesicht und richtete mich auf. »Ja, total.«

»Hast du Lust auf Pizza?«, wechselte sie das Thema. »Wir könnten welche bestellen und es uns mit einer Serie im Wohnzimmer gemütlich machen. Wyatt wäre sicher auch dabei. Er müsste jeden Moment von der Arbeit kommen.«

Kurz war ich irritiert, aber dann fiel mir ein, dass heute einer der Tage war, an denen er im Touristenladen arbeitete. Morgen ging es für ihn abends dann wieder in die Bar. Dass er diese Wechsel so problemlos hinkriegte und ab und zu auch noch zu seiner

Tochter fuhr, war beachtlich. Ich war froh, wenn ich einen normalen Rhythmus hinbekam.

»Pizza klingt gut«, sagte ich. »Ich spring nur zuerst noch unter die Dusche, um mich etwas frischer zu fühlen.«

»Okay, Leute, noch ein Durchgang, dann haben wir es für heute geschafft.« Joanne klatschte in die Hände, und alle setzten sich sofort in Bewegung. Diese Reaktion rief sie meistens hervor. Wo sie sich aufhielt, trat automatisch eine gewisse Arbeitsmoral ein, und insgeheim bewunderte ich sie dafür.

Zum fünften Mal heute stellten sich die Schauspieler an die vorgesehene Position und gingen ihren Text durch. Es faszinierte mich nach wie vor, wie mein Stück langsam vor meinen Augen Gestalt annahm. Gleichzeitig war es surreal. Mein Blick schweifte unwillkürlich zu Miles, der auf der Bühne so ganz anders wirkte. Ganz bei sich und in seine Rolle versunken, in die er mit scheinbarer Mühelosigkeit schlüpfte, sobald eine Szene begann.

Als die Szene vorbei war, nickte Joanne zufrieden und entließ die Schauspieler, die müde von der Bühne gingen. Dann wandte sie sich an mich, und wir glichen noch kurz unsere Notizen ab. Tatsächlich hatten wir fast dasselbe aufgeschrieben, und Joanne wollte morgen die Szene noch mal mit ein paar anderen Fokussen proben.

Als ich auch endlich nach draußen trat, standen Felicity, Juan, Brittany und zwei weitere Schauspieler – Nia und Kathleen – vor der kleinen Mauer, die den Eingangsbereich des Gebäudes säumte und es vom Nachbarhaus abschirmte. Nur Miles fehlte. Offenbar war er noch drinnen.

»Hey«, sagte ich. »Das war heute eine gute Probe, oder?«

»Ja, ich bin auf jeden Fall zufrieden damit.« Felicity strahlte über das ganze Gesicht. »Langsam nimmt der erste Akt Gestalt an.«

»Finde ich auch.« Ich sah in die Runde und gab mir einen Ruck. »Habt ihr Samstagabend eigentlich schon etwas vor? Falls nein, seid ihr herzlich zu einer Party bei mir in der WG eingeladen.«

»Eine Party?« Die vertraute, dunkle Stimme hinter mir ließ mich herumfahren. »Klingt nach Spaß.« Miles zwinkerte mir zu und stellte sich dann mit in den kleinen Kreis, den wir während unseres Gesprächs gebildet hatten.

»Also ich wäre dabei«, meinte Felicity und bewahrte mich davor, auf Miles' Worte reagieren zu müssen.

Im Grunde hatte ich nichts dagegen, wenn er kam. Einem Teil von mir gefiel die Vorstellung sogar. Wenn mir der andere Teil nicht immer wieder dazwischenfunken würde, würde ich keine Sekunde lang zögern. Entschlossen hob ich den Kopf und erwiderte Miles' Blick. Etwas flackerte in seinen Augen auf – war es Neugierde? Hoffnung? Aber Hoffnung worauf?

»Ich könnte auch«, sagte Juan, und ich riss mich von Miles los.

»Super«, sagte ich. »Meine Mitbewohner werden sich freuen. Die Adresse schick ich euch dann noch.«

Die anderen nickten, und die Gruppe löste sich daraufhin schnell auf. Nur Miles blieb stehen und wartete, bis wir zu zweit vor dem Gebäude standen.

»Eine Party also …« Er schob die Hände in die Hosentaschen und sah mich mit unergründlicher Miene an.

»So sieht's aus.«

Stille senkte sich über uns, während die Bilder einer anderen Party zwischen uns aufstiegen.

»Und es ist okay, wenn ich komme?«, fragte er und überraschte mich damit wieder einmal.

»Klar«, sagte ich und meinte es auch so. »Es sind schließlich alle aus dem Team eingeladen.«

Er nickte langsam, den Blick noch immer unverwandt auf mich gerichtet. Ein nervöses Kribbeln breitete sich in meinem Körper aus. Was war nur los mit mir?

»Ist wirklich alles okay?«

Ich nickte.

»Okay, weil … Ich will nicht, dass es, du weißt schon, komisch zwischen uns ist oder so.«

Seine Direktheit sollte mich inzwischen nicht mehr überraschen, aber sie tat es trotzdem. Ich spürte, wie mein Blick weich wurde und die Anspannung aus meinem Körper verschwand.

»Das ist es nicht. Und ich fände es wirklich schön, wenn du am Samstag auch kommst.«

»Gut.« Er lächelte dieses Lächeln, bei dem seine Grübchen auftauchten und er mich wieder an den Jungen von damals erinnerte. »Hast du vielleicht Lust, mit mir noch etwas trinken zu gehen?«

Die Frage erwischte mich unvorbereitet. »Ich … äh, eigentlich gern. Aber ich gehe gleich ins Kickboxen.«

Überrascht sah er mich an. »Du machst Kickboxen? Cool. Aber dann vielleicht ein anderes Mal.« Er grinste und kehrte zu der Leichtigkeit zurück, die mir manchmal so schwerfiel.

»Ja«, brachte ich hervor und ärgerte mich über meine Sprachlosigkeit. »Wir sehen uns dann morgen bei der Probe.«

»Jepp. Viel Spaß beim Kickboxen.« Er trat einen Schritt zurück und wandte sich zum Gehen. »Bis morgen, Audrey.«

Bildete ich es mir nur ein oder nahm seine Stimme einen sanfteren Klang an, als er meinen Namen sagte? Wärme breitete sich in mir aus, gleichzeitig herrschte in meinem Kopf Chaos.

Gedankenverloren starrte ich Miles nach. War das gerade wirklich passiert? Entschlossen schüttelte ich den Kopf und machte mich endlich auf dem Weg zum Kickboxen.

»Wyatt, die Plastikwanne im Bad ist inzwischen voll mit Bierdosen, und in den Kühlschrank passt nichts mehr rein.« Sutton stand mit gerunzelter Stirn in der Küche. Auf den Arbeitsflächen und dem Herd drängten sich Chipstüten, Weinflaschen und andere Getränke. Nicht zum ersten Mal kam mir der Gedanke, dass meine Mitbewohner es mit den Vorbereitungen für die Party etwas übertrieben.

»Dann stell einen Teil einfach in mein Zimmer. Wir können ja im Laufe des Abends Nachschub holen und in den Kühlschrank packen, wenn die ersten Sachen leer sind«, rief Wyatt aus dem Flur, wo er die Schuhe wegräumte, die neben der Eingangstür in einem kleinen Regal standen.

Wir hatten uns dazu entschieden, alle zerbrechlichen und potenziell gefährlichen Gegenstände in mein Zimmer zu räumen und es als einzigen Raum zur partyfreien Zone zu erklären. Insgeheim war ich froh darüber, auch wenn wir beim Aufräumen morgen selbstverständlich alle mit anpacken würden.

Um kurz vor acht waren wir mit den Vorbereitungen endlich fertig. Schüsseln mit Chips und Nüssen standen bereit, genauso wie sechs Kräuterbaguettes, die Wyatt nach einem Rezept aus dem Internet gebacken hatte und in die ich mich allein beim Geruch der geschmolzenen Kräuterbutter hätte reinlegen können.

Ich sah erneut an mir herunter und checkte, ob mein Outfit gut saß.

»Keine Sorge, du siehst umwerfend aus! Wenn Miles nicht hin und weg ist, weiß ich auch nicht weiter.«

Ertappt drehte ich mich zu Sutton um, die hinter mir in mein Zimmer gekommen war. Sie deutete auf mein bordeauxrotes Kleid, das knapp die Oberschenkel bedeckte und an der Taille eng geschnitten war, sodass es sich weich an meine Haut schmiegte. Die Haare trug ich offen, und die Augen hatte ich lediglich mit Mascara getuscht.

»Danke!« Ich strich mir eine Haarsträhne hinters Ohr. »Mal sehen, wie viele Leute es nachher tatsächlich werden. Meine letzte Party ist schon ein Weilchen her, aber ich freue mich irgendwie schon drauf.«

Soweit ich mich erinnerte, war mein letztes Event dieser Art die Abschlussfeier nach der Zeugnisübergabe an der Uni gewesen. Am Ende des Abends hatte ich bei Debby übernachtet und ihr angetrunken geschworen, dass unsere Freundschaft auch nach meinem Umzug nach Chesthill für immer halten würde.

»Das wird ein toller Abend werden«, versicherte Sutton. Sie trug ein hautenges, schwarzes, kurzes Kleid, hatte die Haare zu einem hohen Zopf zusammengebunden und dunkelblauen Eyeliner aufgetragen. Seit sie nicht mehr in ihren bequemen Yogaleggins steckte, haute mich ihr Anblick jedes Mal ein bisschen um. »Von Wyatt kommen zwei Freunde und ein paar Kollegen aus der Bar, und ich habe zwei Freundinnen aus dem Tattoostudio eingeladen, die unkompliziert und nett sind. Außerdem noch Leute, die ich schon seit Schulzeiten kenne. Zusammen mit deinen Theaterkollegen wird das sicher 'ne lustige Runde.«

»Ich denke auch«, sagte ich und straffte die Schultern. Die Woche war wie im Flug vergangen, und heute Morgen hatte ich es kurz kaum glauben können, dass schon Samstag war und in wenigen Stunden meine Kollegen vom Theater kamen. Hätten Wyatt und Sutton die Party nicht regelmäßig erwähnt, hätte ich vermutlich völlig vergessen, die Adresse rauszuschicken. »Wie wär's mit einem Gläschen Wein, bevor es richtig losgeht?«

Sutton grinste breit. »Da bin ich so was von dabei.«

Wir saßen zu dritt im Wohnzimmer und nippten an unserem Wein, als es zum ersten Mal an der Tür klingelte. Sutton stellte das Glas ab und sprang sofort auf. »Endlich kommen die ersten Gäste!«

Wyatt schaute ihr belustigt hinterher und warf einen schnellen Blick auf die Uhr. »Es ist gerade mal kurz vor neun.«

Ich schmunzelte. »Sie hat sich ziemlich auf heute Abend gefreut, was?«

»Und wie. Sutton ist erst so richtig in ihrem Element, wenn sie Leute um sich hat. Ich kenne niemanden, der es so sehr genießt, ständig Action zu haben.«

»Woher kennt ihr euch eigentlich?«, fragte ich, weil wir darüber bisher tatsächlich noch nicht gesprochen hatten.

»Noch aus der Schulzeit. Sutton war nach dem Abschluss reisen, und ich hatte … na ja, eine Tochter und eine Menge zu klären.« Er verzog das Gesicht, fing sich jedoch schnell wieder. »Vor zwei Jahren haben wir dann beschlossen, eine WG zu gründen. Wir kennen uns ziemlich gut und wissen, wie die andere Person tickt, wollten aber mindestens noch eine weitere Person mit in der Wohnung haben.«

»Das klingt total schön. Also, dass ihr euch habt und schon lange befreundet seid.« Kurz überlegte ich, auf den Kommentar über seine Tochter und die schwierige Zeit nach dem Abschluss einzugehen, doch da kam Sutton mit zwei jungen Frauen zurück, die sie als ihre Freundinnen Rita und Cho vorstellte.

Die beiden schnappten sich in der Küche direkt zwei Gläser und quetschten sich neben Wyatt auf die Couch. Er zwinkerte mir kurz zu, bevor er sie in ein Gespräch verwickelte.

Grinsend ging ich in die Küche, um mir ein Glas Wasser einzuschenken. Wyatt konnte sagen, was er wollte, er war vielleicht etwas ruhiger als Sutton, aber unter Leuten blühte er mindestens genauso sehr auf.

Um halb zehn war die Wohnung bereits deutlich voller. In der Küche standen ein paar Leute mit Tassen und Plastikbechern, weil uns die Gläser ausgegangen waren, und unterhielten sich. Wyatt war im Wohnzimmer geblieben, ebenso wie Nia, Kathleen und Brittany, und Sutton hatte ihr Zimmer zur Tanzfläche erklärt und sich mit ein paar ihrer Freunde dorthin zurückgezogen, um wild zu irgendwelchen Popsongs aus den 90er-Jahren zu tanzen.

Ich saß mit Felicity und Dan in Wyatts Zimmer auf einer großen, hellen Couch. Auch wenn die meisten Sachen zur Seite geräumt waren, strahlte das Zimmer eine gemütliche Atmosphäre aus. In einer Ecke stand auf einer kleinen Kommode ein Plattenspieler, neben der Couch befand sich ein Stapel mit Büchern und an der Wand gegenüber hing eine Weltkarte.

»Diese Bowle ist echt der Hammer.« Felicity trank einen großen Schluck aus ihrer Tasse.

»Ja, da hat Wyatt als Barkeeper natürlich seine Vorteile«, erwiderte ich lächelnd und nippte ebenfalls an meinem Glas. Felicity hatte recht. Das Zeug schmeckte verdammt gut. Und hatte das Potenzial, einem viel zu schnell zu Kopf zu steigen.

»Wie bist du noch mal an die WG gekommen?«, fragte Dan über Felicity hinweg.

»Durch eine Anzeige im Internet. Wir haben uns dann in einem Videocall quasi getroffen, und irgendwie hat es direkt gepasst. Jedenfalls hatte ich am nächsten Tag eine Zusage.«

»Mega! So viel Glück muss man erst mal haben. Ich habe damals ewig gesucht.«

»Glaub ich dir sofort, ich bin auch froh darüber«, erwiderte ich und trank einen weiteren Schluck von der süßen Bowle, deren Wirkung sich langsam zeigte. Zumindest erfüllten mich ein wohliges Kribbeln und die Leichtigkeit, die sich immer einstellte, wenn die Gedanken im Kopf leiser wurden.

Aus dem Zimmer nebenan ertönten in diesem Moment die ersten Takte eines Backstreet-Boys-Songs, und Felicity und ich wippten gleichzeitig mit dem Kopf zu der Musik. Lachend stand ich auf, um mich zu Sutton und den anderen zu gesellen und ein bisschen zu tanzen. Den Blick auf meine Bowle gerichtet, drehte ich mich schwungvoll um und steuerte auf die Tür zu. Als ich aufschaute, blieb ich ruckartig stehen, sodass Felicity, die mir gefolgt war, in mich hineinstolperte.

»Sorry«, murmelte sie und drängte sich an mir vorbei. »Oh, hi!« Sie sah direkt zur Tür. »Ich habe mich schon gefragt, wann du hier auftauchst.«

Das hatte ich mich auch, obwohl ich mich für jeden Gedanken an ihn verflucht hatte.

»Hi«, sagte er und sah von Felicity zu mir. Seine Augen schimmerten dunkel im schummrigen Licht von Wyatts Deckenlampe.

Der Anflug eines Lächelns lag auf seinen Lippen, und ich ertappte mich dabei, dass ich ihn eine Spur zu lange anstarrte. Mein Herz machte einen Hüpfer, und auch dafür verfluchte ich mich.

»Ach, cool«, sagte Dan hinter mir. »Miles ist auch endlich gekommen.«

# 12. KAPITEL

## Miles

Audrey sah atemberaubend aus. Ich war mir ziemlich sicher, dass sie keine Ahnung hatte, wie ihr Körper in dem Teil, das sie trug, wirkte. Wie es mich verrückt machte, dass der Stoff sich an ihre Haut schmiegte und all die Stellen betonte, die so verdammt wundervoll waren. Ihre langen Haare ergossen sich in sanften Wellen über ihre Schultern, und ihre Wangen waren leicht gerötet. Doch das alles war nichts im Vergleich zu dem Funkeln in ihren Augen. Das Blau darin leuchtete heute noch eine Spur heller als sonst, und ich schaffte es kaum, den Blick von ihr zu lösen.

Shit. Ich war so was von verloren.

»Soll ich dir mal was zu trinken besorgen, Miles?«, fragte Felicity und riss mich damit aus der Starre, in der nur Audrey und ich existiert hatten. Schlagartig prasselten die Geräusche wieder auf mich ein – die Musik, das Stimmengewirr und Dans Lachen, als er wissend zwischen Audrey und mir hin und her schaute.

»Ich komme mit«, sagte er zu Felicity, und die beiden schoben sich an mir vorbei, ehe ich sie aufhalten konnte.

»Ich wusste nicht, ob du noch kommen würdest«, sagte Audrey leise, und ich machte einen Schritt auf sie zu, um sie besser zu verstehen. Kurz rechnete ich damit, dass sie zurückweichen würde, und in dem Fall hätte ich sofort etwas Abstand zwischen uns gebracht, aber sie bewegte sich keinen Zentimeter. Sah mich nur weiter aus ihren verflucht blauen Augen an, deren Tiefe mir schon einmal gefährlich geworden war.

»Ich bin noch mal ein paar Sachen für nächste Woche durchgegangen. Aber das hier hätte ich um keinen Preis verpassen wollen.« Mein Blick huschte zu ihrem Kleid, bevor ich sie wieder direkt ansah.

Ihre Wangen wurden eine Spur röter, und sie biss sich auf die Lippe, als wollte sie ein Lächeln verbergen. Ich schluckte schwer. Das Verlangen, sie an mich zu ziehen und auch noch den letzten Rest Abstand zwischen uns zu überbrücken, schoss mit voller Wucht durch mich hindurch. Die Luft schien auf einmal dichter und wärmer zu werden. Audrey blinzelte, schaute zu meinen Lippen und wieder zurück zu mir. Ich hielt den Atem an.

Doch dann stolperte sie einen Schritt zurück und holte tief Luft. »Soll ich dir die Wohnung zeigen?«, fragte sie, wobei sie meinem Blick auswich.

Enttäuschung und Erleichterung machten sich in mir breit und sorgten für Chaos in meinen Gedanken. Himmel, ich war noch keine zehn Minuten hier und wusste jetzt schon nicht mehr, wo mir der Kopf stand.

»Gern«, presste ich hervor, um zumindest irgendetwas zu sagen. Wieder einmal fragte ich mich, ob es die richtige Entscheidung gewesen war, herzukommen.

Ich hatte tatsächlich eine ganze Weile mit mir gerungen, ob ich wirklich kommen sollte. Zwar hatte ich mich quasi selbst eingeladen und dabei auf lässig getan, aber insgeheim jagte mir Audreys

Wirkung auf mich Angst ein. Sie faszinierte mich, und ich wusste nicht, wie ich damit umgehen sollte. Es war nicht nur die Tatsache, dass sie dazu in der Lage war, ein komplettes Theaterstück zu schreiben. Sie verstand auch meine Leidenschaft für diese Branche, genauso wie die Schattenseiten, die diese mit sich brachte. Und dann war da noch ihr aufmerksamer Blick, wenn sie zuhörte und mich fragte, was gerade in mir vorging. Ich bekam den Gedanken nicht mehr aus dem Kopf, dass wir so etwas wie eine zweite Chance bekommen hatten. Und diese wollte ich nutzen.

»Okay …« Audrey ging voraus, wobei sie sich an zwei Leuten vorbeischieben musste, die gerade das Zimmer betraten.

»Also besonders viel zu sehen gibt's nicht«, sagte sie, als wir den Flur betraten.

Auch hier standen ein paar Leute, die sich mit Bierflaschen und Bechern in der Hand unterhielten. Die Stimmung war ausgelassen, es wurde viel gelacht, lebhaft diskutiert und in einem Zimmer sogar getanzt. Ich hatte mich, nachdem ich angekommen war, nur kurz umgesehen, bis ich Audrey, Dan und Felicity gefunden hatte.

»Das hier ist unser kleines Wohnzimmer.« Audrey deutete auf eine Sofaecke, die direkt an den Flur grenzte und hinter der eine Tür zur Küche führte. »Da ist Suttons Zimmer.« Sie ging den Flur entlang und blieb vor dem Raum stehen, in dem Musik lief und getanzt wurde.

Ich warf einen schnellen Blick rein und grinste breit, als ich sah, wie einige Leute, darunter auch Brittany, Nia und Kathleen, zu einem Song von Queen auf und ab sprangen.

»Und wo ist dein Zimmer?«, platzte es aus mir heraus, als Audrey nicht weitersprach.

Prompt schossen ihre Augenbrauen nach oben. »Dafür, dass du noch keinen Schluck getrunken hast, bist du heute ganz schön forsch.«

Grinsend hob ich die Schultern. »Ist das verkehrt?«

Sie betrachtete mich einen Moment und schüttelte schließlich den Kopf. »Ich bin mir sicher, dass ich damit umgehen kann.« Ein belustigtes Blitzen trat in ihre Augen, und ich konnte nicht anders, als sie anzustarren. Ihr Selbstbewusstsein gefiel mir. Genauso wie die Tatsache, dass sie offen mit mir flirtete. Von der Zurückhaltung am Ende unseres Spaziergangs war jedenfalls nicht mehr viel zu sehen. Vielleicht lag das jedoch auch einfach daran, dass sie mir trinkmäßig schon ein bisschen was voraushatte.

»Du kannst mit allem umgehen«, sagte ich. »Da fällt mir ein, wollte Felicity mir nicht einen Drink holen?« Seit sie sich mit Dan aus dem Staub gemacht hatte, war sie nicht wieder aufgetaucht. Stattdessen sah ich nur Leute, die ich nicht kannte.

»Stimmt.« Audrey sah sich um, als würde Felicity jeden Moment auftauchen. »Sollen wir mal in der Küche nachsehen?«

»Klar. Glaub aber nicht, dass ich auf die Frage, wo dein Zimmer ist, nicht noch mal zurückkommen werde.«

Sie verdrehte übertrieben die Augen, doch das Zucken ihrer Mundwinkel verriet sie. »Natürlich nicht.«

Wir fanden Dan und Felicity tatsächlich in der Küche, wo sie mit einer blonden Frau in einem höllisch engen Kleid sprachen. Sie stellte sich als Audreys Mitbewohnerin Sutton vor und musterte mich ziemlich unverhohlen und mit jeder Menge Neugier. Hatte Audrey irgendetwas über mich erzählt? Und falls ja, was?

Auch wenn sie inzwischen weniger verschlossen wirkte als zu Beginn unserer Zusammenarbeit, wusste ich nicht, was sie wirklich über mich dachte. Hatte sie mir das, was auch immer ich falsch gemacht hatte, verziehen?

Es war seltsam, dass ich mir die Frage nach so vielen Jahren erneut stellte. Ich hatte Audreys Verhalten nie verstanden – weder ihr Schweigen noch ihre starke Abwehr nach der Party, sobald ich in ihre Nähe kam. Irgendwann hatte ich aufgehört, mir den Kopf darüber zu zerbrechen, was passiert war, und es darauf geschoben, dass sie zu der nachtragenden Sorte Mensch gehörte. Dass sie sauer war, weil ich wegmusste. Eine andere Erklärung, die mir eine leise fiese Stimme in meinem Innern zugeflüstert hatte, war, dass sie erkannt hatte, dass ich es schlicht nicht wert war. Dass ich nicht gut genug für sie war.

Peyton sagte mir immer wieder, dass ich mich selbst zu sehr fertigmachte. Dass es keinen Grund für meine Zweifel gab. Vermutlich stimmte das auch. An guten Tagen wusste ich zumindest ganz genau, dass meine Gedanken trügerisch waren und ich viel erreicht hatte. Dass ich ein guter Mensch war, der Gutes verdient hatte, allein schon, weil ich es so unbedingt sein wollte. An weniger guten Tagen gewannen jedoch die Zweifel. Dann tauchten vor mir Dads gleichgültiger Blick und Mums abwesendes, halbherziges Lächeln auf und erinnerten mich wieder daran, dass ich nicht gut genug für sie war.

Mit aller Macht schob ich diese Gedanken zur Seite und nahm dankbar den randvoll gefüllten Becher entgegen, den Audrey mir hinhielt.

»Das ist eine Mischung von Wyatt«, erklärte sie. »Das Zeug ist verdammt gut, aber auch etwas gefährlich.« Sie kicherte leise, und ihre Hand landete auf meinem Arm. Oha, wie viel davon hatte Audrey bereits intus?

»Danke«, sagte ich schmunzelnd und warf einen schnellen Blick zu Dan und Felicity. Sie sahen mich grinsend an, und auch wenn die ganze Situation ziemlich albern war, genoss ich es irgendwie. Unser Job war oft nervenaufreibend und stressig, da taten Abende wie diese gut. Auch wenn mir Dans und Felicitys Blicke etwas unangenehm waren.

Wir setzten uns wieder in das Zimmer mit der Couch, redeten und tranken das Zeug von Wyatt, das tatsächlich erstaunlich gut schmeckte, während Dan von der letzten Produktion erzählte, bei der er mitgewirkt hatte. Offenbar hatte es zwischen den Schauspielern so sehr gekracht, dass die Regisseurin eine Bekannte mit einer speziellen Ausbildung im Konfliktlösen anschleppen musste, um das Drama zu beenden.

Ich hörte zu und versuchte, nicht zu sehr darauf zu achten, dass ich neben Audrey auf der Couch saß und unsere Beine sich berührten. Doch es war unmöglich, die Nähe nicht überdeutlich wahrzunehmen. Audrey sagte wenig, nickte ab und zu und lachte an den richtigen Stellen. Allerdings entging mir nicht, dass sie mir immer wieder einen schnellen Seitenblick zuwarf. Ich drückte das Bein leicht gegen ihres und hörte, wie ihr Atem stockte. Dort, wo wir uns berührten, kribbelte es heftig, und Hitze breitete sich in meinem Körper aus.

Verdammt, ich wollte sie. Wollte ihr nah sein, mit der Hand durch ihre Haare fahren und ihren Mund mit meinem bedecken. Wieder und wieder. Es war idiotisch, und ich benahm mich wie ein Teenager, der seine Finger nicht bei sich lassen konnte, aber all meine Sinne waren auf Audrey gerichtet. Auf ihren süßen Duft, ihr leises Lachen und auf dieses Kleid, das ihr unverschämt gut stand.

»Ich hol mir noch was zu trinken«, sagte ich. Wenn ich die Fassung bewahren wollte, musste ich unbedingt auf Abstand gehen, egal wie schwer es mir fiel. Ich stand auf, drehte mich um und stieß heftig mit einem Kerl zusammen, der gerade das Zimmer betrat. Der Inhalt seines Bechers ergoss sich auf meinem Shirt, das die klebrige Flüssigkeit sofort aufsaugte. Spitze!

»Mist, sorry!«, rief er und hatte zumindest den Anstand, ein zerknirschtes Gesicht zu machen.

»Schon gut«, winkte ich ab.

»Warte, ich zeig dir das Bad«, erklang Audreys Stimme neben mir. Ich hatte gar nicht bemerkt, dass sie ebenfalls aufgestanden war.

»Okay.« Ich sah an mir herunter und verzog das Gesicht. Eine Abkühlung meiner Gedanken, die sich zu sehr vergaloppierten, hatte ich mir anders vorgestellt.

Audrey lotste mich den Flur hinunter zum Badezimmer. Natürlich war es besetzt. Alles andere wäre bei einer Party einem Wunder gleichgekommen.

»Warten wir kurz«, meinte Audrey schulterzuckend und lehnte sich gegen die Flurwand. Ich stellte mich neben sie und verkniff mir den Kommentar, dass sie nicht hierbleiben musste – immerhin wusste ich jetzt, wo das Bad war. Aber wenn sie nicht von selbst ging, würde ich sie ganz sicher nicht wegschicken. Und wer weiß, vielleicht wollte sie das ja auch gar nicht. Vielleicht spürte sie dieses seltsame Knistern zwischen uns ebenfalls.

Audrey öffnete den Mund, doch ich erfuhr nicht, was sie sagen wollte, denn in diesem Moment schwang die Badezimmertür auf. Eine junge Frau stolperte heraus und nickte uns zu, bevor sie den Flur entlangging – oder vielmehr schwankte.

»Dieser Wyatt haut mit seiner Bowle heute einige um«, bemerkte ich.

Audrey grinste. »Wyatt ist mein Mitbewohner, das hatte ich doch erzählt, oder? Er arbeitet als Barkeeper. Er weiß also genau, was er tut.« Sie deutete auf das Innere des Badezimmers. »Also äh … brauchst du noch was?« Ihre Wangen wurden eine Spur röter, und ich hätte zu gern gewusst, was ihr gerade durch den Kopf ging.

»Vielleicht etwas Seife oder Waschmittel«, sagte ich mit einem Blick auf mein Shirt, das unangenehm auf meiner Haut klebte. »Und eigentlich auch ein neues Oberteil …«

»Moment«, erwiderte sie, drehte sich um und schlüpfte durch die Tür, die neben dem Bad lag und offenbar zu ihrem Zimmer führte. Kurz darauf kam sie mit einem schwarzen, übergroßen T-Shirt heraus und drückte es mir in die Hand, ehe sie das Bad betrat und im Schrank nach einem Waschmittel kramte.

»Ist das von deinem Freund?«, fragte ich scherzhaft, während die Tür hinter mir ins Schloss fiel. Es lag kein Meter zwischen uns, und die Geräusche von draußen drangen nur noch dumpf zu uns herein.

»Nee, das habe ich mir irgendwann mal als Schlafshirt gekauft.« Sie zuckte mit den Schultern, als hätte sie keine Ahnung, was für Bilder sie gerade in meinen Kopf zauberte. Audrey in dem Shirt, das nur knapp ihren Hintern bedeckte, ihre nackten Beine darunter, die sich bestimmt wunderbar weich anfühlten, wenn ich mit den Händen darüber strich …

»Ist aber frisch gewaschen«, schob sie hinterher.

Räuspernd trat ich ans Waschbecken und konnte mich gerade noch davon abhalten, an dem Shirt zu riechen, um zu überprüfen, ob es nicht doch nach ihr roch. Ich verlor gerade so was von die

Kontrolle. Mit einem Ruck griff ich nach dem Saum meines Shirts, zog mir das vollgesogene Teil über den Kopf und ließ es ins Waschbecken platschen. Erst dann fiel mir ein, dass Audrey immer noch hinter mir stand.

Ich drehte mich um, um mich zu entschuldigen. Doch sie sah mich weder vorwurfsvoll noch überrumpelt an. Vielmehr lag in ihren Augen ein glühender Ausdruck, während ihr Blick über meinen nackten Oberkörper tanzte. Schlagartig wurde mir einige Grad wärmer, und mein Puls schnellte in die Höhe. Stockend atmete ich ein. Es war unmöglich, ihr auszuweichen. Sie nicht anzusehen und mir dabei nichts mehr zu wünschen, als den Abstand zwischen uns zu überbrücken.

»Audrey, ich …«, setzte ich an, hatte aber keinen Schimmer, wie der Satz enden sollte.

*Audrey, ich weiß nicht, ob das hier eine gute Idee ist? Audrey, ich will das hier mehr als alles andere, und ich will, dass es diesmal anders läuft? Audrey, ich frage mich seit vier Jahren, wie es wäre, dich noch einmal zu küssen?*

Nichts davon kam mir über die Lippen, doch sie musste etwas davon in meinem Gesicht gelesen haben, denn im nächsten Augenblick machte Audrey einen Satz nach vorn und umfasste mein Gesicht mit den Händen. »Darf ich dich küssen?« Ihre Worte waren nur geflüstert, aber in diesem Augenblick waren sie alles, was ich hörte. Das Schimmern in ihren Augen war unglaublich nah, und ich verlor mich darin. Verlor mich in ihr, in ihrer Berührung und dem Moment, der so unreal wirkte, dass ich kurz fürchtete, ihn nur zu träumen.

»Ja«, stieß ich hervor, und das reichte Audrey. Flatternd schlossen sich ihre Augen, und dann küsste sie mich.

## 13. KAPITEL

# Audrey

Es gab Momente im Leben, da fragte ich mich, ob sie wirklich passierten. Ob es wirklich ich war, die handelte, oder ob ich nicht doch in einer Art Parallelwelt gelandet war, in der eine andere Version von mir agierte. Es kam nicht oft vor, dass ich etwas tat, ohne nachzudenken. Aber jetzt schon. Ich folgte meinem Bauchgefühl, das ganz genau wusste, was es wollte, und ich bereute nichts.

Mit den Händen strich ich über Miles nackte Brust, über seine Arme, seine Schultern und verschränkte sie in seinem Nacken. Ein leises Seufzen drang ihm über die Lippen, bevor er den Kuss vertiefte, mit dem ich ihn überrascht hatte. Er schlang die Arme um meine Taille, während wir zurückstolperten und er gegen die Duschwand stieß. Ich presste mich an ihn, verringerte das letzte bisschen Abstand und versank in dem Gefühl seiner Lippen auf meinen. Als er seine Zunge in meinen Mund schob, entglitt mir ein Stöhnen. Hitze sammelte sich in meinem Bauch. Mein ganzer Körper schien zu pulsieren, und ich fühlte mich so lebendig wie lange nicht mehr.

Ich hatte nur noch eine ungefähre Erinnerung an unseren Kuss von damals, aber ich war mir ziemlich sicher, dass dieser hier alles übertraf. Miles löste sich atemlos von mir, nur um im nächsten Moment eine Hand an meine Wange zu legen und mich erneut an sich zu ziehen. Seine Lippen trafen auf meine, und ich schloss die Augen. Fuhr mit den Fingern über seinen trainierten Oberkörper, der nicht übermäßig muskulös, aber sportlich schlank war. Miles erzitterte unter meiner Berührung. Sein Kuss wurde fordernder, beinahe fiebrig. Ich stöhnte auf und drängte mich noch näher an ihn. Unsere Zungen berührten sich erneut, und ich hätte schwören können, dass in dieser Sekunde kleine Funken durch meinen Körper stoben.

Das hier war nicht geplant gewesen. Nichts davon. Doch als Miles plötzlich ohne Oberteil vor mir gestanden hatte, war irgendein Schalter in mir umgelegt worden. Ich konnte es nicht einmal auf den Alkohol schieben, denn die Wirkung ließ bereits langsam nach.

»Ich hatte ja keine Ahnung«, stieß er hervor und wanderte mit den Händen über meinen Rücken zu meinem Po.

Ich lachte erstickt und verschränkte die Hände in seinem Nacken, wobei ich zu ihm aufsehen musste, da er ein ganzes Stück größer war. »Keine Ahnung wovon?«

»Dass es sich so anfühlen würde. Ich meine, ein bisschen eine Ahnung hatte ich schon …« Er grinste, und das Grübchen, dem ich damals so schnell verfallen war, tauchte auf seiner Wange auf. »Aber das hier … Bilde ich es mir nur ein, oder sind wir besser geworden?«

»Besser im Küssen?«, fragte ich schmunzelnd. »Schon möglich. Ich habe während der letzten Jahre jedenfalls nicht wie eine Nonne gelebt.«

Er verzog das Gesicht. »Auch wenn ich mir das schon gedacht habe, wollte ich das eigentlich nicht hören.«

Statt einer Antwort reckte ich den Kopf und strich mit den Lippen sanft über seine. Nur kurz, um ihn zu necken, doch er gab mir keine Gelegenheit, mich zurückzuziehen. Fest und voller Entschlossenheit eroberte er meinen Mund, nahm ihn in Besitz und ließ mich atemlos und mit einem wilden Flattern in der Magengegend zurück. Das Herz klopfte bis mir bis zum Hals, und das Verlangen, mehr von ihm zu spüren, brach wie eine gigantisch große Welle über mich herein. Ich versank in dem Gefühl, vertiefte unseren Kuss und wich nicht zurück, als er seine Hand zum Saum meines Kleids gleiten ließ. Behutsam, beinahe vorsichtig, streichelte er meine nackte Haut und strich das Kleid ein Stück nach oben. Ich hielt den Atem an, alles, was ich wahrnahm, waren seine Finger, seine Berührungen, die die Lust in meiner Mitte verstärkten. Langsam, quälend langsam, schob er seine Hand ein Stück höher. Wie weit würde er gehen? Wie weit würde ich ihn gehen lassen?

»Audrey«, murmelte er erstickt, und ich verstärkte den Griff um seinen Nacken. »Scheiße, ich …«

Der Rest seines Satzes ging in einem energischen Klopfen unter.

»Was dauert da drin so lange? Hier bildet sich schon eine Schlange!«

Als hätte jemand einen Kübel Eiswasser über mir ausgeleert, stolperte ich zurück. Fahrig furch ich mir durch die Haare und strich mein Kleid glatt. Mist, Mist, Mist.

Ich starrte Miles an, der meinen Blick überfordert erwiderte. Das hier war eine Party in meiner WG, da draußen warteten meine

Mitbewohner und – was noch viel schlimmer war – unsere Kollegen vom Theater.

»Mist«, fluchte ich leise. »Was sollen wir jetzt machen?« Ich schaute an Miles vorbei zum Waschbecken, in dem noch immer sein Shirt lag. »Okay, wasch du dein Oberteil aus, ich erkläre, dass ich dir das Waschmittel gegeben habe, und gehe zurück zu den anderen. Hoffentlich steht nicht Felicity oder Dan da draußen.« Ohne eine Erwiderung abzuwarten oder auf seine überrumpelte Miene einzugehen, öffnete ich die Tür.

»Sorry, gab ein Unfall mit einem Getränk und einem Shirt. Das Bad ist in einer Minute frei«, sagte ich zu dem Kerl, einem Freund von Wyatt, der sich vorhin als Oliver vorgestellt hatte.

Sein Blick huschte von mir zu Miles, und ein breites Grinsen erschien auf seinen Lippen. »Ist klar. Diese Unfälle aber auch immer …«

Ich lächelte unbeholfen, als er mir zuzwinkerte, bevor ich mich mit den Worten »Ich muss mal kurz nach den anderen sehen« an ihm vorbeidrängte und mit weichen Knien in Wyatts Zimmer flüchtete.

Leicht atemlos ließ ich mich dort neben Felicity, die sich gerade mit Sutton unterhielt, auf die Couch fallen. Mein Herz klopfte noch immer viel zu schnell, und meine Lippen prickelten von Miles' Küssen. Es kam mir vor, als könnte ich ihn noch auf meiner Zunge schmecken. Eine Mischung aus Minze und Wyatts Bowle.

»Alles klar?«, fragt Sutton mit einem prüfenden Blick, und kurz durchzuckte mich die Angst, dass sie Gedanken lesen oder mir den Kuss – die Küsse – ansehen könnte.

»Alles bestens«, murmelte ich und begutachtete dabei meine

Schuhspitzen, als wären sie das Interessanteste im ganzen Zimmer.

»Aha«, kommentierte Sutton, fragte jedoch nicht weiter, sondern wandte sich wieder Felicity zu.

Erleichtert sank ich gegen die Couchlehne und holte tief Luft. Was zur Hölle hatte ich mir dabei nur gedacht?

Die nächsten zwei Stunden zogen wie im Rausch an mir vorbei. Miles war mir kurz nach meiner Flucht aus dem Bad gefolgt und hatte meinen Blick gesucht, aber ich hatte nur leicht den Kopf geschüttelt. Das hier war nicht der richtige Ort für ein Gespräch. Außerdem brauchte ich Zeit, um meine Gedanken zu ordnen. Nicht dass ich damit bisher besonders erfolgreich war. Vielmehr saß ich überfordert mit einer Flasche Cola auf Wyatts Sofa, während um mich herum geredet, gelacht, Beerpong gespielt und getanzt wurde. Die Stimmung war ausgelassen, alle schienen Spaß zu haben, doch mein Blick wanderte immer wieder zu Miles, der gerade bei Felicity und Juan stand, der vor einer Stunde zu uns gestoßen war, und sich lebhaft gestikulierend mit ihnen unterhielt. Was er gerade dachte? Bereute er den Kuss oder wollte ein Teil von ihm ihn wiederholen? War er genauso verwirrt wie ich?

Ich biss mir auf die Lippe. Ich musste damit aufhören. Ich hasste es, dass ich so war. Dass es mir die Luft abschnürte, wenn ich daran dachte, mich wieder zu sehr in seinen Augen verlieren zu können. Dass auf das aufgeregte Kribbeln Angst folgte. So sollte es nicht mehr sein. Ihn zu küssen, hatte sich gut angefühlt. Mein Körper hatte sich wie selbstverständlich an seinen gepresst, und da war nichts als mein schneller Herzschlag und ein aufregendes Kribbeln in der Magengrube gewesen. Die Vergangenheit hatte keine Rolle gespielt, und ich wollte, dass das auch so blieb. Ich wollte es so sehr.

»Ist wirklich alles okay?« Sutton ließ sich mit einer Flasche Bier in der Hand neben mir aufs Sofa plumpsen. »In den letzten beiden Stunden hast du dich hier nicht wirklich wegbewegt. Ist was passiert? Muss ich jemanden verprügeln?« Bei der Eifrigkeit in ihrer Stimme lachte ich auf.

»Du klingst fast so, als würdest du dir das wünschen. Aber glaub mir – verprügeln könnte ich schon selbst.« Ich dachte an das Kickboxtraining, das mir letztens wieder verdammt gutgetan hatte. Nein, einen Retter oder eine Retterin brauchte ich nicht mehr. Dafür hatte ich gesorgt. Nicht, dass ich ernsthaft vorhatte, irgendjemandem wehzutun, aber bevor mir jemand etwas antat, würde ich mich verteidigen können.

»Es ist alles okay«, schob ich hinterher, um Sutton zu beruhigen. Reflexartig sah ich erneut zu Miles, der in diesem Moment ebenfalls in meine Richtung schaute. Ein fragender Ausdruck lag in seinem Gesicht, und ich hob entschuldigend die Schultern, ehe ich mich wieder Sutton zuwandte. Er schien zum Glück auch ohne Worte zu verstehen, dass jetzt nicht der richtige Zeitpunkt dafür war, denn er drängte mich nicht.

»Falls du reden willst, ich bin da«, sagte Sutton, die meinem Blick zu Miles gefolgt war und natürlich längst Bescheid wusste, was los war.

»Morgen vielleicht«, erwiderte ich. »Jetzt sollte ich vermutlich die Party genießen.«

»Und wie du das solltest.« Sutton sprang auf und griff nach meiner Hand. »Gehen wir tanzen.«

Ich erhob mich und ging mit ihr rüber in ihr Zimmer, wo noch immer einige Leute zur Musik auf und ab hüpften. Kurz hielt ich inne, doch dann ließ ich mich von der Melodie treiben und bewegte meine Hüften im Takt des Lady-Gaga-Songs, der laut durch den Raum schallte. Sutton tanzte neben mir, und wir grinsten uns breit an, als wir beim Refrain synchron die Arme in die Luft rissen.

Fünf Lieder später stand mir der Schweiß auf der Stirn, aber das Lächeln war geblieben. Ich hatte die Anspannung der letzten Stunde abgeschüttelt, hatte sie weggetanzt und mir geschworen, mich von Miles nicht so sehr aus der Fassung bringen zu lassen. Der Entschluss war gut, bis er plötzlich vor mir stand und mich aus dunkel funkelnden Augen ansah. Er bewegte sich so gekonnt zu der Musik, dass ich mich fragte, ob er irgendwann mal einen Tanzkurs besucht hatte.

»Darf ich?« Er streckte eine Hand aus.

Ich ergriff sie, bevor mir die warnende Stimme in meinem Hinterkopf dazwischenfunken konnte. Ich war nicht mehr achtzehn und naiv. War nicht mehr wehrlos. Ich drängte den Schmerz zurück, ehe er mich überfluten konnte, und konzentrierte mich auf das Jetzt. Auf Miles, der mich herumwirbelte und dann an sich zog. Lachend fing ich mich an seiner Brust ab. Solange ich nicht nachdachte, war es leicht, den Moment zu genießen. Mein Herz schlug schneller, und ich blendete die anderen aus, die uns garantiert beobachteten.

Miles umfasste meine Hand fester, und sein Daumen strich dabei sanft über meinen Handrücken. Ein Schauer durchlief mich, und ich trat einen winzigen Schritt auf ihn zu. Wir waren uns nah, nur wenige Zentimeter trennten unsere Münder. Obwohl wir uns mit der Musik hin und her bewegten, kam es mir vor, als würden wir stillstehen. Der Augenblick dehnte sich aus, und ich verlor Zeit- und Raumgefühl. Da waren nur noch wir, die Musik und unsere verhakten Blicke. Kribbelnde Wärme wogte durch meinen Körper und ließ eine Welle des Verlangens in mir aufsteigen. Es war so verflucht leicht, mich fallen zu lassen – in diesen Moment und in Miles' Augen, die unbeirrt auf mir ruhten und nichts als Sicherheit ausstrahlten. Als würde sein ganzer Körper mir leise zuflüstern: *Es ist okay, ich hab dich.* Ich wollte nichts lieber, als ihm glauben.

Miles zog leicht an meiner Hand, und ich machte einen weiteren winzigen Schritt auf ihn zu. Als der Song wechselte und laute, rockige Klänge aus der Musikbox drangen, zuckte ich zusammen. Die Spannung zwischen uns verflog, und ich trat zurück. Mein Herz klopfte eine Spur zu schnell, und ich nickte mit dem Kopf in Richtung Tür. Miles verstand, und als ich mich an ihm vorbeischob, folgte er mir ins Wohnzimmer, wo Wyatt auf dem Sessel saß und stirnrunzelnd auf sein Handy blickte.

Ich brauchte ein paar Sekunden, um mich zu sammeln. Auf meiner Hand spürte ich immer noch den Druck von Miles' Daumen, und ich wagte es nicht, ihn anzusehen. Was passierte hier? Am liebsten hätte ich Miles direkt gefragt, aber ich wusste nicht, ob ich für die Antwort bereit war. Und dann gab es da immer noch Wyatt, der alles andere als glücklich aussah.

»Alles klar?«, fragte ich ihn und ließ mich auf die Kante der Couch sinken, um Wyatt besser verstehen zu können. Ich spürte mehr, als dass ich es sah, dass Miles sich neben mich setzte und eine Unterhaltung mit dem Kerl anfing, der auf der anderen Seite von ihm saß.

»Ja, es ist nur eine Nachricht von … Emy hat Fieber. Ich fahr morgen zu ihr.« Wyatt schien gedanklich meilenweit weg zu sein, und ich legte ihm sanft eine Hand auf den Arm.

»Das wird sicher wieder.«

»Ich weiß, aber ich hasse es, dass ich in solchen Momenten nicht bei ihr bin.« Er seufzte tief und stand auf. »Na ja, kann ich nicht ändern. Sorry, aber ich glaube, ich hole mir mal noch ein Bier. Was ich jetzt brauche, ist etwas Ablenkung«, sagte er und steuerte die Küche an.

Nachdenklich sah ich ihm hinterher. Er sprach nicht oft über seine Tochter, aber jedes Mal, wenn er es tat, lagen unendlich viel Liebe und Traurigkeit in seiner Stimme. Dass er sie nicht so oft sehen konnte, musste hart für ihn sein.

Ich rutschte ein Stück zu Miles auf, der dem Kerl – einem Freund von Sutton, wie ich vermutete – gerade von unserem Stück erzählte. Ich lauschte dem Gespräch, ohne mich einzuklinken, und sank tiefer in das weiche Polster hinter mir. Mir schwirrte der Kopf von den Ereignissen der letzten Minuten. Auf meinen Lippen spürte ich noch immer unseren Kuss, und ich fragte mich, was das zu bedeuten hatte. Ich hatte mich im Bad von der Situation mitreißen lassen, von Miles' unerwarteter Nähe und ja, auch von seinem nackten Oberkörper. Die Spannung zwischen uns hatte sich plötzlich entladen, und mein Körper hatte reagiert, ehe ich begriffen hatte, was geschah.

Der Typ neben Miles erhob sich schließlich, und mein Atem stockte, als Miles sich mir zuwandte. Scheinbar gedankenverloren streckte er eine Hand aus und strich sanft über meinen Arm bis zu meinem Armband. Als er mein Tattoo entdeckte, hielten seine Finger inne. Meine Haut kribbelte dort, wo er mich berührte, und mein Puls schoss nach oben. In Suttons Zimmer begann gerade ein neuer Song, der von einem begeisterten Kreischen und Klatschen begleitet wurde. Ich blinzelte und konzentrierte mich wieder auf Miles, der mich unschlüssig anschaute, als wüsste er nicht, wie es jetzt weitergehen sollte. In seinem Blick lag noch etwas, was ich nicht recht deuten konnte.

Auf einmal wurde mir alles zu viel. Miles' Nähe, seine Berührung und dass er mein Tattoo betrachtete, dessen Bedeutung nur mir gehörte. Ich entzog ihm meine Hand und stand ruckartig auf. »Tut mir leid«, murmelte ich. »Ich kann das jetzt nicht. Wir reden Montag, ja? Ich … äh … geh mal wieder zu den anderen.«

Miles runzelte die Stirn. »Habe ich was falsch gemacht?« Die Aufrichtigkeit in seiner Stimme machte alles nur schlimmer. Er hatte so viel Verständnis, und ich schaffte es nicht einmal, mich für einen Abend wie eine normale junge Frau zu verhalten, die mit einem Kerl flirtete und Spaß hatte.

Ich schüttelte den Kopf. »Nein, du hast nichts falsch gemacht. Aber lass es bitte gut sein, okay?«, flehte ich. »Lass es uns für diesen Abend dabei belassen und die Zeit mit den anderen genießen.«

Er presste die Lippen zusammen und nickte. Mir war klar, dass er jede Menge dazu zu sagen hätte. Dass er mich fragen wollte, warum ich plötzlich auf Abstand ging, warum ich mich so widersprüchlich verhielt. Ich hätte mich an seiner Stelle schließlich auch gewundert, aber ich konnte es nicht erklären. Denn dann müsste ich ihm alles erzählen und die Nacht vor vier Jahren ein weiteres Mal durchleben, und das schaffte ich nicht. Ich spürte bereits jetzt, wie sich alles in mir versteifte, wie der Drang, zu flüchten, ins Unermessliche wuchs.

Ich war nach Chesthill gekommen, um hier meinen Traum

zu leben. Um in der Theaterwelt durchzustarten. Nicht um alte Wunden aufzureißen und den Schmerz wieder und wieder zu fühlen.

Entschlossen, von jetzt an nach vorn zu blicken, machte ich mich auf die Suche nach Felicity, Dan und den anderen, mit denen ich heute Abend noch nicht viel reden konnte. Was das zwischen mir und Miles zu bedeuten hatte und warum es mir so schwerfiel, ihm den Rücken zuzukehren, konnte ich auch morgen noch ergründen.

## 14. KAPITEL

# Audrey

Mein Kopf pochte, als säße jemand darin, der mir unermüdlich mit einem Hammer gegen die Schläfe klopfte. Ich bückte mich und fischte eine Chipstüte vom Boden auf. In der Küche klapperte Wyatt mit dem Geschirr, das sich in einem gigantisch großen Berg neben dem Spülbecken auftürmte.

»Deine Bowle war zwar verdammt gut, aber die Kopfschmerzen sind die Hölle. Was war da überhaupt drin?«, fragte ich ihn, während ich die Chipstüte in den Mülleimer beförderte.

Wyatt verzog das Gesicht, als bereitete ihm meine Stimme Schmerzen. »Das willst du lieber nicht wissen.«

»Scheint mir auch so«, brummte ich.

»Kaffee?« Sutton kam gut gelaunt ins Wohnzimmer und sah strahlend von mir zu Wyatt.

Wir warfen ihr synchron einen erbosten Blick zu.

»Okay, okay, war ja nur 'ne Frage!« Abwehrend hob sie die Hände, betrat die Küche und füllte den Wasserkocher auf.

»Warum geht es dir so gut?«, fragte ich beinahe vorwurfsvoll.

»Ich hab selten einen Kater«, meinte sie schulterzuckend und ließ sich auf den Sessel im Wohnzimmer fallen. »Ist schon immer so gewesen.«

Ich seufzte und setzte mich auf die Couch. »Beneidenswert.«

»Wie man es nimmt – ich musste dafür schon oft am nächsten Tag die Putzfee spielen.«

»Gut, dann kann ich dir das ja überlassen.« Wyatt deutete auf die zahlreichen Tassen, Becher und Teller, die noch nicht abgespült waren, und kam zu uns ins Wohnzimmer.

»Ich mach das nachher«, meinte sie und sah mich erwartungsvoll an. »Alles klar bei dir? Abgesehen von den Kopfschmerzen, meine ich. Du und dieser Miles habt gestern sehr vertraut miteinander gewirkt.«

Ich wich ihrem Blick aus und biss mir auf die Lippe. »Ich weiß nicht, ob ich für dieses Gespräch schon bereit bin«, murmelte ich. Die Erinnerungen an unseren Kuss waren gestochen scharf, aber ich wusste nicht, wie ich darüber denken sollte. Da war der Teil in mir, der unseren Kuss wieder und wieder durchleben wollte, aber auch der, der sich fragte, was zur Hölle ich mir dabei gedacht hatte.

»Alles klar, dann mache ich jetzt Kaffee und wage mich an Rührei und Toast. Ihr braucht was in euren verkaterten Magen.« Sie sprang auf und ging in die Küche, wobei ihr Wyatt keine Sekunde später folgte.

»Finger weg vom Herd«, sagte er und kramte nach einer Pfanne. »Ich mach das mit dem Rührei.«

»So lerne ich es doch nie«, jammerte Sutton mit einem gespielten Seufzen. »Aber gut, ich will dich nicht aufhalten.«

Wyatt schnaubte nur und holte eine Packung Eier aus dem Kühlschrank.

Eine Viertelstunde später saßen wir vor drei Tellern, die mit Rührei und Toast beladen waren. Dazu gab es eine dampfende Tasse Kaffee. Mein Magen zog sich bei dem Anblick zusammen, ob vor Hunger oder Übelkeit wusste ich nicht, aber mir war bewusst, dass ich etwas essen musste, deshalb zögerte ich nicht lange und machte mich über das Frühstück her. Die anderen taten es mir schweigend nach. Das Rührei schmeckte köstlich, genau wie alles, was Wyatt sonst so zauberte. Mit jedem Bissen wurden die Kopfschmerzen ein wenig schwächer.

»Okay, Leute«, sagte Wyatt nach einer Weile und stand mit seinem leeren Teller auf, »ich muss los und nach Emy sehen. Ist es okay, wenn ihr ohne mich klar Schiff macht?«

»Klar, geh nur«, sagte Sutton und warf ihm ein warmes, zuversichtliches Lächeln zu, das er mit einem dankbaren Nicken quittierte.

»Gute Besserung an Emy«, fügte ich hinzu, als mir wieder unser kurzes Gespräch gestern einfiel.

»Danke. Richte ich ihr aus.«

Sobald die Tür hinter Wyatt ins Schloss gefallen war, schnappte sich Sutton ihre Kaffeetasse und lehnte sich im Sessel zurück. »So …«, sagte sie, und ich lächelte gequält, weil ich ahnte, was jetzt folgte.

»Du hast Fragen zu gestern Abend?«

»Du musst auch nichts erzählen«, ruderte sie sofort zurück. »Ich bin nur …«

»Neugierig, ja, ich weiß«, entgegnete ich und musste grinsen. »Na schön, so viel gibt es nicht zu erzählen, und glaub mir, Fragen habe ich auch. Das alles ist superverwirrend und unerwartet, und nichts davon, wirklich gar nichts davon, war geplant!«

»Okay, ich brauche ein bisschen mehr Infos, um daraus schlau zu werden. Also, du und Miles …«

»Wir haben uns geküsst«, platzte es aus mir heraus, und wie aus dem Nichts tauchte erneut die Erinnerung an das Gefühl seiner Lippen auf meinen auf. Ein wohliges Kribbeln durchfuhr mich, und ich spürte, dass mein Lächeln gerade breiter wurde. »Jemand hatte einen Becher auf seinem Shirt ausgeschüttet, ich hab ihm das Badezimmer gezeigt und äh …« Ich schluckte und dachte mit einem Anflug von Verlegenheit daran, wie ich beim Anblick von Miles' nacktem Oberkörper nicht mehr hatte klar denken können.

»Und dann standet ihr in unserem engen Badezimmer voreinander, und plötzlich überkam es euch und ihr konntet nicht mehr an euch halten?«

Ich griff nach meinem Kaffee und trank einen großen Schluck, um sie nicht ansehen zu müssen. »So in der Art.«

»Hach, irgendwie finde ich das romantisch. So viele Jahre habt ihr euch nicht gesehen, und jetzt entwickelt sich wieder was zwischen euch.«

»Hm, bei dir klingt das so positiv.« Mit einem Stirnrunzeln setzte ich die Tasse wieder ab.

»Ist es das nicht?«

Ich zog die Schultern hoch. »Keine Ahnung. Miles ist … Er ist anders als damals. Oder vielleicht bin ich auch anders. Jedenfalls ist er witzig, nett und offen, und es scheint ihn wirklich zu interessieren, was ich denke.«

»Und was ist dann der Haken?«, fragte Sutton.

Kurz flackerte Schmerz in mir auf. Dass ich ihn nach so langer Zeit noch immer mit Miles verband, war seltsam. Aber Gefühle waren manchmal unergründlich.

»Ich weiß es nicht«, sagte ich langsam.

»Vielleicht gibt es keinen?«, warf sie vorsichtig ein. »Vielleicht seid ihr jetzt beide erwachsen und könnt euch noch mal ganz neu aufeinander einlassen.«

»So was in der Art hat er auch gesagt«, murmelte ich. »Aber ich weiß nicht, ob ich das kann. Ob ich die Erinnerungen loslassen kann … Er hat mich damals stehen lassen, und das war …« Ich schüttelte den Kopf, um die aufsteigenden Bilder zurückzudrängen. »Ich kann es nicht gut in Worte fassen.«

»Hm«, machte Sutton und sah nachdenklich in ihre Tasse, als schlummerten dort sämtliche Antworten und Weisheiten auf unsere Fragen. »Dann warte doch mal ab, wie es sich anfühlt, wenn du ihn das nächste Mal siehst.«

»Mache ich. Einen besseren Plan habe ich nämlich nicht«, erwiderte ich schulterzuckend.

»Das wird sich schon richten.« Zuversichtlich sah sie mich an. »Und selbst wenn nicht, hattest du einen tollen Kuss auf unserer Party, und allein das ist es ja manchmal schon wert.«

Ich dachte an Miles' Lippen auf meinen, an die wohlige Wärme in meinem Körper und wie lebendig ich mich in seinen Armen gefühlt hatte. »Das stimmt wohl.« Ich leerte meine Kaffeetasse und sah mich in dem Chaos der Partyspuren um. »Vermutlich sollten wir anfangen.«

Seufzend erhob sich Sutton. »Das sollten wir wohl.«

Mit gestrafften Schultern betrat ich am Montag den Proberaum. Simon kam mir entgegen, noch bevor ich die anderen entdeckte, und drückte mir einen Papierstapel in die Hand. »Das vorläufige Programmheft steht, magst du es noch mal durchsehen?«

»Klar, mach ich. Vielen Dank.«

»Super, ich hab gleich noch eine Besprechung mit der Produktionsleitung, aber wir sehen uns sicher später.«

»Ist gut.« Ich nickte ihm kurz zu und steuerte dann den Tisch vor der Bühne an, an dem Joanne bereits über ihre Notizen gebeugt saß. Die Schauspieler waren noch nicht da. Zum Glück, denn so konnte ich erst ankommen, bevor ich mich Miles' Anwesenheit stellen musste.

»Morgen«, sagte ich und setzte mich neben Joanne.

»Hey, Audrey, hattest du ein schönes Wochenende?«, fragte sie, wobei sie kaum von ihren Notizen aufsah. Manchmal würde ich echt gern wissen, wann sie eigentlich Pausen machte. Oder ob sie überhaupt welche machte.

»Ja, es war ganz gut«, erwiderte ich und drängte die Bilder von Miles und mir im Badezimmer zurück. *Ich habe mit dem Darsteller der Hauptrolle rumgeknutscht, wahnsinnig professionell von mir, oder?*

Ich biss mir auf die Lippe, um das Lächeln zu verbergen, das sich trotz allem darauf schlich. Es wäre besser, wenn niemand hier etwas davon erfuhr. Wobei es mich bei Felicity und Dan nicht wundern würde, wenn sie längst etwas ahnten. Sie gehörten zu den Menschen, die ein Gespür für so was hatten.

»Das freut mich«, erwiderte Joanne und reichte mir dann ein Blatt ihrer Notizen. »Hier ist eine grobe Übersicht der Lichteinstellungen für die erste Szene. Meinst du, das passt so?«

»Vermutlich tut es das«, erwiderte ich. »Zumindest würde es mir nicht auffallen, wenn es das nicht tut. Mit Lichteinstellungen und den ganzen Techniksachen kenne ich mich ehrlich gesagt nicht sonderlich gut aus.«

Joanne machte eine wegwerfende Handbewegung. »Das musst du auch nicht. Ich habe dazu geschrieben, welche Stimmung das Licht vermitteln soll, ob die Bühne hell oder dunkel angestrahlt wird und so weiter.«

»Ah, okay.« Ich überflog die Notizen und konnte wie erwartet nichts entdecken, was mich störte. »Das klingt alles gut«, meinte ich und gab Joanne den Zettel zurück.

Mit einem zufriedenen Lächeln sortierte sie ihn in ihre Mappe. Während sie sich wieder in ihre Notizen vertiefte, blätterte ich bis zum Probebeginn durch Simons Programmheft. Meinen Namen als Autorin des Stücks zu sehen, war jedes Mal unwirklich. Ein breites Grinsen trat auf mein Gesicht. Ich machte schnell einen Schnappschuss und schickte ihn an Debby. So wie ich sie kannte, würde sie laut quietschen, wenn sie es sah, und sich mit mir freuen, als stünde ich direkt neben ihr. Eine plötzliche Sehnsucht nach meiner besten Freundin überkam mich. Jahrelang hatten wir uns täglich gesehen und unseren Alltag miteinander geteilt. Dass sie nun so weit weg war und wir gerade mal einen Anruf pro Woche schafften, war eine harte Umstellung.

Ich hatte ihr noch nicht einmal von der Sache mit Miles erzählt. Von unseren Küssen und wie sehr sie mich verwirrten. Aus dem einfachen Grund, weil es das Letzte war, was ich tun sollte, obwohl es sich so verdammt gut anfühlte, ihm nah zu sein. Viel zu gut. Ich schloss kurz die Augen und spürte wieder seine Lippen auf meinen, wie seine Hände meine Taille umfassten …

Schlagartig wurde mir warm, und ich riss die Augen auf – gerade rechtzeitig, um zu sehen, dass Miles, Felicity und Juan den Proberaum betreten hatten. Ich zwang mich zu einem Lächeln, von dem ich hoffte, dass es lässig wirkte. Wahrscheinlicher war, dass ich dabei ziemlich verkrampft aussah und mein Kopf gerade rot anlief. Verdammt.

»Hey, Audrey, hi, Joanne.« Felicity kam lächelnd vor uns zum Stehen, während Juan ein tiefes »Morgen zusammen« rief. Miles hingegen sagte nichts, sondern nickte uns nur freundlich zu, wobei sein Blick auf mir eine Spur länger verweilte.

Ich schluckte schwer und konzentrierte mich auf Felicity, fest entschlossen, diese Probe so professionell wie möglich hinter mich zu bringen.

»Hey, ihr drei«, sagte Joanne, »ich würde heute gern noch mal die Szene von Freitag durchgehen, wenn das für euch in Ordnung geht.«

Während die Schauspieler sich auf die Bühne stellten und Joannes Anweisungen lauschten, setzte ich mich aufrecht hin. Es war verblüffend, wie schnell sie zu den Charakteren wurden, die ich vor Monaten entworfen hatte. Wie sie in die Emotionen abtauchten und noch mehr aus ihnen herausholten, als ich je geschrieben hatte. Der sonst so liebenswürdige Juan verwandelte sich auf der Bühne von einem Moment auf den anderen in den skrupellosen Geschäftsmann, der Julie um den Finger wickelte, während Johnny die Unterhaltung voller Argwohn beobachtete. Die Angst in Miles' Gesicht war verblüffend echt, und während ich ihn beobachtete, fiel jeder Anflug von Verlegenheit von mir ab. Er spielte mit so viel Herzblut, und ihm dabei zuzusehen, erfüllte mich jedes Mal mit Bewunderung. Aber auch Felicity gab die Verletzlichkeit ihrer Rolle Julie auf eine berührende Art wieder. Es war fast schon beängstigend, wie gut sie manche Emotionen traf, die ich beim Schreiben gefühlt hatte, als alles wieder hochgekommen war: die Erinnerungen von damals, die Erinnerungen an die Nacht, die ich am liebsten für immer vergessen würde.

Wenn Miles wüsste, was hinter dem Stück steckte – was ich darin verarbeitet hatte und warum der Schock, dass ausgerechnet er die Rolle bekommen hatte, so groß gewesen war –, würde er mein Verhalten dann besser verstehen? Mein Schwanken zwischen dem Wunsch nach Distanz und der Sehnsucht nach Nähe? Danach, zu vertrauen, obwohl es genau das war, was ich vermeiden wollte?

Am Ende der Szene lehnte ich mich zu Joanne rüber. »Meinst du, Felicity könnte hier noch mehr nach vorn ins Publikum sprechen anstatt zu Miles? Wenn sie darüber redet, wie ihr das Herz gebrochen wurde, fände ich es eigentlich schön, wenn man ihr Gesicht sieht. Und irgendwie würde es auch passen, dass sie ihn dabei nicht direkt anschaut.«

Joanne sah zur Bühne, und ein nachdenklicher Ausdruck trat auf ihr Gesicht. »Wir können es auf jeden Fall mal probieren.« Sie gab Felicity und Miles die entsprechenden Anweisungen, und die beiden spielten die Szene erneut. Diesmal sah Felicity ins Publikum. Ihre Stimme nahm einen weichen Klang an, und es kamen deutlich mehr Gefühle bei mir an, obwohl es davor schon gut gewesen war.

»Das war super«, lautete Joannes Urteil. »Eine gute Idee.« Sie nickte mir anerkennend zu und machte sich eine Notiz im Skript.

Ich lächelte und versuchte, nicht zu stolz zu wirken, aber genau das waren die Momente, in denen mich die Erkenntnis traf, dass ich es tatsächlich geschafft hatte. Dass ich meinen Traum lebte.

Wir gingen die Szene noch mal durch, und als Joanne uns eine kurze Pause verordnete, ging ich nach draußen, um frische Luft zu schnappen. Die Sonne schien, und ich wollte jeden warmen Sonnenstrahl ausnutzen.

Es dauerte nicht lange, bis Miles mir folgte. »Hey, du warst so schnell weg«, sagte er und trat neben mich, die Hände in den Hosentaschen vergraben, ein Lächeln auf den Lippen. Seine ganze Erscheinung strahlte Gelassenheit aus, und ich fragte mich, wie er so ruhig, so cool bleiben konnte, während mein Herz unnatürlich schnell schlug. Aber vielleicht sah es in ihm auch ganz anders aus.

»Sorry, ich … äh …« *Wusste nicht, wie wir nach der Sache auf der Party miteinander umgehen?* Das konnte ich ihm schlecht so sagen. Vor allem nicht, nachdem ich es war, die es nicht geschafft hatte, direkt danach mit ihm darüber zu reden.

Sutton hatte gemeint, ich solle auf mein Bauchgefühl hören, wenn ich ihn wiedersah und dass ich dann schon wissen würde, was ich wollte. Tja – damit hatte sie wohl falschgelegen, denn in meinen Gedanken herrschte nach wie vor ein einziges Chaos.

»Du weißt nicht, wie du mit mir vor den anderen reden sollst. Wegen unseres Kusses.« Er sah mich direkt an, sprach die Worte ganz unverblümt aus.

Ich nickte. »Das, was zwischen uns gelaufen ist …« Ich senkte die Stimme, dabei war keiner unserer Kollegen zu sehen. »Das war nicht geplant. Es ist einfach passiert, und ich will nicht, dass es unsere Zusammenarbeit beeinträchtigt.« Nervös sah ich zu ihm auf, dabei hatte ich bestimmt und forsch auftreten wollen. Aber die Gefühle in meinem Innern überrannten mich wieder einmal. Etwas, was seit Miles' Ankunft am Theater viel zu oft passierte.

Miles trat einen Schritt näher. »Geh mit mir aus«, sagte er leise. »Bitte.«

Meine Augenbrauen schossen nach oben. »Was?« Keine Ahnung, womit ich gerechnet hatte, aber damit nicht.

Er räusperte sich. »Was ich meine, ist, würdest du mit mir was trinken gehen? Oder essen? Und zwar nicht nur auf einen Kaffee to go auf einer Parkbank, sondern … na ja …« Er rieb sich den Nacken und wirkte auf einmal verlegen.

Meine Augen weiteten sich noch ein Stück mehr. Passierte das gerade wirklich? Fragte Miles mich etwa nach einem Date? Und es machte ihn nervös? »Unsere Küsse müssen ja mächtig Eindruck hinterlassen haben«, rutschte mir heraus, und diesmal war er es, der mich ungläubig ansah.

Im nächsten Moment mussten wir beide lachen. Sämtliche Anspannung fiel von mir ab, und für den Augenblick war ich nur eine junge Frau, die es genoss, mit einem Kerl zu lachen.

»Also?«, fragte er, nachdem wir uns wieder beruhigt hatten.

»Ich weiß nicht, Miles.« Mein Bauchgefühl befahl mir, begeistert zu nicken, aber gleichzeitig zögerte ich. Ein impulsiver Kuss, leicht angetrunken auf einer Party, war eine Sache. Er könnte als Ausrutscher, als einmaliger Fehltritt gewertet werden. Bei einem Date sah es anders aus. Wenn ich zusagte, warf ich mein Vorhaben, ihm ausschließlich auf professioneller Ebene zu begegnen, endgültig über den Haufen. Ich warf den Entschluss, ihn nie wieder in mein Leben und mein Herz zu lassen, über den Haufen. Und ich wusste nicht, ob ich dazu bereit war. Ob ich stärker als die Angst war.

»Vorschlag«, sagte Miles, der mein Zögern bemerkte. »Du überlegst es dir und sagst mir, wenn du so weit bist.« Er trat einen Schritt zurück, und ich nickte perplex.

»Das klingt … gut, schätze ich.« Dass er mir den Raum gab,

darüber nachzudenken, ohne mich zu drängen oder überzeugen zu wollen, gefiel mir.

»Gut. Wir sollten wieder rein«, sagte er. »Die Probe geht gleich weiter.«

Ich sah ihm nach, unschlüssig, was ich von alldem halten sollte. Kurz entschlossen schrieb ich Debby eine Nachricht.

Können wir nachher telefonieren?
Brauche dringend deinen Rat! x.

»Okay, jetzt noch mal von vorn: Miles hat dich um ein Date gebeten, nachdem ihr Samstagabend im Badezimmer eurer WG rumgemacht habt? Samstagabend! Das war vor zwei Tagen, und ich höre erst jetzt davon?«

Ich biss mir auf die Lippe, um ein Grinsen zu verbergen, dabei konnte mich Debby gar nicht sehen. »Das fasst es ganz gut zusammen, ja«, sagte ich und presste das Handy an mein Ohr, während ich mir mit der anderen Hand ein Kissen schnappte und es hinter mich schob, um mich gegen die Wand zu lehnen. Ich war gerade erst vor ein paar Minuten nach Hause gekommen und hatte es mir auf meinem Bett bequem gemacht, als Debby auch schon angerufen hatte.

»Und was wirst du jetzt tun? Ihn treffen?«

»Keine Ahnung«, gab ich seufzend zu. »Ein Teil von mir will es unbedingt. Ein anderer …«

»Warnt dich, weil Miles dich damals hat hängen lassen.«

»Ja. Ich wünschte, ich könnte diese verdammte Party und alles, was passiert ist, vergessen, aber das geht nicht so einfach.«

Ein Rascheln ertönte am anderen Ende der Leitung und dann wieder Debbys Stimme. »Das ist es leider nie. Aber wenn dein Gefühl dir sagt, dass es mit Miles jetzt anders ist …«

»Du meinst, ich soll mich darauf einlassen?«

»Ja. Nein.« Sie lachte kurz. »Keine Ahnung, Audrey. Einerseits will ich dir sagen, sei vorsichtig, andererseits will ich, dass du nach vorn schaust. Macht das Sinn?«

Ich nickte. »Tut es. So geht's mir auch. Ich will beides. Die Kontrolle behalten und ihn meiden, weil das sicherer erscheint, und gleichzeitig will ich ihm nah sein und ihn besser kennenlernen. Ihn öfter lachen sehen und hören, was er in den letzten Jahren so gemacht hat. Welche Rollen er schon gespielt hat.« Ich seufzte tief. »Ich hasse solche Entscheidungen.«

»Das versteh ich. Sag mir Bescheid, wenn du weißt, was du tun wirst, ja?«

»Mach ich«, versprach ich. »Und jetzt erzähl du mal, wie geht's dir? Wie läuft's an der Uni?«

Wir redeten noch eine ganze Weile, bevor Debby losmusste und ich auflegte. Das Gespräch hatte gutgetan, auch wenn Debby mir keinen richtigen Rat geben konnte, doch sobald ich an Miles dachte, kehrte die Unruhe zurück.

Was hatte der Kerl bloß an sich, dass er mir so dermaßen unter die Haut ging?

# 15. KAPITEL

## Miles

»Ich glaube, es wäre besser, wenn du mich bei der Szene am Arm packst und festhältst. Also nicht zu stark, aber halt so, dass deine Verzweiflung rüberkommt. Sonst stehen wir so weit auseinander, und das passt irgendwie nicht zu den Charakteren, oder?« Felicity sah mich mit konzentrierter Miene an.

Ich dachte kurz nach und nickte. »Probieren wir es mal aus. Wir haben noch ein paar Minuten Zeit, bis Brittany kommt.«

Sie legte das Skript beiseite, schloss kurz die Augen und drehte sich dann ein Stück von mir weg. »Ich halte das nicht länger aus, Johnny«, sagte sie mit verzweifelter Stimme. »Unsere Eltern haben sich von uns abgewendet, und jetzt auch noch unsere Freunde, wie soll das bloß weitergehen? Welche Zukunft haben wir?«

Ich machte einen Satz nach vorn, packte sie an den Armen und wirbelte sie zu mir herum. »Sag das nicht!«, rief ich und legte Panik in meine Stimme. Bodenlose Angst, verlassen zu werden, trieb meine Rolle gerade an, und das musste ich die Zuschauer fühlen lassen. »Wir sind füreinander bestimmt – du und ich. Wie kannst du daran zweifeln?«

Felicity machte sich mit einem Ruck von mir los und stieß mich zurück. »Mir scheint, du verlierst langsam den Verstand! Es hat zwischen uns romantisch begonnen, aber nun? Wir legen unser Leben noch in Schutt und Asche, wenn wir so weitermachen.«

Atemlos sahen wir uns an. Dann löste Felicity ihre Position und schüttelte kurz die Arme aus. »Das war gut, oder?« Ihre Augen strahlten, wie immer nach einer erfolgreichen Szene.

»Fand ich auch. Ich hoffe, ich habe dich nicht zu fest gepackt?«

»Nein, das war genau richtig. Ich finde, es passt zu den beiden, dass sie im Streit körperlich werden.«

»Absolut.« Ich machte mir eine Notiz im Skript, um nicht zu vergessen, an welcher Stelle ich Felicity festhalten würde, und setzte mich an den Rand der Bühne.

Während ich auf den Text schaute, fragte ich mich wieder einmal, was Audrey zu der Geschichte inspiriert hatte. Die Storyline war eine stark abgewandelte moderne Version von *Romeo und Julia*, doch was sie so besonders machte, waren die Emotionen der Charaktere. In den Dialogen steckte so viel Gefühl, so viele Feinheiten, dass ich mir immer weniger vorstellen konnte, dass alles rein fiktiv war. Die Hoffnungslosigkeit der weiblichen Rolle, die Angst, die sie irgendwann vor ihrem Geliebten empfand, und ihr unbändiger Drang nach Freiheit, waren ergreifend. Julie fürchtete nichts mehr als Machtlosigkeit, und genau dieses Gefühl würde ich oder vielmehr meine Rolle in ihr wecken, weshalb die Lage zum Schluss auch auf dramatische Weise eskalierte. Deshalb und wegen des wütenden Mobs, der im Außen widerspiegelte, was sich zwischen Julie und Johnny abspielte.

Was hatte Audrey dazu gebracht, das zu schreiben? Oder interpretierte ich da viel zu viel hinein? So wie in das, was zwischen uns war?

Audrey hatte nach unserer gemeinsamen Pause früher Feierabend gemacht, ohne mir eine Antwort auf meine Frage zu geben, weshalb die Zweifel in mir wieder hochkamen. Die gehässigen Stimmen, die mir zuflüsterten, dass ich damit hätte rechnen müssen. Dass Audrey nicht dumm war und erkannt hatte, dass ich nicht gut für sie war. Es waren Stimmen aus meiner Vergangenheit, Stimmen, die sich damit die Abwesenheit und Gleichgültigkeit meiner Eltern erklärt hatten. Doch obwohl ich mir dessen bewusst war, war es schwer, diese Gedanken zu ignorieren.

Wie aufs Stichwort brummte mein Handy. Ich entsperrte das Display in der Hoffnung auf eine Nachricht von Audrey. Aber es war Dad, der geschrieben hatte.

> Hallo, Miles, Robert – ein Arbeitskollege von mir hat eine Tochter, die Schauspiel studieren möchte. Ich habe deine Nummer weitergeleitet, damit sie sich mit Fragen an dich wenden kann. Ich hoffe, das ist in Ordnung. Viele Grüße, Dad.

Ich biss die Zähne zusammen. Kein Wort über meinen letzten Anruf oder darüber, ob sie sich einen der Aufführungstermine frei hielten. Kein Wort zu mir und wie es mir in Chesthill und am Theater erging. Ohne ihm zu antworten, steckte ich das Handy weg und wandte mich wieder Felicity zu.

Kurze Zeit später betrat auch Brittany den Raum, und wir gingen die nächste Szene durch, wobei ich ziemlich unkonzentriert war und zweimal meinen Einsatz verpasste. Meine Gedanken schweiften ständig zu Dads Nachricht ab. Was brauchte es, dass er so etwas wie Interesse an mir zeigte? Vermutlich sollte ich schon froh sein, dass er bei dem Stichwort Schauspiel überhaupt an mich gedacht hatte. Ich schüttelte den Kopf, als könnte ich so den Gedanken vertreiben, und versuchte, mich wieder auf meinen Text zu fokussieren.

Als selbst Felicity die Geduld verlor und mich genervt ansah, schlug ich eine kurze Pause vor, in der ich einen großen Schluck Wasser trank und ein paarmal tief durchatmete. Dads Nachricht aus meinem Kopf zu kriegen, war verdammt schwer, aber ich redete mir immer wieder ein, dass ich nichts daran ändern konnte. Dass ich nicht auf ihn angewiesen war. Und als wir schließlich weitermachten, lief es zumindest einigermaßen besser. Ich konzentrierte mich, so gut es ging, auf meine Aufgabe und schlüpfte in die Rolle, um mich selbst und meine Zweifel hinter mir zu lassen. Es klappte bis kurz vor Ende der Probe, als ich ein weiteres Mal meinen Einsatz verpasste.

Als Felicity daraufhin vorschlug, Feierabend zu machen, nickte Brittany dankbar. Und auch ich war erleichtert. Ich musste hier raus und Abstand gewinnen, um Dads Nachricht zu vergessen.

Sobald wir zusammengepackt hatten, schlenderten die beiden gemütlich in Richtung Ausgang und unterhielten sich über den Probenplan für die nächste Woche, aber ich schaffte es nicht, mich in das Gespräch einzuklinken, weshalb ich ihnen schweigend folgte. Ich wollte nur noch heim, mich auf die Couch fallen lassen und mich den restlichen Abend nicht mehr von dort wegbewegen. Vielleicht würde ich zu einem guten Buch greifen, das mich in eine andere Welt entführte und meine eigene für eine Weile vergessen ließ.

Draußen vor dem Theater blieben die beiden noch mal kurz

stehen, um sich zu verabschieden, da sie in die andere Richtung mussten.

»Sorry noch mal, dass ich heute so abgelenkt war«, sagte ich.

»Schon gut«, erwiderte Felicity. »Morgen wird es besser laufen.« Sie warf mir ein aufmunterndes Lächeln zu, winkte mir zum Abschied und wandte sich dann wieder Brittany zu. Damit war es offiziell: Felicity war manchmal viel zu gut für diese Welt.

Auf dem Heimweg holte ich mein Handy heraus, um mich mit Musik abzulenken. Da sah ich, dass Peyton geschrieben hatte.

Ruf mich bitte an!

Mehr enthielt die Nachricht nicht, doch das reichte aus, um bei mir die Alarmglocken schrillen zu lassen. Sämtliche Gedanken an Dad waren vergessen. Peyton war niemand, der leichtfertig um Hilfe bat. Wenn sie sich eingestand, dass es nicht gut lief, war die Sache meistens schon längst dabei, gewaltig schiefzugehen.

Ohne zu zögern, rief ich sie zurück. Direkt nach dem zweiten Klingeln ging sie dran.

»Miles? Bist du es?«

»Ja, was ist los? Ich hatte bis eben noch Probe und habe deine Nachricht gerade erst gesehen. Sorry.«

»Kein Problem«, murmelte Peyton mit belegter Stimme. Sie klang, als hätte sie geweint.

»Was ist los?«, drängte ich.

»Ich ...« Sie schniefte leise. »Ich bin in Chesthill.«

Abrupt blieb ich stehen. »Was?«

»Ich wusste nicht, was ich machen soll, und das Nächstbeste, was mir eingefallen ist, ist, zu dir zu fahren ...«

»Okay.« Ich löste mich aus meiner kurzzeitigen Starre und beschleunigte meine Schritte. »Ich schick dir die Adresse meiner Wohnung und komme direkt dorthin.«

»In Ordnung. Danke.« Sie legte auf, und ich fluchte leise.

Wenn Peyton hier war, musste irgendetwas passiert sein. Ich tippte stark auf einen Wutausbruch von Roy. Dieses Arschloch machte ihre Familie schon viel zu lange kaputt. Hätte Peyton nicht zu viel Angst davor, dass ihre Brüder in Pflegefamilien gesteckt werden würden, hätte ich schon längst der Polizei erzählt, was Roy ihrer Mutter antat. Aber ich hatte ihr schon vor Jahren schwören müssen, mich nicht einzumischen.

Nachdem ich ihr die Adresse geschickt hatte, bog ich bei der nächsten Ecke links ab, verließ die Rosebery Avenue und lief im Schnellschritt weiter. Bis zu meiner Wohnung waren es zum Glück nur fünfzehn Minuten Fußweg, und was auch immer das Problem war, ich würde mit Peyton zusammen eine Lösung finden.

# 16. KAPITEL

## Audrey

Schlussendlich hatte ich die Entscheidung dann doch überraschend schnell getroffen. Nach dem Telefonat mit Debby hatte ich eine Ladung Kirschmuffins gebacken, bevor ich es mir mit dem Skript auf dem Schoß im Wohnzimmer gemütlich gemacht hatte. Ich hatte die zweite Hälfte noch einmal hinsichtlich der Auf- und Abgänge der Schauspieler auf der Bühne durchgehen wollen. Aber noch bevor ich meine Notizen durchlesen konnte, hatte mich eine plötzliche Entschlossenheit gepackt. Miles ging mir nicht aus dem Kopf, und ich war es leid, dass mein verletztes Vergangenheits-Ich seit seinem Auftauchen viel zu oft die Kontrolle übernahm. Also hatte ich Felicity geschrieben, gefragt, ob sie Miles' Adresse hatte – hatte sie – und mich auf den Weg gemacht. Am Himmel dämmerte es bereits, doch das war mir egal.

Miles' Wohnung lag anders als unsere Wohnung nicht direkt in der Innenstadt, nahe der Rosebery Avenue, sondern ein ganzes Stück weiter, weshalb ich mir Suttons Fahrrad geliehen hatte. Ich trat fester in die Pedale und fuhr an unzähligen Reihenhäusern vorbei, die sich eng aneinanderschmiegten und mit ihren dunklen Steinfassaden beinahe gleich aussahen.

War es verrückt, was ich hier tat? Heute Morgen erst hatte Miles mich nach einem Date gefragt und ich nicht gewusst, was ich wollte. Sollte ich nicht lieber noch eine Nacht darüber schlafen? Andererseits – es war nur ein Date. Vielleicht sah ich das auch alles viel zu eng. Und auf der Party hatte ich immerhin viel Spaß gehabt.

Ich brauchte nur an unseren Kuss und den kurzen Tanz zu denken, und mein Körper reagierte mit einem wohligen Schauer. Ich wollte mehr davon, wollte herausfinden, wie es sich anfühlte, Miles noch näher zu sein. Ob die Funken zwischen uns zu mehr werden könnten.

Als ich die Straße erreichte, die Felicity mir geschickt hatte, stieg ich ab und schob das Fahrrad das letzte Stück. Auch hier drängten sich die Häuser eng aneinander, aber was auffiel, waren die bunt angemalten Fensterläden und sorgfältig bepflanzten Vorgärten. Miles' Adresse war nur noch zwei Häuser entfernt. Ich beschleunigte meine Schritte und schob das Fahrrad schneller, während sich ein breites Lächeln auf meine Lippen stahl. Mein Herz klopfte schon wieder eine Spur zu schnell, und ich sah kurz an mir hinunter, dabei trug ich lediglich eine Jeans, einen Pullover und eine braune Lederjacke. Hatte ich mir die Haare noch mal gekämmt, bevor ich losgegangen war?

»Mach dich nicht lächerlich«, murmelte ich und schaute auf.

Vor mir erhob sich ein rotes Backsteingebäude. Ich musste gar nicht erst nach der Hausnummer suchen, denn ich entdeckte Miles sofort.

Er stand vor dem Gebäude.

Eng umschlungen mit einer anderen Frau.

Ruckartig blieb ich stehen und haute mir prompt die Pedale

ins Bein. Ein jäher Schmerz durchzuckte meine Wade, aber es war nichts im Vergleich zu dem Schmerz in meinem Innern.

Die Frau löste sich von Miles und sah ihn an. Braune Locken umrahmten ihr Gesicht.

Ich erkannte sie sofort wieder.

Wie in Trance stand ich da, an der Stelle festgewachsen, unfähig, mich zu bewegen. Mit weit aufgerissenen Augen beobachtete ich die Szene, die sich vor mir abspielte. Ich rang nach Luft, während in mir alles eiskalt wurde.

Das konnte nur ein schlechter Witz sein.

Er hatte mich nicht auf der Party geküsst, um dann jetzt eng umschlungen mit der Frau dazustehen, wegen der er mich damals versetzt hatte. Das passierte nicht schon wieder.

Bilder von der Party vor vier Jahren stiegen in mir auf. Wie ich in dem stickigen Raum voller Leute gestanden und auf Miles gewartet hatte. Meine Lippen hatten noch immer von unserem Kuss gekribbelt, und ich hatte mich danach gesehnt, mit ihm allein zu sein. Durch die Nacht zu fahren und einfach zu reden. Zeit miteinander zu verbringen. Er hatte mir versprochen, gleich wieder da zu sein. Weil er sich nur kurz von seinen Freunden verabschieden und seine Jacke holen wollte. Ich hatte lächelnd genickt und gewartet.

Doch er war nicht zurückgekommen. Stattdessen hatte Nathan aus der Stufe über uns mir einen Drink in die Hand gedrückt und gefragt, warum ich so verloren dastehe.

Und dann war alles den Bach runtergegangen.

Erst am nächsten Tag hatte ich erfahren, warum Miles nicht wiedergekommen war. Er war zu *ihr* gefahren. Zu Peyton.

Ich schluckte schwer und blinzelte. Als könnte es die Szene vor mir auflösen. Doch das passierte natürlich nicht.

Auf einmal drehte Miles den Kopf und entdeckte mich. Er winkte und machte einen Schritt auf mich zu. Bildete ich es mir nur ein oder lächelte er?

Ich kniff die Augen zusammen und straffte die Schultern. Hielt mich an der Stärke fest, die in mir schlummerte und die ich mir seit damals Stück für Stück wieder erkämpft hatte. »Das ist unfassbar«, sagte ich, als er wenige Meter vor mir zum Stehen kam, weil er in meinem Gesicht endlich gelesen hatte, dass sein Lächeln unpassend war. Dass das alles hier unpassend war.

»Audrey, warte – ich weiß nicht, was du denkst, aber zwischen Peyton und mir, da läuft nichts.«

Ich lachte auf, ein schrilles, hässliches Geräusch, das selbst in meinen Ohren viel zu laut klang. Aber ich schaffte es nicht, mich zusammenzureißen. Vernünftig zu sein. Nicht, wenn dieser brodelnde Schmerz in mir aufstieg und allein das Atmen wehtat. »Scheiße, ist das abgefuckt! Wir führen jetzt nicht wirklich dieses Gespräch, oder?«

Er trat einen Schritt näher. »Was? Nein, nein, du verstehst das falsch! Peyton und ich sind nur Freunde, das waren wir damals und das sind wir heute. Sie steckt in Schwierigkeiten und … Was machst du überhaupt hier?« Unruhig fuhr er sich durch die Haare.

»Das frage ich mich auch«, murmelte ich. »Ich wollte dir sagen, dass wir gern zusammen ausgehen können. Dass ich darüber nachgedacht habe und dich besser kennenlernen will. Aber …« Ich sah an ihm vorbei zu Peyton, die mich mit einer Mischung aus Neugier und Sorge musterte. »Das ist zu viel«, sagte ich.

Zu viele Erinnerungen. Zu viele Bilder, die ich nicht sehen wollte. Meine Hände zitterten, und ich krallte sie fester um den Lenkradgriff, damit es aufhörte. Aber es brachte nichts. Mein

Herz krümmte sich unter der Flut an Eindrücken dennoch zusammen. Ich stolperte einen Schritt zurück.

»Aber …«, setzte Miles an, doch ich brachte ihn mit einer Geste zum Schweigen.

»Nicht. Lass es gut sein. Vielleicht stimmt es und ihr seid nur Freunde. Vielleicht gibt es sogar einen guten Grund, warum du mich damals hast stehen lassen. Aber das spielt für mich keine Rolle …« Ich brach ab und presste die Lippen zusammen. Tränen brannten in meinen Augen, und ich hörte das Blut in meinen Ohren rauschen. Auf einmal war ich wieder achtzehn und die lähmende Angst zurück. »Vergiss, dass ich hier war«, stieß ich hervor.

Ich drehte mich um, zog das Fahrrad hinter mir her und machte, dass ich wegkam.

Miles sagte nichts. Er rief mir nicht hinterher und hielt mich nicht auf. Das gab mir den letzten Rest Bestätigung, dass das hier die richtige Entscheidung war. Dass ich mich nie auf ihn hätte einlassen dürfen. Ich verband zu viel Schmerz mit ihm. Zu viel Schlechtes. Auch wenn nichts davon seine Schuld war, er und ich – das wäre ohnehin nicht gut gegangen.

Am Ende der Straße schaffte ich es, aufs Fahrrad zu steigen. Tränen verschleierten mir die Sicht, aber ich fuhr weiter. Ich wollte nur noch in mein Bett. Mich verkriechen und vergessen.

Wie naiv ich gewesen war, zu glauben, es könnte sich lohnen, noch einmal zu vertrauen. Die Kontrolle abzugeben, die ich so dringend brauchte, um zu funktionieren. Um die Angst nicht gewinnen zu lassen. Ich trat kräftiger in die Pedale und kämpfte erfolglos gegen den Schmerz an.

Ich hasste es, dass Miles es schaffte, dass ich mich so fühlte. Dass ich eifersüchtig war, obwohl es dazu vielleicht keinen Grund gab.

Dass ich mich klein und unbedeutend und so unfassbar dumm fühlte. Wie damals. Scham stieg in mir auf, dabei hatte ich hart daran gearbeitet, mir nicht selbst die Schuld zu geben. Für nichts davon. Denn das war es nicht. Es war nicht meine Schuld gewesen.

Später erinnerte ich mich kaum daran, wie ich es zurück zur Wohnung geschafft hatte. Nachdem ich Suttons Fahrrad abgeschlossen hatte, war ich direkt in meinem Zimmer verschwunden, hatte Jeans und Pulli mit meinem Pyjama getauscht, einen Actionfilm mit möglichst viel Schießerei und Autocrashs gesucht und mein Handy ausgeschaltet. Ich wollte gar nicht erst in Versuchung kommen, zu checken, ob Miles mir geschrieben hatte. Ob er sich um mich bemühte, ob er mich anflehte, ihm eine weitere Chance zu geben.

Was ich wollte, war Verdrängung. Wenn ich schon nicht spontan ins Kickboxen gehen konnte, musste eben ein Film herhalten. Ich drehte den Geräuschpegel so weit auf, wie ich es Wyatt und Sutton zumuten konnte, und sank tiefer in mein Kissen. Doch das kleine Loch, das in mir aufgerissen war, konnte der Film nicht füllen. Egal, wie sehr ich es mir auch wünschte. Tief in mir drin wusste ich natürlich, dass es nicht um Miles ging. Nicht wirklich. Aber ich konnte und wollte mich meinen Ängsten nicht stellen. Nicht heute. Nicht jetzt. Am liebsten nie.

Irgendwann klopfte es an meiner Zimmertür. Ich gab ein lautes Brummen von mir, und sie schwang auf. Sutton stand im Türrahmen, warf mir einen prüfenden Blick zu und nickte dann. »Warte kurz.« Sie verschwand und kehrte wenige Sekunden später mit einer Packung Schokokeksen und Chips zurück.

»Ist da noch ein Plätzchen frei?« Sie deutete auf mein Bett. Ich schniefte und rückte ein Stück zur Seite. »Wer Kekse mitbringt, ist immer willkommen.«

Sie lächelte breit, wobei mir der sorgenvolle Ausdruck in ihrem Gesicht nicht entging. »Willst du darüber reden?«

Ich schüttelte den Kopf.

»Okay.« Sie setzte sich neben mich und platzierte die Snacks zwischen uns. »Was sehen wir uns hier an?«

In diesem Moment wäre ich ihr am liebsten um den Hals gefallen. Dafür, dass sie nicht nachfragte, sondern einfach da war. »Einen der *Fast-&-Furious*-Filme«, murmelte ich und brachte zumindest ein mattes Lächeln zustande.

Eine Viertelstunde später steckte Wyatt den Kopf zur Tür rein. Er balancierte drei Cocktails auf einem kleinen Tablett, und Sutton und ich machten sofort Platz. Zu dritt war es zwar etwas eng, aber ich beschwerte mich nicht. Als Wyatt und Sutton anfingen, Wetten abzuschließen, welches Auto als Nächstes Schrott gehen würde, lächelte ich sogar.

Morgen würde ich mich wieder der Realität stellen müssen, aber für heute tat es gut, nicht an mein Stück und das Theater zu denken. Nicht an Miles und Peyton, nicht an die Party vor vier Jahren oder die vor wenigen Tagen. Nicht an den Riss in meinem Herzen. Nicht an die Angst und das furchtbare Gefühl, dumm und wehrlos zu sein.

# 17. KAPITEL

## Miles

Scheiße. So hätte das alles nicht laufen dürfen.

»Willst du wirklich nicht zu ihr fahren und das klären?«, fragte Peyton, und ich schüttelte zum wiederholten Mal den Kopf. Sie hatte mir die Frage bereits zweimal gestellt.

Als Audrey weggefahren war, hatte ein Teil von mir nichts lieber tun wollen, als ihr zu folgen. Aber Peyton brauchte mich jetzt dringender. Was auch immer in Audrey gerade vorging, ich würde sie später danach fragen. Ich hoffte nur, dass es dann nicht *zu spät* war.

Seufzend fuhr ich mir durch die Haare und sah Peyton an. »Ich rede später mit ihr. So wie sie reagiert hat, braucht sie den Abstand. Und ich bin jetzt erst mal für dich da.«

Sie lächelte und sank tiefer in die Couch. Obwohl ihre Mundwinkel sich dabei hoben, sah ich die Traurigkeit in ihren Augen.

»Wie schlimm ist es wirklich?«, fragte ich behutsam.

Peyton schloss kurz die Augen, und ein Zittern durchlief ihren Körper. Ich hasste es, sie so zu sehen, wusste aber auch, dass ich jetzt vorsichtig sein musste. Ihr Raum geben sollte. So war es schon immer gewesen, wenn sie etwas belastete. Sie musste es von sich aus erzählen. Sie zu drängen, würde nur dazu führen, dass sie abblockte.

»Ich hab das Studium hingeschmissen«, sagte sie dumpf. »Die Inhalte waren einfach nicht meins. Auch wenn ich Grafikdesign einen spannenden Bereich finde ... Dieses stundenlange Sitzen und über Webdesign und Logo-Entwicklung zu reden, ist nichts für mich. Und ich konnte mich auch nicht so wirklich darauf konzentrieren. Ich bin, wann immer ich länger freihatte, zu Leo und Liam gefahren. Hab sie aus der Wohnung geholt und mit ihnen Sachen unternommen, damit sie Abstand von Roy kriegen. Er ist letzte Woche wieder ausgerastet und hat eine Blumenvase nach Mum geschmissen. Sie konnte wohl rechtzeitig in Deckung gehen, aber ...« Sie brach ab und biss sich auf die Lippe. Tränen schimmerten in ihren Augen. »Wie lange soll das noch so weitergehen?«, flüsterte sie. »Ich hasse es, zusehen zu müssen, wie er Mum zerstört. Aber wenn ich es melde, stecken sie Leo und Liam vielleicht in eine Pflegefamilie. Ich weiß nicht, ob ein Amt Mum momentan als fähig genug einstufen würde, sich von Roy loszusagen und gleichzeitig zwei Teenager zu erziehen. Außerdem hat Liam mich angefleht, nichts zu unternehmen. Er meint, er und Leo würden es hinkriegen, dass sie Roy aus dem Weg gehen und Mum unterstützen, so gut es geht, aber das ist doch kein Leben!«

Ich presste die Lippen zusammen und zwang mich, ruhig zu bleiben. Wütend zu werden, half niemandem, aber *Gott* – ich hasste den Kerl! »Wie kann ich helfen?«, fragte ich, weil ich nicht wusste, was ich sonst tun sollte.

Peyton sah mich flehend an. »Kann ich erst mal hierbleiben? Ich muss früher oder später sowieso aus dem Wohnheim raus.«

»Natürlich. In dem kleinen Zimmer ist wie gesagt Platz. Das

war mal als Büro gedacht, aber ich sitze da kaum drin, und Gäste erwarte ich in nächster Zeit auch nicht.« Ein bisschen Abstand zu Birmingham tat Peyton außerdem bestimmt gut, auch wenn sie bei der nächsten Gelegenheit vermutlich trotzdem zu ihrer Familie fahren würde.

»Danke. Dann bringe ich mal meine Tasche in das Zimmer und zieh mich um, okay?«

»Klar.«

Nachdem Peyton im Zimmer verschwunden war, griff ich nach meinem Handy. Ein paar Sekunden lang starrte ich auf Audreys Nummer. Mein Gefühl sagte mir, dass uns ein längeres Gespräch bevorstand, und dafür hatte ich gerade eigentlich keine Zeit. Andererseits wollte ich mich unbedingt versichern, dass sie gut nach Hause gekommen war. Während ich noch überlegte, entschied mein Unterbewusstsein offenbar für mich, denn mein Daumen glitt zu dem grünen Hörer und wählte Audreys Nummer.

Wieder tauchte ihr Gesicht vor mir auf. Darin hatten so viel Unverständnis und Enttäuschung gelegen, und ich wollte ihr unbedingt erklären, dass sie da etwas falsch verstanden hatte. Was auch immer der Anblick von Peyton und mir in ihr ausgelöst hatte, sie sollte wissen, dass ich das mit der Verabredung ernst gemeint hatte. Ich wollte sie besser kennenlernen – nach der Party und unserem Kuss erst recht.

Es klingelte und klingelte, aber Audrey nahm nicht ab. Als die Mailbox ansprang, ließ ich das Handy frustriert sinken. Würde sie mich jetzt wieder ignorieren? Nein, das passte nicht zu der Frau, die ich in den letzten Tagen kennengelernt hatte. Zu ihrer direkten Art, zu der Entschlossenheit, mit der sie mich geküsst hatte. Ich runzelte die Stirn. Irgendetwas bedrückte Audrey, aber ich kam nicht dahinter, was es war. Was ich falsch gemacht hatte, dass sie die Flucht ergriffen hatte, ehe ich mich erklären konnte. Aber vielleicht brauchte sie wirklich einfach nur Abstand. Ich hoffte nur, dass sie mir dann morgen zuhörte und nicht wie damals wieder völlig abblockte.

Als Peyton zurückkam, trug sie eine schwarze Jogginghose und einen grauen Hoodie. Die braunen Locken hatte sie zu einem Zopf zusammengebunden, und auch wenn in ihrem Blick noch immer ein getriebener Ausdruck lag, wirkte sie deutlich ruhiger als bei ihrer Ankunft.

»Alles okay?«, fragte sie.

Ich zwang mich zu einem unbekümmerten Lächeln, das sie nur mit einem Stirnrunzeln quittierte. Seufzend zog ich die Schultern hoch. »Sie ist nicht drangegangen.«

»Ach, Mensch. Das tut mir leid! Bist du sicher, dass du nicht doch hinfahren willst? Ich komme hier schon klar.«

Ich schüttelte den Kopf. »Das hat keinen Sinn. Wenn sie nicht mal meinen Anruf annimmt, will sie nicht reden. Und ich will sie auf keinen Fall bedrängen. Außerdem will ich dich ungern allein lassen«

»Na schön.« Sie sah mich dankbar an, und ich wusste, dass es für heute die richtige Entscheidung war, zu bleiben.

»Was hältst du davon, Essen zu bestellen und einen Film anzuschauen?«, fragte ich.

Mit einem Seufzen ließ sie sich neben mich auf die Couch fallen. »Klingt gut!«

»Gut. Hier in der Nähe gibt es einen tollen Burgerladen, ich könnte unsere Bestellung da schnell zu Fuß abholen.«

»Perfekt.« Sie wandte den Kopf in meine Richtung, und diesmal wirkte das Lächeln auf ihren Lippen deutlich echter. »Danke. Genau das habe ich gebraucht. Und was die Sache mit Audrey angeht: Das wird wieder in Ordnung kommen.«

»Ich hoffe es«, murmelte ich und öffnete auf meinem Handy die Seite des Burgerladens. »Hier, such dir was aus.« Ich gab Peyton das Handy und verbot mir jeden weiteren Gedanken an Audrey. Darüber würde ich auch morgen wieder grübeln können.

## 18. KAPITEL

# Audrey

Ich versuchte, mich zusammenzureißen. Ich versuchte es wirklich. Aber alles, was tatsächlich half, war Ablenkung. Während der letzten beiden Tage hatte ich keinen der Anrufe von Miles angenommen und war ihm bei der Arbeit, so gut es ging, aus dem Weg gegangen. Ich sprach nur das Nötigste mit ihm, und bisher war es mir gelungen, Momenten, in denen er mich allein hätte erwischen können, aus dem Weg zu gehen.

Bis jetzt.

»Audrey?« Miles holte mich im Gang ein.

Ich war gerade auf dem Weg in den Proberaum, wo es in wenigen Minuten weitergehen würde. Widerwillig blieb ich stehen. Mit dem Klang seiner Stimme kehrte die Sehnsucht zurück. Genauso wie die Wut.

Ich rang nach Luft und drehte mich betont langsam zu ihm um. »Was gibt's?«

»Ich hab dir einen Kaffee mitgebracht.« Er reichte mir einen dampfenden Becher, den ich nach kurzem Zögern entgegennahm. »Können wir reden? Bitte?« Flehend sah er mich an, und ich war kurz davor, einzuknicken.

Ich hasste es, dass ich mich so aufführte, dass ich es nicht schaffte, über den Anblick von ihm und Peyton hinwegzusehen. Hasste es, dass ich die Erinnerungen an damals so sehr an die Oberfläche ließ.

»Es tut mir leid«, murmelte ich und senkte den Blick. »Aber ich kann nicht. Wir sollten uns auf die Arbeit konzentrieren.«

Ohne seine Antwort abzuwarten, lief ich weiter in Richtung Probesaal. Ich ignorierte Felicity, die bereits am Rand der Bühne saß und fragend von mir zu Miles sah, der hinter mir den Saal betrat. Was auch immer sie wusste oder glaubte zu wissen, ich konnte mich damit jetzt nicht auseinandersetzen.

Ich straffte die Schultern, setzte mich an den Regietisch und starrte auf das Skript vor mir. Während ich auf Joanne wartete, nippte ich vorsichtig an dem heißen Kaffee. Es war ein Friedensangebot von Miles, ein Versuch, sich mit mir zu versöhnen, und eine Geste, die im Grunde vor allem nett war. Mir war klar, dass ich ihm zuhören sollte. Aber wenn ich anfing, mit Miles zu reden, würden auch andere Dinge aus mir herausbrechen. Ich wusste nicht, ob ich es schaffte, vor ihm zu verbergen, was damals wirklich passiert war und was mit Peytons Auftauchen an die Oberfläche drang. Und ich konnte mich den Erinnerungen jetzt nicht stellen. Dafür stand mit dem Stück zu viel auf dem Spiel. Ich musste mich auf das Jetzt konzentrieren. Auf meinen Job und darauf, dass ich genau davon wochenlang geträumt hatte.

Erleichtert atmete ich auf, als Joanne hereinkam und ich mich wieder mit Arbeit ablenken konnte. Heute Vormittag hatte ich meine Gedanken erfolgreich zum Verstummen gebracht, als ich mich mit Simon an den Werbetext gesetzt und mit Dan über seine Kostümentwürfe gesprochen hatte. Außerdem war ich mit Joanne ein paar Szenen durchgegangen, doch jetzt wurde es wieder ruhiger, und meine Gedanken fingen an, sich erneut im Kreis zu drehen. Die Probe zog sich immer mehr in die Länge. Ich versuchte, die Dialoge mit aller Aufmerksamkeit zu verfolgen, die ich aufbringen konnte, aber die Zeit verging trotzdem zu langsam. Gott, ich brauchte Feierabend. Und zwar dringend.

Die nächsten Tage waren nicht viel besser gewesen. Ich hatte die Stunden weiterhin mit der Arbeit am Theater gefüllt, war Miles aus dem Weg gegangen und nach Feierabend einmal ins Kickboxen und an zwei Nachmittagen laufen gegangen, um den Kopf freizukriegen. Wyatt hatte mir dankbarerweise eine Strecke gezeigt, auf der nur wenige Leute unterwegs waren, und mich einmal sogar begleitet. Abends war ich dadurch dann immer so müde, dass mir sofort die Augen zugefallen waren. Und damit hatte ich genau das erreicht, was ich mit dem ganzen Ablenkungsprogramm wollte: Ruhe von meinen Gedanken.

Jetzt war Freitag, und in wenigen Minuten würde Joanne uns endlich ins Wochenende entlassen. Normalerweise hätte ich den freien Tagen mit Sorge entgegengesehen, weil ich mich dann nicht mehr mit Arbeit ablenken konnte, aber Debby kam mich in ein paar Stunden besuchen. Sie behauptete, es war, um endlich mein neues Zuhause zu sehen, aber natürlich wollte sie sich vergewissern, dass ich klarkam. Auch wenn sie es nicht direkt ausgesprochen hatte, wusste ich, dass das der eigentliche Grund war.

Als Joanne uns wenige Minuten später entließ, atmete ich auf, packte meine Sache zusammen und verließ mit schnellen Schritten den Probesaal, ohne bei den Schauspielern haltzumachen, die sich noch unterhielten. Vermutlich über ihre Pläne fürs Wochenende. Miles stand neben Felicity, und sein Anblick versetzte mir den inzwischen vertrauten Stich. Vor allem, da er offenbar immer noch nicht aufzugeben schien. Er hatte zwar akzeptiert, dass ich nicht mit ihm reden wollte, und bedrängte mich auch nicht, aber er brachte mir trotzdem jeden Tag Kaffee.

Eilig schob ich den Schmerz und den Gedanken an Miles' Versöhnungsversuche beiseite und machte mich auf den Heimweg. In wenigen Stunden würde Debby ankommen, und ich konnte es kaum erwarten, sie wiederzusehen. Sutton und Wyatt hatten sich für morgen freigenommen und bereits verkündet, dass sie Debby und mir die Bar zeigen wollten, in der Wyatt arbeitete. Ansonsten stand nicht viel auf dem Plan. Aber so, wie ich Debby und mich kannte, würden wir vor allem in Cafés und Pubs sitzen, ganz viel quatschen und die gemeinsame Zeit genießen.

Als ich zu Hause ankam, machte ich mir schnell eine Kleinigkeit zu essen und überbrückte danach die Zeit bis zu Debbys Ankunft mit einer Putzaktion, bei der ich keinen Raum ausließ. Die Beschäftigung beruhigte mich, obwohl ich putzen eigentlich nicht ausstehen konnte, und als es drei Stunden später an der Tür klingelte, seufzte ich erleichtert auf. Ich sprang auf und stürmte aus meinem Zimmer und den Flur entlang, vorbei an Wyatt, der mich halb belustigt, halb erstaunt musterte.

Schwungvoll riss ich die Tür auf. »Du bist da!« Ich fiel Debby um den Hals, und sie erwiderte die Umarmung sofort.

Lachend lösten wir uns wieder voneinander, wobei Debby über das ganze Gesicht strahlte. Sie sah erholt aus, trotz der Autofahrt, die hinter ihr lag. Die dunklen Haare hatte sie zu einem Dutt zusammengebunden. Früher waren wir oft gefragt worden, ob wir Schwestern wären, weil wir uns so ähnlich waren. Wir waren beide nicht sehr groß und eher schmal gebaut und hatten uns zudem ähnlich gekleidet. Zumindest war das früher so gewesen. Inzwischen trug Debby vor allem bequeme Sportkleidung oder Mom-Jeans und weite Kleider, während meine Garderobe überwiegend aus Blusen, Blazern und eng geschnittenen Hosen bestand.

»Komm rein«, sagte ich und nahm ihr die Tasche ab. »Und fühl dich wie zu Hause!«

Debby betrat lächelnd den Flur und bog als Erstes ins Wohnzimmer ab, wo Wyatt mit dem Laptop auf dem Schoß saß.

»Hi«, begrüßte er sie. »Ich bin Wyatt. Audrey hat schon die ganze Woche auf deinen Besuch hingefiebert.«

»Das habe ich auch«, erwiderte sie lachend. »Ach so, ich bin Debby, aber das weißt du ja vermutlich schon.« Sie sah sich in der kleinen Wohnzimmerecke um und linste in die Küche. »Schön habt ihr es«, lautete ihr Urteil, nachdem sie alles gemustert hatte.

»Ja, oder?«, sagte ich. »Die Wohnung war ein echter Glücksgriff.«

»Das will ich doch hoffen«, warf Wyatt schmunzelnd ein.

»Okay, und jetzt will ich dein Zimmer sehen.« Erwartungsvoll sah Debby mich an.

»Gerade den Flur runter, die letzte Tür rechts.«

Sie ging voraus, während ich mit ihrem Gepäckstück folgte.

»Oh, wie gemütlich!« Debby war mitten im Zimmer stehen geblieben und sah von den Pflanzen in der Ecke zu der Lichterkette an der Wand, dem großen Bett und dem gemusterten Teppich, den Sutton mir spontan von einem Flohmarkt mitgebracht hatte.

»Ich hab mich inzwischen auch total gut eingelebt«, meinte ich, stellte Debbys Tasche ab und ließ mich aufs Bett fallen. »Wie war die Fahrt?«

»Gut.« Sie setzte sich neben mich und sah mich lächelnd an. »Ich weiß, ich wiederhole mich, aber ich freu mich so, hier zu sein!«

Ich grinste breit. »Geht mir auch so. Die letzten Tage waren hart. Dein Besuch war der einzige Lichtblick.«

Sie verzog das Gesicht. »So schlimm? Du musst mir jetzt, wo ich hier bin, mal alles in Ruhe berichten.«

»Mach ich«, versprach ich. »Aber zu viel will ich über Miles eigentlich gar nicht reden. Viel lieber mache ich mir mit dir eine schöne Zeit. Sutton und Wyatt haben sich morgen extra freigenommen, um mit uns in eine Bar zu gehen. Oh, und es gibt noch jede Menge Cafés in Chesthill, die ich nicht kenne.«

Debby lachte. »Ich sehe schon, langweilig wird uns nicht.«

Die nächsten Stunden verbrachten wir in meinem Zimmer und quatschten einfach nur. Debby erzählte von ihrem Studium und einem Kerl, den sie seit wenigen Wochen datete, und ich brachte sie bezüglich Miles und der Peyton-Sache auf den neuesten Stand, wobei ich es wie angekündigt kurz hielt. Es reichte, dass ich unseren Kuss in meinem Kopf viel zu oft durchlebte. Genauso wie den Moment, als ich ihn mit Peyton gesehen und mich schlagartig in der Zeit zurückversetzt gefühlt hatte. Aus demselben Grund erzählte ich auch nichts von dem Kaffee, den er mir jeden Tag mitgebracht hatte und den ich mit schwerem Druck auf meiner Brust jedes Mal angenommen hatte, obwohl ich ihm so vermutlich Hoffnungen machte. Stattdessen erzählte ich Debby von den Proben, der Zusammenarbeit mit Joanne und Simon, den Schauspielern und wie unwirklich es sich noch immer anfühlte, wenn sie auf der Bühne meine Texte sprachen.

Auf einmal klingelte mein Handy. Es war Sutton. Seltsam, sie rief sonst nie an. Ich warf Debby einen entschuldigenden Blick zu, bevor ich ranging.

»Hey, Sutton. Ist alles in Ordnung?«

»Ja, seid ihr zu Hause? Wyatt ist zwar arbeiten, aber habt ihr Lust auf Burger? Dann würde ich nämlich welche mitbringen.«

»Ja, ich frag Debby kurz.«

Debby nickte sofort begeistert, als ich ihr von Suttons Idee erzählte, und wir gaben ihr unsere Bestellung durch.

Nachdem ich aufgelegt hatte, deckten wir im Wohnzimmer schon mal den Tisch, und sobald Sutton da war, machten wir uns über die gigantisch großen Burger her.

»Seit wann arbeitest du als Tätowiererin?«, fragte Debby, nachdem sie die Hälfte ihres Burgers verdrückt hatte.

»Seit ungefähr drei Jahren«, erwiderte Sutton. »Interesse, dir morgen spontan eins stechen zu lassen?«

»Das geht?«, fragte Debby mit großen Augen.

Sutton zuckte mit den Schultern. »Bei mir schon. Also eigentlich natürlich nicht, aber wenn ich es bei meiner Kollegin heute noch ankündige, würde sich sicher eine Lücke im Plan finden lassen.«

»Lass dir bloß nicht zu leichtfertig was verkaufen«, warf ich ein. »Sutton bietet mir seit meinem Einzug ständig irgendwelche Rabatte an.«

»Was etwas Positives ist!«, rief Sutton. »Immerhin habe ich es drauf.«

Angesichts so viel Selbstbewusstseins musste ich lachen. »Na schön. Vielleicht komme ich irgendwann darauf zurück.«

Sutton grinste gespielt böse. »Ich nerv dich einfach so lang, bis du dir eins stechen lässt.«

Ich musste schmunzeln. »Wir werden ja sehen.«

Eine Weile plänkelten wir noch rum, doch schließlich stand Sutton auf. »Sorry, ihr zwei. Ich würde gern bleiben, aber ich bin noch mit einer Freundin verabredet. Morgen Abend steht allerdings, richtig?«

»Klar«, sagte ich mit einem Zwinkern. »Ihr habt mich ja während der letzten Tage oft genug daran erinnert.«

»Das wird super«, versprach sie. »Ich hoffe, ihr könnt gut singen.«

Debby zuckte zusammen. »Hat sie gerade singen gesagt?«, wandte sie sich mit beinahe anklagendem Blick an mich.

»Ich hör davon zum ersten Mal«, verteidigte ich mich.

»Im *O'Briens* gibt's jeden Samstag Karaoke«, erwiderte Sutton fröhlich. »Das wird super. Vor allem, wenn wir Wyatt vorher abfüllen und ihn zwingen, *My Heart Will Go On* von Celine Dion zu singen. Er hasst das Lied zwar, kann es aber trotzdem komplett auswendig. Ihr könnt euch darauf freuen!« Sie winkte uns zum Abschied zu, bevor sie durch den Flur und die Haustür nach draußen ging.

»Wow«, sagte Debby in die Stille hinein, die Sutton hinterließ. »Sie ist ein ziemlicher Wirbelwind.«

»Allerdings. Aber ihre gute Laune ist ansteckend, und ich bin mir sicher, morgen Abend wird lustig. Vielleicht auch etwas viel, und Sonntag sollten wir uns erst mal gar nichts vornehmen, aber das geht ja klar, oder?«

»Auf jeden Fall«, erwiderte Debby lächelnd. »Ich war in letzter Zeit kaum weg, und wenn ich schon mal hier bin, will ich es auch so richtig genießen.«

»Zwei Bier, eine Cola und einen Cider. Und wir hätten gern auch noch vier Tequila-Shots.« Sutton strahlte den Barkeeper an, der Wyatt mit einem Handschlag begrüßt und uns freundlich angelächelt hatte.

»Kommen sofort«, erwiderte der Barkeeper, während er noch eine andere Bestellung mixte.

»Warum auch langsam starten«, bemerkte Debby mit einem Kichern. Sie hatte gerötete Wangen, da wir vor dem Losgehen noch gemütlich zusammengesessen und eine Flasche Wein getrunken hatten.

»Eben«, erwiderte ich und drückte sie kurz an mich.

Das *O'Briens* war ziemlich gut besucht, obwohl die Bar nicht direkt auf der Rosebery Avenue lag, sondern in einer Seitengasse, wo sie sich zwischen einen Klamottenladen und ein schmales Wohnhaus mit dunklen Fensterläden schmiegte. Die Bewohner waren sicherlich nicht sehr glücklich darüber, jede Nacht mit dem betrunkenen Gelächter der Gäste, die in der schmalen Straße frische Luft schnappten, beschallt zu werden, aber Wyatt meinte, es gab selten Ärger deswegen.

Neugierig sah ich mich um. Die Einrichtung selbst war relativ schlicht gehalten, die Möbel bestanden aus einem dunklen Holz und an den Steinwänden hingen lediglich ein paar alte Blechschilder mit Wein- und Whiskeyflaschen darauf, sonst nichts. Die Bar gefiel mir. Leise Popmusik erklang aus den Boxen und mischte sich mit dem Gemurmel der Leute und dem Aufeinanderschlagen der Billardkugeln in einer Ecke. Im hinteren Teil der Bar waren außerdem eine kleine Bühne und eine Leinwand aufgebaut. Vermutlich für das Karaoke später, vor dem ich bereits jetzt ein bisschen Bammel hatte.

Momentan saßen wir jedoch noch auf hohen Hockern an der Bar, hinter der der Barkeeper schnell arbeitete. Er griff gekonnt nach den Alkoholflaschen, die sich mit Flüssigkeiten in den unterschiedlichsten Farben hinter ihm reihten, und mixte in routinierten Bewegungen die Getränke, wobei immer wieder Tattoos unter seinen kurzen Ärmeln aufblitzten. Mir war nicht entgangen, dass Sutton ihn bei unserer Ankunft *sehr* ausgiebig gemustert hatte, genauso wenig wie mir entging, dass sich ihre Blicke auch jetzt öfter in seine Richtung verirrten.

Nachdem er die Bestellung – drei pinke Getränke mit Zuckerrand am Glas – fertig hatte, stellte der Kerl die vier Shots mit einem Salzstreuer und jeweils einer Zitronenscheibe vor uns ab, bevor er den Rest unserer Bestellung in Angriff nahm.

»Na dann, auf diesen Abend!«, rief Wyatt gut gelaunt. Während er in den letzten Tagen im Arbeitsstress und der Sorge um Emy – der es inzwischen zum Glück wieder gut ging – versunken war, schien er jetzt den freien Abend in vollen Zügen genießen zu wollen. Wir stießen mit den Gläsern an und exten das Zeug, wobei es mich kräftig schüttelte. Ich hatte vergessen, wie sehr Tequila brannte, und ich schwor mir, es bei dem einen zu belassen. Ein Blick in Debbys Gesicht, die eine Grimasse zog, verriet mir, dass sie das ähnlich sah.

»Kommt, setzen wir uns an einen der Tische, bevor alle belegt sind.« Wyatt deutete in den hinteren Teil der Bar, und wir nahmen unsere Getränke und standen auf, wobei sich Sutton nur zögerlich von der Theke löste.

»Und hör auf, meinen Kollegen anzuschmachten und beweg deinen Hintern«, fügte Wyatt hinzu, woraufhin er einen Hieb von ihr kassierte.

»Kein Grund, eifersüchtig zu werden«, scherzte sie, und Wyatt verdrehte die Augen.

Wir setzten uns an einen Tisch in der Nähe der Bühne. Debby sah nervös zur Leinwand. »Wir müssen nicht wirklich singen, oder?«

»Nee, ist natürlich freiwillig«, sagte Sutton lachend, »aber glaubt mir, es macht Spaß!«

Wyatt verwickelte Debby daraufhin in ein Gespräch über ihr Studium, und es stellte sich heraus, dass sie beide große Fans von Emily Dickinson waren. Ich glaubte, in diesem Augenblick verliebte sich Debby ein kleines bisschen in ihn.

Während wir uns unterhielten und an unseren Getränken nippten, strömten weitere Leute herein, und bald waren alle Plätze belegt. Das Stimmengewirr wurde lauter, genauso wie die Musik. Eine Gruppe drängte sich um den Billardtisch, und ihr Gelächter wehte zu uns herüber.

»Wieso fragst du ihn nicht einfach nach einem Date?«, schlug ich Sutton vor, als sie zum wiederholten Mal in die Richtung des Barkeepers starrte.

Sie zuckte zusammen und sah mich unsicher an. »Meinst du?«

Erstaunt hob ich die Augenbrauen.

»Was ist?«, fragte sie.

»Nichts, es ist nur … Bisher habe ich dich vor allem selbstbewusst und tough wahrgenommen. Es wundert mich, dass du dir seine Nummer nicht längst geholt hast.«

Sie runzelte kurz die Stirn, trank einen großen Schluck von ihrem Bier und nickte entschlossen. »Du hast vollkommen recht«, sagte sie, stand auf, marschierte zur Theke hinüber und rief dem Barkeeper etwas zu. Mit einem belustigten Grinsen sah ich zu, wie der Kerl kurz erstarrte und sie mit großen Augen anstarrte. Dann zückte er sein Handy und reichte es ihr, sodass sie ihre Nummer eintippen konnte.

»Yes, Girl!«, rief ich.

Debby hob den Kopf. »Was hab ich verpasst?«

»Sutton hat sich die Nummer von dem Kerl geholt.« Ich zeigte in Richtung Theke.

Wyatt lachte leise. »Armer Joe. Er hat keine Ahnung, worauf er sich einlässt.«

Mit einem siegessicheren Lächeln kam Sutton zurück. »Also das hat sich gut angefühlt«, meinte sie und ließ sich auf ihren Platz fallen.

Ich streckte die Hand aus, und sie schlug ein. »Danke für den Schubser, Audrey.«

»Jederzeit gern.«

Nachdem unsere Getränke leer waren, holten wir eine weitere Runde. Und danach noch eine. Dazwischen bestellte Sutton noch mal Shots, und obwohl ich es besser wissen müsste, kippte ich ihn ohne Zögern runter. In meinem Körper machte sich eine wohlige Wärme breit. Eine angenehme Taubheit, die mich den Stress der letzten Tage vergessen ließ. Kurz tauchte Miles vor meinen Augen auf, aber ich verdrängte das Bild rasch wieder. Ich hatte in letzter Zeit viel zu oft an ihn gedacht. Das hatte auch die Zeit mit Debby nicht vollständig verhindern können. Und das, obwohl wir ständig was gemacht hatten. Unter anderem einen gemütlichen Spaziergang durch die Stadt, wobei wir drei verschiedene Cafés getestet hatten – und natürlich auch die absolut köstlichen Waffeln im *Coffee Corner*. Natürlich hatte ich dann doch über Miles gesprochen. Darüber, dass ich einerseits froh war, dass es zwischen uns vorbei war, bevor es richtig anfangen und ich noch mehr verletzt werden konnte, dass ich ihn andererseits im Theater kaum hatte ansehen können, aus Angst er würde merken, dass ich unsere Gespräche vermisste.

In diesem Augenblick trat der Barkeeper, Joe, auf die Bühne. »Hey, Leute! Heute ist Samstag, und ihr wisst, was das im *O'Briens* bedeutet!«

Lautes Klatschen und Pfiffe waren die Antwort.

»Wer möchte uns die Ehre geben und die Karaokeshow eröffnen?«

Ich sah kurz zu Sutton und gab mir einen Ruck. Wenn ich mich an diesem Abend schon ablenken wollte, dann zumindest richtig. »Wärst du bei einem Duett dabei?«

Debby sah mich perplex an, aber Sutton nickte sofort. »Aber so was von!« Sie hob den Arm, bevor ich meine völlig spontane und übereilte Entscheidung rückgängig machen konnte.

»Wir fangen an!«, rief sie.

Kurz darauf stand ich neben Sutton im Scheinwerferlicht auf der Bühne. Nervös biss ich mir auf die Lippe. Was um alles in der Welt hatte mich zu dieser Aktion bewogen? Ich hielt den Blick auf die Leinwand gerichtet, um nicht die Leute ansehen zu müssen, die uns gleich zuhören würden. Oh, Himmel, ich hoffte, ich blamierte mich nicht völlig.

»Das ist so cool von dir«, flüsterte Sutton mir zu. »Denk dran: Hauptsache laut singen und nicht aufhören. Mehr gibt es eigentlich nicht zu beachten.«

Ich zog eine Grimasse. »Okay.«

Sutton hatte sich mit meiner Einwilligung für den Song *Don't stop believing* entschieden. Die ersten Takte erklangen, und ich umfasste das Mikro fester. Der Text erschien in grellgelben Buchstaben auf der Leinwand. Ich tauschte einen Blick mit Sutton, und sie nickte mir aufmunternd zu, dann schmetterte sie voller Inbrunst die erste Zeile. Überrumpelt hielt ich kurz inne, dann stieg ich mit ein. Ich blendete aus, dass wir nicht allein waren und ich nicht die beste Sängerin war, und als der Refrain kam, hatte ich bereits sämtliche Hemmungen fallen gelassen.

Sutton hatte recht gehabt: Das hier machte Spaß. Sogar verdammt viel Spaß. Wir grinsten uns an, gaben unser Bestes und sangen laut und schräg bis zum Schluss.

Erst als der Applaus losbrach, kam ich wieder in der Bar an.

»Das war der Hammer!«, rief Sutton, und ich griff nach ihrer Hand und drückte sie.

Mit glühenden Wangen ging ich zurück zu unserem Tisch. Und hielt abrupt inne.

Miles stand neben dem Billardtisch einige Meter weiter an die Wand gelehnt und starrte zu mir herüber. Einer von den Leuten am Billardtisch rief ihm etwas zu, doch er reagierte nicht. Unsere Blicke verhakten sich ineinander, und obwohl sich zwischen uns Tische, Stühle und Leute befanden, war es, als befände sich kaum Distanz zwischen uns. Seine Miene war schwer zu deuten. Ich hielt unwillkürlich den Atem an. Mein Herz raste, und ich wusste nicht, wohin mit mir. Was machte er hier? Hatte er meinen Auftritt gesehen? Verdammt, natürlich hatte er ihn gesehen. Ich schluckte und wartete, dass das nervöse Kribbeln verschwand. Dass die Sehnsucht verschwand, genauso wie die Verwirrung, während ich überlegte, ob ich zu ihm gehen oder mich wieder setzen sollte.

»Audrey?« Debbys Stimme riss mich aus meiner Starre. Ich

senkte den Blick und stolperte auf meinen Stuhl zu. Atemlos ließ ich mich darauf sinken.

»Das war beeindruckend«, meinte Wyatt mit einem Zwinkern, und ich brauchte einen Augenblick, bis ich begriff, dass er von Suttons und meiner Performance sprach.

»Danke«, sagte ich und griff mit einem kleinen Zittern in der Hand nach meinem Cider. Fast wünschte ich, ich hätte Gin Tonic oder etwas anderes Starkes bestellt.

»Alles klar?«, fragte Debby leise.

Ich nickte entschieden. Das war nicht der richtige Zeitpunkt, um ihr zu sagen, dass Miles ebenfalls hier war. Vermutlich hatte sie es sowieso schon gesehen. Außerdem hatte ich mir geschworen, den Abend zu genießen. Er gehörte mir und meinen Freunden. Trotzdem kostete es mich Unmengen an Kraft, mich nicht umzudrehen, um mich zu versichern, dass er immer noch da stand.

# 19. KAPITEL

## Miles

Ich starrte zu Audrey hinüber und kämpfte gegen die widersprüchlichen Gefühle in mir an. Da war Frust, weil sie mich immer noch ignorierte, weil sie mich abblockte wie damals und mir keine Gelegenheit gab, mich zu erklären. Was auch immer sie glaubte, zwischen Peyton und mir gesehen zu haben, sie irrte sich, und es machte mich wahnsinnig, dass sie einfach beschloss, mich nicht weiter zu beachten. So zu tun, als wäre nie etwas zwischen uns gewesen. Als hätte es die Nähe und die Küsse auf der Party nicht gegeben.

Gleichzeitig wollte ich aber auch herausfinden, warum sie so handelte. Was in ihr vorging und ob ich den verletzten Ausdruck in ihren Augen richtig gedeutet hatte. Es war dämlich, um sie kämpfen zu wollen. Meine letzten sogenannten Beziehungen waren kurz gewesen, weil entweder sie oder ich erkannt hatte, dass die Gefühle nicht für etwas Ernstes ausreichten. Aber bei Audrey war es anders. Keine Ahnung, warum ausgerechnet sie mich nicht kaltließ.

Ich konzentrierte mich wieder auf die Gespräche am Billardtisch. Lewis, ein Freund oder vielmehr Bekannter aus der Studienzeit, besuchte dieses Wochenende einen Kumpel in Chesthill, den ich allerdings nicht kannte, und hatte mich spontan gefragt, ob ich heute Abend mitkommen wollte. Ich hätte fast abgesagt, aber Peyton, die nun schon seit einer Woche in dem kleinen Zimmer in meiner Wohnung wohnte, hatte mich gedrängt zu gehen. Sie selbst hatte jedoch keine Lust gehabt, mitzukommen. Was ich verstehen konnte.

Jetzt, nachdem sie ihr Studium abgebrochen hatte, hatte sie viel mehr Zeit zum Nachdenken. Darüber, was sie wirklich wollte. Wohin sie wollte. Zurück zu ihrer Mutter zu gehen, war, solange Roy dort lebte, natürlich keine Option. Mit ihren Brüdern telefonierte sie jeden Abend, und es war uns allen klar, dass sie sich sofort ins Auto setzen würde, sobald Roy irgendeine neue beschissene Aktion startete oder seine Launen an den Jungs ausließ. Sie hatte mir versichert, sich einen Plan zurechtzulegen und dass sich das alles wieder einrenken würde, aber ich hatte sie nachts bereits zweimal weinen hören. Ich hasste es, ihr nicht helfen zu können.

»Alles klar?«, fragte Lewis und drückte mir ein Bier in die Hand, obwohl mir nicht nach Alkohol war. Ich nickte abwesend und sah erneut zu Audrey hinüber. Sie saß mit ihren Mitbewohnern und einem anderen Mädchen am Tisch und schien sich angeregt zu unterhalten.

Scheiße, was machte ich hier eigentlich?

Gerade nach den letzten Tagen sollte ich jede freie Minute mit dem Stück verbringen. Felicity hatte ihren Text bereits deutlich besser drauf als ich, und die Sache mit Peyton und Audrey raubte mir mehr Konzentration, als gut für mich war. Ich verrannte mich, hielt es nicht aus, dass Audrey mich ignorierte, obwohl ich mir geschworen hatte, nie wieder der Kerl zu sein, der sich zwanghaft um Anerkennung bemühte. Zumindest nicht außerhalb der Bühne.

Kurz entschlossen stellte ich das Bier ab und griff nach meiner Jacke. Ich musste weg hier.

Ohne mich von Lewis oder seinen Freunden, die ich alle erst heute kennengelernt hatte, zu verabschieden, bahnte ich mir einen Weg nach draußen. Ich stieß die Tür auf und entfloh der stickigen Kneipenluft.

Die Nacht war kühl, ein leichter Wind wehte und ich ging ein paar Schritte die Gasse, eine Seitenstraße der Rosebery Avenue, entlang und sog gierig die frische Luft ein. Außer mir standen noch ein paar Leute in kleinen Gruppen zusammen und unterhielten sich leise, doch die ignorierte ich. Als ich mich noch einmal zur Bar umdrehte, kam Audrey durch die Tür. Fast hätte ich gelacht. Wie viel schlechtes Timing konnte es zwischen zwei Menschen eigentlich geben?

Sie entdeckte mich nach wenigen Sekunden und zuckte sichtlich zusammen. Ihr Blick verfinsterte sich. Ein weiterer Grund, jetzt das Weite zu suchen und die Bar hinter mir zu lassen. Stattdessen setzte sich mein Körper in Bewegung und steuerte direkt auf sie zu.

Mit verschränkten Armen sah sie mich an. »Verfolgst du mich?«

Dass sie nicht direkt wieder ins Innere des *O'Briens* flüchtete, wertete ich als ein gutes Zeichen.

»Ich dich?«, fragte ich. »Du bist diejenige, die hinter mir nach draußen gekommen ist.«

Sie presste die Lippen zusammen und wandte sich zum Gehen.

»Warte!«, rief ich. »Ich versteh es nicht, Audrey! Peyton ist eine

Freundin und braucht mich, aber das hat nichts mit dir zu tun. Warum ist auf einmal alles anders? Warum redest du kaum noch mit mir und kannst mich nicht einmal mehr richtig ansehen?« Meine Stimme war laut geworden, und sofort senkte ich sie. »Ich will dich nicht anschreien, ich verstehe es nur nicht. Wirklich nicht. Und ich würde gern wissen, was in dir vorgeht. Warum du dichtmachst, nachdem wir …«

»Es war nur ein Partykuss«, unterbrach Audrey mich mit erstickter Stimme. »Nichts weiter. Du willst Erklärungen, das versteh ich, aber ich kann dir keine geben. Ich kann einfach nicht …« Sie zog die Schultern hoch, und auf einmal wirkte sie unendlich verloren. »Es tut mir leid, Miles. Ich wünschte, es wäre nicht so kompliziert, ich wünschte, ich wäre nicht so …« Hilflos schüttelte sie den Kopf.

Unwillkürlich machte ich einen weiteren Schritt nach vorn, als würde es mein Körper nicht ertragen, die Distanz zwischen uns länger aufrecht zu halten.

Doch Audrey wich zurück, murmelte ein *Sorry* und verschwand wieder im Inneren der Bar.

Ich sah ihr nach. Das Gefühl, etwas verpasst zu haben, ließ mich nicht los. Was hatte sie damals so sehr verletzt, dass der Anblick von Peyton genügte, um mich erneut komplett auszuschließen? Um mir nicht mal eine Chance zu geben, es ihr zu erklären?

Wenn sie keine komplizierte Geschichte oder ein emotionales Chaos wollte, konnte ich das verstehen. Verdammt gut sogar. Ich wünschte nur, sie würde mir das sagen. Dann könnte ich die Sache zwischen uns vielleicht endlich abschließen. Oder zumindest wissen, ob ich es weiter versuchen musste.

Den Sonntag verbrachte ich überwiegend auf der Couch und ging meine Texte durch, bis ich sie selbst nicht mehr hören konnte. Allein deswegen war es praktisch, dass ich normalerweise allein wohnte. Immer wieder sprach ich die Passagen laut vor mich hin, probierte verschiedene Stimmlagen und Betonungen aus. Sämtliche Gedanken an Audrey schob ich beiseite.

Peyton war die meiste Zeit in ihrem Zimmer. Sie suchte nach Übergangsjobs in Chesthill, da sie nicht wusste, wie lange sie bleiben würde. Ich hatte mich ziemlich schnell an ihre Anwesenheit gewöhnt. Ein Teil von mir war sogar ganz froh, dass sie da war. Denn solange sie hier war, wusste ich zumindest, wie es ihr ging, und konnte helfen, falls notwendig. Auch wenn es schon eine Katastrophe größeren Ausmaßes brauchte, damit Peyton mal um Hilfe bat.

Als hätte sie meine Gedanken gehört, betrat sie das Wohnzimmer, das direkt an die Küche angrenzte und aus einer Couch, einem Flachbildschirm und einem kleinen Esstisch bestand, an dem ich quasi nie saß.

»Wie läuft's?«, fragte sie und ließ sich auf den Sessel schräg gegenüber fallen.

Ich zuckte mit den Schultern. »Ganz okay, schätze ich. Auf der Bühne wird es dann noch mal deutlich besser laufen. Dort kann ich meine Figur ganz anders fühlen als zu Hause auf der Couch.«

Sie nickte und fuhr sich durch die braunen Locken, die sie offen trug. Ich musterte sie kurz, ihr Blick wirkte klar und wach, aber mir entgingen nicht die Ringe unter ihren Augen. Dennoch strahlte Peyton – wie immer – eine gewisse Stärke aus. »Wenn ich dich abhören soll oder so, sag Bescheid.«

»Mach ich. Aber für heute bin ich durch.« Draußen dämmerte

es bereits, und morgen würde der Wecker wieder früh klingeln. Zeit, für heute Feierabend zu machen. »Hast du Lust auf Pizza? Ich könnte welche bestellen.«

»Gern. Ich hab bisher kaum was gegessen.« Sie presste sich eine Hand auf den Magen, als wäre ihr erst jetzt aufgefallen, wie hungrig sie war.

Ich runzelte die Stirn. »Wie geht es dir wirklich, Peyton?«

Seufzend sank sie tiefer in den Sessel. »Nicht gut. Mum hat gestern Abend angerufen. Roy hat wohl schon wieder ihr Geld für Alkohol und was weiß ich alles ausgegeben. Liam und Leo verbringen ihre Nachmittage momentan meistens bei Freunden und sind so selten zu Hause wie nur möglich. Immerhin lässt Roy sie in Frieden, solange sie ihm nicht im Weg stehen. Vermutlich weiß er, dass sie langsam in einem Alter sind, in dem sie sich wehren könnten. Aber was Mum angeht … Ich versteh einfach nicht, wie sie so blind sein kann. Wie sie sich das alles gefallen lassen kann.« Sie rieb sich über das Gesicht und sah auf einmal unendlich müde aus. »Er nutzt sie aus, missbraucht sie emotional, und ich kann nichts tun, weil sie jedes Mal anfängt zu weinen und meint, dass sie ohne ihn nicht leben kann. Dass sie ihn liebt und ich ihr das nicht vermiesen soll.« Peytons Stimme war voller Bitterkeit. »Und dann soll ich nebenher noch herausfinden, was zur Hölle ich eigentlich mit meinem Leben mache? Klar, keine große Sache.«

Mitfühlend sah ich sie an. »Ist gerade ziemlich beschissen, oder?«

»Jepp.« Sie richtete sich ein Stück auf und sah mich prüfend an. »Aber auch das geht vorbei und regelt sich irgendwie. Was ist mit dir? Seit du gestern Abend aus der Bar gekommen bist, wirkst du durcheinander und gestresst.«

Ich hatte fast vergessen, wie gut sie mich kannte. »War ja klar, dass du das merkst«, murmelte ich. »Ich hab gestern Audrey getroffen. Sie war in der Bar, und das hat mich aus dem Konzept gebracht. Ich verstehe sie nicht. Seit sie gesehen hat, wie ich dich umarmt habe, blockt sie total ab. Dabei hat sie auf mich nicht wie jemand gewirkt, der schnell eifersüchtig wird. Und sie verhält sich auch nicht wirklich so, als wäre es tatsächlich Eifersucht. Es ist wie vor vier Jahren, als sie nach der Party nichts mehr mit mir zu tun haben wollte. Keine Ahnung. Vielleicht sollte ich sie einfach abhaken.« Diesmal war ich es, der bitter klang.

Peyton schwieg einen Moment, bevor sie leise seufzte. »Ich will nicht lügen und sagen, dass ich ihr Verhalten verstehe. Aber was auch immer Audrey beschäftigt, ich bin mir sicher, dass du nichts falsch gemacht hast. Vielleicht will sie gerade keine Beziehung und auch nichts anderes in der Art? Vielleicht wurde ihr erst vor Kurzem das Herz gebrochen, und zu sehen, wie wir uns umarmten, hat etwas ausgelöst? Es ist scheiße, dass sie nicht darüber redet und du nicht weißt, was los ist, keine Frage, aber mach dich deswegen nicht verrückt.«

»Leichter gesagt, als getan«, murmelte ich und ertappte mich dabei, den Grund erneut bei mir zu suchen.

»Du machst dich gerade schon wieder selbst fertig, oder?« Peyton sah mich mit einer Mischung aus Strenge und Zuneigung an. »Wann kapierst du endlich, dass du einer von den Guten bist?«

Ich stieß ein Schnauben aus. »Bin ich das? Alles, was ich weiß, ist, dass ich mich bemühe und mein Bestes gebe und es trotzdem oft nicht zu reichen scheint. Wie auch immer. Ich will jetzt nicht in Selbstmitleid versinken. Das hat noch niemandem geholfen.

Also – Pizza?« Ich wartete ihre Antwort gar nicht ab, sondern öffnete die App, um das Essen zu bestellen.

Peyton kannte mich gut genug, um es dabei zu belassen, und den restlichen Abend aßen wir unsere Pizza und schauten irgendeine Liebeskomödie, auf die Peyton bestanden hatte. Keiner von uns sprach viel, aber es tat gut, mit den dunklen Gedanken nicht allein da zu sitzen. Wenn jemand wusste, wie beschissen schwer es war, sich den Einflüssen der Eltern zu entziehen, dann Peyton.

## 20. KAPITEL

# Audrey

Müde saß ich vor der Bühne und wartete die nächste Szene ab. Debby war gestern Nachmittag zurück nach London gefahren, nachdem wir den Tag mit Serien auf dem Sofa verbracht hatten. Obwohl wir die Zeit ausgiebig genutzt hatten, war es mir schwergefallen, sie gehen zu lassen. So gern ich Wyatt und Sutton auch hatte, sie kannten mich noch nicht so gut wie Debby, und ich vermisste es, meine beste Freundin in der Nähe zu haben. Aber ich hatte ihr versprochen, dass ich sie bald besuchen würde. Wann das sein würde, konnte ich allerdings nicht sagen, denn die Aufführung rückte immer näher – was man natürlich auch an der Arbeit merkte.

Ich straffte die Schultern und richtete meine Aufmerksamkeit wieder nach vorn, wo Miles gerade die Bühne betrat, gefolgt von Felicity und Juan. Ich versuchte, ihn nicht anzustarren, aber mein Puls schoss bereits in die Höhe. Ich hasste es, dass mein Herz bei seinem Anblick immer noch jedes Mal kurz stolperte.

Dass er ausgerechnet am selben Abend wie ich in der Bar gewesen war, kam mir immer noch wie ein schlechter Scherz vor. Als wollte das Universum ein Zeichen schicken. *Du hast gedacht, du kannst ihn vergessen und dich nur noch auf die Arbeit konzentrieren? Tja – Irrtum. Er wird dir wieder und wieder über den Weg laufen, bis du dich ihm stellst.* Die Sache war, dass ich durchaus mit ihm reden *wollte.* Wenn ich einfach den Mund aufmachen und ihm alles erklären könnte, würde ich es tun. Nichts war schlimmer als durch Schweigen verursachte Missverständnisse. Aber sobald ich daran dachte, sobald ich an damals dachte, blockierte etwas in mir. Es war wie eine unüberwindbare Mauer, und sie einzureißen würde all den Schmerz freisetzen, den ich lieber unter Verschluss hielt.

Mühsam verdrängte ich die Gedanken. Das Stück war jetzt wichtiger. Die Szene auf der Bühne war zwar relativ kurz – Felicity und Miles stritten sich, während Juan Felicity verteidigte und damit alles noch schlimmer machte –, allerdings war es eine der emotional aufgeladenen Szenen. Doch erst als Juan und Miles die Bühne verließen, setzte ich mich aufrechter hin. Ich wusste, was jetzt kam. Als ich die Szene geschrieben hatte, war mir schlecht gewesen, ich hatte gezittert und gleichzeitig die Worte so schnell getippt wie bei keiner anderen Stelle zuvor.

»Wir machen direkt weiter«, hörte ich Joanne sagen.

Ich verkrampfte mich unmerklich auf meinem Sitz. Felicity ging über die Bühne, die später von der Beleuchtung und den Bühnenbildern in einen Park verwandelt werden würde. Ein tiefer Schmerz lag in ihrem Gesicht. Sie wirkte verloren und unendlich traurig. Kurz raubte es mir den Atem, wie intensiv, wie eindringlich sie die Emotionen der Rolle verkörperte.

Im nächsten Moment sprang Luke, einer der Statisten, auf die Bühne und überwältigte Felicity. Sie schrie auf und ging zu Boden, wobei sie sich verzweifelt gegen ihn wehrte, während er sie erbarmungslos nach unten drückte. Seine Hände glitten über ihre Beine, und obwohl ich wusste, dass sie das zuvor einstudiert hatten, stieg Übelkeit in mir auf. Als er ihren Rock hochschob, verharrten die beiden so. Das war der Moment, in dem die Lichter erlöschen und der Vorhang für den nächsten Akt zugehen würde.

»Das war sehr gut«, merkte Joanne an, als die beiden sich voneinander lösten. »Allerdings könntest du, Felicity, noch mehr in die Angst reingehen. Vielleicht kannst du dein Gesicht in Richtung Publikum drehen, wenn Luke dich festhält und du realisierst, dass er einer deiner Fans ist …«

Den Rest ihrer Worte bekam ich nur noch wie durch einen Nebel mit. In meinen Ohren rauschte es, und meine Kehle war wie zugeschnürt. Angst kroch mir den Nacken hinauf, und mir wurde eiskalt. Ich fröstelte und ballte eine Hand zur Faust, als könnte das die Erinnerungen zurückdrängen. Aber es nützte nichts. Eine andere Szene tauchte vor mir auf. Bilder, wie es mein Rock war, der hochgeschoben wurde. Wie mein Kopf nach hinten fiel und ich trotz der Taubheit wusste, dass etwas gewaltig schieflief. Ein Zittern erfasste mich. Ich verlor die Kontrolle und konnte nichts daran ändern.

Mit letzter Kraft sprang ich auf. »Bin gleich wieder da«, stieß ich hervor und flüchtete aus dem Raum, ehe Joanne mich aufhalten konnte.

Sobald ich an der frischen Luft war, atmete ich tief durch, doch es half nichts. Ich ging ein paar Schritte vom Proberaum weg. Ein Fußgänger lief an mir vorbei, beachtete mich aber nicht. Ich lief weiter, schaffte es irgendwie bis zu einer Bank, die am Straßenrand vor einem kleinen Stoffladen stand, der momentan aber geschlossen hatte, und setzte mich. Mein Herz raste, und ich stützte den Kopf in die Hände. Mir war übel, und vor meinen Augen flimmerte es. Langsam atmete ich ein und aus und konzentrierte mich auf die Luft, die in meine Lunge strömte. Scheiße. Was war das eben gewesen? Seit wann verlor ich so leicht die Kontrolle?

Es war hart gewesen, darüber zu schreiben, aber das Ganze lag vier Jahre zurück, und ich war mir sicher gewesen, es einigermaßen verarbeitet zu haben. Aber anscheinend gab es Dinge, die man, selbst wenn sie mit der Zeit weniger schmerzhaft waren, nicht ganz abstreifen konnte.

»Audrey?« Schritte erklangen, eine ruhige Stimme und ein leises Rascheln, als er sich neben mich setzte.

Ich hob den Kopf und blickte in warme braune Augen.

Miles sah mich abwartend an. Als ich nicht zurückzuckte und ihn nicht wegschickte, streckte er eine Hand nach mir aus und strich sanft über meinen Rücken. »Ist es okay, wenn ich bleibe?«, fragte er leise, und seine Frage reichte aus, dass die Tränen schon wieder flossen.

Schniefend nickte ich. Ein paar Augenblicke blieben wir reglos so sitzen. Dann richtete ich mich auf, und Miles zog seine Hand zurück. Ich schluckte schwer und schmeckte salzige Tränen auf meiner Zunge. Dann sammelte ich mich für das, was nun folgen würde.

»Ich spreche nicht gern darüber«, sagte ich leise und schob die Bilder beiseite, die in mir aufzusteigen drohten. Mein Puls raste, wie immer wenn ich an damals dachte. Doch in den letzten Minuten war ein Teil der Mauer eingerissen, und ich wollte sie nicht wieder hochziehen. Das hier war eine Chance, mich der Sache zu stellen. Darüber zu reden, auch wenn es mich Überwindung kostete.

Miles sagte nichts, rückte aber ein Stückchen näher. Keine Ahnung, woher der Wunsch kam, ihm zu erzählen, was los war. Vielleicht lag es an der plötzlichen Sanftheit, die er ausstrahlte. An seiner Wärme, die mich einlullte und damit lockte, mich fallen zu lassen. Oder es war die Hoffnung, dass der Schmerz verblassen würde, wenn ich ihn teilte.

»Die Szene eben hat mich so mitgenommen, weil …« Ich zögerte erneut und holte tief Luft. »Weil ich etwas Ähnliches erlebt habe.« Da war sie. Die eine Sache, von der bisher nur Debby und meine Eltern wussten. Die Worte kamen nur langsam über meine Lippen, aber sie ließen mich nicht im Stich. Diesmal nicht.

Ich hörte, wie er scharf Luft holte, und sprach weiter.

»Ein Kerl hat mir K.-o.-Tropfen ins Getränk gemischt.« Ein Schauer der unangenehmen Art durchfuhr mich. Darüber zu reden, war immer noch so, als würde ich einen Teil davon wieder durchleben. »Ich habe ihn vom Sehen gekannt und mir nichts dabei gedacht, das Zeug zu trinken.«

Wieder blitzten Bilder auf. Nathans Hand auf meinem Arm. Wie er mich stützte, als ich schwankte, und mich dann in sein Auto manövrierte.

Ich schluckte schwer. Ein schaler Geschmack machte sich in meinem Mund breit, und ich presste eine Hand auf meinen Magen. Kämpfte gegen die Panik an und konzentrierte mich auf meinen Atem. Auf Miles' Nähe, die mir die Kraft gab, weiterzusprechen.

»Das Nächste, woran ich mich erinnere, ist, dass ich auf der Rückbank seines Autos lag. Er hat seine Hände unter meinen Rock geschoben und …« An der Stelle brach ich ab. Wieder durchlief mich ein Zittern. Ich rang nach Atem und zählte innerlich langsam bis drei. Rief mir ins Gedächtnis, dass ich in Sicherheit war, dass mir im Hier und Jetzt niemand etwas anhaben konnte.

Miles sagte nichts, sah mich nur unverwandt an und gab mir stumm zu verstehen, dass er da war. Dass er mich nicht drängen würde, sondern mir die Zeit ließ, die ich brauchte.

Als ich mich soweit gefangen hatte, redete ich weiter: »Eine Freundin hat mich mit ihm weggehen sehen, und weil ihr etwas daran komisch vorkam, hat sie mich gesucht. Wenn sie nicht gewesen wäre … Sie kam in letzter Sekunde. Er hatte bereits seine Hose geöffnet, und ich war längst zu ausgeknockt, um mich wehren zu können.« Ich schloss die Augen und holte bebend Luft.

Auch nach all den Jahren war es nicht leicht, darüber zu sprechen. Es war einfacher, die Bilder tief in mir zu vergaben und so zu tun, als wäre es nie passiert. Mich der Scham nicht zu stellen, die mich hin und wieder überkam, obwohl mein Verstand mir sagte, dass nichts davon meine Schuld und Nathan der Täter war. Doch etwas theoretisch zu wissen und es dann tatsächlich zu begreifen, waren zwei unterschiedliche Dinge.

»Nach der Sache habe ich lange mit der Angst gekämpft, erneut die Kontrolle zu verlieren.« Ich dachte an das letzte Schuljahr. Wie ich mich mehr und mehr von allen zurückgezogen und nur noch Debby an meinen Gedanken hatte teilhaben lassen. Wie die Angst mich tagtäglich begleitet hatte. »Ich habe mir selbst Vorwürfe gemacht, weil ich so naiv gewesen bin, das Getränk einfach anzunehmen. Und gleichzeitig war da diese wahnsinnige Wut auf dieses Arschloch.« Dass es Nathan war, den Miles vom Sehen her kannte, verschwieg ich. Genauso wie die Tatsache, dass Miles an dem Abend dabei gewesen war. Dass wir uns eine Stunde zuvor noch geküsst und ich mich unendlich glücklich gefühlt hatte. Dass ich darauf gewartet hatte, dass er zurückkam, und er stattdessen zu Peyton gefahren war.

Es war nicht seine Schuld, Schuld war Nathan und niemand sonst, aber ich ahnte, dass Miles das anders sehen würde. Und ich hatte nicht die Kraft, mit ihm den Abend wieder und wieder durchzugehen. Ich wollte nicht in der Vergangenheit verweilen, wollte ihm nicht seine Schuldgefühle nehmen müssen, während ich selbst einfach nur froh war, dass die Erinnerungen in den letzten Jahren in meinem Kopf immer mehr verblasst waren.

Miles sagte eine ganze Weile nichts. Als ich es wagte, den Kopf zu drehen, um ihn anzusehen, lag ein harter Zug um seinen Mund. »Ich wünschte, du hättest so etwas nie erleben müssen«, stieß er mit gepresster Stimme hervor.

Ich nickte müde. »Ja, das wünschte ich auch. Aber ich bin seitdem stärker geworden, ich habe einen Selbstverteidigungskurs belegt und gehe immer noch regelmäßig ins Kickboxen. Ich gehe gern hin, einfach weil es Spaß macht, aber ich fühle mich dadurch auch sicherer.« Ich setzte mich aufrecht hin und griff nach dem Funken Kraft in mir, der mich nie ganz verlassen hatte. »Durch das Training fühle ich mich weniger hilflos, auch wenn es furchtbar ist, dass das überhaupt nötig ist.«

Stille breitete sich zwischen uns aus, und ich suchte nach den nächsten Worten. »In den letzten Jahren ist die Schulzeit und die Sache mit den K.-o.-Tropfen immer weiter in die Ferne gerückt. Ich habe es total genossen, mich ganz auf die Zukunft zu konzentrieren. Auf den Traum, am Theater zu arbeiten und bei Stücken mitzuwirken – sie vielleicht sogar selbst zu schreiben. Als du dann plötzlich vor mir standest, war wieder ein Teil der Vergangenheit da. Ein Teil der alten Audrey. Ich schätze, deshalb hat es mich auch so getroffen, dich mit Peyton zu sehen.« Ich strich mir nervös durch die Haare und merkte, dass die Panik verflogen war. Genauso wie der schwere Druck auf meiner Brust. Es schmerzte noch immer, aber zu meiner Überraschung, tat es gut, mit Miles zu reden. Mich zu öffnen und ihm zumindest die halbe Wahrheit zu erzählen.

»Dass du die Vergangenheit hinter dir lassen willst, verstehe ich«, sagte Miles langsam, doch ich konnte ihm ansehen, dass er eine Menge Fragen hatte.

Kein Wunder. So wirklich logisch klang es ja selbst in meinen Ohren nicht, dass mich der Anblick von ihm und Peyton so getroffen hatte. Denn er wusste ja nicht, dass es derselbe Abend war, an dem er mich wegen Peyton hatte stehen lassen. Und ich hatte Miles nie die Schuld dafür gegeben. Aber Gefühle waren nun mal nicht nur logisch. Wenn es um Nathan und sein übergriffiges Verhalten ging, setzte etwas in mir aus, und ich konnte nicht mehr klar denken. Oder klar handeln. Ich wusste nur, dass ich so etwas nie wieder erleben wollte.

»Du hast gesagt, du fändest es schön, wenn wir uns als die Menschen kennenlernen, die wir heute sind«, sagte ich leise und konzentrierte mich ganz auf die Gegenwart. Auf diesen Moment, auf Miles Arm, der meinen streifte, und seinen unerschütterlich liebevollen Blick. »Und das wollte ich auch. Während der letzten Wochen kam es mir so vor, als wäre das sogar möglich. Aber als ich dich dann mit Peyton gesehen habe, bin ich …« Ich zögerte, gab mir dann aber einen Ruck und sprach weiter. »Es hat mich an damals erinnert. Mir ist klar, dass das alles Jahre her ist und wir heute älter und hoffentlich auch etwas klüger sind.« Ich lachte leise, merkte aber selbst, dass es nicht fröhlich klang. »Vermutlich habe ich etwas überreagiert.«

»Hast du nicht«, erwiderte Miles. »Ich meine, wenn wir dich an diese Zeit damals erinnert haben … Kein Wunder, dass du erst mal nicht darüber reden konntest und nur noch wegwolltest.«

»Trotzdem«, murmelte ich. »Ich hätte nicht so ausflippen dürfen.«

»Sei nicht so hart zu dir.« Eindringlich sah Miles mich an, und ich nickte.

»Ich versuche es.« Es würde nie leicht sein, die Erinnerungen an damals mit mir herumzutragen. Aber etwas in mir war in den letzten Minuten aufgebrochen. Zu sehen, wie die Szene auf der Bühne lebendig wurde, hatte den Schmerz zurückgebracht, aber es hatte auch etwas in mir geöffnet. Ich wollte mich nicht länger von dieser verdammten Nacht vor vier Jahren bestimmen lassen.

Miles schien mich wirklich zu mögen, und die Art, wie er mir aufmerksam zuhörte, mich nicht drängte und gleichzeitig tröstete, machte mir auf einmal Hoffnung. Ich erinnerte mich an unseren Spaziergang durch die Stadt, an sein Lachen und seine Fragen. Daran, wie er meinen Erzählungen interessiert gelauscht hatte und dann auf der WG-Party mit mir getanzt hatte. Es waren Bilder, die davon sprachen, dass ich heute eine andere war. Dass die Vergangenheit nicht länger das Jetzt überschatten musste.

Ich hatte seit Nathans Übergriff alles dafür getan, stets die Kontrolle zu behalten. Mich nicht mehr zu leichtfertig auf Männer einzulassen und darauf zu achten, dass meine Grenzen immer klar gesteckt waren. Aber Miles war kein Fremder. Er war nicht irgendein Kerl, der mich bloß rumkriegen wollte. Er war an mir interessiert. An dem Menschen, zu dem ich geworden war, und das war etwas Gutes, oder nicht?

»Es tut mir so leid«, sagte Miles in die Stille hinein. Er zog seine Hand zurück und sah mich ernst an. »Nicht nur das, was dir passiert ist. Auch wie ich mich auf der Party verhalten habe. Das hängt zwar nicht zusammen, aber ich wollte dich an dem Abend nie verletzen, das weißt du, oder? Peyton ist meine beste Freundin. Sie steckte damals in Schwierigkeiten, und ich bin zu ihr, weil sie mich gebraucht hat. Dass dich das so getroffen hat, hatte ich nicht erwartet. Ich wollte nie, dass du dich klein oder unbedeutend fühlst. Du bist mir wichtig, Audrey. Schon damals fand ich dich interessant, aber während der letzten Wochen …« Der Anflug eines Lächelns erschien auf seinen Lippen, und mein Herz machte einen Sprung. Reflexartig reagierte es auf ihn, als könnte es nicht anders, als schneller zu schlagen. »Du faszinierst mich, und ich wünsche mir nichts mehr als eine weitere Chance.«

Seine braunen Augen lagen unverwandt auf mir und vertrieben den letzten Rest Kälte in meinem Innern. Ich wusste, dass meine Geschichte Lücken aufwies, dass meine starke Reaktion auf Peyton nicht nur mit ein bisschen Eifersucht und damit zu erklären war, dass ausgerechnet der Anblick von Peyton und Miles zusammen die Erinnerungen an Nathan hervorgeholt hatten – zumindest nicht glaubhaft. Ganz sicher ahnte auch Miles, dass hinter der Sache mehr steckte, aber er hatte nicht nachgehakt. Stattdessen bot er mir an, nach vorn zu sehen. Endlich das Schlamassel von damals hinter mir zu lassen. Trotz eines kleinen Zweifels, der sich nicht vertreiben ließ, erwiderte ich sein Lächeln. Ich wollte so sehr daran glauben, dass wir tatsächlich eine weitere Chance hatten.

»Weißt du noch, als du mich gefragt hast, ob ich mit dir ausgehen will?«, fragte ich.

Miles nickte und ließ mich nicht aus den Augen.

Die Hoffnung in seinem Blick war das Schönste, was ich heute gesehen hatte, und auch wenn ich damit vielleicht einen Fehler beging, auch wenn ich mein widersprüchliches Verhalten damit endgültig auf die Spitze trieb, wusste ich genau, was ich tat, als ich weitersprach: »Frag mich morgen noch mal.«

## 21. KAPITEL

# Audrey

Immer wieder warf ich Miles verstohlene Blicke zu. Seit unserem Gespräch gestern hatte sich eine Aufregung in mir breitgemacht, die nicht wieder verschwinden wollte.

Ich starrte auf das Skript, versuchte, mich zu konzentrieren, doch es war hoffnungslos. Irgendwie schaffte ich es, bis zur Pause durchzuhalten, doch sobald Joanne das Cut gab, atmete ich erleichtert auf und flüchtete regelrecht nach draußen, um frische Luft zu schnappen. Als könnte ein bisschen Wind um meine Nase meine Nervosität wegwehen. Nach ein paar Schritten legte ich den Kopf in den Nacken und schaute in den wolkenverhangenen Himmel über mir. Der Anblick war seltsam beruhigend, und mein Atem ging bereits regelmäßiger und tiefer. Ich verstand selbst nicht, warum ich plötzlich einem nervlichen Wrack glich. Seit ich Miles von der Sache mit den K.-o.-Tropfen erzählt hatte, war etwas anders, und ich wusste nicht, was ich davon halten sollte.

»Kaffee?« Wie aus dem Nichts tauchte Miles mit einem Kaffeebecher in der Hand neben mir auf. Das wurde langsam zur Gewohnheit.

»Danke dir. Wo hast du den her?« Ich nahm den Becher entgegen, wobei unsere Finger sich streiften. Ein Kribbeln durchzog meinen Arm, und ich lächelte.

»Ich bin kurz zum *Coffee Corner* rübergerannt. Da schmeckt er mir einfach am besten. Wie läuft es?«, fragte Miles mit einem schiefen Grinsen und lehnte sich gegen die Backsteinmauer vor dem Gebäude. Inzwischen wusste ich schon gar nicht mehr, wie viele Gespräche wir hier draußen geführt hatten. Dabei gab es im Aufenthaltsraum Sofas und Kissen.

»Die Probe? Müsstest du das nicht selbst beantworten können?« Ich nippte an dem heißen Kaffee, der mein Inneres sofort wärmte. Denn obwohl wir schon Frühling hatten, ließen die Frühlingstemperaturen mal wieder auf sich warten.

»Es ist besser als letzte Woche. Ich bin mit meiner Konzentration wieder mehr da.«

Erstaunt sah ich ihn an. Mir war nichts aufgefallen. »Lief es zwischendurch denn nicht gut?«

»Ging so«, meinte er und verzog kurz das Gesicht, bevor er ebenfalls einen Schluck Kaffee trank. »Ich hab ein paarmal meine Einsätze verpasst und den Text noch nicht ganz so sicher draufgehabt. Es war Felicity gegenüber nicht fair, die sich schnell in ihre Rolle eingefunden hat. Aber jetzt geht's wieder.«

»Das ist gut. Wobei ich nicht mitbekommen habe, dass es zwischendurch anders war. Für mich macht ihr alle einen wahnsinnig guten Job.«

Er senkte den Blick, und ich meinte, eine leichte Röte auf seinen Wangen zu sehen. »Danke«, sagte er leise, was mich ein wenig überraschte. In manchen Momenten, insbesondere in Gruppen, wirkte Miles so selbstbewusst, charmant und locker, dass mich die stillen, beinahe unsicheren Augenblicke jedes Mal aus dem Konzept brachten.

Nach einem kurzen Schweigen hob er den Kopf und sah mich an. Das helle Funkeln war in seine Augen zurückgekehrt, und ich merkte, wie mein Puls in die Höhe stieg. Sein Blick nahm mich gefangen, und als er sich von der Mauer abstieß und einen Schritt auf mich zumachte, hielt ich unwillkürlich den Atem an.

»Hast du morgen nach der Arbeit schon was vor?«, fragte er.

Ich legte den Kopf schief. »Lass mich überlegen … Da wären Dans Kostüme, die ich mir noch ansehen wollte, ein Telefonat mit Debby … und ich habe Sutton und Wyatt versprochen, Zimtschnecken zu backen.«

Ungläubig sah Miles mich an. »Du verarschst mich, oder?«

Ich grinste. »Ein bisschen vielleicht.«

Er stieß ein Schnauben aus und schüttelte belustigt den Kopf. »Wirst du es mir je leicht machen?«

Schlagartig wurde ich ernst. »Ich fürchte, das liegt mir nicht wirklich«, sagte ich ehrlich.

Miles nickte bloß. »Damit komme ich klar. Ich bin selbst nicht der unkomplizierteste Mensch. Aber wer ist das schon? Und nur dass du es weißt, ich bin ein Meister im Zimtschneckenbacken. Damit kannst du mich also schon mal nicht vertreiben.«

Ich schmunzelte. »Gut zu wissen.«

»Also – hast du Lust, morgen was zu unternehmen? Wir könnten spazieren gehen? Oder ins Planetarium? Das Programm klingt zwar, als wäre es für Schulklassen gemacht, aber so ein Einblick in unser Weltall ist … Egal, lassen wir das.« Er fuhr sich verlegen durch die Haare. »Meinetwegen können wir auch backen.« Die Ernsthaftigkeit in seiner Stimme brachte mich zum Lachen.

»Das klingt alles gut«, meinte ich.

»Okay. Was hältst du dann davon, wenn wir morgen spontan entscheiden, wonach uns ist?«

»Sehr gern.« Ich trank einen weiteren Schluck von meinem Kaffee und warf einen schnellen Blick auf mein Handydisplay. »Wir sollten langsam wieder rein. In fünf Minuten startet der nächste Durchlauf.«

Die Stunden bis zu unserem Date rauschten nur so an mir vorbei, sodass ich kaum Zeit hatte, nervös zu sein. Bei den Proben herrschte eine konzentrierte Stimmung, wir schafften reibungslosere Übergänge mit weniger Unterbrechungen und Simon und Joanne waren sichtlich zufrieden mit dem bisherigen Stand der Dinge. Bis zur Aufführung waren es nur noch zwei Monate, aber wir lagen gut im Zeitplan.

Ich packte gerade meine Sachen zusammen, als Miles auf mich zukam.

»Bist du so weit?«, fragte er, und mein Blick huschte reflexartig über seine Jeans, die abgetragenen Turnschuhe und den grauen Kapuzenpullover, der einen Kontrast zu seinen dunklen Augen bildete. Seine braunen Haare fielen wie üblich leicht durcheinander, und ich ertappte mich dabei, wie ich unwillkürlich lächelte.

Er trat näher und hob die Augenbrauen.

»Ja, ich bin so weit«, beeilte ich mich zu sagen und ignorierte sein leises Lachen. Wir winkten Felicity, die gerade telefonierte, kurz zu und verabschiedeten uns von den anderen, bevor wir das Gebäude verließen.

Draußen hatte sich die Sonne doch noch durch die Wolken gekämpft, und nach ein paar Schritten zog ich sogar meine Jeansjacke aus. Es war einiges los auf den Straßen. Der Sonnenschein lockte die Leute offenbar nach draußen, als hätten sie nur darauf gewartet.

»Wo wollen wir eigentlich hin?«, fragte ich.

Miles zuckte mit den Schultern. »Wir könnten einfach ein bisschen durch die Stadt spazieren und schauen, ob wir ein schönes Plätzchen finden? Oder wir gucken, welche Vorstellung gerade im Planetarium läuft.« Seiner Stimme war anzuhören, welche Idee ihn mehr begeisterte, und ich unterdrückte nur mit Mühe ein Lächeln.

»Lass mich raten. Du willst lieber ins Planetarium. Und gleich sagst du was von wegen spazieren gehen können wir ständig, aber ein Planetarium besuchen ... Das macht man nicht jeden Tag. Tja, da hast du recht, ich war tatsächlich nicht mehr in einem Planetarium, seit ich – was? – zehn war?«

»Hey, machst du dich gerade wieder über mich lustig?« Miles warf mir einen prüfenden Seitenblick zu.

»Natürlich nicht«, sagte ich mit aller Ernsthaftigkeit, die ich aufbringen konnte.

Er grinste. »Also das Planetarium?«

»Sieht so aus!«

»Sehr gut, dann komm«, sagte er, und wir schlenderten die Rosebery Avenue entlang, wobei ich wieder einmal die Blumenkörbe bewunderte, die an den Straßenlaternen hingen und mit ihren bunten Tupfern einen Kontrast zu dem grauen Steinboden der Straße bildeten.

Die meisten Leute, die uns entgegenkamen, hatten es nicht eilig und nickten uns lächelnd zu. Die Luft war trotz der Wolken am Himmel mild, und es roch nach Frühling und Regen. Ich atmete tief ein, und mein Lächeln wurde breiter. Auf dem Weg in die Straße, in der wir bei unserem letzten Treffen das Planetarium gesehen hatten, redeten wir nicht viel. Die Party und der Kuss, die Sache mit Peyton und dass ich ihm von den K.-o.-Tropfen erzählt hatte, machten es schwer, den Anfang zu finden. Das Eis zu brechen. Ich hatte ihm mehr von mir gezeigt als geplant. Dennoch wollte ich nicht, dass er mich nur als das ernste Mädchen mit der tragischen Vergangenheit sah. Ich war viel mehr als das.

»Weißt du schon, wie es nach diesem Projekt weitergeht?«, fragte ich ihn, als wir das Planetarium fast erreicht hatten, weil ich die Stille nicht mehr aushielt.

»Noch nicht so richtig«, erwiderte Miles. Wir steuerten auf das Planetarium zu und checkten den Programmplan: In einer Stunde lief *Eine Reise durch die Nacht – Was man am Sternhimmel sehen kann.*

»Klingt nach einer netten Vorstellung, und um kurz nach vier müssen wir schon mal nicht befürchten, plötzlich neben einer Schulklasse zu sitzen«, meinte ich.

»Willst du das wirklich?«, fragte Miles und deutete auf das Gebäude vor uns. Er schien auf einmal zu zweifeln, und ich legte ihm beschwichtigend eine Hand auf den Arm.

»Ja, will ich.«

»Okay. Dann hole ich uns schnell zwei Karten und wir setzen uns bis zur Vorstellung noch irgendwo hin?«

Ich nickte, und er verschwand durch die große Glastüre.

Kurz darauf kam er wieder heraus, und wir liefen zurück zur Rosebery Avenue und setzten uns in den Park vor der Kathedrale, wo heute nicht ganz so viel los war wie beim letzten Mal. Wahrscheinlich, weil sich inzwischen Wolken vor die Sonne geschoben hatten, als wollten sie uns daran erinnern, wie schnell das Wetter hier umschlagen konnte. Ich hoffte nur, dass der Regen erst kam, wenn wir drinnen waren.

»Wo waren wir stehen geblieben?«, fragte Miles. »Ach richtig, ob ich weiß, wie es nach dem Stück weitergeht. Vermutlich stehen ein paar weitere Castings an. Ich weiß, dass das Theater im Sommer mit einer neuen Produktion beginnt. Optimal wäre natürlich, wenn ich darin eine Rolle bekommen würde. Dann könnte ich weiterhin mit Simon und Joanne arbeiten. Zumindest klang es so, als würden sie auch das nächste Projekt zusammen machen.« Er ließ sich ein Stück nach hinten sinken, und sein Bein neigte sich in meine Richtung, wobei zwischen uns noch immer ein kleiner Abstand lag.

Mein Puls hatte sich inzwischen normalisiert, und die Nervosität, die mich manchmal ergriff, wenn er mich ansah, war verschwunden. Wie bei unserem ersten Treffen, als wir die Stadt erkundet hatten, war es überraschend leicht, mit Miles zu reden. Wenn ich die Vergangenheit und alles, was zwischen uns stand, beiseiteschob, war er einfach nur ein Kerl, mit dem ich im Park saß und eine gute Zeit hatte.

»Was ist mit dir?«, fragte er und sah mich ehrlich interessiert an.

Ich schlug ein Bein über das andere und beobachtete einen Vogel, der über das penibel kurz gehaltene Gras hüpfte. »Keine Ahnung«, gab ich zu. »Ich werde mich bei verschiedenen Theatern bewerben, hätte aber auch Lust, mit Joanne und Simon weiterzuarbeiten. Insbesondere den Bereich der Dramaturgie finde ich spannend. Da kommt alles zusammen, und ich fände es toll, mehr dazuzulernen.«

»Also wirst du keine weiteren Stücke schreiben? Ich dachte, das ist deine Leidenschaft?«

»Nee, ich meine, es hat mir Spaß gemacht, das Stück zu schreiben, und ich habe viel von mir reingesteckt, wie du weißt. Aber das ist im Rahmen eines Seminars an der Uni entstanden. In der Zukunft sehe ich mich mehr bei der aktiven Mitgestaltung von Stücken.« Es war nicht leicht, eine Festanstellung an einem Theater zu bekommen, aber ich hoffte, wenn ich es einmal geschafft hatte und in einem guten Team arbeitete, dass es dann nichts gab, was ich lieber tun würde.

»Ich bin mir sicher, dass du etwas finden wirst«, sagte Miles voller Zuversicht. »Du hast einen guten Blick für Details und kannst gut mit Menschen umgehen. Außerdem hast du genug Durchblick für die Aufgabe. Ich wäre bei allem, was mit Organisation zu tun hat, eine Katastrophe.«

Ich lächelte. »Danke für dein Vertrauen, wobei du mich, glaube ich, ein bisschen überschätzt. Und dich vermutlich unterschätzt.«

»Oh nein, glaub mir, ich bin froh, dass ich meinen Kram auf die Reihe kriege. Für alle anderen und das ganze Stück mitverantwortlich zu sein, wäre nichts für mich.«

»So geht es mir, wenn ich auf die Bühne müsste«, warf ich ein. »Da wäre ich verloren. Vermutlich würde ich beim Anblick der vielen Zuschauer kein Wort mehr über die Lippen bringen und hätte die schlimmste Blockade überhaupt.«

»Das wäre tatsächlich nicht sehr praktisch«, entgegnete er schmunzelnd. »Wobei ich das bisher kaum erlebt habe, die meisten kommen erst so hundertprozentig in ihrer Rolle an, wenn die Zuschauer da sind und es richtig losgeht. Wenn man da oben steht und die vielen Augenpaare auf sich spürt … wenn alle im Saal den

Atem anhalten und auf die ersten Zeilen warten … Das ist der Wahnsinn! Ich habe nie etwas Vergleichbares erlebt. Alles tritt dann in den Hintergrund. Sämtliche Zweifel und Gedanken. Es sind Momente, in denen ich nicht mehr Miles bin. Ich glaube, das liebe ich daran am meisten. In andere Rollen zu schlüpfen und die Leute damit zu berühren, zu begeistern oder auch zu schockieren, ist unglaublich, aber dass ich gleichzeitig selbst alles vergesse und eine Pause von meinem Leben habe, ist der Grund, warum ich das Schauspielen schon ganz früh angefangen habe.« Miles' Augen leuchteten, während er sprach. Doch danach presste er sofort die Lippen zusammen, als hätte er nie so viel sagen wollen.

Aufmerksam sah ich ihn an. Er wich meinem Blick zuerst aus, hob dann aber doch wieder den Kopf. Eine weitere unsichtbare Barriere zwischen uns verschwand.

Ich hatte ihn auf der Bühne beobachtet und bereits bemerkt, dass sich am Ende einer Szene, wenn er die Rolle losließ, manchmal ein Schatten über sein Gesicht legte. Aber weswegen brauchte er eine Pause von seinem Leben?

Andererseits – wünschten wir uns das nicht alle ab und zu? Für eine kurze Zeit lang jemand anders zu sein? Die eigene Geschichte, die eigenen Gedanken und Gefühle zu vergessen?

»Man merkt dir auf jeden Fall an, wie sehr du das liebst«, sagte ich langsam. »Ich glaube, das ist letztendlich ein riesiges Privileg, das wir haben – dass wir tun können, was wir lieben, und unsere Leidenschaft leben.«

Miles schien darüber nachzudenken. »So habe ich das noch gar nicht betrachtet. Mir kam es mehr wie eine Notwendigkeit vor. Als gäbe es keinen anderen Weg für mich. Aber du hast natürlich recht. Dass ich überhaupt auf der Bühne stehen darf, ist alles andere als selbstverständlich. Vermutlich sollte ich mich daran öfter erinnern.«

Eine paar Augenblicke lang sagte keiner von uns etwas. Doch dieses Mal war es ein einvernehmliches, gutes Schweigen.

Kurze Zeit später machten wir uns auf den Weg zurück zum Planetarium. Der Eingangsbereich mit rotem Teppich und Plakaten an den Wänden erinnerte mich an ein Kino, nur dass die Plakate Bilder aus dem Weltall zeigten. Auf einem war die Milchstraße abgebildet, und für einen Moment blieb ich stehen und betrachtete den weißen Wirbel, der nach außen hin bläulich wurde.

»Na, bist du doch ein bisschen interessiert?«, neckte Miles mich und stieß mir spielerisch einen Ellenbogen in die Seite.

»Ich habe nie etwas anderes behauptet.«

»Ach ja? Ich erinnere mich da an die spöttische Feststellung, dass so was vielleicht eher für Zehnjährige sei …«

»Moment, *so* habe ich das nicht gesagt«, verteidigte ich mich lachend. »Ich glaube, das könnte tatsächlich ganz gut werden.«

»Tatsächlich …« Er schmunzelte und lief weiter, wobei ich nicht anders konnte, als breit zu grinsen. Die Leichtigkeit zwischen uns legte sich wie eine hoffnungsvolle Umarmung um mich, von der ich nicht gewusst hatte, dass ich sie brauchte.

Als wir den Saal erreichten, in dem unsere Vorstellung stattfinden würde, saßen dort bereits zwei Familien mit ihren Kindern in den ersten Reihen. Die gepolsterten Sessel waren kreisförmig um einen riesigen Projektor angebracht worden. Ich sah nach oben und bestaunte die kuppelförmige Decke, auf die vermutlich später die Bilder projiziert werden würden.

»Wo sitzen wir?«, fragte ich, und Miles deutete auf eine Reihe weiter hinten.

Ich folgte ihm zu den Sesseln, die ein absolutes Kinogefühl in mir hervorriefen. Nur dass die Lehne hier weiter nach hinten neigte, sodass man einen guten Blick nach oben hatte. Während weitere Besucher den Saal betraten, machte ich es mir auf dem Sessel bequem. Mein Arm lag auf der Lehne, genau wie der von Miles. Dort, wo sie sich berührten, kribbelte es, und ich genoss die Wärme, die sich in meinem Bauchraum sammelte.

Es dauerte nicht lange, da wurde auch schon das Licht gedimmt und Musik erklang. Eine stimmungsvolle, langsame Melodie, die mir augenblicklich eine Gänsehaut bescherte. Ich lehnte mich zurück, und der Projektor ging an. Auf einmal war die Decke mit winzigen Lichtern überflutet, mit weißen Wirbeln vor schwarzem Hintergrund, durchbrochen von einem violetten Schimmern.

»Wow«, flüsterte ich.

»*Herzlich willkommen*«, ertönte eine dunkle Stimme, und die Wirbel begannen sich zu bewegen. Wir sahen Planeten, kleine Leuchtpunkte in einem blauschwarzen Meer und dann den Nachthimmel, nur viel näher und größer. »*Heute lernen wir etwas über die aktuellen Sternbilder am Nachthimmel. Wie sie zu finden sind und was sie bedeuten.*«

Ich warf einen schnellen Blick zu Miles, und selbst in der Dunkelheit konnte ich sehen, dass sein Gesicht vor Begeisterung strahlte. Einem Impuls folgend, streckte ich eine Hand aus und griff nach seiner. Mit einem Lächeln ergriff er sie, und als sich unsere Finger verschränkten, wusste ich nicht, was mehr leuchtete: die Sterne über uns oder unsere Augen.

## 22. KAPITEL

# Audrey

Hätte mir jemand vor ein paar Wochen gesagt, dass ich mit Miles ein Date in einem Planetarium haben würde, hätte ich nur gelacht. Erst recht, wenn man mir gesagt hätte, dass es romantisch werden würde. Und dass ich die Familien mit ihren aufgeregten Kindern, die ständig dazwischenredeten, mühelos ausblenden und nur noch Miles' Hand, den Sternhimmel und die vielen Lichter wahrnehmen würde.

Ich wusste nicht, was ich erwartet hatte, aber das nicht. Mein Herz klopfte wie verrückt, während eine tiefe, wohlklingende Stimme von den Sternbildern erzählte, die wir nachts sahen. Dabei wurde auch von den Mythen hinter den Bildern erzählt, die größtenteils mit griechischen Göttern zu tun hatten. So war das Sternbild »der Große Bär« in Wirklichkeit eine »Sie«. Der griechischen Mythologie nach soll es an die schöne Callisto erinnern, eine Geliebte von Zeus. Sofern man das Wort »Geliebte« überhaupt so benutzen konnte, denn Callisto war eine Priesterin gewesen, worauf Zeus allerdings wenig Rücksicht genommen hatte.

»Interessant, dass in den Geschichten immer nur die Rede vom ›großen Göttervater Zeus und seinen Geliebten‹ ist, er in Wahrheit aber wohl eher ein sexistisches Arschloch war, das Frauen vergewaltigt und geraubt hat«, murmelte ich, was Miles mit einem zustimmenden Geräusch kommentierte.

»Und wenn man das anspricht, erhält man als Antwort nur: Es waren eben andere Zeiten und sind ja nur Geschichten«, sagte er.

Ich nickte grimmig. »Genau das.«

Die Stimme des Erzählers erfüllte den Raum. Der Legende nach wurde Callisto von Zeus schwanger, was die Göttin Hera mit Eifersucht erfüllte. Um die Priesterin für ihren Gatten Zeus möglichst unattraktiv zu machen, verwandelte sie sie in eine Bärin. Doch damit nicht genug: Hera hetzte auch noch Artemis, die Göttin der Jagd, auf die Bärin, die diese mit einem ihrer unfehlbaren Pfeile tötete. Als Zeus die tote Bärin fand, erkannte er – wie konnte es anders sein – seine geliebte Callisto und versetzte sie voll Trauer nahe dem Himmelspol an den Himmel, sodass ihr Sternbild niemals untergehen würde.

»Das nenne ich wahre Liebe«, flüsterte Miles belustigt, und ich grinste.

»Oh ja, das ist wirklich wahnsinnig romantisch. Wer würde nicht von Zeus ungewollt geschwängert und nach dem Tod für immer am Nachthimmel verewigt werden wollen?«

»Immerhin hast du jetzt eine interessante Geschichte im Kopf, wenn du das Sternbild nachts siehst.«

»Vorausgesetzt, ich finde es überhaupt am echten Himmel«, gab ich zurück. Wann immer mir in der Vergangenheit Leute am Nachthimmel irgendwelche Bilder zeigen wollten, war ich daran gescheitert, auch nur einen der beschriebenen Sterne zu finden.

»Ich bin zuversichtlich, dass du das hinkriegst«, meinte Miles.

Die Stimme des Erzählers ging zu dem nächsten Sternbild über, und obwohl ich mir Mühe gab, ihr zu folgen, wanderte meine Aufmerksamkeit immer wieder zu Miles.

Als ich ihn diesmal ansah, ertappte ich ihn dabei, wie er seinen Kopf ebenfalls in meine Richtung gewandt hatte. Unsere Blicke trafen sich, und das Kribbeln in meiner Magengrube wurde stärker. Mein Herz pochte fast schmerzhaft schnell gegen meine Rippen, und ich spürte die Anspannung im ganzen Körper.

Miles lehnte sich unmerklich in meine Richtung, und mir wurde schlagartig wärmer. Mit dem Daumen malte er sanfte Kreise auf meinen Handrücken.

Ich erschauderte. Wie konnte es sein, dass sich das hier so verdammt richtig anfühlte? Miles kam noch ein Stückchen näher, und ich hielt den Atem an. Im nächsten Augenblick richtete ich mich ein Stück auf, mein Blick fiel auf seine Lippen und die Wärme in meinem Innern verwandelte sich in Hitze. Würde es wieder passieren? Würde er mich gleich küssen? Ich zog sanft an seiner Hand, wie um zu signalisieren, dass er noch näher kommen sollte.

»Audrey, ich …« Seine geflüsterten Worte gingen in der Musik unter, die auf einmal einsetzte. Eine laute, fröhliche Melodie, die das Ende der Vorstellung ankündigte und uns beide zurückzucken ließ. Der Moment zwischen uns verflog, und ich nahm wieder das Kinderlachen und die Stimme des Erzählers wahr, der sich für unsere Aufmerksamkeit bedankte.

Als im selben Moment das Licht anging, blinzelte ich gegen die ungewohnte Helligkeit an. Ich wusste nicht recht, wo ich hinschauen sollte, doch schließlich suchte ich Miles' Blick. »Danke. Ich muss zugeben, dass du recht hattest. Das war interessant und wahnsinnig schön und ist definitiv nicht nur was für Schulklassen.«

Ein Lächeln stahl sich auf seine Lippen, und mein Herz setzte kurz aus. »Habe ich es doch gewusst.«

Ich stieß ihm spielerisch meinen Ellenbogen in die Seite. »Hast du. Aber wenn du das weiter so raushängen lässt, nehme ich alles zurück.«

»Das kannst du nicht«, protestierte Miles. »Immerhin hast du die Worte bereits klar und deutlich ausgesprochen.«

Als wir schließlich aufstanden, empfand ich ein leises Bedauern. Es wäre schön gewesen, noch länger in dem Raum zu verweilen und sich in weit entfernte Galaxien zu träumen. Doch als Miles meine Hand nahm, als wäre es keine große Sache, verschwand die Wehmut. Stattdessen spürte ich die Aufregung im ganzen Körper.

Hand in Hand liefen wir in Richtung Ausgang und standen kurz darauf draußen an der frischen Luft. Die Straße war nass und es tröpfelte leicht. Ich drehte mich zu Miles um, unschlüssig, was ich sagen sollte, doch er kam mir zuvor.

»Hast du vielleicht Lust, noch mit zu mir zu kommen? Bei dem Wetter ist es draußen ja nicht sehr gemütlich, wir könnten also was kochen oder bestellen und …« Er zuckte mit den Schultern und wirkte auf einmal verlegen. »Ich fände es schön, wenn unser Treffen noch nicht vorbei wäre.« Er hielt noch immer meine Hand fest, die sich in seine schmiegte, als hätte er sie schon tausendmal gehalten.

*Das fände ich auch.* Die Worte schossen mir reflexartig durch den Kopf, dennoch zögerte ich für einen Augenblick. Einerseits war ich neugierig auf seine Wohnung und wollte nicht, dass dieses Treffen schon endete. Erst recht nicht nach diesem spannungsgeladenen Moment zwischen uns im Planetarium. Andererseits setzte bei der Aussicht, mit ihm in seinen eigenen vier Wänden allein zu sein, wieder ein nervöses Kribbeln in meiner Magengegend ein.

Kurz entschlossen gab ich mir einen Ruck. »Okay«, sagte ich. »Dann kann ich mich direkt selbst mal überzeugen, ob in deinem Regal tatsächlich historische Liebesromane stehen.«

Er grinste breit. »Natürlich. Ich habe bestimmt die ein oder andere Empfehlung. Wobei ich dich warnen muss, die meisten davon sind ziemlich dick und ausschweifend geschrieben.«

»Ich bin gespannt.«

Während wir durch die Stadt liefen, vorbei an den üblichen Läden und Cafés, die langsam zumachten und ihre Sonnenschirme zusammenklappten, unterhielten wir uns über die Vorstellung im Planetarium, wobei Miles erzählte, dass der Nachthimmel ihn schon als Kind fasziniert hatte. Bei dem Gedanken, wie die kindliche Version von Miles voller Staunen in den Himmel starrte, musste ich unwillkürlich lächeln.

Als wir wenig später seine Wohnung erreichten, war es bereits kurz nach halb sieben.

»Da wären wir«, verkündete Miles, während er mir den Vortritt ließ. Ich streifte die Schuhe im Flur ab, bevor ich die Wohnung betrat.

Sie entsprach erstaunlicherweise genau meiner Vorstellung. Der Flur führte an einer geschlossenen Tür vorbei zu einem großen Wohnzimmer, das direkt in die offene Küche überging. Eine große Couch und ein Sessel sowie ein Flachbildschirm bildeten das Zentrum des Zimmers. Zwischen der Küche und der Couch stand ein kleiner Esstisch, auf dem sich drei Bücher, zahllose Papiere und zwei Teller stapelten. An den Wänden reihten sich drei große Bücherregale, die bis oben hin mit Büchern vollgestopft waren. Ich trat näher und entdeckte Klassiker wie Shakespeare und Hemingway, aber auch moderne Literatur und – wie er vorausgesagt hatte – historische Liebesromane. Auf den Covern waren Pärchen abgebildet, die mitten in einer verwunschenen Landschaft oder vor einer alten Villa standen.

»Du liest das Zeug wirklich«, bemerkte ich glucksend, während ich das Buch, das ich gerade in der Hand hatte, zurückstellte.

»Ja, klar«, erwiderte Miles, der sich auf die Couch gesetzt hatte und mich beobachtete. »Neulich erst habe ich einen historischen Liebesroman gelesen, in dem ein englischer Herzog sich in eine Dienstmagd verliebt und …«

Der Rest seines Satzes ging in meinem lauten Prusten unter. »Sorry«, stieß ich kichernd hervor. »Aber die Vorstellung, wie du mit einem dermaßen klischeehaften Roman dasitzt, ist einfach zu gut.«

»Hey, das sind tragische und mitunter durchaus tiefgründige Geschichten.« Gespielt empört sah er mich an, und ich setzte rasch einen ernsthaften Gesichtsausdruck auf.

»Aber natürlich.«

»Außerdem lese ich auch historische Fantasyromane, und die sind ziemlich düster«, sagte er, und tatsächlich entdeckte ich den neuesten Roman von Jasper Haven, einem erfolgreichen Schriftsteller aus Schottland.

»Du musst dich für nichts rechtfertigen, es darf schließlich jeder lesen, was er will«, sagte ich, was er mit einem unwilligen Brummen quittierte. Ich ging zu ihm rüber und ließ mich ebenfalls auf das Sofa sinken.

»Willst du eigentlich etwas trinken?«, fragte er. »Oder was essen? Ich … äh … habe Nudeln da und vermutlich irgendwo noch Pesto. Wir können sonst aber auch wie gesagt was bestellen?«

Ich wollte gerade antworten, dass ich durchaus für Nudeln mit Pesto zu haben war, als die Tür im Flur aufging.

»Ich geh gleich einkaufen. Brauchst du noch was?«, ertönte eine weibliche Stimme. Keine Sekunde später betrat Peyton das Wohnzimmer. Bei unserem Anblick blieb sie ruckartig stehen. »Oh.«

Ich warf einen schnellen Blick zu Miles, der sich sofort anspannte und ein Stück aufrichtete.

»Peyton wohnt momentan in meinem Arbeitszimmer«, erklärte er. »Sie hat gerade keine andere Bleibe.«

Ich nickte und versuchte, mir nicht anmerken zu lassen, dass die Information mich aus der Bahn warf. Ich glaubte Miles, wenn er sagte, dass sie nur Freunde waren. Vielleicht war er damals sogar tatsächlich wegen eines Notfalls zu ihr gefahren. Doch sie zu sehen, brachte trotzdem die Erinnerungen zurück. Ich war damals so wahnsinnig verletzt und eifersüchtig gewesen. Auch wenn ich nichts mehr hasste, als unnötiges Drama und Eifersucht auf andere Frauen, brauchte ich einen Moment, um ihren Anblick zu verarbeiten.

»Ich … äh … bin sofort weg«, murmelte sie.

»Warte«, sagte ich und überraschte mich damit selbst vermutlich am meisten. »Wir wollten doch was essen«, wandte ich mich an Miles. »Vielleicht kannst du, Peyton, ein paar Sachen einkaufen, und ich koche etwas? In meiner WG komme ich kaum dazu, weil immer Wyatt am Herd steht. Nicht, dass ich mich darüber beschweren will, aber ein einfaches Curry kriege ich durchaus hin, und ich habe in letzter Zeit schon recht oft bestellt.«

»Klar, bringe ich gern mit«, meinte Peyton.

»Bist du dir sicher?« Skeptisch sah Miles von mir zu Peyton und wieder zu mir. Ich konnte es ihm nicht verdenken. Ich war ja selbst skeptisch. Aber wenn Peyton hier gerade übergangsweise wohnte und ich Miles ab jetzt öfter sah, war es vielleicht nicht schlecht, mit ihr meinen Frieden zu finden.

»Ja«, sagte ich darum und nannte Peyton ein paar Zutaten, die sie sich notierte.

»Alles klar.« Mit einem vorsichtigen Lächeln nickte sie uns zu und verschwand wieder um die Ecke.

Ich drehte mich zu Miles um. Er betrachtete mich nachdenklich, als würde er aus mir nicht schlau werden.

»Ich bin froh, dass du hier bist«, sagte er schließlich.

Wärme breitete sich in mir aus, und ich rückte ein Stück näher zu ihm. »Ich auch«, sagte ich und meinte es auch so. Wieder schwiegen wir kurz, wobei die Luft zwischen uns immer dichter zu werden schien.

»Wo ist eigentlich dein Zimmer?«, fragte ich in die Stille hinein. »Hast du gedacht, du kommst drum herum, mir das zu zeigen?«

Miles sprang auf. »Natürlich nicht« Aus blitzenden Augen sah er mich an. »Bist du bereit für noch mehr klischeebehaftete Bücher und mein ganz persönliches Chaos?«

Er streckte mir eine Hand entgegen, und ich ergriff sie, ohne zu zögern. Nur eine leise, warnende Stimme in meinem Kopf mahnte mich auch jetzt, vorsichtig zu sein. Doch ich ignorierte sie. Ich hatte bereits viel zu oft auf sie gehört.

## 23. KAPITEL

## Miles

Audrey schaute sich mit großen Augen in meinem Zimmer um. Sie inspizierte das Bücherregal neben dem Lesesessel am Fenster, blickte kurz zum großen Bett neben der Tür und schnell wieder weg und begutachtete die Plakate an der Schranktür, die zu Theatervorstellungen gehörten, bei denen ich mitgewirkt hatte.

Da war ein Poster von *Lady Windermeres Fächer* von Oscar Wilde, bei dem ich noch vor meinem Studium mitgespielt hatte. Dann eins von einer Aufführung in meinem ersten Semester – Dürrenmatts *Der Besuch der alten Dame* – und das Abschlussprojekt meines Jahrgangs, ganz klassisch und erwartbar: Shakespeare. *Der Widerspenstigen Zähmung.*

Audrey blieb davor stehen und strich mit der Hand wie beiläufig über das Poster. »Das erste Shakespeare-Stück, das ich gesehen habe, war *Romeo und Julia*, und ich fand es furchtbar.« Sie lachte leise. »Meine Eltern mussten sich dann auf dem gesamten Rückweg anhören, wie unnötig und dämlich der Tod der beiden am Ende war und dass ich das Stück sowieso ganz anders geschrieben hätte. Ich war damals zwölf.« Sie schaute zu mir, und das Funkeln in ihren Augen raubte mir kurz den Atem. Ob sie auch nur den Hauch einer Ahnung hatte, was sie gerade mit mir anstellte?

»Deine Eltern klingen ziemlich cool«, bemerkte ich. »Meine haben sich nie für Theater interessiert.« Der Satz rutschte mir einfach heraus, und ich merkte selbst, wie bitter, wie enttäuscht meine Stimme klang. Obwohl ich es längst besser wissen musste. Es ärgerte mich, dass meine Gefühle, wenn es um Mum und Dad ging, nach wie vor so schnell hochkochten. Aber ein Gedanke an ihre desinteressierte Miene reichte aus, dass sich ein schwerer Druck auf meine Brust legte. Ich erinnerte mich viel zu gut daran, wie ich mich als Kind wieder und wieder angestrengt hatte, um ihre Aufmerksamkeit, ihren Stolz zu erhalten. Aber es war nie genug gewesen.

Ich räusperte mich. »Letztendlich hast du dein Vorhaben ja wahr gemacht und deine Version der Geschichte geschrieben«, fuhr ich schnell fort, um das Thema von meinen Eltern wegzulenken und der Traurigkeit in mir keinen Platz mehr zu geben. »Das ist ziemlich beeindruckend.«

Eine sanfte Röte legte sich auf Audreys Wangen. Sie lehnte sich an die Schranktür und sah mich lächelnd an. »Das sagst gerade du.« Sie blickte mich direkt an, als würde sie *mich* sehen, nur mich. Nicht eine Rolle, die ich spielte, nicht den Kerl, der ihr vor Jahren unwissentlich wehgetan hatte und bei dem sie sich geschworen hatte, ihn nicht wieder nah an sich heranzulassen.

In diesem Augenblick spielte die Vergangenheit keine Rolle. Wir waren lediglich zwei Menschen, zwischen denen eine seltsame, unerklärbare Verbindung entstand. Wenn Audrey mich so ansah wie jetzt, kam etwas in mir zur Ruhe, und ich konnte endlich tief durchatmen.

Ihre Mundwinkel hoben sich ganz leicht, und ich trat einen

Schritt auf sie zu. Es passierte wie automatisch. Als könnte ich die Distanz zwischen uns keine Sekunde länger ertragen. Audreys Augen verdunkelten sich, und ein sehnsuchtsvolles Pochen machte sich in mir breit.

Mit einem Satz überbrückte ich den Abstand. Meine Hände landeten in ihren Haaren, sie fing sich an meiner Brust ab und vergrub dann ihre Finger in meinem Nacken. Das Nächste, was ich spürte, waren ihre Lippen auf meinen. Hungrig, sehnsüchtig. Als hätte sie seit der Party in ihrer Wohnung auf eine Wiederholung gewartet. Ich versank in unserem Kuss und ihrem süßen, frischen Duft. Unsere Zungen berührten sich, und kleine Blitze jagten durch meinen Körper. Ich wollte sie, und so eng, wie sie sich an mich presste, spürte sie das.

Kurz darauf lösten wir uns atemlos voneinander. Audreys Augen leuchteten, ihre Wangen waren gerötet, ihre Lippen rot vom Küssen. In dieser Sekunde setzte mein Herz nicht nur aus, ich verlor es an sie. Dagegen anzukämpfen, wäre ein hoffnungsloser Versuch gewesen. Ich streckte eine Hand aus, strich ihr sanft eine ihrer dunklen Haarsträhnen hinters Ohr und wartete, dass mein Puls sich wieder beruhigte.

»Audrey, ich …« Das Zuschlagen der Wohnungstür unterbrach mich.

»Sorry«, rief Peyton durch den Flur.

Sofort versteifte sich Audrey, und ich machte einen Schritt zurück. Eine steile Falte erschien zwischen ihren Augenbrauen, verschwand jedoch gleich darauf wieder. Sie setzte ein Lächeln auf, das eine Spur zu breit wirkte, um echt zu sein.

Ich runzelte die Stirn. Warum tat sie das? Sie brauchte sich mir gegenüber nicht zu verstellen.

»Ich schätze, wir können jetzt mit dem Kochen beginnen«, murmelte sie, bevor ich ihr das sagen konnte, schlüpfte an mir vorbei und ging in Richtung Tür.

»Warte!« Ich folgte ihr und griff sanft nach ihrem Arm.

Sie drehte sich zu mir um, und diesmal lächelte sie nicht.

»Ist alles okay zwischen uns?«, fragte ich.

Ihre Schultern sanken ein Stück nach unten, als hätte sie sie unbewusst angespannt. »Ja.« Sie biss sich auf die Lippe. »Sorry, ich brauche nur etwas Zeit.«

»Natürlich. Dass Peyton hier ist, macht es nicht gerade leichter, oder?«, schlussfolgerte ich.

»Nicht wirklich, tut mir leid.«

»Das muss es nicht«, sagte ich bestimmt. »Es ist vollkommen okay, dass du Zeit brauchst. Du hast nicht damit gerechnet, dass plötzlich Leute auf der Bildfläche erscheinen, die dich an eine Zeit erinnern, an die du nicht gern denkst. Ich will nur nicht, dass du das vor mir versteckst und mir etwas vorspielst, okay?«

Sie zögerte kurz und nickte schließlich. »Okay. Keine Versteckspiele.«

Etwas an ihrem Zögern verunsicherte mich, aber ich fragte nicht nach. Wenn das zwischen uns – was auch immer dieses *das* genau war – funktionieren sollte, musste ich ihr vertrauen.

Als wir zurück ins Wohnzimmer kamen, stellte Peyton gerade die Einkäufe in der Küche ab.

»Ich hab alles bekommen«, verkündete sie.

»Perfekt, danke«, erwiderte ich.

»Klar, kein Ding. Ich lass euch dann mal wieder allein.« Sie nickte uns kurz zu und verschwand dann in ihrem Zimmer, bevor ich etwas sagen konnte.

»Ich hoffe, sie hat jetzt nicht das Gefühl, nicht hier sein zu können«, meinte Audrey und trat neben mich, um die Einkäufe auszupacken.

»Das glaube ich nicht. Sie hat gerade nur einiges um die Ohren und zieht sich viel zurück.« Außerdem war Peyton vorsichtig, wenn es darum ging, neue Menschen kennenzulernen. Sie kannte Audrey zwar vom Sehen aus der Schulzeit, aber die beiden hatten nie etwas miteinander zu tun gehabt. Dass Audrey mich nach der Party damals ignoriert und ich Peyton wochenlang mit der Frage, was ich falsch gemacht hatte, in den Ohren gelegen hatte, machte die ganze Situation nicht gerade einfacher.

Audrey sah nicht überzeugt aus, beließ es aber dabei. »Dann wollen wir mal starten.« Sie sortierte die Zutaten, legte Reis, Gemüse und Kokosmilch beiseite, während ich ein Schneidebrett und Messer holte.

»Ich kann anbieten, was zu schnippeln. Bei allem anderen bin ich leider aus Sicherheitsgründen raus«, sagte ich mit einem entschuldigenden Lächeln und hob die Hände.

»Das geht klar.« Audrey zwinkerte mir zu, und etwas von der Leichtigkeit, die uns so schnell wieder abhandengekommen war, kehrte zurück.

Die nächsten Minuten arbeiteten wir stumm nebeneinanderher. Audrey setzte den Reis auf und begann, das Gemüse anzubraten, und ich versuchte, sie nicht allzu offensichtlich anzustarren. Schon bald erfüllte der Duft von Curry die Luft, und als Audrey die Temperatur runterdrehte, um das Essen köcheln zu lassen, stellte ich mich hinter sie und schlang die Arme um sie. Sie lachte hell auf, ein Geräusch, das mir durch und durch ging.

Verdammt. Was passierte hier?

Ich vergrub das Gesicht in ihrem Nacken und atmete ihren inzwischen vertrauten Duft ein, während sie sich an mich schmiegte.

Eine Weile standen wir so da, dann machte sie sich von mir los, allerdings nur, um sich zu mir umzudrehen. Mit einer Hand strich sie mir durch die Haare. »Damit hätte ich nicht gerechnet«, sagte sie leise.

Fragend sah ich sie an.

»Na, mit dem hier.« Sie deutete zwischen uns hin und her. »Ich weiß zwar nicht, was morgen oder übermorgen passiert und wie ich dann darüber denken werde, aber gerade fühlt es sich ziemlich gut an, bei dir zu sein.«

Statt einer Antwort zog ich sie an mich und gab ihr einen sanften Kuss auf die Lippen. »Ich bin auch sehr froh, dass du hier bist«, murmelte ich. »Vor allem, weil ich bis heute Nachmittag nicht sicher war, ob du nicht doch einen Rückzieher machen würdest.«

»Das war ich mir auch nicht«, erwiderte sie schmunzelnd. »Aber ich bin froh, dass ich auf mein Bauchgefühl gehört habe. Immerhin kann ich ab jetzt bei Nachtspaziergängen mit den Geschichten über die Sternbilder angeben. In Filmen wirkt der Move jedes Mal überzeugend und romantisch.«

Ich grinste. »Stimmt. Nur musst du die Bilder dann auch finden.«

»Ha, das werde ich dann schon!« Lachend drehte sie sich um und widmete sich wieder dem Essen. »Das Curry ist übrigens so gut wie fertig.«

Ich holte gerade Teller und Besteck aus dem Schrank, als Audrey vorschlug, Peyton zu fragen, ob sie sich zu uns gesellen wollte. Obwohl mich ihre Frage überraschte und ich sie als ein gutes Zeichen wertete, schüttelte ich den Kopf. Es war vielleicht egoistisch, aber ich wollte Audrey für heute Abend nicht mit jemand anderem teilen. Unsere Treffen schienen mir ein bisschen wie ein Balanceakt zu sein. Ich wusste nie, wann die Stimmung kippte und die Vergangenheit dazwischenfunkte. Wann Audrey sich zurückzog oder die Zweifel in mir überhandnahmen. Wenn wir uns auf den Moment konzentrierten, auf das, was uns verband, war es ganz leicht. Mein Puls schnellte in ihrer Nähe in die Höhe und der Rest der Welt verblasste. Sie verschaffte mir eine Pause vom Alltag und meinen Gedanken – etwas, was mir sonst nur auf der Bühne gelang. Doch sobald andere Menschen dazukamen und die Blase zerplatzte, konnte ich nicht länger ignorieren, dass manchmal ein Schatten über Audreys Gesicht huschte und sie dann meinem Blick auswich. Dann wurde ich das Gefühl nicht los, dass sie mir nicht vollkommen vertraute, und ein Teil in mir konnte das nur zu gut nachvollziehen: Wer war ich denn, um wahres Glück zu verdienen und zu glauben, dass es diesmal anders laufen würde? Zu oft schon hatte ich mir Hoffnungen gemacht und war dann enttäuscht worden.

Entschlossen, mich nicht länger in Grübeleien zu verlieren, konzentrierte ich mich wieder ganz auf Audrey und stellte ihr die Teller hin, damit sie sie mit Curry füllen konnte.

»Ich hoffe, es ist nicht zu scharf geworden«, sagte Audrey, während ich mich beeilte, uns Wasser einzuschenken.

»Bestimmt nicht.«

Beladen mit den Tellern und zwei Gläsern Wasser setzten wir uns auf die Couch, und als ich den ersten Löffel probierte, breitete sich sofort der Geschmack nach Curry, Kokosmilch und einer milden Schärfe in meinem Mund aus.

»Wow, das ist megagut«, sagte ich und schob mir direkt den nächsten Bissen in den Mund.

Audrey beobachtete mich lächelnd und widmete sich dann ihrer eigenen Portion.

Während des Essens kamen wir erneut auf das Stück und die Proben zu sprechen. Die Aufführung rückte immer näher, und zum ersten Mal nahm ich auch bei Audrey eine Anspannung wahr.

»Ich hoffe einfach nur, dass das Stück nicht von den Kritiken zerrissen wird. Gerade am Anfang kann das richtig viel kaputt machen.« Sie verzog das Gesicht und griff nach ihrem Wasserglas.

»Das wird es nicht«, versicherte ich. »Es werden vielleicht auch kritische Stimmen dabei sein, Geschmack ist nun mal subjektiv und ein paar Leute müssen immer meckern, aber es werden auch gute Kritiken dabei sein. Dein Stück ist gut, sonst hätten Joanne und Simon es nicht ausgewählt.«

»Theoretisch ist mir das alles klar. Aber du weißt bestimmt, wie das ist, wenn dann jemand das, was du tust, kritisiert. Es tut trotzdem weh.«

Das wusste ich nur zu gut. Die Angst, dass meine Performance auf der Bühne als ungenügend und stümperhaft betitelt wurde, erfasste mich immer noch vor jedem Auftritt. Doch spätestens, wenn der Vorhang aufging und sich die Scheinwerfer auf die Bühne richteten, vergaß ich die Angst.

»Letztendlich ist nur wichtig, dass wir unser Bestes geben«, sagte ich. »Und das tun wir.«

Audrey nickte. »Ich weiß.«

Eine Strähne hatte sich aus ihrem Zopf gelöst und fiel ihr ins Gesicht. Ich betrachtete ihre leicht geröteten Wangen und ihre leuchtenden blauen Augen, die mich noch immer faszinierten.

Genauso wie die Leidenschaft, die sie ausstrahlte, wenn sie über das Theater sprach.

Vermutlich war es für sie nichts Besonderes, hier zu sitzen und über Theaterstücke zu reden. Sie kannte das von zu Hause, von ihren Eltern und Freunden, die sich für ihren Traum interessierten und ihre Begeisterung teilten. Zumindest hatte es in ihren Erzählungen so geklungen. Ich hingegen war jahrelang auf gelangweilte Gesichter gestoßen, wenn es um meinen Beruf ging. Auf Dates hatte das Wort *Schauspieler* zwar jedes Mal für große Augen und interessierte Mienen gesorgt, aber wenn ich anfing, über Inszenierungen zu sprechen, über den Rausch, auf der Bühne alles um mich herum zu vergessen, und wie ich es liebte, in meine Rollen zu schlüpfen, war schnell das Thema gewechselt worden.

Es kam mir wie ein Traum vor, dass ich jetzt mit Audrey hier saß und über meine Leidenschaft reden konnte. Aber sie kannte die Welt, in die ich mich an manchen Tagen am liebsten Hals über Kopf stürzen wollte, bis ich die Realität vergaß.

»Was ist?«, fragte sie behutsam, als hätte sie meinen Stimmungswechsel bemerkt.

Ich streckte die Hand über die leeren Teller hinweg nach ihr aus und verflocht meine Finger mit ihren. »Vielleicht ist es einfach nur ein verrückter Zufall, dass wir uns nach so langer Zeit wieder über den Weg gelaufen sind, aber gerade kommt es mir wie ein verdammt großes Glück vor.« Ich verzog kurz das Gesicht. »Du merkst, die historischen Romane hinterlassen so ihre Spuren, was kitschige Aussagen angeht.«

Audrey lachte auf. »Damit komme ich sehr gut klar. Und jetzt gerade kommt es mir auch wie ein Glück vor. Oder zumindest nicht mehr wie eine Katastrophe.«

Ich riss die Augen auf. »Hast du mich gerade als Katastrophe betitelt?«

Sie schüttelte schmunzelnd den Kopf. »Das würde ich nie tun.«

»Das will ich doch hoffen.« Ich stimmte in ihr Lachen ein und genoss die Leichtigkeit, die sich in mir ausbreitete.

Für heute Abend fiel es mir leichter, nicht ständig an Peyton und ihre Sorgen zu denken. Oder an meine Eltern und warum sie auf meine letzte Nachricht mit den konkreten Aufführungsdaten nicht eingegangen waren. Oder an die Zukunft und die Frage, ob ich es schaffen würde als Schauspieler. Ob ich gut genug war. Die Zweifel würden mich früh genug wieder einholen, weshalb ich mir schwor, die Zeit mit Audrey voll auszukosten.

Nach dem Essen blieben wir noch eine ganze Weile sitzen und redeten, wobei Audrey immer müder wurde. Um kurz vor neun brach sie schließlich auf, um zurück in ihre WG zu laufen. Am liebsten hätte ich sie begleitet, aber das wollte sie nicht. Ich respektierte ihre Entscheidung – wenn auch etwas widerwillig. Als sie mir zum Abschied einen Kuss gab, kam er mir viel zu kurz vor, dennoch hallte er noch lange, nachdem sie weg war, in meinem Körper nach.

Erst im Bett fiel mir auf, dass wir nicht darüber gesprochen hatten, was genau das zwischen uns war und wie wir uns im Theater gegenübertreten würden. Aber vielleicht brauchte es das Gespräch auch noch gar nicht. Vielleicht reichte es für den Moment, sich auf das Jetzt zu konzentrieren.

## 24. KAPITEL

# Audrey

Der Schweiß stand mir auf der Stirn, als ich den nächsten Hieb platzierte. Mein ganzer Körper pochte vor Anstrengung. Nach zwei weiteren Schlägen trat ich atemlos einen Schritt zurück. Die Trainingsstunde war in ein paar Minuten vorbei, und wie immer tat es unendlich gut, mich ordentlich auszupowern. Was als Maßnahme, damit ich mich sicherer fühlen konnte, begonnen hatte, war zu einem Hobby geworden, das ich nicht mehr missen wollte. Bei kaum einer Sache konnte ich so den Kopf ausschalten und runterfahren wie beim Kickboxen.

Die Probe heute war erfolgreich verlaufen, und meine Vorfreude auf die Aufführungen wuchs immer mehr. Genauso wie die Nervosität, die mich nicht mehr loszulassen schien. Aber das gehörte vermutlich dazu. Felicity hatte mir versichert, dass in den Tagen vor der Premiere, alle angespannt waren, sich das Gefühl aber in Nichts auflösen würde, sobald der erste Vorhang fiel. Ich vertraute auf ihre Erfahrung und versuchte, mir nicht zu viele Gedanken zu machen. Das Training hatte auf jeden Fall geholfen.

Ich nickte meinem Trainingspartner für diese Stunde zu und griff nach meiner Wasserflasche. Kühl rann die Flüssigkeit meine

Kehle runter. Als Pete die Stunde beendete, verabschiedete ich mich von den anderen, die noch irgendetwas wegen eines Tags der offenen Tür besprechen wollten, und ging allein zurück in die Umkleide.

Als ich wenig später auf dem Rückweg nach Hause war, wanderten meine Gedanken wieder einmal zu Miles. Wir sprachen während der Arbeit nicht viel miteinander, vermutlich, weil wir beide fürchteten, nicht professionell bleiben zu können, wenn wir uns zu lange in die Augen sahen. Mir ging es zumindest so. Ein Schauer durchlief mich, als ich wieder an unser Date und den Abend bei ihm dachte, auch wenn es nicht perfekt gewesen war. Peytons Auftauchen hatte mich kurz aus dem Konzept gebracht, was dann natürlich etwas die Stimmung gedämpft hatte. Und dann war da noch das Flackern in Miles' Blick gewesen, das manchmal auftauchte und von dem er vermutlich dachte, ich würde es nicht bemerken. Irgendetwas belastete ihn, irgendwelche inneren Dämonen, die ihm das Lächeln vom Gesicht wischten. Es hatte schon in unserer Schulzeit Augenblicke gegeben, in denen er seltsam verloren gewirkt hatte. Wenn mein Blick im Gang, auf dem Schulhof oder im Unterricht mal wieder zu ihm gehuscht war, hatte er nicht selten in die Ferne gestarrt und gewirkt, als wäre er meilenweit entfernt. An einem dunklen Ort, wo es den humorvollen aufgeschlossenen Miles nicht länger gab.

Ich schüttelte den Kopf über mich selbst, bog in meine Straße ab und schloss kurz darauf die Wohnungstür auf. Es wurde höchste Zeit, dass ich aufhörte, überall Gespenster zu sehen. Vielleicht gab es dieses eine Mal gar keinen Grund zur Sorge. Ich hatte mir in den letzten Jahren nicht das Leben erkämpft, von dem ich immer geträumt hatte, um mir jetzt immer noch ständig Sorgen zu machen. Ich sollte mich auf das Positive konzentrieren. Also, Schluss mit den Grübeleien.

Entschlossen betrat ich die Wohnung. Im Wohnzimmer entdeckte ich Wyatt, der mit einem Buch auf dem Sofa saß und kurz aufblickte, als er mich hörte.

»Hi, Audrey.« Seine Stimme klang seltsam hohl. Ich runzelte die Stirn. Wyatt hatte sich in den letzten Tagen öfter zurückgezogen als sonst.

»Ich geh kurz duschen, und wenn du magst, kann ich mich danach ein bisschen zu dir setzen. Also, wir müssen nicht darüber reden, was dich bedrückt, aber falls du Gesellschaft willst?«, fragte ich.

Er nickte bloß, aber ich glaubte, so etwas wie Erleichterung über sein Gesicht huschen zu sehen. Schnell ging ich in mein Zimmer, schnappte mir frische Klamotten und verschwand im Bad.

Als ich kurz darauf frisch geduscht in die Wohnzimmerecke ging, saß Wyatt noch immer über das Buch gebeugt da. Mein Blick glitt über seine dunklen kurzen Haare, den weiten Kapuzenpulli und die verwaschene Jeans. Er war attraktiv mit dem leichten Bartschatten und den markanten Gesichtszügen, die weich wurden, wenn er lachte. Was er oft tat. Nur in den letzten Tagen nicht.

Ich ließ mich auf den Sessel schräg gegenüber fallen und streckte die Beine aus. Die Mattigkeit, die mich nach einem Training ergriff … Wenn ich körperlich erschöpft, aber zufrieden und ausgepowert war, das war eins meiner liebsten Gefühle.

»Wie war das Training?« Wyatt legte das Buch beiseite und sah mich aufmerksam an.

»Gut. Ich bin total froh, den Kurs gefunden zu haben.«

Er lächelte flüchtig. »Das sieht man dir an.«

»Ja, ich brauche das. Einfach mal den Kopf ausschalten.«

»Das kenne ich. Mir geht's bei Musik so. Wenn ich einen Song laut aufdrehe, übertönt er selbst die lautesten Gedanken. Deshalb mag ich den Job in der Bar auch so. Da ist es nie still. Die Musik dort ist zwar nicht die Beste, und das ganze Popgedudel geht mir manchmal auf die Nerven, aber auch das erfüllt seinen Zweck.« Nachdenklich sah er auf den kleinen Couchtisch und fuhr sich durch die Haare.

»Ich bin auch kein großer Fan von Stille«, gab ich zu. »Wobei ich gelernt habe, sie etwas länger auszuhalten. Am Theater habe ich täglich mit so vielen Leuten zu tun, und Schauspieler gehören selten zur stillen, schüchternen Sorte. Da lernt man dann, die Ruhe zu Hause noch mal anders zu genießen.« Grinsend dachte ich an Felicity und Miles, die problemlos minutenlang über eine Szene diskutieren konnten, ohne richtig Luft zu holen.

»Das kann ich mir gut vorstellen«, erwiderte Wyatt schmunzelnd. »Ich wohne immerhin seit drei Jahren mit Sutton zusammen …«

Wir sahen uns an und lachten gleichzeitig los. Diesmal erreichte es auch Wyatts Augen, und seine Haltung lockerte sich, als wäre gerade ein Stück seiner Anspannung abgefallen.

In der nächsten Sekunde erstarb sein Lachen jedoch schlagartig, und er wurde wieder ernst. »Wenn ich ehrlich bin, sollte ich mir vermutlich öfter Zeit zum Innehalten nehmen und wirklich mal runterfahren«, sagte er. »Wenn ich nicht in der Bar oder im Touriladen bin, bin ich hier in der WG mit dir oder Sutton zusammen oder versuche, so oft es geht, Emy zu sehen.«

Unwillkürlich lehnte ich mich ein Stück nach vorn und wartete darauf, dass es weiterredete. Er hatte Emys Namen bisher nur ein paar wenige Male erwähnt. Ich wusste bis heute nicht, wie er zu Emys Mutter stand, was zwischen den beiden vorgefallen war und ob er mit der aktuellen Situation zufrieden war. Die Fragen waren mir zu persönlich gewesen.

Interessieren würde es mich natürlich trotzdem.

»Du besuchst sie an zwei Tagen in der Woche, richtig?«, fragte ich vorsichtig nach, weil ich mich daran erinnerte, dass er das mal erwähnt hatte.

»Genau.« Ein Muskel an seinem Kiefer zuckte, und die Leichtigkeit, die eben in der Luft gelegen hatte, war schlagartig wie weggewischt. »Das ist die Vereinbarung mit Veronica, ihrer Mutter. Emy wächst bei ihr auf, was damals die beste Entscheidung zu sein schien. Veronica wohnt direkt über ihren Eltern, sodass sie hin und wieder auf Emy aufpassen und die beiden mit Essen, Wäsche und so weiter unterstützen können. Ich hingegen wohne in einer WG und arbeite als Barkeeper.« Er schnaubte. »Nicht gerade ein kinderfreundlicher Lebensstil.«

Ich musterte ihn eingehend. Ein bitterer Zug lag um seinen Mund. Auch wenn er nicht abfällig über Veronica sprach, wurde doch deutlich, wie unglücklich er mit der Situation war.

»Nur weil das damals das Beste erschien, muss es ja heute nicht mehr so sein, oder?«, warf ich ein. »Ich meine, du bist ein verantwortungsvoller Mensch! Du versorgst ja sogar Sutton und mich hier mit Essen …«

Er lächelte schief. »Ich weiß nicht, ob das als Argument ausreicht, meine Tochter öfter sehen zu dürfen. Mit drei Tagen wäre ich ja schon zufrieden. Und damit, sie endlich auch mal mit zu mir nehmen zu dürfen und nicht immer nur in *ihrer* Wohnung zu sein.«

Ich nickte langsam. Das war es also, was ihn belastete. »Aber Veronica will das nicht?«

Er seufzte tief und richtete sich ein Stück auf. »Sie hat von Anfang an gesagt, dass sie unbedingt will, dass ich als Vater für Emy da bin. Aber ihre Eltern können mich nicht leiden und reden ihr ein, dass ich mein Leben nicht im Griff hätte und es besser sei, wenn ich Emy nur in einem geschützten Rahmen sehe. Sprich, in ihrer Wohnung, auf ihrem Spielplatz um die Ecke, in ihrem Garten … Emy war ein einziges Mal hier, und das ist inzwischen ein Jahr her.« Er zuckte mit den Schultern. »Das Wichtigste ist, dass es Emy gut geht. Alles andere wird sich mit der Zeit hoffentlich geben.«

»Das hoffe ich«, sagte ich leise. »Ich bin mir nämlich ziemlich sicher, dass du ein großartiger Vater bist. Und Emy würde es hier mit Sutton und mir bestimmt auch gut gehen.«

»Das denke ich auch. Jetzt muss ich nur Veronica noch davon überzeugen … Wenn bloß ihre Eltern ihr nicht ständig einen Floh ins Ohr setzen würden.« Er schüttelte den Kopf. »Wären sie nicht Emys Großeltern, würde ich den beiden nicht mal mehr mit Respekt begegnen.«

Ich sah ihn mitfühlend an. »Das verstehe ich. So was ist beschissen.«

Einen Moment lang schwiegen wir beide.

»Ich würde Emy jedenfalls gern mal kennenlernen«, schob ich schließlich hinterher.

Ein Lächeln erschien auf Wyatts Lippen. »Du würdest sie mögen. Sie ist gerade in einer Phase, in der sie so ziemlich jeden verzaubert.« Es war verblüffend, wie sein Gesicht sich veränderte, wenn er über seine Tochter sprach. Alles an ihm strahlte pure Liebe aus.

»Irgendwann klappt es sicher«, sagte ich zuversichtlich.

»Ich hoffe es wirklich.« Wyatt stand auf und steuerte die Küche an. »Willst du auch was zu trinken? Oder was zu essen? Ich bin gerade nicht in der Stimmung zu kochen, aber Sutton hat noch Frühlingsrollen im Gefrierschrank, und ich könnte noch eine Tiefkühlpizza beisteuern.«

»Das klingt gut! Ich habe noch ein bisschen Salat im Kühlschrank, den kann ich uns dazu machen.« Ich stand ebenfalls auf und folgte Wyatt.

Während ich den Salat zubereitete, holte Wyatt seine Musikbox, und kurz darauf drangen jazzige Klänge durch die Küche. Wyatt schenkte uns zwei Gläser Wein ein, und wir machten es uns erneut im Wohnzimmer gemütlich, während wir auf das Essen warteten.

»Wie läuft es eigentlich bei dir?«, fragte Wyatt nach ein paar Minuten. »Sutton hat erzählt, du hattest ein gutes Date mit dem Schauspieler?«

»Er heißt Miles«, gab ich belustigt zurück. Manchmal verhielt sich Wyatt wie ein besorgter großer Bruder, wenn es um Sutton und mich ging. Dabei hatten wir ihm schon mehrfach gesagt, dass er diese Nummer sein lassen konnte, weil wir bestens ohne veraltete männliche Beschützernummer zurechtkamen. »Und ja, wir hatten ein schönes Date.« Ich nippte an dem Wein und sank tiefer in den Sessel. Erinnerungen an Miles' Lippen auf meinen, seinen Händen in meinen Haaren und wie er mich fest an sich zog schossen durch meinen Kopf. Ich merkte erst, dass ich lächelte, als Wyatt mich grinsend darauf aufmerksam machte.

»Du magst ihn«, stellte er fest.

»Ja, schon. Es ist seltsam, ich kenne ihn von früher, und gleichzeitig denke ich manchmal, dass ich ihn kaum kenne. Er hat sich verändert – genauso wie ich –, und in vielen Momenten glaube ich, dass wir tatsächlich eine zweite Chance bekommen haben. Dass wir vielleicht erst ganz unterschiedliche Wege gehen mussten, um dann doch in derselben Stadt, am selben Theater zu landen. Ich meine, wenn ich daran denke, dass er ausgerechnet in meinem Stück die Hauptrolle spielt …« Ich trank einen weiteren Schluck und stellte das Glas schließlich auf dem Couchtisch ab. »Das ist völlig unwirklich. Und gleichzeitig kann ich die Sorgen nicht ganz abstellen. Miles ist kein unkomplizierter, einfacher Mensch. Ich spüre, dass er Päckchen mit sich herumträgt, auch wenn er nicht darüber spricht. Keine Ahnung. Ich mache mir vermutlich viel zu viele Gedanken darüber. Dabei sollte ich das Glück genießen.«

»Solltest du«, sagte Wyatt. »Aber ich verstehe dich. Ich bin da genauso. Manchmal frage ich mich, wie Sutton die Dinge immer so dermaßen optimistisch angehen kann. Sie geht ständig vom Besten aus. Das ist beneidenswert.«

»Früher war ich auch so«, rutschte es mir heraus. Vor der Party, vor der Sache mit Nathan. Da hatte ich zu den Menschen gehört, die auf der Sonnenseite des Lebens standen und das auch ausstrahlten. Doch seit ich mich auf der Rückbank eines Autos wiedergefunden hatte, während fremde Hände mich berührten, obwohl ich es nicht wollte, war etwas von dem Urvertrauen in die Welt zerbrochen. Ich würde mich nicht als pessimistisch bezeichnen, ich begegnete dem Leben durchaus mit einer Menge Positivität, aber die unbedarfte Leichtigkeit, der Glaube, dass mir niemand etwas Böses wollte, war damals gestorben. Nathan hatte mir diesen Glauben genommen. Ich würde nie wieder das leichtgläubige naive Mädchen sein können, das ich damals gewesen war. Und dafür hasste ich ihn vermutlich am meisten.

Wyatt fragte nicht nach, und ich erklärte nicht, was ich meinte. Wir nippten an unserem Wein, und ich stand schließlich auf, um nach den Frühlingsrollen und der Pizza zu sehen.

»Ich weiß nicht, was hinter dir liegt und welche Erinnerungen dir manchmal zu schaffen machen«, sagte Wyatt, als ich mich wieder ins Wohnzimmer setzte. »Aber du bist verdammt stark, und ich finde es wahnsinnig beeindruckend und auch inspirierend zu sehen, wie du deinen Traum lebst.«

Gerührt sah ich ihn an. Eindringlich und sanft zugleich lag sein Blick auf mir, und plötzliche Wärme breitete sich in mir aus.

Es hatte mich viel Überwindung gekostet, London und meine Freunde, Debby und meine Eltern hinter mir zu lassen und hier in Chesthill neu zu starten. Auch wenn ich sie jederzeit besuchen konnte. Doch Sutton und Wyatt waren mir in den letzten Wochen ans Herz gewachsen. Obwohl ich sie noch nicht lange kannte, fühlten sie sich bereits wie ein Stück Familie an, und das machte mich unendlich dankbar.

»Danke.« Ich blinzelte gegen die Tränen an, die mir in die Augen schossen.

»Was ist denn hier los?« Suttons Stimme erklang, und wir sahen gleichzeitig zu ihr. »Ist das hier etwa eine Heulparty ohne mich?«

Sie kam ins Wohnzimmer, beugte sich zu mir herunter und umarmte mich fest, bevor sie Wyatt einen Kuss auf die Wange drückte, sich neben ihn setzte und nach seinem Wein griff.

Lachend blinzelte ich die Tränen weg. »Ihr seid ziemlich tolle Mitbewohner, wisst ihr das?«

»Ja«, sagte Sutton mit einer Ernsthaftigkeit, die mich nur noch mehr lachen ließ. »Moment mal, riecht es hier etwa nach meinen Frühlingsrollen?« Sie sprang auf und lief in die Küche.

Wyatt und ich tauschten einen schnellen Blick und zogen gleichzeitig den Kopf ein, als sie mit verschränkten Armen zurückkam.

»Gut für euch, dass ich gern teile«, meinte sie allerdings nur, und so verbrachten wir den Rest des Abends im Wohnzimmer.

Nach dem Essen holte Sutton ein Kartenspiel, Wyatt zauberte irgendwann eine Portion Scones, die wir noch warm mit Marmelade aßen, und Sutton bestand darauf, Wyatts Jazz mit Countrymusik abzulösen, was abgesehen von ihr niemanden so wirklich begeisterte. Es waren gelöste Stunden, die ich direkt in mein Herz packte und dort für weniger gute Tage speicherte.

Erst als ich im Bett lag, kamen die Gedanken an das Gespräch mit Wyatt zurück. Würde ich je wieder zu der Sorglosigkeit zurückfinden, die in meiner Jugend wie selbstverständlich ein Teil von mir gewesen war? Unruhig drehte ich mich auf die Seite.

Als ich nach Chesthill gekommen war, war ich überzeugt gewesen, die Vergangenheit mit all ihren unschönen Teilen hinter mir gelassen zu haben. Aber die letzten Wochen hatten mir gezeigt, dass ich mich geirrt hatte. Ich hatte noch immer Probleme, zu vertrauen und mich vollkommen fallen zu lassen. Wieder an das Gute zu glauben und die Was-wenn-es-schief-geht-Gedanken zu verdrängen.

Doch ich würde daran arbeiten. Das nahm ich mir fest vor, während ich mich tiefer in das Kissen kuschelte.

## 25. KAPITEL

# Audrey

»Ich werde dir nie wieder vertrauen können!« Felicitys Stimme schallte schrill und laut durch den Proberaum. »Du bist völlig irregeworden. Ich erkenne dich gar nicht wieder.«

Miles wich zurück. Mit verzerrtem, wütendem Gesichtsausdruck starrte er sie an.

Mir blieb regelrecht die Luft weg. Ich hatte die beiden inzwischen oft zusammen auf der Bühne erlebt, trotzdem haute mich die Verbindung zwischen ihnen um. Sie wurden vollkommen zu ihren Rollen, und die Emotionen, die sie dabei rüberbrachten, bescherten mir eine Gänsehaut. Ich hatte schon einige gute Schauspieler gesehen, aber noch nie war es dabei um mein eigenes Stück gegangen. Manchmal ertappte ich mich sogar dabei, wie ich die Zeilen lautlos mitsprach. Mit jeder Woche, der wir uns der Premiere näherten, wurden die Proben intensiver, die Emotionen stärker, die Stimmung erwartungsvoller.

In den letzten beiden Wochen hatte ich bis auf die Wochenenden jeden Tag zehn Stunden am Theater und bei den Proben verbracht. Joanne trieb weiterhin alle zu Höchstleistungen an, und Simon war mit seinem Kopf längst bei den Aufführungen und was bis dahin noch alles organisiert und fertiggestellt werden musste.

Ich liebte die aufgekratzte und zugleich konzentrierte Stimmung. Alle rückten etwas näher zusammen und wurden fast zu einer Familie.

»Das war gut, aber ich glaube, wir können noch mehr aus der Szene rausholen.« Joanne stand auf und ging zur Bühne. Sie wies Felicity an, sich anders zu positionieren, und sagte etwas zu Miles, was ich nicht verstand.

Ich nutzte die kurze Pause, um Debby endlich auf ihre letzte Nachricht zu antworten, die schon wieder drei Tage zurücklag, und ihr zu bestätigen, dass wir uns am Wochenende wiedersehen würden, wenn ich nach Hause fuhr. Mum feierte ihren Geburtstag und machte daraus wie üblich ein großes Gartenfest mit sämtlichen Freunden und Bekannten.

»Okay, einen Durchgang noch, und dann machen wir mit der nächsten Szene weiter«, sagte Joanne, und ich drückte rasch auf Senden, bevor ich meine Aufmerksamkeit wieder auf die Bühne richtete.

Die Schauspieler spielten die Szene erneut, nur diesmal stand Felicity mehr nach vorn gewandt, was allerdings Miles zu sehr in den Hintergrund rücken ließ.

»Was meinst du?«, fragte Joanne.

»Hm, ich bin unschlüssig. Darf ich was ausprobieren?«

Sie machte eine einladende Geste. »Na klar, nur zu.«

»Okay.« Ich wandte mich Felicity zu. »Wie wäre es, wenn du dich in der Szene auf einen Hocker setzt und Miles mit etwas Abstand hinter dir steht? Dann sieht man ihn besser und trotzdem liegt der Fokus auf dir.«

In dieser Szene fasste Julie den Entschluss, auf der großen Modenschau, bei der ihre Kollektion ausgestellt wurde, dabei zu sein, was Johnny wiederum eifersüchtig machte. Er wollte sie lieber für sich und fürchtete, sie durch ihren Erfolg zu verlieren. Was Julies Befreiung von Johnnys obsessiver Liebe war, war sein Tiefpunkt. Zumindest hatte ich es mir so beim Schreiben gedacht. Und wenn meine Idee funktionierte, würde der Hocker Julies Stärke und Johnnys Schwäche in dieser Szene verstärken.

Alle waren einverstanden, es so zu probieren, und nachdem Juan einen Hocker gebracht hatte, der für eine spätere Szene am Rand der Bühne stand, gingen sie die Szene ein weiteres Mal durch.

»Ja, so finde ich es gut«, lautete Joannes Urteil, und auch ich war zufrieden. Damit Felicity und Miles die Änderungen noch verinnerlichen konnten, ließ Joanne sie die Szene noch zweimal durchspielen, erst dann ging sie zur nächsten Szene über.

Nach weiteren unzähligen Durchgängen entließ Joanne uns endlich in die Pause. Da es draußen regnete, schnappte ich mir meine Sachen und machte es mir im Aufenthaltsraum bequem, während die Schauspieler sich kurzerhand mit ihren Snacks auf die Bühne setzten und dort Pause machten. Keine Minute, nachdem ich mich auf eines der beigen Sofas gesetzt hatte, betrat Miles das Zimmer. Sein Blick fand meinen, und sofort waren die Schmetterlinge in meiner Magengrube zurück.

Wir schlichen seit Tagen umeinander herum. Seit dem Abend bei ihm hatte es zwar heimliche Küsse, gemeinsame Kaffeepausen, ein Treffen am Wochenende und noch mehr Küsse gegeben. Aber weil die Proben so zeitintensiv waren und er selbst spätabends und am Wochenende mit Felicity noch Dialoge durchgegangen war, hatten wir nicht so viel Zeit zu zweit gehabt, wie ich mir gewünscht hätte.

»Hallo, Fremde.« Er warf mir eines seiner verschmitzten Lächeln zu, bei denen seine Grübchen auftauchten und mein Herz sich zusammenzog.

»Fremde?« Ich zog die Augenbrauen hoch.

»Na ja, so wenig, wie ich dich momentan zu Gesicht bekomme …« Er setzte sich neben mich aufs Sofa, nah genug, dass unsere Beine sich berührten.

»Du siehst mich jeden Tag«, bemerkte ich.

Miles wandte den Kopf in meine Richtung und schaute mich direkt an. Das Kribbeln verstärkte sich, und mein Puls schnellte in die Höhe. Wie beiläufig streckte er eine Hand aus und strich sanft über meinen Arm.

»Ja, aber ich sehe nur die Arbeits-Audrey. Das zählt nicht.«

Belustigt schüttelte ich den Kopf. »Die Arbeits-Audrey?«

»Du weißt schon, die Audrey, die ich während der Proben nicht berühren und an mich ziehen darf. Die Audrey, die konzentriert ist und ständig so eine wichtige Miene aufsetzt und die meinen Blicken nicht selten ausweicht.«

Ich blinzelte und brauchte einen Augenblick, um seine Worte sacken zu lassen. Frech grinste Miles mich an, als wüsste er genau, was seine Nähe mit mir machte.

»Du bist unmöglich«, murmelte ich. »Ich sorge hier dafür, dass alles professionell bleibt, und du machst mir Vorwürfe?«

»Keine Vorwürfe«, sagte Miles sofort. Mit dem Daumen malte er unsichtbare Kreise auf meinen Arm. Bemerkte er die Gänsehaut? Die Funken, die er in mir entfachte, wenn er mich berührte?

»Ich finde die Arbeits-Audrey sehr beeindruckend. Ich vermisse nur die Audrey, die ich küssen kann, wann immer ich will.«

Sein Blick war offen und frei von Zweifeln. Wo auch immer die Schatten herkamen, die manchmal über sein Gesicht huschten, jetzt gerade hatten sie keine Macht über ihn.

Statt einer Antwort, lehnte ich mich in seine Richtung, griff sanft nach seinem Kinn und zog ihn zu mir heran. Unsere Lippen streiften sich erst zärtlich, fast zögerlich, dann leidenschaftlicher. Miles vergrub eine Hand in meinem Nacken, ich lehnte mich an ihn, versank in unserem Kuss und blendete alles um mich herum aus. Seine Zunge suchte nach meiner, und ich seufzte leise auf. Miles verstärkte seinen Griff, und spätestens jetzt war es, als stünde mein ganzer Körper unter Strom.

Ich hatte mich in den letzten Jahren oft gefragt, ob ich je wieder so geküsst werden würde, dass ich den Boden unter den Füßen verlor. Dass ich glaubte, zu fliegen, und dass all die Ängste keine Rolle mehr spielten. Dass ich für ein paar kostbare Sekunden lang wieder die naive, freie Audrey war, der nie jemand ein Leid zugefügt hatte.

Während Miles mit der anderen Hand mein Gesicht umfasste, sich kurz von mir löste, nur um mich im nächsten Augenblick sanft ein weiteres Mal zu küssen, hatte ich meine Antwort. Es jagte mir eine Scheißangst ein, aber Miles schaffte es, dass ich mich fallen ließ. Zumindest bis die Tür aufgestoßen wurde und ich mich schlagartig daran erinnerte, wo ich war.

Ich fuhr zurück und sah ertappt zu Felicity, die mit hochgezogenen Augenbrauen im Türrahmen stand.

»Äh, ich geh dann mal woandershin.« Sie zeigte irgendwo hinter sich, aber ich schüttelte hastig den Kopf.

»Nein, du störst nicht.«

Sie runzelte die Stirn, genau wie Miles, der mich mit einer Mischung aus Belustigung und Bedauern ansah.

Ich sprang auf. »Ich muss sowieso noch telefonieren, und die Probe geht ja gleich weiter.« An der Tür blieb ich stehen und drehte mich noch mal zu Miles um. »Sorry, hier hat die Arbeits-Audrey Vorrang, aber es gibt ja noch so was wie Feierabend.«

Ohne eine Antwort abzuwarten, huschte ich an Felicity vorbei nach draußen. Ich durchquerte den Flur und schlüpfte in den Proberaum, der gerade leer war. Offenbar hatten sich die anderen doch noch trotz des Regens nach draußen verzogen.

Mit wild klopfendem Herzen ließ ich mich gegen die Wand neben der Tür sinken. Ich schmeckte Miles' Küsse noch immer auf meiner Zunge, und meine Knie waren seltsam weich. Was machte er nur mit mir? Ich strich mir durch die Haare, ein breites Grinsen lag auf meinen Lippen, gleichzeitig warf ich mir selbst vor, so leicht vergessen zu haben, wo ich mich befand. Wenn Joanne oder Simon reingekommen wären statt Felicity – daran wollte ich nicht einmal denken.

Affären oder Beziehungen waren am Theater nichts Ungewöhnliches. Gerade weil alle im Team so eng zusammenarbeiteten und dieselbe Leidenschaft teilten, kamen sich nicht selten Leute bei der Arbeit näher. Dennoch warf es kein sonderlich gutes Licht auf mich, wenn ich bei meiner ersten Produktion, bei der es sich auch noch um mein eigenes Stück handelte, ausgerechnet mit der Hauptrolle am Arbeitsplatz rumknutschte.

Als mein Handy, das ich in der hinteren Hosentasche stecken hatte, brummte, zog ich es hastig heraus. Mum. Schlagartig wurden meine Wangen noch etwas wärmer, was albern war, weil sie mich nicht sehen und unmöglich wissen konnte, was ich in den letzten Minuten getan hatte.

»Hey, Mum«, sagte ich und ärgerte mich sofort über meine leicht atemlose Stimme.

»Audrey, Liebes. Alles gut?«

»Alles bestens.« Meine Mutter hatte schon immer eine feine Antenne gehabt, wenn es um das Wohlergehen anderer Menschen ging. Entweder sie meldete sich, wenn die Welt gerade unterging oder wenn sie kopfstand. Manchmal traf auch beides gleichzeitig zu.

»Ich wollte nur noch mal hören, wann du am Wochenende kommst.«

»Wir haben Freitag bis nachmittags Probe, eigentlich noch länger, aber Joanne hat uns allen ein freies Wochenende versprochen, weil es in letzter Zeit so viel war. Deshalb sollte ich so gegen sechs Uhr da sein.«

»Okay, super. Pass aber auf, dass du dich nicht überarbeitest, ja?« Der sorgenvolle Ton in Mums Stimme würde wohl nie ganz verschwinden, wenn es um mich ging. Nach der Sache mit den K.-o.-Tropfen war es am schlimmsten gewesen. Nicht so schlimm wie bei Dad, der mich am liebsten nie wieder aus dem Haus gelassen hätte, aber dennoch. Ich hatte hart darum kämpfen müssen, dass sie mich mit ihrer Sorge und Liebe nicht erdrückten. Andererseits konnte ich es ihnen nicht verdenken. Es musste verflucht beschissen sein, wenn dem einzigen Kind etwas angetan wurde.

»Mache ich«, sagte ich beschwichtigend. »Die Arbeit macht viel Spaß, und alle sind mit Feuereifer dabei. Es ist auf jeden Fall eine sehr positive und gute Atmosphäre.«

»Das freut mich.« Mum klang direkt etwas entspannter. »Und in deiner WG läuft es auch gut?«

»Ja, meine Mitbewohner sind super.«

»Wie schön. Wenn du willst, kannst du sie gern am Wochenende mitbringen.«

Das war typisch für Mum. Sie lud immer alle möglichen Leute zu ihrem Geburtstag ein, der vielmehr ein Gartenfest war, bei dem es ihr darum ging, alle mal wiederzusehen und neue Leute kennenzulernen.

»Debby wird auch kommen, oder?«, fuhr sie fort.

»Ja, sie wollte sowieso mal wieder bei ihren Eltern vorbeischauen und meinte, das passt dann dieses Wochenende ganz gut.«

»Perfekt.«

Ein Rascheln erklang im Hintergrund und kurz darauf Dads Stimme. »Ist das Audrey?«

»Ja, es geht ihr gut«, ließ Mum ihn wissen.

Lächelnd hörte ich zu, wie die beiden sich gedämpft unterhielten, bevor Mum wieder mit mir sprach.

»Entschuldige, dein Vater hat mich abgelenkt. Er dekoriert schon seit heute Morgen den Garten und übertreibt es mal wieder mit den Lichterketten.«

Mein Lächeln wurde breiter. »Du liebst es doch, wenn der ganze Garten so hell erstrahlt, dass er der Drehort eines kitschigen Nicolas-Sparks-Films sein könnte«, erwiderte ich. Kurz tauchte der Gedanke auf, dass das wohl auch Miles gefallen dürfte. Oder mochte er Kitsch nur in Büchern und Theaterstücken?

Wie aufs Stichwort betraten Felicity und Miles den Raum.

»Ich muss Schluss machen, Mum. Die Proben gehen gleich weiter.«

»Alles klar. Wir freuen uns auf dich!«

»Ich freu mich auch. Tschüss!«

Ich steckte mein Handy weg und bemerkte, dass Miles mich mit unergründlicher Miene ansah. Das Funkeln, das vorhin in seinen Augen gelegen hatte, war verschwunden. Stattdessen lag eine steile Furche zwischen seinen Augenbrauen.

Offenbar waren die Dämonen wieder zurück.

Am liebsten hätte ich nachgefragt, aber jetzt kamen auch die anderen Schauspieler und Joanne zurück. Die Arbeit ging weiter.

Ich erwischte Miles an der Straße vor dem Theatergebäude. Er war gerade dabei, sich auf den Heimweg zu machen. Zumindest ging ich davon aus.

»Miles, warte!«, rief ich. Mit ein paar schnellen Schritten holte ich ihn ein. »Ist alles okay?«

»Ja.« Er wich meinem Blick aus und starrte auf die regennasse Straße. Ich glaubte ihm kein Wort.

»Ich wünschte auch, wir hätten mehr Zeit zusammen«, sagte ich leise.

»Ja, das wäre schön.« Er zögerte kurz und drehte dann den Kopf in meine Richtung. »Wie sieht es bei dir am Wochenende aus? Hätte ich da die Chance, mal wieder die nicht Arbeits-Audrey zu sehen?« Er zwinkerte mir zu, und auch wenn ich ihm seine Fröhlichkeit nicht ganz abkaufte, wirkte er entspannter als noch vor wenigen Sekunden.

»Ich bin leider am Wochenende weg. Meine Mum feiert Geburtstag. Sie macht daraus jedes Mal ein riesiges Fest, zu dem jede Menge Leute kommen.«

Ein Schatten huschte über Miles' Gesicht. »Schade.« Er richtete seine Aufmerksamkeit zurück auf die Straße vor uns.

»Aber du könntest mitkommen«, sagte ich einem spontanen Impuls folgend.

»Was?« Er runzelte die Stirn, und ich konnte ihm die Skepsis nicht verdenken.

Ihn mit zu meinen Eltern zu nehmen, war vielleicht nicht die klügste Idee. Immerhin hatten wir bisher nicht darüber gesprochen, was das zwischen uns überhaupt war. Andererseits hatte Mum selbst vorgeschlagen, dass ich meine Mitbewohner mitbringen könnte. Sie würde keine unangenehmen Fragen stellen – zumindest nicht vor Miles.

»Es wäre keine große Sache. Debby kommt auch, und Mum hat sogar gemeint, ich könne Sutton und Wyatt einladen. Wenn ich ihr sage, ein befreundeter Kollege von der Arbeit kommt mit, freut sie sich vermutlich einfach nur. Und vielleicht hat es ja was, mal für zwei Tage aus Chesthill rauszukommen? Plus, bei meinen Eltern sind wir definitiv weit genug weg von der Arbeit und allem, was damit zu tun hat.«

»Das stimmt«, gab er zögerlich zu. »Und ich hätte dadurch die Möglichkeit, dich zu sehen … Aber werden deine Eltern sich nicht was dabei denken, wenn du einen Kerl mit zum Geburtstag deiner Mum bringst?«

»Na ja, irgendwas werden sie sich schon denken«, erwiderte ich. »Aber sie sind bei so was echt unkompliziert. Du kannst es dir ja überlegen und mir bis Freitag Bescheid sagen.«

»Okay.« Unschlüssig sah er mich an. »Es tut mir leid, ich will das Gespräch nicht abwürgen, aber ich muss langsam los.« Er deutete mit dem Kopf die Straße hinunter. »Peyton hat mir vorhin geschrieben. Ihre Mum hat mal wieder angerufen und sich bei ihr ausgeheult. Das zieht sie jedes Mal ziemlich runter.«

Ich nickte. »Geh nur. Sie kann jetzt sicher einen Freund gebrauchen.«

»Ja«, seufzte er. Bevor er losging, zog er mich noch einmal an sich.

Ich schmiegte mich an seinen Körper und schloss die Augen. Wir umarmten uns lange, und als er mir zum Abschied einen Kuss auf die Lippen hauchte, hätte ich ihn am liebsten aufgehalten. Aber wenn es Peyton nicht gut ging, sollte er nach ihr schauen. Dass er für seine Freunde alles stehen und liegen ließ, war eine Seite an ihm, die ich sehr schätzte.

Nachdem ich Miles noch kurz hinterhergesehen hatte, machte ich mich ebenfalls auf den Heimweg, und noch bevor ich die Wohnung erreichte, trudelte eine Nachricht von ihm ein.

> Sag deiner Mum, ich komme gern mit, falls es wirklich kein Problem ist. Ich würde liebend gern das Wochenende mit dir verbringen!

# 26. KAPITEL

## Miles

Leise Radiomusik schallte durch das Auto. Ich umklammerte das Lenkrad fester und warf einen schnellen Blick zu Audrey. Sie sah lächelnd aus dem Fenster. Heute trug sie ein weißes Top, das mit kleinen Blumen bestickt war, und die Sonne schien, als wollte sie uns versichern, dass sich der Sommer jetzt tatsächlich näherte. Zumindest waren seit Anfang Juni die Temperaturen deutlich milder geworden.

»Gibt es irgendetwas, was ich wissen sollte, bevor ich deinen Eltern gegenübertrete?«, fragte ich über den Popsong hinweg, der gerade lief. »Irgendwelche Fettnäpfchen, die es dringend zu vermeiden gibt?«

»Hm«, machte Audrey, und ich sah aus dem Augenwinkel, dass sie nachdenklich den Kopf schief legte.

Ich hatte mich in den letzten Stunden mehrfach gefragt, was ich mir hierbei eigentlich dachte. Eltern waren nicht mein Ding. Weder meine eigenen noch die von anderen. Ich wollte diesen Besuch auf keinen Fall vermasseln, indem ich etwas Falsches sagte oder tat. Denn so wie Audrey über ihre Eltern sprach, waren sie ihr sehr wichtig. Es versetzte mir jedes Mal einen kleinen schmerzhaften Stich, wenn ich die Liebe in ihrer Stimme wahrnahm, wenn sie etwas über die beiden erzählte. So hatte ich nie über meine Eltern geredet und sie auch nie von mir.

Dass ich Audrey vor ein paar Tagen gleich nach unserem Gespräch geschrieben hatte, dass ich mitkommen würde, war eine Kurzschlussreaktion gewesen. Und als ich heimgekommen war, hatte ich meine Entscheidung direkt wieder bereut, aber Peyton hatte mich dazu ermutigt, zu gehen. Und das, obwohl es ihr nicht sonderlich gut ging. Sie versuchte zwar, sich zusammenzureißen und es nicht zu zeigen, aber ich bemerkte die dunklen Schatten unter ihren Augen trotzdem. Wenn ich zurück war, würde ich mich mit ihr hinsetzen und über Roy und die ganze Situation reden. Seit sie bei mir war, hatte sie das Thema – wenn überhaupt – immer nur kurz angeschnitten, aber so konnte es nicht weitergehen. Hätte sie mir nicht tausendmal versichert, sie würde sich darüber freuen, mal etwas Ruhe zu haben, wäre ich übers Wochenende niemals weggefahren.

»Was man über meine Eltern wissen müsste? Hm, wirkliche Fettnäpfchen gibt es, glaube ich, nicht«, sagte Audrey und holte mich schlagartig wieder zurück ins Hier und Jetzt. »Sie sind liberal eingestellt, pro Umweltschutz und mehr Toleranz in unserer Gesellschaft. Die größte Schwäche meines Dads ist seine Liebe für Football, Mum gärtnert gern, weil sie sagt, dass es sie beruhigt, hat aber nicht wirklich einen grünen Daumen. Dass ihr ständig Pflanzen verwelken, schiebt sie auf das unstete englische Wetter. Die beiden sind insgesamt relativ entspannt. Manchmal einen Tick zu herzlich und überschwänglich, aber man gewöhnt sich daran.«

»Wow«, sagte ich. »Das klingt ziemlich perfekt.«

»Ja. Ich schätze, ich hatte wirklich Glück mit ihnen.« Wieder war da diese Zuneigung in ihrer Stimme, die mir kurz die Luft abschnürte. Ich gönnte ihr solche Eltern von Herzen, aber ich kam nicht gegen den Anflug von Neid an. So war es schon früher in der Schule gewesen, wenn Freunde von mir von ihren Eltern abgeholt, umarmt oder liebevoll getätschelt wurden.

Ich atmete tief durch und konzentrierte mich auf das Gedudel aus dem Radio und Audreys Nähe. Dieses Wochenende diente dazu, den Kopf auszuschalten, mal rauszukommen und mehr Zeit mit Audrey zu verbringen. Gedanken an meine Eltern hatten da keinen Platz.

Draußen vor den Fenstern flogen weite Felder und Wiesen an uns vorbei. Ab und zu sah ich auch eine Herde Schafe, weiße Punkte vor grün-braunem Hintergrund. Mit jeder Meile, die wir uns von Chesthill entfernten, wurde ich ein Stück ruhiger. Doch als ich bei der nächsten Abfahrt rausfuhr, kehrte die Nervosität wieder zurück. Es war seltsam, in meine Heimatstadt zu fahren, ohne meine Eltern zu besuchen. In den letzten Jahren war ich nur bei wichtigen Events da gewesen, und selbst da hatte ich teilweise eine Ausrede vorgeschoben.

Viel zu schnell erreichten wir das Haus.

Audreys Eltern wohnten in einem Vorort von Birmingham in einem kleinen, gemütlich wirkenden Backsteinhaus mit weißen Fensterläden und einem schmalen Stück Rasen vor der Tür.

»Der eigentliche Garten befindet sich auf der anderen Seite des Hauses«, erklärte Audrey, nachdem ich das Auto an der Straße geparkt hatte, und schnallte sich ab.

»Es sieht schön aus.« Meine Eltern hätten es vermutlich mit einem Naserümpfen betrachtet, da es nur halb so groß war wie ihres, aber das war nur ein Grund mehr, das Haus auf Anhieb zu mögen. Ob ich es schon früher zu Gesicht bekommen hätte, wenn Audrey und ich im letzten Schuljahr noch miteinander geredet hätten? Unsere Schule lag einige Kilometer weiter am Stadtrand von Birmingham, und ich ging davon aus, dass Audrey aufgrund des guten Rufs der Schule den etwas weiteren Weg auf sich genommen hatte.

»Das hören meine Eltern sicher gern.« Sie öffnete die Tür und stieg aus.

Spätestens jetzt gab es kein Zurück mehr. Ich folgte ihr, und wir durchquerten den schmalen Weg zur Haustür. Unser Gepäck würden wir später holen, viel mehr als einen Rucksack hatte ich ohnehin nicht dabei.

»Nervös?« Wissend sah sie mich an, und ich schluckte schwer.

»Ein bisschen«, gab ich zu.

»Das musst du nicht sein. Meine Eltern sind toll.« Sie griff nach meiner Hand und drückte sie kurz. Die Berührung reichte aus, dass mein Herz stolperte. Seit wann passierte das so leicht?

Gerade, als ich überlegte, ob nicht doch eine spontane Flucht die bessere Option wäre, schwang die Haustür auf.

»Dachte ich es mir doch, dass ich gerade ein Auto gehört habe. Wie schön! Ihr habt es geschafft.«

Eine Frau mit schulterlangen dunklen Haaren und leuchtend blauen Augen stand vor uns. Sie trug eine schlichte schwarze Bluse zu einer Jeans, und als sie lächelte, erschienen kleine Lachfältchen um ihre Augen.

»Hi, Mum.« Audrey machte einen Schritt auf sie zu, und die Frau zog sie sofort in ihre Arme.

»Ich freu mich so, dich zu sehen!« Sie strich ihr sanft über die Haare, bevor sie Audrey ein Stück von sich wegschob und eingehend musterte, als müsste sie sich versichern, dass ihre Tochter noch dieselbe war.

Audrey machte sich lachend von ihr los und drehte sich zu mir um. »Mum, das ist Miles.«

»Der Schauspieler, der die Hauptrolle ergattert hat, richtig?« Lächelnd sah sie mich an. »Ich freu mich sehr, dich kennenzulernen.« Sie streckte mir die Hand entgegen, und ich ergriff sie überrumpelt.

Allein in der kurzen Begrüßung hatte mehr Herzlichkeit gelegen, als meine Mum mir in den letzten Jahren bei meinen Besuchen entgegengebracht hatte.

»Ich freue mich wirklich sehr über die Einladung. Danke, Mrs …«

»Nenn mich Dorothea«, unterbrach sie mich. »Na los, kommt rein! Das Abendessen ist gleich fertig. Ihr seid doch sicher hungrig, oder? Aber erst mal lass ich euch in Ruhe ankommen.«

Verblüfft sah ich ihr nach, als sie im Inneren des Hauses verschwand. »Deine Mum ist ziemlich toll.«

Audrey nickte und schlüpfte aus ihren Schuhen. Ihre Jacke hängte sie an die Garderobe im Eingang, und ich beeilte mich, meine ebenfalls auszuziehen.

»Manchmal kann ihre Liebe auch ein bisschen viel werden«, sagte Audrey, »aber sie lernt immer mehr, loszulassen.«

Ob Audrey die Zuneigung in ihrer Stimme bewusst war? Mum und Dad tauchten vor meinem inneren Auge auf. Die Vorstellung, dass Liebe zu viel sein konnte, war für mich völlig absurd. Ich schüttelte die Gedanken ab, bevor sie sich festsetzen und der schmerzhafte Stich folgen konnte.

»Wie wäre es mit einer kleinen Führung durchs Haus?« Lächelnd sah Audrey mich an, und ich hielt mich an der Leichtigkeit in ihrer Stimme fest.

»Wahnsinnig gern.«

Zuerst zeigte Audrey mir das Erdgeschoss, bestehend aus einer großen hellen Küche – in der Dorothea gerade das Essen zubereitete –, einem Gästezimmer und einem Wohnzimmer mit Sofa, Sesseln und Fernseher sowie zahlreichen Bücherregalen an den Wänden. Hinter dem Wohnzimmer führte eine Tür in den Garten, der bereits mit Lichterketten und Lampions geschmückt war. Auf dem Rasen waren mehrere Stehtische verteilt, um die sich morgen auf der Party sicherlich viele Leute drängen würden.

Im ersten Stock befand sich Audreys altes Zimmer, das ich sofort neugierig begutachtete.

»Du hattest eine ziemliche Vorliebe für Boybands, oder?« Schmunzelnd sah ich auf die One-Direction-CD-Sammlung in einem Regal neben dem Bett.

»Hey, kein Verurteilen, bitte! Ich habe mich ja auch nicht über deinen Lord und die Dienstmagd lustig gemacht.« Audrey lehnte sich an die Zimmertür und beobachtete mich mit einem amüsierten Funkeln in den Augen.

Ich zog die Brauen hoch. »Nicht drüber lustig gemacht, also?«

»Okay, ein bisschen vielleicht.« Ihre Mundwinkel zuckten, und ich starrte ein paar Sekunden zu lange darauf. Sie sah so verdammt hinreißend aus, und am liebsten hätte ich hier und jetzt den Abstand überbrückt und sie geküsst. Aber der Gedanke, dass ihre Mum uns gleich zum Essen rufen würde, hielt mich davon ab.

Stattdessen sah ich mich weiter in ihrem Zimmer um, suchte nach Details, die mir mehr über Audrey verrieten. An der Wand über dem großen Bett in der Ecke hingen Fotos aus Audreys

Schulzeit. Ein paar Leute erkannte ich, auch wenn ich damals mit einer anderen Clique abgehangen hatte. Ich ging weiter durch das Zimmer, betrachtete den Schreibtisch unter dem großen Fenster und die vielen Notizbücher im Regal daneben. »Hast du früher schon geschrieben?«

»Ja.« Audrey trat neben mich, und die Nähe stellte seltsame Dinge mit mir an. Ich kannte das nicht – dass mein Herz plötzlich so viel schneller schlug, dass ich Audrey am liebsten die ganze Zeit über berühren wollte, dass mir jedes bisschen Abstand zu viel war. Ob mir das irgendwann weniger Angst machen würde?

»Wobei es damals vor allem Gedanken und kurze Geschichten waren, die ich festgehalten habe. Schreiben war mein Medium, Dinge zu verarbeiten. Inzwischen mache ich das gar nicht mehr oft.«

»Was machst du dann zum Abschalten?«

Sie zuckte mit den Schultern und starrte nachdenklich auf die Notizbücher. »Sport, Kickboxen … Ich glaube, Bewegung hat das Schreiben ein bisschen abgelöst.«

Ich nickte und fragte mich unwillkürlich, was meine Strategie zum Abschalten war. Zählte das Schauspielern? Auf der Bühne schaltete ich definitiv ab, aber meine Gedanken sortierte ich dort nicht. Vielmehr ließ ich sie zurück, indem ich zu jemand anderem wurde.

»Das Essen ist jetzt fertig!« Dorotheas Stimme hallte aus dem Erdgeschoss nach oben, und wir setzten uns gleichzeitig in Bewegung.

»Morgen Abend wird hier jede Menge los sein, aber tagsüber können wir sicher Zeit zu zweit finden.« Audrey berührte sanft meine Hand, als wir das Zimmer verließen. Die kurze Berührung war wie ein Versprechen nach mehr, und endlich erschien auch auf meinem Gesicht ein echtes Lächeln.

»Ich kann's kaum erwarten«, flüsterte ich, bevor wir die Treppe nach unten nahmen und uns an den Esstisch im vorderen Teil des Wohnzimmers setzten.

Audreys Dad stellte sich mir beim Essen als Bill vor und schüttelte meine Hand eine Spur zu kräftig. Sein Lächeln war freundlich, und sein Lachen genauso herzlich wie Audreys. Doch ich nahm auch den prüfenden Blick wahr, mit dem er mich bedachte. Jede Wette, dass er sich gerade fragte, wie Audrey und ich zueinander standen. Am liebsten hätte ich ihm gesagt, dass seine Sorge nicht notwendig war und ich mir geschworen hatte, Audrey nie wieder wehzutun. Aber ich wusste, wie leicht Verletzungen passierten, und schluckte die Worte ungesagt herunter.

Eine Garantie gab es nicht – ich konnte nur mein Bestes geben. Und das würde ich tun.

## 27. KAPITEL

# Audrey

»Danke noch mal für deine Hilfe.«

Ein dunkles Lachen erklang, von dem ich vermutlich nie genug bekommen würde. »Ich bezweifle, dass ich gerade tatsächlich eine Hilfe bin.« Miles starrte konzentriert auf den Teigklumpen vor sich auf dem Backbrett.

Als ich nach dem Essen in die Küche gegangen war, um einen Apfelkuchen für morgen zu backen, hatte ich Miles mehrfach gesagt, er könne sich auch gern ins Gästezimmer zurückziehen und lesen oder ein paar Szenen durchgehen, falls er das noch brauchte. Aber er hatte darauf bestanden, mir zu helfen.

»Doch, das sieht richtig aus. Aber wenn du dich damit sicherer fühlst, kannst du gern mit dem Äpfelschneiden weitermachen.«

Er nickte so erleichtert, dass ich nicht anders konnte, als laut zu lachen. »Du backst wirklich nicht sehr oft, oder?«

»Nope. Zimtschnecken sind so ziemlich das Einzige, was ich hinkriege, weil das meine Nanny damals oft gemacht hat.«

Obwohl seine Stimme unbeschwert klang, horchte ich auf. Miles sprach nicht oft über seine Kindheit oder seine Eltern, und wenn er es tat, trat ein bitterer Zug um seinen Mund. Am liebsten hätte ich ihn danach gefragt, aber ich wusste nicht, ob wir schon so weit waren. Außerdem wollte ich die gute Stimmung zwischen uns nicht kaputt machen.

»Dann machen wir das beim nächsten Mal.« Ich rollte den Teig aus und drückte ihn in die Backform, die Miles vorhin bereits eingefettet hatte.

Aus dem Augenwinkel beobachtete ich, wie er die Äpfel in kleine Stücke schnitt. Es war unwirklich, ihn im Haus meiner Eltern zu sehen. Etwas, was ich mir vor vier Jahren gewünscht hätte und was danach in undenkbare Ferne gerückt war. Ich hatte ihn abgehakt, hatte nach vorn geschaut und beschlossen, nicht mehr zurückzublicken. Und dann war er doch wieder in mein Leben getreten und hatte alles auf den Kopf gestellt.

Unwillkürlich schlich sich ein Lächeln auf meine Lippen. Seltsam, wie das Leben manchmal seine eigenen Pläne hatte. Zu sehen, wie Miles sich mit meinen Eltern unterhielt, wie er über Dads schlechte Witze lachte und zuließ, dass Mum ihm viel zu viele Fragen stellte, rührte etwas in mir. Und dennoch bemerkte ich den Schatten, der sich manchmal auf sein Gesicht legte. Er kämpfte gegen etwas an, und ich wusste nicht, was es war. Wusste nicht, ob es Dämonen aus der Vergangenheit waren und ob sie jetzt gerade mit uns im Raum saßen.

»Ist das richtig so?« Miles deutete auf die geschnittenen Äpfel.

»Ist es. Du bist ein großartiger Assistent.«

Er verzog das Gesicht. »Ein schöneres Kompliment habe ich selten bekommen.«

Grinsend stieß ich ihm meinen Ellenbogen in die Seite. »Beschwer dich nicht und nimm, was du kriegen kannst.«

Seine Antwort bestand aus einem belustigten Glucksen, und mein Herz setzte aus. »Dir gefällt es, hier die Chefin zu sein, was?« Er griff in die Mehlpackung und machte ohne Vorwarnung einen Satz auf mich zu. Zielsicher traf das Mehl meine Wange.

Ich schnappte nach Luft. »Das hättest du nicht tun sollen!« Ich wischte mir über die Wange, und Mehlstaub rieselte auf meinen Pulli und den Boden. Dann griff ich nach der Mehlpackung und hielt Miles fest, der sich wegduckte. »So leicht kommst du nicht davon.« Ich zielte auf seine Nase, und eine Ladung Mehl landete in seinem Gesicht.

»Verdammt.« Er rieb sich über die Wangen, verteilte den weißen Staub damit aber nur noch mehr.

Prustend sah ich dabei zu, wie er sich mit einem Küchenpapier das Gesicht abwischte. Im nächsten Moment verging mir jedoch das Lachen. Miles stürzte sich auf mich, und ich hatte keine Chance. Seine Finger fanden zielsicher meine Seiten, als wüsste er ganz genau, wie kitzelig ich war.

Kreischend wand ich mich unter ihm und hoffte, dass Mum, die gerade im Wohnzimmer aufräumte, mich nicht durch die geschlossene Küchentür hörte. Zwar hatte ich nichts zu verheimlichen, aber ihre neugierigen Fragen konnte ich gerade nicht gebrauchen.

»Aufhören«, japste ich.

Miles Hände hielten still und lagen plötzlich schwer und warm auf meinen Hüften. Ich rang nach Luft und blinzelte. Unsere Blicke trafen sich, und innerhalb von Sekunden schlug die Stimmung um. Ein dunkles Schimmern trat in seine Augen, und ich richtete mich auf, bis unsere Nasenspitzen nur noch wenige Zentimeter voneinander entfernt waren. Der Griff um meine Hüfte wurde fester, und ich lehnte mich an ihn, bis unsere Oberkörper sich berührten.

»Du hast keine Ahnung, wie viel Selbstbeherrschung es mich kostet, anständig zu bleiben und dich nicht dauernd zu berühren«, raunte Miles.

Ich erschauderte und drängte mich enger an ihn. Gab ihm stumm zu verstehen, dass er sich nicht länger beherrschen musste.

Er senkte den Kopf, strich mit seinen Lippen über meine, erst neckend, dann fordernd. Ich schnappte nach Luft und überbrückte den letzten Abstand. Das war vielleicht nicht der richtige Ort dafür, aber ich konnte nicht länger warten. Ich musste ihn spüren, musste der quälenden Sehnsucht ein Ende bereiten.

Im nächsten Moment prallten unsere Münder aufeinander. Der Kuss war sehnsüchtig und ungeduldig. Ich krallte mich an seinem Hemd fest, als er mich intensiver küsste und ich seine Hand an meinem Po spürte.

Miles keuchte auf, und etwas in meinem Innern löste sich. Es überflutete mich mit Empfindungen, die ich lange nicht mehr gespürt hatte. Das Herz schlug mir bis zum Hals, und ich versank in diesem Kuss. Ließ zu, dass ich nichts anderes wahrnahm und Miles sich ein Stückchen mehr in mein Herz schlich.

Als wir uns atemlos voneinander lösten, starrte ich ihn an. Verwirrung spiegelte sich in seinem Blick, und kurz flackerte der Ausdruck von Angst darin auf. Doch dann lächelte er und wurde wieder zu dem strahlenden Miles, dem ich früher auf dem Gang heimlich lange Blicke zugeworfen hatte.

»Wow«, murmelte er, und ich konnte nur zustimmend nicken. *Wow* traf es ziemlich gut. Meine Knie waren seltsam weich, und ich war mir ziemlich sicher, dass auf meinen Lippen ein viel zu breites Lächeln lag.

Würde Mum jetzt die Küche betreten, bräuchte sie keine Sekunde, um zu begreifen, was hier passiert war. Würde sie sich Sorgen machen? Oder mich ermutigen, mich auf das zwischen Miles und mir einzulassen? Darauf zu vertrauen, dass ich diesmal nicht verletzt werden würde?

Ich räusperte mich. »Wir sollten mit dem Kuchen weitermachen, bevor Mum reinkommt«, murmelte ich und bemerkte selbst, dass meine Stimme viel zu heiser klang. »Und aufräumen.«

»Sollten wir wohl.« Miles machte keine Anstalten, mich loszulassen. »Ist es sehr verwerflich, dass ich dich trotzdem nicht loslassen will?«

Ich schüttelte den Kopf. »Ganz und gar nicht.«

Er seufzte. »Dennoch will ich es nicht wirklich drauf anlegen, dass deine Mum uns erwischt.« Sichtlich widerwillig ließ er mich los und trat einen Schritt zurück.

»Wie gesagt, morgen haben wir mehr Zeit«, sagte ich, und als unsere Blicke sich trafen, lag ein unausgesprochenes Versprechen in der Luft.

Miles griff nach dem Messer und schnitt den Rest der Äpfel, während ich sie mit Zucker und Zimt mischte und auf dem Teig verteilte.

Als der Kuchen im Ofen und die Küche geputzt war, setzten wir uns zu Mum ins Wohnzimmer. Sie hatte es sich mit einem Buch auf dem Sessel gemütlich gemacht und ließ sich nicht anmerken, ob sie von unserer Alberei in der Küche etwas mitbekommen hatte.

»Gönnst du dir einen Moment Ruhe vor dem Sturm morgen?«, fragte ich.

Lächelnd sah sie auf. »So in der Art. Eigentlich wollte ich die Runde diesmal etwas kleiner halten, aber es kommen wohl wieder um die fünfzig Leute.«

Ein dröhnendes Lachen erklang, als Dad vom Garten hereinkam und seine Schuhe vor der offenen Tür abstreifte. »Es war von vornherein klar, dass es wieder viele Leute werden würden. Du kannst gar nicht anders.« Mit den Schuhen in der Hand durchquerte er das Wohnzimmer, wobei er bei Mum kurz stehen blieb und ihr liebevoll einen Kuss aufs Haar drückte.

Sie lachte nur und widmete sich wieder ihrem Buch. Ich warf einen schnellen Blick zu Miles. Er starrte meinem Dad mit einer undurchdringlichen Miene nach. Zu gern hätte ich gewusst, was er dachte. Gerade, als ich das Schweigen brechen wollte, stand er auf. Die Bewegung kam so abrupt, dass ich fast zusammengezuckt wäre.

»Ich glaube, ich gehe mal noch ein bisschen die Texte durch«, murmelte er. »Schönen Abend noch.«

Ehe ich etwas erwidern konnte, verschwand er mit schnellen Schritten in Richtung Gästezimmer. Stirnrunzelnd sah ich ihm hinterher. Was war das denn gewesen? Bereute er es doch, mitgekommen zu sein? Aber in der Küche war er gelöst gewesen, glücklich, er hatte mich berührt, als wollte er mich nie wieder loslassen. Allein bei dem Gedanken daran spürte ich den Druck seiner Lippen auf meinem Mund. Wenn es also nicht daran lag, was war es dann?

»Alles in Ordnung?« Mum betrachtete mich mit ihrem typisch aufmerksamen Blick, und ich beeilte mich, die Gedanken beiseitezuschieben und zu nicken.

»Alles bestens.«

Seufzend ließ sie ihr Buch sinken. »Wirklich, Audrey?«

Ich presste die Lippen zusammen. »Ich will nicht darüber reden, okay?«

Sie musterte mich eingehend. »Pass auf dich auf, ja?«

»Mach ich.«

Sie wusste nicht, welche Rolle Miles in der Partynacht gespielt hatte. Sie wusste lediglich von dem Übergriff und den K.-o.-Tropfen. Ihre Sorge war bereits deswegen groß genug gewesen, und ich hatte sie mit dem Schmerz darüber, dass Miles mich stehen gelassen hatte, nicht noch füttern wollen.

»Er scheint nett zu sein«, fügte sie dann doch noch hinzu. »Und er mag dich ganz offensichtlich sehr gern.«

Überrascht sah ich sie an.

»Was? Dachtest du, deine Mutter würde nicht bemerken, dass zwischen euch etwas läuft?«

Verlegen strich ich über meinen Arm bis zu dem Armband, das sie mir vor Jahren geschenkt hatte. »Ich weiß nicht, was genau das zwischen uns ist.«

»Musst du das denn wissen?«

»Jetzt sofort nicht.« Ich sah noch einmal in die Richtung, in die Miles verschwunden war. »Aber irgendwann werden wir darüber reden müssen.«

»Lass dir Zeit. Und ihm auch. Du solltest dir sicher sein, ob du so weit bist – egal, um welchen Schritt es geht.« Mums Worte waren genau das, was ich gebraucht hatte, obwohl ich zuerst gar nicht hatte darüber reden wollen. Aber so war es meistens bei uns. Sie hatte schon immer gut in meiner Miene lesen können, und ich hatte mich ihr immer gern anvertraut.

»Danke, Mum.«

Sie nickte und konzentrierte sich dann wieder auf ihr Buch.

Ich sank gegen die weiche Lehne des Sofas. Ob Miles jemanden hatte, mit dem er offen reden konnte? Ich dachte an Peyton, und wie immer durchzuckte mich kurz ein Stich. Auch wenn ich wusste, dass die beiden nur Freunde waren, konnte ich sie noch nicht ganz einschätzen. Ich hasste die Verunsicherung, die damit einherging und die mich an damals erinnerte. An eine andere Audrey.

Auf meinen Lippen schmeckte ich noch immer Miles' Küsse. Wie konnte es sein, dass wir uns in einem Moment so nah waren und dann wieder eine plötzliche Distanz zwischen uns lag? Es war verwirrend und nervenaufreibend, aber trotzdem würde ich den Kuss nicht ungeschehen machen wollen. Etwas, was sich so gut anfühlte, konnte nicht falsch sein. Oder?

Miles ließ sich für den Rest des Abends nicht mehr blicken, aber als ich ins Bett ging, hatte ich eine Nachricht von ihm auf dem Handy. Mein Herz machte einen Satz, als ich sie entdeckte. Mit bebenden Fingern öffnete ich sie.

> Tut mir leid, dass ich mich vorhin so schnell zurückgezogen habe. Ich musste für mich ein paar Sachen sortieren, aber ich freu mich auf den morgigen Tag mit dir! :* Träum schön.

Gegen meinen Willen musste ich lächeln. Wir machten es uns vielleicht selbst nicht gerade leicht, aber wenn er so etwas schrieb, war es unmöglich, länger verärgert zu sein. Was ich vorhin bei unserem Kuss gefühlt hatte, war echt gewesen. Etwas, wofür sich das Risiko lohnte.

»Guten Morgen!« Miles betrat mit einem gut gelaunten Lächeln die Küche.

Ich lehnte mit einer Tasse Kaffee in der Hand an der Arbeitsfläche und überlegte gerade, was ich essen wollte. Mum und Dad hatten bereits gefrühstückt und damit Mums Geburtstag eingeläutet. Sie wollten am Vormittag noch ein paar Vorbereitungen für die Feier heute Abend treffen, bevor dann am Nachmittag ihre zwei engsten Freundinnen vorbeikamen.

»Willst du auch welchen?« Ich hob den Kaffee hoch und suchte in Miles' Blick nach einem Anzeichen von der Verschlossenheit, die bei seinem Abgang gestern darin gelegen hatte, konnte aber nichts mehr davon finden.

»Gern.« Er trat auf mich zu und blieb zögernd einen Schritt vor mir stehen. »Sorry wegen gestern«, murmelte er.

»Schon okay.«

Er runzelte die Stirn. »Nicht wirklich. Ich bin dir für deine Einladung total dankbar, und ich bin froh, hier zu sein. Einfach zu verschwinden, nachdem wir uns geküsst haben, war nicht gerade nett. Ich schätze, es war gestern etwas viel, deine Familie zu sehen, vor allem, weil ich zu meinen Eltern kaum Kontakt habe.« Er holte tief Luft und straffte die Schultern, als könnte er so die Anspannung abstreifen. »Aber das soll keine Rolle spielen. Ich will die Zeit mit dir genießen. Jede Sekunde davon, und ich fange jetzt damit an.« Entschlossen sah er mich an.

»Okay.« Ich erwiderte seinen Blick und gab mir einen Ruck. Ich hatte mir selbst versprochen, meine Meinung nicht mehr zurückzuhalten, wenn mir etwas wichtig war, also würde ich das auch jetzt nicht tun. »Na ja, so richtig okay war es nicht, aber ich bin froh, dass du es mir erzählt hast und dass es dir heute besser geht.

Und es tut mir leid, dass hier zu sein dich mit Dingen konfrontiert, die schwer zu verarbeiten sind. So was ist nie schön.«

Überrascht sah er mich an. »Das stimmt. Ist es nicht. Aber wie gesagt, ich will den Rest der Zeit genießen.«

»Gut«, sagte ich und dachte im Stillen, dass er sich dem Thema wohl früher oder später stellen musste. Allerdings war jetzt nicht der beste Zeitpunkt dafür, deshalb holte ich stattdessen eine Tasse aus dem Schrank und schenkte ihm Kaffee ein. Als er ihn dankend entgegennahm und unsere Finger sich streiften, beschloss ich, ihm zu glauben und die restliche Zeit ebenfalls zu genießen. Genau dafür war er schließlich mitgekommen.

»Wo sind eigentlich deine Eltern?«, fragte er.

»Im Garten. Sie haben schon gefrühstückt, und Mum will die letzten Vorbereitungen treffen.«

»Wenn das so ist …« Er beugte sich nach vorn und drückte mir blitzschnell einen Kuss auf die Wange. Eine wohlige Wärme machte sich bei der Geste in mir breit, und meine Mundwinkel hoben sich wie automatisch.

»Du weißt aber schon, dass wir erwachsen sind und uns nicht vor meinen Eltern verstecken müssen, oder?«, sagte ich schmunzelnd.

»Und du weißt, dass deine Eltern dann vermutlich ein paar Fragen haben werden, oder? Mal ganz abgesehen davon, dass ich irgendwie Schiss vor deinem Dad habe.« Zerknirscht fuhr er sich durch die Haare.

Überrascht sah ich ihn an. »Meinst du das Ernst? Wieso solltest du dich vor Dad fürchten?«

Miles zuckte mit den Schultern. »Er hat mich gestern mit diesem Wehe-du-verletzt-meine-Tochter-Blick angesehen. Du weißt schon, dieser Brichst-du-ihr-Herz-brech-ich-dir-den-Hals-Blick.«

Ich zog die Augenbrauen hoch und wartete darauf, dass Miles loslachte, doch er wirkte tatsächlich eingeschüchtert.

Mit bemüht ernster Miene streckte ich eine Hand aus und legte sie auf seinen Arm. »Sollte es so weit kommen, werde ich dich beschützen.«

»Selbst wenn das bedeutet, dass ich dein Herz gebrochen habe?«

Nachdenklich sah ich ihn an. »Hast du das denn vor?«

»Natürlich nicht!«

»Dann haben wir ja nichts zu befürchten.«

»Ich hoffe es.« Miles schien sich immer noch Sorgen zu machen, was mir ein leises Lachen entlockte. Mein Vater gehörte zu den friedfertigsten Menschen, die ich kannte. Allerdings wusste ich auch, dass ihm seine Familie alles bedeutete. Ganz unbegründet war Miles' Angst also vielleicht nicht.

Ich drehte mich um und holte eine Packung Toast aus dem Schrank. »Wie wäre es mit Frühstück?«

»Klar! Wie kann ich helfen?«

Kurz darauf verließen wir mit einem Tablett – beladen mit Tellern, Kaffee, Toastbrot, Frischkäse und Marmelade die Küche. Auf dem Weg durch das Wohnzimmer kamen uns Mum und Dad entgegen.

»Wir fahren schnell einkaufen, deine Mum will noch mehr Blätterteigtaschen für heute machen.« Dad hob gespielt verzweifelt die Hände, was ihm einen Ellenbogenhieb von Mum einbrachte.

»Wir haben sonst zu wenig, du wirst sehen.«

»Wie du meinst. Habt einen schönen Morgen, ihr zwei.« Er sah von mir zu Miles und nickte ihm freundlich zu. Von einer stummen Drohung keine Spur. Vielleicht hatte Miles das doch missverstanden.

»Danke«, sagte Miles. »Oh, und herzlichen Glückwunsch, Mrs … Dorothea!«

Mum strahlte ihn an. »Vielen Dank. Ich bin mir sicher, es wird ein toller Tag werden! Aber jetzt genießt erst mal euer Frühstück.«

Als die beiden in Richtung Flur verschwanden, gingen Miles und ich in den Garten. Wir setzten uns an einen kleinen Tisch unter einem Apfelbaum. Eine Lichterkette schlang sich um den Baumstamm, und mein Blick verfing sich für einen Moment in den weißen Blüten, die völlig unwirklich aussahen. Auch der Rest des Gartens war inzwischen geschmückt und bereit für die Gäste, die später kommen würden.

»Es muss schön gewesen sein, hier aufzuwachsen.« Miles sah sich in dem Garten um, als würde er dabei einen Blick in meine Vergangenheit werfen können.

Ich dachte an meine Kindheit zurück und an die Tage, an denen ich stundenlang mit Debby draußen gespielt oder auf einer Decke unter dem Baum gelegen und gelesen hatte. Das klang tatsächlich nach einer sehr behüteten Kindheit. Dennoch hatte sie mich nicht vor den Selbstzweifeln bewahrt, die mit dem Älterwerden gekommen waren. Oder davor, dass ein Arschloch wie Nathan meinte, mich unter Drogen setzen und missbrauchen zu dürfen. Einfach, weil er es konnte. Weil er die Macht und ich nicht damit gerechnet hatte.

Ich schüttelte die Bilder ab, die in mir aufsteigen wollten, und konzentrierte mich wieder auf Miles. »Das war es. Die meiste Zeit zumindest. Was ist mit dir?«

Miles zuckte zusammen und biss von seinem Toastbrot ab, als wollte er Zeit schinden.

Ich griff nach meinem Kaffee und wartete, bis er so weit war.

»Es war anders«, sagte er schließlich und wich meinem Blick aus. »Meine Eltern hatten selten Zeit für mich, und unser Haus war nicht gemütlich oder heimelig, sondern protzig und groß.«

Wie alle an der Schule hatte auch ich von den legendären Partys bei ihm zu Hause gehört und immer gedacht, dass seine Eltern locker drauf waren, weil sie ihm so etwas durchgehen ließen. Dass es ihnen egal gewesen sein könnte, was Miles trieb, war mir nie in den Sinn gekommen.

»Die meisten Leute glauben, es ist toll, mit reichen Eltern aufzuwachsen. Ich bin mir meiner Privilegien bewusst – das bin ich wirklich. Ich hatte dadurch viele Chancen und die Möglichkeit, alles zu studieren und zu tun, was ich wollte. Wer träumt davon nicht? Nur macht Geld nicht glücklich und Leute noch lange nicht zu guten Menschen. Oder guten Eltern.« Miles hielt den Blick starr auf seinen Teller gerichtet. Sein ganzer Körper war angespannt, und es tat weh, ihn so zu sehen. Als ich eine Hand ausstreckte, zuckte er zurück. »Sorry, ich wollte den Morgen nicht mit so einem Thema verderben.«

»Das hast du nicht«, sagte ich und ließ meine Hand wieder sinken. »Du darfst mit mir über alles reden, auch über die Dinge, die schmerzen. Gerade über die.«

Miles nickte und schaute endlich auf. Sein Blick suchte meinen. »Danke.«

Wieder streckte ich meine Hand aus, und diesmal ließ er zu, dass ich ihm sanft durch die Haare strich und die Finger in seinem

Nacken vergrub. »Ich bin da für dich, wenn du mich lässt«, flüsterte ich.

Miles beugte sich nach vorn und lehnte seine Stirn gegen meine. Mit seinen Fingern strich er mir sanft das Haar hinters Ohr und fuhr über meinen Hals, was mir eine Gänsehaut bescherte. Seine Lippen suchten zärtlich nach meinen, und ich spürte den Kuss bis in die Zehenspitzen. In dieser Sekunde verblassten schlagartig alle Zweifel.

»So hätte der Tag beginnen sollen«, murmelte er an meinem Mund, und ein wohliges Kribbeln breitete sich in meinem Bauch aus.

»Es gibt noch viele Morgen, die wir genau so beginnen können.« Die Worte entflohen mir, ehe ich darüber nachdenken konnte. Doch Miles lächelte nur und widmete sich wieder seinem Frühstück, während ich mich fragte, ob er auch nur ansatzweise so glücklich war wie ich in diesem Moment.

## 28. KAPITEL

# Miles

Audreys Mum wusste, wie man gute Partys feierte. Der Garten war voller Menschen, überall wurde geredet, gelacht und getrunken. Wie ein Bienenschwarm summten die Leute um Dorothea herum, gratulierten ihr und lauschten einer ihrer Geschichten, die sie zum Besten gab, während Audreys Dad mit einem stolzen Lächeln danebenstand.

Ich saß mit einer Cola in der Hand auf der Treppe der Veranda und sah dem Treiben zu. Audrey war im Haus verschwunden, um eine der Häppchenplatten aufzufüllen.

In dem Moment kam Debby auf mich zu und setzte sich neben mich. »Genießt du den Abend?«

Seit wir uns begrüßt hatten, warf sie mir ständig prüfende Blicke zu. Keine Ahnung, was Audrey ihr alles über mich erzählt hatte, aber wenn ich schon in den Augen von Audreys Dad so was wie eine stumme Warnung gelesen hatte, dann schrie alles an Debby: *Tu meiner Freundin nicht weh.* Vielleicht war das aber auch nur meine Interpretation, weil ein kleiner Teil von mir selbst fürchtete, es zu vermasseln.

Dabei war ich verdammt glücklich. Jedes Mal, wenn Audrey

mich anlächelte, machte mein Herz einen Satz. Sie war wie ein Anker in einem Meer aus fremden Leuten, und wann immer unsere Blicke sich trafen, wollte ich nirgendwo anders sein als in ihrer Nähe. Was mir eine wahnsinnige Angst machte. Doch die Sehnsucht nach ihr war stärker. Viel stärker.

»Ja, sehr. Die Walkers sind unglaublich nett.«

»Audreys Familie ist wirklich was Besonderes.« Bildete ich es mir nur ein oder schlich sich ein Anflug von Bedauern in Debbys Stimme? In diesem Moment fühlte ich mich ihr beinahe nah. »Und wie ist es dir so seit der Schulzeit ergangen?«, fragte sie und wirkte ehrlich neugierig.

Ich nippte an meiner Cola und betrachtete wieder das bunte Treiben vor mir. »Gut. Ich bin nach Oxford gezogen und habe Schauspiel studiert, was immer mein Traum war. Und jetzt spiele ich die Hauptrolle in Audreys Stück.«

»Das klingt toll. Dann lief es für dich ja gut.« Ihre Stimme nahm einen seltsamen Ton an, den ich nicht direkt deuten konnte.

Ich wollte nachfragen, vergaß jedoch sämtliche Worte, als ich hinter mir Schritte hörte und Audrey auf uns zukam. Mein Blick glitt erneut über das nachtblaue Kleid, das sich eng an ihren Körper schmiegte und mir, seit ich sie das erste Mal heute Abend darin gesehen hatte, den Verstand raubte.

»Hey, alles gut bei euch?« Mit geröteten Wangen strahlte sie uns an, während Debby und ich synchron nickten.

»Ich geh mir mal was zu essen holen.« Debby stand abrupt auf und verschwand zwischen den Gästen. Keine Sekunde später nahm Audrey ihren Platz ein, wobei sie sich deutlich dichter neben mich setzte.

»Du siehst absolut bezaubernd aus«, murmelte ich nah an ihrem Ohr. »Habe ich dir das heute schon gesagt?«

Sie kicherte. »Ungefähr ein Dutzend Mal. Und habe ich dir schon gesagt, dass du in dem Hemd und der schicken Hose auch keine schlechte Figur machst?« Audrey zupfte an meinem Hemd, das beinahe dieselbe Farbe hatte wie ihr Kleid, obwohl es nicht abgesprochen gewesen war.

Welches Bild wir für die anderen Leute wohl abgaben?

»Hast du.« Schmunzelnd legte ich einen Arm um sie und strich mit den Fingern sanft über ihre Seite, was ihr einen Schauer entlockte. »Aber du darfst es mir jederzeit wieder sagen.«

Sie lachte leise auf, und in dieser Sekunde verliebte ich mich erneut in ihr Lächeln. Genauso wie in das Strahlen, das auf ihrem Gesicht lag, und in die leuchtenden Augen, die verrieten, wie sehr sie diesen Abend genoss. Vielleicht auch noch in viel mehr, aber der Gedanke fühlte sich gefährlich groß an, und große Gefühle führten zu großen Hoffnungen und noch größeren Enttäuschungen. Wenn meine Kindheit mich eines gelehrt hatte, dann das.

Ein Klirren, als würde jemand ein Messer gegen ein Glas schlagen, ertönte, und ich richtete mich blinzelnd auf. Audrey rückte ein kleines Stück von mir ab, als es still um uns herum wurde.

»Vielen Dank, dass ihr alle gekommen seid.« Dorotheas Stimme drang hell und klar durch den Garten. »Ich freue mich, mit euch allen zu feiern, und hoffe, ihr konntet euch bereits gut stärken, denn ihr wisst, was als Nächstes kommt.«

Begeistertes Klatschen und Johlen erklang, und ich sah mit einem Schmunzeln zu den vielen Leuten, die doppelt so alt wie wir waren, aber feierten, als wären sie noch in ihrer Teenagerzeit.

»Jetzt bin ich gespannt«, wisperte ich. »Führt deine Mum eine

Akrobatikshow auf? Oder zeigt uns dein Dad, dass er in Wahrheit ein Talent für Freestylerap hat?«

Audrey stieß mir kichernd ihren Ellenbogen in die Seite. »Viel besser. Und du wirst dich nicht herausreden können.«

»Herausreden? Aus was?«

»Verehrte Gäste, es wird Zeit, die Tanzfläche zu eröffnen!« Dorothea breitete die Arme aus, und wie aus dem Nichts ertönten die ersten Takte eines gefühlvollen Walzers. Die Leute machten Platz, als Audreys Dad seine Frau zum Tanz aufforderte. Die beiden brachten sich in Tanzposition und glitten anmutig über den Rasen. Bis der Song plötzlich stoppte und eine schnelle, poppige Melodie erklang, zu der Audreys Eltern synchron ein paar albernde Dancemoves parat hatten. Diesmal war der Applaus noch lauter, und ich brauchte ein paar Takte, bis ich *Dancing Queen* von Abba erkannte.

»Wow.« Ungläubig beobachtete ich, wie der Großteil der Gäste die Stehtische beiseiteräumte und sich auf die freie Fläche auf dem Rasen drängte, um zu dem Lied zu tanzen.

Grinsend stand Audrey auf und streckte mir ihre Hand entgegen. »Na los, worauf wartest du?«

Ich hatte es nicht so mit Abba, aber bei dem Blick, den Audrey mir zuwarf, hätte ich auch zu Mozart oder Taylor Swift getanzt. Mit einem Satz war ich auf den Beinen und griff nach ihrer Hand. Die Cola ließ ich auf der Veranda stehen. Audrey zog mich mit sich hinüber auf die Tanzfläche und weg von der Treppe, wo ich in den letzten Minuten nur Zuschauer gewesen war.

Schwungvoll drehte sie sich zu mir um, ihr Gesicht glühte beinahe, und die Begeisterung sprang auf mich über. Als sie ihre Arme um meinen Nacken schlang und anfing, die Hüften zu bewegen, ließ ich sämtliche Vorbehalte los. Ich wirbelte sie herum und fing sie wieder auf, wenn sie auf mich zuflog. Die Sekunden, in denen ich meine Arme um sie legte, bevor sie sich wieder von mir löste, waren die schönsten an diesem Abend. Auf *Dancing Queen* folgten andere Songs – von Queen, den Beatles, Adele und Ed Sheeran war alles dabei. Die Stimmung wurde immer ausgelassener.

»Kommt es mir nur so vor oder gehören wir hier zu den wenigen, die nicht beschwipst vom Alkohol sind?«, fragte ich Audrey. Wir hatten uns an den Rand der improvisieren Tanzfläche gestellt, um kurz Pause zu machen.

Atemlos pustete sie sich eine Strähne aus dem Gesicht. »Gut möglich. Als Kind fand ich es jedes Mal schrecklich, dass an Mums Geburtstagen die Erwachsenen plötzlich so feierwütig wurden, inzwischen finde ich es aber ziemlich cool.« Sie sah in die Menge, und ich folgte ihrem Blick, wobei ich ihre Eltern eng umschlungen mitten auf dem Rasen sah.

»Das ist es auch. Ich muss zugeben, ich war etwas skeptisch, als du mich eingeladen hast, dich zu begleiten, aber es ist ziemlich schön hier.«

»Und das, obwohl ich den ganzen Nachmittag mit Mums Freunden im Garten saß?« Sie stupste mich leicht an, und der Blick aus ihren kristallblauen Augen wurde auf einmal intensiver.

»Falls du hören willst, dass ich dich vermisst und lieber für mich allein gehabt hätte: Ja, das hätte ich definitiv.«

Audreys Augen weiteten sich, und das Blau darin schien noch stärker zu strahlen – keine Ahnung, wie das überhaupt möglich war. »Ich bin mir sicher, wir finden noch Zeit für uns allein. Spätestens, wenn wir zurück in Chesthill sind.«

Das unausgesprochene Versprechen in ihrer Stimme setzte Bilder in meinen Kopf, die nicht unbedingt auf eine Party mit ihren Eltern gehörten.

Ich räusperte mich. »Das klingt gut.«

Sie lächelte und lehnte sich in meine Richtung, als könnte sie nicht anders. Als spürte sie ebenfalls, dass jedes bisschen Distanz zwischen uns zu viel war. Und ich genoss ihre Nähe in vollen Zügen, denn ich hatte nicht gelogen: Ich hatte sie heute Nachmittag vermisst und lieber Zeit mit ihr verbracht. Doch ich hatte mich nicht aufdrängen wollen.

Als Audrey mit ihren Eltern und den zwei Freundinnen ihrer Mum Kuchen gegessen und Geschenke ausgepackt hatte, hatte Dorothea mir zwar angeboten, mich ebenfalls dazuzusetzen, doch ich hatte abgelehnt. Zum einen, weil ich nicht stören wollte, zum anderen war ich mir nach wie vor nicht sicher, welche Rolle ich in dem Ganzen einnahm. Audrey und ich hatten bisher nicht die Zeit gehabt, darüber zu reden, was das zwischen uns bedeutete, und der Geburtstag ihrer Mum war sicherlich kein guter Zeitpunkt für dieses Gespräch. Außerdem wollte ich Audrey die Möglichkeit geben, ungestört mit ihrer Familie Zeit zu verbringen. Also hatte ich mich zurückgezogen und auf einem Spaziergang mit Peyton telefoniert, bevor ich mich wieder zu ihnen gesellt hatte.

Als ein langsamer Song begann, griff ich nach Audreys Hand. »Lust, auf eine weitere Runde?«

Erstaunt sah sie mich an. »Dafür, dass du dich vorhin noch über die Musikauswahl beschwert hast, bist du aber ganz schön motiviert.«

Statt einer Antwort zog ich sie mit einem Ruck an mich und

brachte uns in Tanzhaltung, wobei ich meinen Arm etwas enger um sie schlang als üblich.

»Eigentlich suche ich nur nach einem guten Grund, dir nah zu sein«, raunte ich ihr ins Ohr und spürte den Schauer, der ihren Körper durchlief.

»Dafür brauchst du keinen Tanz«, erwiderte sie leise und hob den Kopf.

Meine Antwort entfiel mir, als unsere Blicke sich trafen. In Audreys Augen brannte ein Feuer, das mir den Atem raubte. Ich hatte gewusst, dass sie leidenschaftlich sein konnte. Dass sie nichts aufhalten konnte, wenn sie eine Sache wirklich wollte. Ich hätte nur nicht gedacht, dass *ich* diese Sache sein könnte.

Aus dem Augenwinkel nahm ich wahr, wie Dorothea mit einem wissenden Lächeln zu uns herübersah, doch sobald wir uns bewegten, spielte der Rest der Welt keine Rolle mehr. Wir tanzten langsam, und mit gekonnten Tanzschritten hatte unser Hin- und Herschaukeln nichts gemeinsam, doch das war nicht wichtig.

Wichtig war nur, dass ich Audrey in meinen Armen halten durfte. Dass ich mich unter ihrem Blick gesehen und ganz fühlte, und dass ich ihr zeigen wollte, dass auch ich sie sah. Dass wir einander gefunden hatten und es vielleicht doch noch so etwas wie zweite Chancen gab. Auch für mich.

Die gefühlvolle Melodie lullte uns ein, und ich dachte nicht länger daran, wo wir uns befanden, als ich meinen Kopf senkte. Audrey kam mir entgegen, und ihre Lippen pressten sich suchend, beinahe hungrig auf meine. Es hätte nur ein kurzer Kuss werden sollen, doch sämtliche Zurückhaltung löste sich in Luft auf. Audrey drängte sich enger an mich, ihre Hände glitten über meine Brust und verschränkten sich in meinem Nacken. Ich keuchte auf und vertiefte den Kuss, spürte ihre Zunge an meiner und wollte nichts mehr, als sie wieder und wieder zu küssen …

Bis das Lied endete und die Wirklichkeit über uns zusammenschlug. Sofort machte ich einen Schritt zurück. Audrey sah mich mit geröteten Wangen leicht erschrocken an, fing sich jedoch schnell wieder. Verstohlen blickte ich mich um und begegnete Debbys prüfendem Gesichtsausdruck. Keine Frage – sie wusste nicht, was sie von mir halten sollte. Ich konnte es ihr nicht verübeln, trotzdem wünschte ich mir in diesem Moment, ich wäre mit Audrey allein.

In den letzten beiden Wochen hatten die Proben sämtliche Aufmerksamkeit von uns erfordert, und abends hatten wir es kaum geschafft, uns zu sehen. Extraproben mit Felicity waren mir dazwischengekommen, und dann war da noch Peyton, die ich abends nicht allein lassen wollte, auch wenn sie mir den Kopf abreißen würde, wenn sie davon wüsste. Sie war es gewohnt, für sich selbst zu sorgen – und für ihre Mum und Brüder gleich mit –, aber trotzdem wollte ich ihr zeigen, dass ich für sie da war. Bei mir musste sie nicht die Starke spielen, aber manchmal beschlich mich das Gefühl, dass sie gar nicht mehr wusste, wie es anders ging.

Die Musik spielte weiter, aber Audrey und ich verließen die Fläche, auf der getanzt wurde. Audreys Wangen waren noch immer leicht gerötet, und als wir uns ansahen, grinsten wir gleichzeitig. Als würde die Spannung, die eben noch zwischen uns geherrscht hatte, sich auflösen und in Albernheit umschlagen.

»Dann sind wir mal so anständig und feiern weiter«, sagte ich zu ihr, und sie nickte mit einem leisen Seufzen, das alles Mögliche bedeuten konnte und mir direkt unter die Haut ging.

»Das machen wir.«

Während der nächsten Stunde mischten wir uns unter die Gäste, wobei Audrey mir einige Leute vorstellte, deren Namen ich sofort wieder vergaß. Es waren auch ein paar in unserem Alter dabei, aber mit keinem schien Audrey wirklich eng zu sein. Abgesehen von Debby natürlich, mit der wir uns am längsten unterhielten. Schlechtes Gewissen machte sich in mir breit, weil Audrey meinetwegen nicht so viel Zeit mit Debby verbringen konnte, wie sie es sonst vielleicht getan hätte, aber keine der beiden gab mir das Gefühl, dass ich störte.

Als es schon eine ganze Weile dunkel war, Debby sich verabschiedet hatte und die Musik leiser gedreht wurde, griff Audrey kommentarlos nach meiner Hand und steuerte das Haus an.

»Holen wir Getränkenachschub?«, fragte ich, während wir das Haus durch die Verandatür betraten.

Sie schüttelte den Kopf, zog mich ins Wohnzimmer und schlang ihre Arme um mich. »Ich hab genug von der Party.«

»Was meinst du?« Überrumpelt sah ich sie an.

»Du meintest vorhin, du hättest mich heute Nachmittag lieber für dich allein gehabt. Ich würde sagen, in der letzten Stunde haben wir genügend Small Talk betrieben, um uns jetzt ohne schlechtes Gewissen von der Party stehlen zu dürfen.«

Meine Augenbrauen schossen nach oben. »Du meinst …?«

Statt einer Antwort verschloss sie meinen Mund mit ihrem, und spätestens jetzt hatte ich keine Zweifel mehr, was Audrey meinte.

## 29. KAPITEL

# Audrey

Mein Puls raste. Ich hielt Miles' Hand fest umklammert, als ich ihn ins erste Stockwerk zog. Keine Ahnung, was ich hier machte. Ich wusste nur, dass ich keine Minute länger von Leuten umgeben sein wollte, wenn ich stattdessen mit Miles allein sein konnte. Ich wollte ihn küssen, ohne an Mums oder Dads Blicke zu denken. Ihm nah sein, mehr von ihm spüren und endlich herausfinden, was passierte, wenn ich das Feuer, das er in mir entfachte, nicht direkt wieder löschte.

Als wir mein Zimmer erreichten, stieß ich die Tür auf. Wir stolperten mehr hinein, als dass wir gingen, und in der Sekunde, in der die Tür hinter uns ins Schloss fiel, spürte ich Miles' Hände an meinen Hüften. Sein Mund suchte meinen, und wir küssten uns, bis ich fast keine Luft mehr bekam. Atemlos krallte ich mich an seinem Hemd fest, während wir auf mein Bett zustolperten.

Miles kam zuerst auf der Matratze auf. Ich nutzte die Gelegenheit und schaltete die Lichterkette an, die an der Wand neben meinem Bett zwischen aufgehängten Fotos hing. Dann ergriff ich Miles' ausgestreckte Hand und ließ zu, dass er mich neben sich zog.

»Wenn du irgendetwas, was ich tue, nicht willst, sagst du es, okay?«, flüsterte ich.

Er nickte im dämmrigen Licht, und ich verlor mich in seinen Augen, die dunkel wie zwei Seen bei Nacht schimmerten. »Du auch. Sag mir, wenn etwas nicht okay ist. Jederzeit.« Die Ernsthaftigkeit in seiner Stimme wischte den letzten Rest Zurückhaltung beiseite.

Ich lehnte mich zu ihm hinüber, meine Lippen fanden seine und er erwiderte den Kuss voller Leidenschaft. Er vergrub eine Hand in meinen Haaren, zog mich näher, bis ich halb auf ihm lag und mein Körper sich an seinen presste. Mir wurde warm, und mein Herz schlug noch schneller – wie auch immer das möglich war.

»Du fühlst dich gut an«, murmelte er an meinen Lippen, und ich erschauderte.

Ich überbrückte den Abstand zwischen uns und küsste ihn erneut. Jedes Mal, wenn unsere Zungen aufeinandertrafen, zuckten kleine Blitze durch mich hindurch. Selten hatte ich mich so lebendig gefühlt wie in diesem Moment. Ich sank auf den Rücken und zog Miles mit mir, ohne den Kuss zu unterbrechen. Er stützte sich mit einer Hand auf der Matratze ab und schob ein Bein zwischen meine. Der raue Stoff seiner Jeans rieb an meiner nackten Haut, was mich fast in den Wahnsinn trieb.

Eine tiefe Sehnsucht machte sich in mir breit. Ich wollte von ihm berührt werden, wollte ihn ohne störende Kleidung spüren, ohne Angst und ohne Zweifel, die uns zurückhielten.

Ich wollte es so sehr.

Miles' Hände glitten über meine Seite und weiter nach unten, bis er den Saum meines Kleids fand. Mit den Fingern fuhr er über meine nackte Haut, schob den Saum langsam hoch, an der Innenseite meines Oberschenkels entlang … Ich schnappte nach Luft. Dort, wo er mich berührte, breitete sich Hitze aus. Auf einmal hielt er inne.

Warum hörte er auf? Die Vorstellung, dass er seine Finger noch höher wandern ließ, brachte mich fast um.

Ich suchte seinen Blick und fand einen fragenden Ausdruck. Dass er innehielt, um mich um Erlaubnis zu bitten, sollte selbstverständlich sein, trotzdem schlich er sich damit noch ein bisschen mehr in mein Herz. Machte den Gedanken, ihn irgendwann verlieren zu können, noch schmerzhafter.

»Hör nicht auf«, flüsterte ich, und meine Stimme klang laut in der Stille, die sich in meinem Zimmer ausgebreitet hatte.

Aus dem Garten wehte leise Musik zu uns herein, aber sie schien aus einer anderen Welt zu kommen. Einem Ort, der nichts mehr mit uns zu tun hatte. Im Hier und Jetzt spielte das Geschehen hinter unserem Haus keine Rolle.

»Okay.«

Mehr hatte Miles offenbar nicht gebraucht, denn er beugte sich umgehend zu mir herunter, presste seine Lippen auf meine und bat mit seiner Zunge um Einlass, während seine Finger sich höher bewegten. Er erreichte den Saum meines Slips, und mein Kopf fiel nach hinten ins weiche Kissen. Langsam, als wüsste er genau, wie sehr er meine Selbstbeherrschung herausforderte, strich er mit den Fingern am Saum entlang. Ich stieß einen ungeduldigen Laut aus, was Miles ein leises Lachen entlockte.

»Gefällt dir das?«

»Dass du dir so verdammt viel Zeit nimmst?« Auffordernd hob ich ihm mein Becken entgegen. »Nicht wirklich.«

Er nickte bloß und schob ohne Vorwarnung seine Finger unter den Slip. Ich keuchte auf.

»Ist das okay?« Sein Daumen fand den Punkt, an dem ich ihn mir am meisten wünschte.

Ich nickte atemlos. Meine Hand krallte sich in die Bettdecke, während Miles mich mit den Fingern verwöhnte und mir Laute entlockte, die irgendwo ganz tief aus meinem Innern zu kommen schienen.

In den letzten Jahren war ich immer mal wieder mit Männern zusammen gewesen, und ein paar hatten sogar gewusst, was sie taten und wie sie mich zum Höhepunkt brachten, aber es waren nie tiefere Gefühle im Spiel gewesen. Ich war dabei nie so zärtlich angesehen worden wie von Miles, der mich nicht aus den Augen ließ, während seine kreisenden Bewegungen schneller und mein Atem abgehackter wurde.

Mein Innerstes zog ich zusammen, ich spürte, wie sich Wellen der Lust anbahnten und schließlich über mir hereinbrachen, als Miles einen besonders empfindsamen Punkt traf. Mein Keuchen erfüllte den Raum, und ich richtete mich ein Stück auf.

»Das war … Wow, ich …« Kopfschüttelnd sah ich Miles an, der mich mit einem zufriedenen Lächeln beobachtete.

Im nächsten Augenblick beugte ich mich zu ihm, bedeckte seinen Mund mit Küssen und griff nach dem Saum seines Hemds. Ich wollte ihm zeigen, wie sehr ich mich nach ihm verzehrte, wie sehr ich seine Nähe genoss und dass ich noch nicht genug hatte.

Miles begriff sofort und half nach, indem er sich das Hemd über den Kopf zog. Mein Blick glitt über seinen nackten Oberkörper, und ich fuhr mit den Fingern über seine Brust hinab bis zu seinem Bauchnabel, was ihm ein Zittern entlockte.

»Ich will das hier«, murmelte ich und hielt am Bund seiner Jeans inne. »Ich will dich, und ich will nicht länger warten.«

»Verdammt, Audrey.« Ein dunkler Ausdruck trat in seine Augen, was das Verlangen schlagartig in meinen Körper zurückbrachte. Ich setzte mich auf und öffnete den seitlichen Reißverschluss an meinem Kleid, um es mir anschließend in einem Ruck über den Kopf zu ziehen und achtlos auf den Boden fallen zu lassen.

Miles' Augen weiteten sich, und sein Blick tanzte über meinen beinahe nackten Körper. Hitze durchflutete mich. Wenn er mich so ansah, fühlte ich mich wunderschön.

Er entledigte sich seiner Jeans und kam wieder zu mir. Beugte sich über mich, schob sanft ein Bein zwischen meine und verteilte Küsse auf meinem Dekolleté und Hals. Wir erkundeten den Körper des anderen, fuhren mit unseren Fingern Kurven und Narben, Wölbungen und Ecken nach und verloren uns ineinander.

Seine Hände waren sanft, wenn er mich berührte, und hatten nichts mit der Nacht gemeinsam, in der sich fremde Finger unter mein Kleid geschoben hatten, obwohl ich es nicht wollte. Miles erinnerte mich daran, dass es sich lohnte zu vertrauen. Dass ich loslassen durfte. Nicht, weil er mich auffing, sondern weil ich bei ihm sicher genug war, um mich fallen zu lassen.

Als er mir meinen BH auszog und ich mich selbst aus meinem Slip schälte, während er seine Boxershorts loswurde, hielt ich kurz den Atem an. Das dämmrige Licht im Zimmer hüllte uns ein und ließ Schatten auf unseren Körpern tanzen, als wir uns aufeinander zubewegten.

»Bist du sicher?«, wisperte ich, als ich mich über Miles positionierte. Er nickte, und ein dunkles Feuer loderte in seinem Blick, das mich beinahe verschlang.

Ich griff nach meinem Nachttischschrank, in dem seit meinem kurzzeitigen Wiedereinzug zu Hause Kondome lagen. Nicht, dass ich sie genutzt hatte, aber jetzt war ich froh, daran gedacht zu haben.

Das Rascheln von Folie erklang, dann lagen Miles' Hände schwer auf meinen Hüften, und ich senkte den Kopf. Wir küssten uns lange und tief, seine Zunge kreiste um meine, er schmeckte nach Minze und Apfelkuchen und mein Herz klopfte viel zu schnell. Mit jedem Schlag flüsterte es mir zu, dass ich Miles nicht nur wieder in mein Leben, sondern auch in mein Herz gelassen hatte.

Hatte der Gedanke mir vor ein paar Wochen noch Angst gemacht, erfüllte er mich jetzt mit Ruhe. Mit der Gewissheit, das Richtige zu tun. Es fühlte sich so verflucht gut an, meiner Intuition zu vertrauen und nicht länger vorsichtig zu sein.

Langsam ließ ich mich auf Miles sinken, nahm ihn in mir auf, bis er mich ausfüllte und sämtliche Gedanken verschwanden. Wir bewegten uns gleichzeitig und hielten zwischendurch inne, um uns küssen.

Irgendwann drehte Miles mich auf dem Rücken, und ich schlang meine Beine um seine Hüften. Er bewegte sich schneller und drängender. Unser Rhythmus wurde fiebrig, und ich hob mein Becken an, kostete jede Bewegung voll aus. Ein Keuchen glitt über seine Lippen, gefolgt von meinem geflüsterten Namen. Mein ganzer Körper stand unter Strom, und als Miles zitternd auf mir zusammenbrach, stand für einen kurzen Moment die Zeit still. Für ein paar Sekunden verharrten wir so, atemlos und eng umschlungen, während ich vergaß, dass die Welt sich weiterdrehte. Unsere Herzen donnerten wild wie eine Brandung an den Klippen, und ich versprach mir selbst, diese Erinnerung zu speichern.

»Wow«, murmelte Miles und drückte einen sanften Kuss auf meinen Hals, bevor er sich zur Seite rollte und das Kondom entsorgte. Sofort vermisste ich seine Nähe und das Gefühl, nicht zu wissen, wo ich anfing, und er aufhörte. Doch er kam zurück und schlang einen Arm um mich. Ich kuschelte mich an seine Brust, während er die Bettdecke über uns zog.

»War es okay für dich?«, fragte er.

Ich nickte lächelnd. »Sehr okay.«

Die Wärme seines Körpers lullte mich ein, und ich wurde müde. Von draußen drang immer noch Musik zu uns herein, und der Gedanke, dass meine Eltern mitsamt Gästen im Garten feierten, war nie absurder gewesen.

Miles schlang seinen Arm fester um mich, und ich atmete seinen vertrauten Geruch ein, als könnte ich so noch ein bisschen länger in dieser perfekten Blase bleiben, die wir in den letzten Minuten erschaffen hatten.

»Miles?«, murmelte ich schläfrig.

»Ja?« Er strich mit der Hand über meinen nackten Arm und ließ die Schmetterlinge in meinem Bauch fliegen.

»Ich bin sehr froh, dass du hier bist.«

Er lachte leise und drückte mir liebevoll einen Kuss aufs Haar. »Das bin ich auch, Audrey.«

Mein letzter Gedanke, bevor ich wegdämmerte, war, dass ich wünschte, ich könnte für immer hierbleiben. Eng umschlungen mit Miles in meinem Bett, wo die Welt und wir in Ordnung waren. Wo die Realität mit ihren Ängsten und Sorgen keine Chance hatte. Wo alles gut war.

Und zumindest für diese Nacht würde es genau das sein.

Sonnenlicht sickerte durch mein Fenster und kitzelte mich im Gesicht. Ich drehte mich um und landete auf Miles' nackter Brust. Mit einem Schlag war ich hellwach. Ich richtete mich ein Stück auf. Seine Atemzüge gingen regelmäßig und ruhig. Vorsichtig, um ihn nicht zu wecken, legte ich mich wieder hin, doch er musste meine Bewegung gespürt haben, denn im nächsten Moment schlang er einen Arm um mich.

»Bleib hier«, murmelte er schlaftrunken, die Augen noch immer geschlossen.

Lächelnd kuschelte ich mich an ihn und bettete meinen Kopf auf seine Brust. Mit einem zufriedenen Seufzen zog mich Miles an sich und vergrub das Gesicht in meinen Haaren. Mein Lächeln wurde breiter. Es war albern, wie dermaßen glücklich mich diese Geste und dieser Morgen machten.

Hätte mir jemand vor ein paar Monaten gesagt, dass ich nicht nur mit Miles zusammenarbeiten, sondern mit ihm in meinem Bett aufwachen würde, hätte ich nur gelacht. Oder vehement jeden Gedanken an Miles beiseitegeschoben.

Die Gegenwart, so schön sie auch war, konnte meine Vergangenheit nicht rückgängig machen. Was passiert war, war passiert. Aber ich konnte etwas daran ändern, wie ich die Geschichte erzählte. Ich konnte mich entscheiden, Miles in einem anderen Licht zu sehen. Mich selbst anders zu sehen. Ich konnte erzählen, dass mir schlimme Dinge zugestoßen waren und ich es nicht hatte verhindern können. Dass ich nicht zu naiv und Miles nicht im falschen Moment weg gewesen war. Dass wir damals unsere Chance verspielt hatten und es vielleicht genau so hatte kommen müssen. Weil es uns zu genau diesem Moment jetzt geführt hatte.

Zu diesem Morgen.

Wir waren damals jung gewesen, und auch wenn ich geglaubt hatte, verliebt zu sein, wusste ich jetzt, dass es nie mehr als eine Schwärmerei gewesen war. Ein Tagtraum, von dem ich mir gewünscht hatte, er würde wahr werden. Es war kein Vergleich zu dem, was ich jetzt fühlte. Zu der Art, wie mein Herz schneller schlug, wenn ich Miles ansah.

Als hätte er meine Gedanken gehört, öffnete er blinzelnd die Augen. »Alles okay?« Seine Finger strichen über meinen nackten Arm, und ich stützte mich auf seiner Brust auf.

Warum war es so verflucht leicht, mich in seinen Augen zu verlieren? Eine tiefe Zuneigung stieg in mir auf, flutete meinen Körper und schwemmte alle Angst fort.

Ich nickte, suchte nach Worten für die Wahrheit, die ich schlagartig begriff.

Ich war dabei, mich in Miles zu verlieben.

In sein Lachen und in seine Worte, in seine Fragen und seinen Blick, wenn ich antwortete. In sein Gesicht, das aufleuchtete, sobald er darüber sprach, wie es war, auf der Bühne zu stehen.

Es war das Letzte, was ich gewollt hatte. Das Letzte, womit ich gerechnet hatte.

»Audrey? Du machst mir langsam Angst.« Mit dem Daumen malte er unsichtbare Kreise auf meinen Arm, und ich schluckte schwer.

»Gestern Nacht war schön«, flüsterte ich und merkte selbst, wie belegt meine Stimme klang.

»Das war es.« Aufmerksam sah er mich an, und da bemerkte ich es. Ein kurzes Flackern. Für eine Sekunde huschte ein Schatten über sein Gesicht, und wenn das hier ein Theaterstück wäre, würde jetzt das Licht für einen dramatischen Effekt gedimmt werden.

Ich schluckte die Worte herunter, die mir auf der Zunge lagen, und die verraten würden, wie viel er mir bedeutete. Stattdessen rückte ich ein kleines Stück von ihm ab und räusperte mich. »Wir sollten vermutlich aufstehen.«

Er blinzelte, als realisierte er erst jetzt, wo wir waren. »Gott, ich hoffe deine Eltern sind bereits in der Küche, sodass ich mich runter ins Gästezimmer schleichen kann.«

»Was? Wegen der angeblichen Blicke von Dad?« Grinsend stupste ich ihn mit dem Ellenbogen an, genoss die Leichtigkeit, die sich wieder zwischen uns breitmachte und die Schatten vertrieb.

»Ich würde es lieber nicht darauf ankommen lassen.« Seine Mundwinkel zuckten, und die Schmetterlinge kehrten zurück.

Verflucht, ich wollte nicht aufstehen. Ich war noch nicht wieder bereit für die Realität. Für Chesthill, unsere Arbeit und die Frage, was das zwischen uns war, denn spätestens, wenn wir uns morgen im Theater gegenüberstanden, sollten wir wissen, wie wir vor anderen miteinander umgingen.

Statt einer Antwort beugte ich mich zu ihm hinunter. Meine Lippen berührten seine, kurz nur, beinahe flüchtig, doch als ich mich zurückziehen wollte, schlang Miles die Arme um mich. Lachend landete ich auf ihm und ließ zu, dass er den Kuss vertiefte.

Als draußen Schritte erklangen, erstarrte Miles.

»Keine Sorge, ich stelle mich vor dich, falls Dad gleich mit einer

Mistgabel reinkommt – oder welche veralteten Vorstellungen auch gerade durch deinen Kopf geistern.« Schmunzelnd fuhr ich ihm durch die Haare, während er das Gesicht verzog.

»Ertappt. Ich bin mir ohnehin sicher, dass du nicht wirklich jemanden brauchst, der dich beschützt, sondern das ganz gut allein kannst.«

Ich reckte das Kinn. »Ganz genau.«

Auf der anderen Seite der Tür knarrte eine Diele, und jetzt hielt auch ich inne. »Wir sollten wirklich aufstehen.«

Es war Mum durchaus zuzutrauen, dass sie auf dem Flur herumschlich, um mir damit zu verstehen zu geben, dass es Zeit wurde, zum Frühstück zu kommen und mich der Wirklichkeit zu stellen. Ich löste mich widerwillig von Miles, schlüpfte in ein großes T-Shirt, das herumlag, ehe ich die Tür einen Spalt öffnete und hinauslugte.

»Es ist niemand da«, flüsterte ich.

»Okay, dann schleiche ich ins Gästezimmer und ziehe mich um.« Miles huschte aus meinem Zimmer, nachdem er sich verdächtig schnell angezogen hatte. Ich lauschte seinen Schritten, die im Treppenhaus verklangen. Dass weder Mums noch Dads Stimme zu hören war, wertete ich als gutes Zeichen.

Kurz darauf verließ ich ebenfalls den Raum. Ich hatte schnell geduscht und mir eine Jeans und einen weißen Strickpullover angezogen, weil die Temperaturen noch frisch waren. An der Tür drehte ich mich um und schaute auf das gemachte Bett. Nichts verriet, was hier gestern Nacht geschehen war.

Ein plötzlicher Druck legte sich auf meine Brust. Es war eine Sache, neben Miles zu liegen und mich unendlich glücklich zu schätzen, wenn wir die Welt und unsere Mitmenschen dabei komplett ausklammerten. Wie würde es sein, wenn wir zurück in Chesthill waren? Zurück in unserem echten Leben, in dem Termine warteten und in dem wir es in den letzten Wochen kaum geschafft hatten, uns zu zweit zu sehen? Der Ausdruck auf Miles' Gesicht tauchte wieder vor mir auf. Er war nur für den Bruchteil einer Sekunde erschienen, aber das reichte, um die Zweifel zurückzubringen.

Entschlossen wandte ich mich ab und ging den Flur entlang zur Treppe. Ich würde die Angst nicht wieder gewinnen lassen und mich verschließen, weil ich glaubte, so sicherer zu sein. Miles in mein Leben zu lassen, war ein Risiko. Das war mir von Anfang an klar gewesen, doch jetzt war es ohnehin zu spät. Während mein Kopf noch versuchte, Wege zu finden, die Gefühle nicht zuzulassen, hatte mein Herz sich längst entschieden.

Ich betrat das Wohnzimmer und hielt inne. Mum und Dad saßen an einem gedeckten Tisch und frühstückten. Mit Miles. Er musste sich in Rekordgeschwindigkeit geduscht und umgezogen haben.

Auf seinen Lippen lag ein Lächeln, das nervös, aber echt wirkte, während er sich mit Mum unterhielt, als würden die beiden sich nicht erst seit diesem Wochenende kennen.

»Guten Morgen.«

Drei Augenpaare richteten sich auf mich. Dad wirkte erleichtert, mich zu sehen, während Mum mich nur wissend musterte. In Miles' Gesicht hingegen las ich endlose Zuneigung. Das Funkeln in seinen Augen ließ mein Herz schneller schlagen. Mein Mund fühlte sich auf einmal trocken an, und Bilder, wie er mit seinen Händen über meinen Körper strich, wie er mich küsste und nicht mehr losließ, tanzten durch meinen Kopf.

Schnell ging ich auf den Tisch zu und setzte mich auf den freien Platz neben Miles. »Danke fürs Frühstückrichten«, sagte ich und schnappte mir einen Bagel.

Dad schenkte mir kommentarlos Kaffee ein, was mir ein Lächeln entlockte. So war es schon immer gewesen, wenn Mum früh ins Büro ihrer Architekturfirma gefahren war und wir zu zweit gefrühstückt hatten. Meistens waren dabei kaum Worte gefallen, aber wir hatten uns auch so verstanden, und ich hatte das einvernehmliche Schweigen zwischen uns immer gemocht.

»Gern. Ich habe es gerade schon zu Miles gesagt, das Fest war wirklich ein Erfolg.« Mum strahlte über das ganze Gesicht und schob sich ein Stück Apfelkuchen in den Mund, der noch von gestern übrig sein musste.

»Natürlich war es das! Deine Partys sind legendär, Mum.«

Sie warf mir ein Lächeln zu und wandte sich dann wieder Miles zu, während Dad sich zurücklehnte und in aller Ruhe seinen Kaffee trank. Wieder einmal musste ich gegen den Impuls ankämpfen, mich zu kneifen. Passierte das hier wirklich?

»Ich bin schon sehr gespannt auf die Aufführung«, sagte Mum zu Miles, und ich spürte mehr, als dass ich es sah, wie er sich leicht versteifte. Ein angebissenes Toastbrot lag auf seinem Teller, das er, seit ich am Tisch saß, nicht angerührt hatte.

»Ich auch, langsam steigt die Nervosität im Team.«

»Das glaube ich. Audrey meinte schon, spätestens in den Tagen vor der Aufführung werden alle zum Nervenbündel. Aber ich bin mir sicher, dass letztendlich alles gut wird. So wie Audrey von dir und der anderen Schauspielerin geschwärmt hat.«

Bildete ich es mir nur ein, oder färbten sich Miles' Wangen leicht rot?

Er warf mir einen raschen Blick zu, und ich hob abwehrend die Hände. »Ich habe nur die Wahrheit gesagt. Du und Felicity seid auf der Bühne der Hammer! Ich hätte mir keine bessere Besetzung wünschen können.«

Miles blinzelte kurz und tastete unter dem Tisch nach meiner Hand. Sanft drückten seine Finger meine, bevor er wieder losließ. »Dann hoffe ich, wir werden den Erwartungen gerecht.«

»Ganz bestimmt. Wir freuen uns jedenfalls schon«, fuhr Mum fort, und selbst Dad nickte bei ihren Worten und schenkte Miles einen anerkennenden Blick.

»Ihr findet es doch allein schon deshalb toll, weil ich es geschrieben habe«, warf ich schmunzelnd ein. »Ihr habt sogar mein selbst inszeniertes Theaterstück damals in der fünften Klasse gut gefunden.«

»Natürlich«, erwiderte Mum. »Das ist schließlich die Aufgabe von Eltern. Mal abgesehen davon, dass du Talent hast, Audrey. Ich bin mir sicher, deine Eltern sind ebenfalls sehr stolz.« Sie lächelte Miles zu, ohne zu bemerken, wie er sich anspannte.

Ich hielt die Luft an und konnte beinahe spüren, wie sich die Sonne, die uns heute Morgen geweckt hatte, zurückzog. Wie der Schatten auf Miles' Gesicht zurückkehrte.

Er zwang sich zu einem Lächeln. »Bestimmt sind sie das.« Seine Stimme klang hohl.

Mum schien nun doch etwas zu merken, denn sie sah mich fragend an, aber ich schüttelte nur unmerklich den Kopf. Im nächsten Moment wechselte sie das Thema, redete über ihre Gäste und den Abend und verwickelte Dad in ein Gespräch. Dass der aussah, als wollte er lieber in Ruhe seinen Kaffee trinken, ignorierte sie.

Den Rest des Frühstücks über sprach Miles kein Wort mehr.

Am liebsten hätte ich eine Hand nach ihm ausgestreckt oder ihn gefragt, was los war, aber vor meinen Eltern ging das nicht, und auch ohne Miles direkt anzusehen, wusste ich, dass er gerade nicht reden wollte.

Als wir uns verabschiedeten, um nach Chesthill zurückzufahren, bedankte Miles sich bei meinen Eltern für die Gastfreundschaft, doch das Lächeln auf seinen Lippen erreichte nicht seine Augen. Ich versprach Mum und Dad, mich zu melden, wenn ich in der WG angekommen war, und folgte Miles. Wortlos startete er den Motor, und als wir vom Parkplatz rollten, war der Druck auf meiner Brust wieder da.

»Ist es okay, wenn ich Musik anmache?«, fragte Miles leise. »Ich brauche gerade Zeit, um meine Gedanken zu sortieren.«

»Natürlich.«

Seine Worte waren nicht viel, aber es war so viel besser als nur ein kaltes Schweigen, das ich nicht durchbrechen konnte. Ich wusste, wie es war, Dinge mit sich herumzutragen, über die man nicht gern sprach. Wer kannte das nicht? Miles hatte seine Päckchen wie ich auch, und ich vertraute darauf, dass er irgendwann darüber reden würde. Dass sie nicht zwischen uns stehen mussten.

Trotzdem blieb etwas von der Leichtigkeit, die ich in den letzten Tagen gespürt hatte, bei meinen Eltern zurück, und mit jeder Meile, die wir uns Chesthill näherten, rückten der Tanz und die gemeinsame Nacht in weitere Ferne.

# 30. KAPITEL

## Miles

In der Sekunde, in der ich meine Wohnung betrat, wäre ich am liebsten direkt wieder umgekehrt und zu Audrey gefahren. In einer anderen Welt hätte ich den Rückweg nicht schweigend verbracht, sondern darüber gesprochen, wie sehr es schmerzte, die Liebe ihrer Eltern zu sehen. Ihre bedingungslose Unterstützung und ihr Interesse an allem, was Audrey tat.

Vielleicht hatte ich mich in den letzten Jahren zu sehr daran gewöhnt, solche Dinge mit mir selbst auszumachen. Zu schweigen und zu flüchten – in die Rollen, die ich verkörperte, in laute Musik, in Barbesuche mit Freunden, in Sport. In alles, was meine Gedanken übertönte. Vielleicht hatte ich aber auch nie gelernt, darüber zu sprechen, weil ich mich in den letzten Jahren nicht mit Menschen umgeben hatte, die viele Fragen stellten.

»Miles?« Peytons Stimme erklang aus dem Wohnzimmer, und kurz darauf betrat sie den Flur. Ein Blick in mein Gesicht reichte aus, dass sie wortlos zu mir kam und mich fest umarmte.

Ich ließ es zu und hielt mich an ihr fest – der einzigen Person, deren Fragen ich stets zugelassen hatte, weil sie nie viele stellte.

Peyton kannte meine Eltern. Sie kannte ihr Desinteresse, Dads

Blick, der zu oft auf sein Handy und die nächste Geschäftsmail gerichtet war, und Mums abwesendes Lächeln, wenn sie nebenbei auf einem iPad das nächste Dinner mit ihren Kollegen plante. Sie musste nicht viel fragen, um mich zu verstehen. Auch wenn mir ihr Schmerz oft größer erschienen war, hatte sie mir auf ihre Weise gezeigt, dass sie jederzeit ein offenes Ohr für mich hatte. Und sie hatte mich daran erinnert, dass Schmerz nie gleich war und ich ein Recht auf jedes Gefühl hatte. Auf die Enttäuschung, die Verbitterung und die Wut.

»Lust auf einen gemütlichen Abend auf der Couch?«, schlug sie vor. »Ich mach uns Ofengemüse und du packst erst mal aus und dann quatschen wir?«

Ich nickte stumm, dankbar dafür, dass sie genau wusste, was ich jetzt brauchte.

Nachdem ich geduscht und schnell ausgepackt hatte, ging ich in die Küche. Eigentlich hatte ich Peyton beim Gemüseschneiden helfen wollen, doch sie schickte mich sofort wieder weg. Also ließ ich mich in das weiche Polster der Couch sinken.

In meinem Kopf wirbelten Bilder von Audrey durcheinander – wie sich ihre Haare über ihren Rücken ergossen, während sie mit einem glücklichen Lächeln neben mir ihm Bett lag, wie sie lachte und ihre Augen bei unserem Tanz hell aufblitzten … Als sie in meinen Armen gelegen hatte, war es in mir still geworden. Für ein paar Minuten hatte ich nichts als einen tiefen Frieden gespürt, und allein für diesen Frieden wollte ich sie wieder und wieder halten. Doch da war auch das Bild von ihren Eltern, die sie liebevoll musterten und die sich für ihre Tochter nur das Beste wünschten. Audrey hatte es verdient – das Beste. Die Sonnenseiten des Lebens, die ganz großen Träume.

*Was, wenn du nicht das Beste für sie bist?*

Wie oft würde ich gegen die kleine, fiese Stimme in meinem Kopf noch ankämpfen müssen? Wie oft mir selbst beweisen, dass ich Glück, Erfolg und Liebe verdient hatte? Ich hasste es.

»Das war wohl ein intensives Wochenende, was?« Peytons Stimme durchbrach meine Gedanken und holte mich zurück ins Wohnzimmer.

»Kann man so sagen.«

»Du siehst glücklich aus. Und ein bisschen traurig. Ich glaube, du bist einer der wenigen Menschen, die ich kenne, die beide Ausdrücke gleichzeitig im Gesicht tragen können.«

Sie hatte sich neben mich auf die Couch gesetzt, die Beine angezogen, sodass sie im Schneidersitz dasaß und mich direkt ansehen konnte.

Ich lächelte müde und wandte mich meiner besten Freundin zu. »Mit Audrey wegzufahren war … Du hättest es nicht geglaubt, wenn du mich gesehen hättest. Wir haben getanzt. Auf der Geburtstagsfeier ihrer Mum. Und ich habe es sogar genossen.«

Peytons Augenbrauen schossen nach oben. »Dich hat es echt erwischt, oder?«

Ich lachte leise. »Scheint fast so, oder?« Im nächsten Moment wurde ich wieder ernst. »Es war verdammt schön, Zeit mir ihr zu verbringen. Ihre Eltern, die Gäste und die Party haben letztendlich keine Rolle gespielt. Es ging mir nur um sie.« Ich holte tief Luft. »Wir haben miteinander geschlafen. Es hat sich richtig angefühlt. Als wäre alles andere nicht wichtig, und als gehörten wir zusammen. So was habe ich davor noch nie empfunden.«

»Das klingt schön, Miles.«

Ich zog hilflos die Schultern hoch. »Ich weiß.«

»Warum siehst du dann aus, als würden sich über dir gerade dunkelschwarze Gewitterwolken zusammenbrauen?«

Ich seufzte. »Weil ich nicht weiß, ob das alles nicht nur eine Illusion ist. Weil ich nicht weiß, ob das funktionieren kann, ob ich für eine Beziehung gemacht bin, ob es überhaupt das ist, was sie will … Ihre Eltern sind anders als meine. Sie ist in einer anderen Welt aufgewachsen als ich, und ich weiß nicht, ob sie mich auch an meinen weniger guten Tagen verstehen und mögen würde. Immerhin habe ich sie schon einmal enttäuscht.« Meine Schultern sanken wieder herab, und ich verfluchte mich innerlich dafür, dass ich so war. Dass ich nicht optimistisch und hoffnungsvoll bleiben konnte.

»Das hast du nur, weil du mir geholfen hast! Weil ich in Not war! So, wie ich Audrey einschätze, versteht sie das rückblickend. Du hast sie ja nicht absichtlich stehen lassen. Außerdem waren Leute aus ihrer Stufe da, und es ist nicht so, als wäre dein Weggehen wirklich fatal gewesen. Ich glaube, du bist zu hart zu dir selbst. Audrey ist eine erwachsene Frau, die weiß, was sie will. Zumindest klingt sie in deinen Erzählungen so. Denkst du nicht, sie kann selbst entscheiden, was gut für sie ist und was nicht? Mal ganz abgesehen davon: Allein dass du dir diese Gedanken machst, zeigt, dass du zu den Guten gehörst. Ich wünschte, du könntest sehen, dass du es verdient hast, glücklich zu sein.«

Ich verzog das Gesicht. »Was ist mit dir? Weißt du, dass du es verdient hast? Dass es nicht deine Schuld oder Verantwortung ist, dass Roy noch immer im Leben deiner Mum ist?«

»Das ist nicht fair.« Peyton schnappte sich ein Kissen und schlang die Arme darum, als müsste sie sich daran festhalten.

»Ich weiß.« Entschuldigend sah ich sie an. »Es wäre so viel leichter, wenn wir ein bisschen weniger verkorkst wären, was?«

»Oder, wenn wir es uns weniger schwer machen würden. Wir haben ziemlich viel von unserem Glück selbst in der Hand, glaubst du nicht?« In Peytons Blick lag eine unerschütterliche Stärke, die ich schon immer an ihr bewundert hatte.

»Vermutlich hast du recht.«

»Ziemlich sicher habe ich das. Auch wenn ich das an den meisten Tage vergesse und überzeugt bin, rein gar nichts Gutes bewirken zu können. Aber darüber will ich jetzt nicht reden. Erzähl mir lieber genauer von dieser Tanzsache. Das hätte ich zu gern gesehen.«

Ich ließ mich auf den Themenwechsel ein, weil wir es beide brauchten. Ein bisschen Leichtigkeit – ein Gespräch, in dem es nicht um die Angst ging, was Roy ihrer Familie als Nächstes antat, oder um meine verkorksten Frauengeschichten, zu denen Audrey hoffentlich nie gehören würde.

Als das Ofengemüse fertig war, teile Peyton es auf zwei Teller auf, und während wir aßen, erzählte sie von ihrem Wochenende. Sie hatte am Samstag in ihrer neuen Stelle ausgeholfen: einem kleinen Secondhandladen in der Innenstadt, der auf einer größeren Straße parallel zur Rosebery Avenue lag.

»Der Job ist eine gute Ablenkung.« Sie nahm mit einem genüsslichen Seufzen einen Bissen von dem Ofengemüse und lehnte sich zurück. »Die Kunden sind meistens recht entspannt, und wenn nicht viel los ist, kann ich nebenher zeichnen.«

Ich schob mir ebenfalls eine Gabel voll Gemüse in den Mund und musterte Peyton nachdenklich. »Wir müssen nicht unbedingt heute darüber reden, aber irgendwann schon. So, wie es gerade in deiner Familie ist – dass Roy alles kaputt macht und du dein Studium abgebrochen hast …«

»Ich weiß, dass es so nicht weitergehen kann. Es muss sich etwas ändern. Ich weiß das! Aber bei den letzten Telefonaten mit Mum hatte ich keine Chance, sie zur Vernunft zu bringen.« Sie runzelte die Stirn, und über ihr Gesicht glitt ein düsterer Ausdruck, den ich schon viel zu oft darin gesehen hatte. »Ich werde mir was überlegen.«

»Wenn ich irgendwie helfen kann, sag es mir! Du musst da nicht allein durch, Peyton.«

Darauf erwiderte sie nichts, doch die Traurigkeit in ihren Augen sprach für sich. »Können wir einen Film schauen und uns für heute nur noch von seichten Inhalten berieseln lassen?«, fragte sie leise.

»Natürlich.«

Ich war spät dran und leicht außer Atem, als ich am nächsten Morgen im Proberaum ankam. Mit einem Ruck stieß ich die Tür auf. Es waren bereits alle da. Shit.

So schnell ich konnte, hastete ich in Richtung Bühne, wo Felicity, Brittany und Juan saßen. Mit einem gemurmelten *Sorry* setzte ich mich neben Felicity auf den Bühnenrand.

Joanne nickte nur kurz und erklärte dann weiter den Wochenplan und welche Proben und Vorbereitungen die nächsten Tage anstanden. Ich versuchte, mich auf ihre Worte zu konzentrieren, doch als mein Blick auf Audrey fiel, die mit einem Notizbuch in der Hand neben ihr saß, war es vorbei mit der Konzentration.

Sie trug eine hochgeschlossene Jeans mit einem engen weißen

Top, das ihre Rundungen auf eine Weise betonte, die mich an Samstagnacht denken ließ. Ich konnte nicht anders, als sie anzustarren. Hatte sie schon immer so verdammt schön ausgesehen? Mit ernster Miene notierte sie sich etwas auf ihrem Block, und es fehlte nicht viel, dass ich aufgestanden und zu ihr gegangen wäre. Nach ihrer Hand gegriffen und vorgeschlagen hätte, dass das Team auch für einen Tag ohne uns auskam. Dass wir, statt zu proben, Samstagnacht wiederholen könnten.

Audrey sah auf, und ihr Blick traf meinen. Kurz trat ein Funkeln in ihre Augen, und ihre Mundwinkel hoben sich leicht.

Mir wurde schlagartig heiß. Verdammt. Wie sollte ich mich auch nur ansatzweise auf die Arbeit konzentrieren, wenn sie mich so ansah?

Sämtliche Gedanken an unsere stille Rückfahrt und mein Schweigen verblassten. Ich konnte für Audrey die zweifelnde Stimme in meinem Kopf in den Griff kriegen. Ich musste.

»Gut, dann können wir starten.« Joanne klatschte in die Hände, und ich zuckte zusammen. Ich hatte kaum ein Wort von dem, was sie gesagt hatte, mitbekommen.

»Keine Sorge«, flüsterte Felicity mir zu. »Ich erklär dir, was zu tun ist. Aber nur, wenn du mir verrätst, was zwischen dir und Audrey gelaufen ist, dass ihr euch so dermaßen offensichtlich anschmachtet.«

»Deal«, murmelte ich und gab mir größte Mühe, nicht noch einmal in Audreys Richtung zu schauen.

Bis zur Mittagspause probte ich mit Felicity und den anderen auf der Bühne. Joanne gab immer wieder Anweisungen, ließ uns Szenen wiederholen und schlug Änderungen vor. Audrey verschwand zwischendurch mit Simon, um die Planung für die Aufführung durchzugehen. Ich sah sie erst wieder, als ich gerade auf dem Weg in den Aufenthaltsraum war. Sie kam mir entgegen, den Blick auf ihr Handy gerichtet, sodass sie mich erst im letzten Moment bemerkte.

»Oh, hi.« Eine leichte Röte erschien auf ihren Wangen. Ich schluckte schwer, schaute auf ihren Mund, zurück zu ihren Augen und wünschte, wir wären woanders. Vorzugsweise an einem Ort mit wenig Menschen.

»Hi.«

Himmel, konnte das hier noch seltsamer werden?

»Hast du auch gerade Pause?«

Ich nickte und trat einen Schritt auf sie zu. Wenn ich die Hand ausstreckte, würde ich sie direkt berühren können.

Nervös schaute sie sich um. »Miles …«

»Sorry, ich weiß. Die Arbeit.« Ich verzog das Gesicht und wollte gerade wieder auf Abstand gehen, als Audrey meine Hand ergriff.

»Ich wüsste einen Ort, wo wir ungestört reden können.« Sie zog mich mit sich, und ich war zu überrumpelt, um mich zu wehren oder etwas zu erwidern.

Wir durchquerten den Flur, bogen vor dem Proberaum ab und hielten vor einer Tür inne, die Audrey kurzerhand mit einem Schlüssel aufschloss.

»Wenn das der Moment ist, in dem du mich in eine Putzkammer lockst und dich als irre Mörderin herausstellst …«

Sie lachte nur und öffnete die Tür.

Der Raum war größer als erwartet, und ich hielt überrascht inne, als ich realisierte, wo wir waren.

»Das ist die Kostümkammer.«

»Eine von zwei, ja.« Audrey nickte und ging tiefer in den Raum hinein.

Zahlreiche Kleiderstangen mit Hosen, Röcken, weiten Kleidern, die aus einem anderen Jahrhundert stammen könnten, sowie Anzügen und Blazern standen an den Wänden entlang. Im hinteren Teil befand sich ein blassblaues Sofa, das seine besten Tage bereits hinter sich hatte. An der Tür eines massiven Holzschranks hing ein Zettel mit der Aufschrift *Hüte, Perücken & sonstiger Haarschmuck.*

Ich steuerte das Sofa an, wo Audrey sich bereits hingesetzt hatte, und ließ mich nah genug neben sie sinken, sodass unsere Beine sich berührten.

Sie atmete hörbar aus. »Ich glaube, das ist der erste Moment heute, in dem ich so etwas wie Ruhe habe.«

»Geht mir auch so.« Ich streckte eine Hand nach ihr aus, und meine Finger begannen, Muster auf ihren Oberschenkel zu malen. Ich begriff erst, was ich tat, als Audrey sich anspannte.

»Wir sollten reden«, sagte sie leise.

Ich nickte. »Sollten wir.«

»Über uns, meine ich. Darüber, was das Wochenende bedeutet.« Sie wandte den Kopf und sah mich an. Ihre Lippen waren verflucht nah, und mein Blick blieb an ihrem Mund hängen. Wenn ich jetzt die Augen schloss, würde ich abrufen können, wie ihre Küsse schmeckten – ein Hauch von Kaffee und Regen. Ich würde mich daran erinnern können, wie mein Herz fast schmerzhaft schnell gegen meine Rippen pochte, sobald ich sie berührte, und wie sehr ich dieses Gefühl mochte und zugleich fürchtete.

»Ich …« Satzanfänge flogen durch meinen Kopf, doch ich schaffte es nicht, die richtigen Worte zu finden.

Audrey lehnte sich unmerklich in meine Richtung und kam mir gefährlich nah. »Vielleicht können wir aber auch wann anders darüber reden.« Ihre Stimme wurde zu einem Flüstern, ihr Blick lag unverwandt auf mir.

Ich rückte näher, und meine Hand blieb schwer auf ihrem Oberschenkel liegen. Für einen Moment sahen wir uns stumm an, dann bewegte sich Audrey. Sie überbrückte den Abstand, und im nächsten Augenblick spürte ich ihren Mund auf meinem. Ein tiefes Seufzen entglitt mir, als hätte ich während der letzten Stunden genau darauf gewartet, ohne es zu wissen.

Wir küssten uns lange und tief. Ich nahm nur noch sie wahr, ihre weiche Haut unter meinen Fingern, als ich mit einer Hand über ihre Wange zu ihrem Nacken strich. Ihre Lippen lagen sanft auf meinen, und wäre in dieser Sekunde jemand in den Raum geplatzt, hätte ich es vermutlich nicht mal mitbekommen.

Audrey zu küssen, war ein bisschen wie die Zeit anzuhalten. In diesem Moment, mit ihr in meinen Armen, gab es keine Vergangenheit oder Zukunft. Es gab nur das Jetzt, und das Jetzt war verdammt gut.

Irgendwann löste sich Audrey von mir. Mit geröteten Wangen sah sie mich an, und ein breites Lächeln erschien auf ihren Lippen. »Als ich die Kostümkammer zum ersten Mal gesehen habe, hätte ich nicht damit gerechnet, irgendwann mit dir hier zu landen.«

Ich lachte leise. »Das glaube ich sofort. Du warst anfangs zu sehr damit beschäftigt, mich zu hassen.«

»Ich habe dich nie gehasst«, widersprach sie sofort, und ihr Blick verdunkelte sich für den Bruchteil einer Sekunde.

Am liebsten hätte ich mir auf die Zunge gebissen – wie blöd

konnte man sein? Von allen Themen, die es zu umgehen gab, hatte ich natürlich genau das wählen müssen. »Ich weiß, sorry.«

»Schon gut«, lenkte sie ein. »Es war eben ein schwieriger Start. Aber ich finde, wir machen uns ganz gut.« Sie lächelte vorsichtig, beinahe fragend, und mein Herz schwoll an.

»Das hoffe ich doch.« Ich wollte etwas hinzufügen, als laute Schritte auf dem Flur erklangen.

Mit einem Satz war Audrey auf den Beinen. Hektisch strich sie ihr Top glatt und fuhr sich durch die Haare. »Mist. Bitte lass nicht Joanne oder Simon hier reinplatzen.« Sie sah an sich herunter und warf mir einen gehetzten Blick zu. »Sieht man es?«

»Was genau?« Schmunzelnd stand ich ebenfalls auf. »Dass wir uns geküsst haben? Dass es dir gefallen hat und du mir am liebsten hier und jetzt die Kleider vom Leib gerissen hättest?«

»Miles!« Entsetzt schnappte sie nach Luft, musste im nächsten Moment jedoch selbst lachen. »Das fühlt sich an, als wären wir wieder Teenager.«

»Allerdings würden wir uns dann nicht vor unseren Chefs verstecken, sondern vor Mrs Bridge.«

»Oh Gott, hör auf! An die Schreckschraube habe ich Jahre nicht mehr gedacht. Sie hat mir in Mathe das Leben zur Hölle gemacht.«

»Wem nicht?« Ich grinste, genau wie Audrey.

»Wir müssen zurück«, meinte sie nach einem schnellen Blick auf ihre Uhr. »Die Probe geht weiter.«

»Schade«, entfuhr es mir.

Audrey hob nur die Schultern. »Wir können das hier wiederholen. Am besten an einem Ort, an dem niemand reinplatzen kann.« Ohne eine Erwiderung abzuwarten, ging sie zur Tür und schlüpfte hinaus auf den Gang.

Ich folgte ihr und verfluchte sie im Stillen dafür, mein Kopfkino direkt wieder angeregt zu haben. Wenn ich den Rest des Tages einen halbwegs guten Job machen wollte, wäre es besser, nicht weiter über ihren Kommentar nachzudenken.

## 31. KAPITEL

# Audrey

»Hey, Leute.« Beim Betreten der Wohnung schlug mir der Geruch von geschmolzenem Käse entgegen, und mein Magen reagierte sofort mit einem hungrigen Grummeln.

»Hey«, rief Sutton aus dem Wohnzimmer. »Du hast ein super Timing. Wyatt ist gerade fertig geworden mit Kochen.«

»Habe ich schon mal erwähnt, wie verdammt froh ich bin, euch als Mitbewohner zu haben?« Ich streifte meine Schuhe und Jacke ab, verstaute sie in der Garderobe im Flur und betrat das Wohnzimmer.

Sutton saß mit einem Zeichenblock auf dem Sofa und hob den Kopf, als sie mich sah. »Hast du. Aber du darfst es gern wieder und wieder sagen.«

Grinsend ließ ich mich auf den Sessel sinken, in der festen Absicht, so schnell nicht wieder aufzustehen. Die Woche war intensiv und anstrengend gewesen. Die Premiere rückte näher, und es gab noch viel zu erledigen bis zur ersten Aufführung in vier Wochen. Wenn ich abends nach Hause kam, schwirrte mir oft der Kopf von den vielen Informationen und Vorbereitungspunkten, die noch auf der To-do-Liste standen.

»Ich hoffe, du bringst Hunger mit.« Wyatt erschien im Türrahmen der Küche.

»Und wie«, erwiderte ich. »Heute Mittag bin ich kaum zum Essen gekommen, weil ich in der Pause mit Simon die Flyer und Plakate durchgeschaut habe, die Anfang nächster Woche aufgehängt werden müssen – womit wir bereits spät dran sind.«

»Oje, das klingt ganz schön stressig. Hoffentlich kannst du dann heute Abend gut entspannen. Ich hol gleich mal die Lasagne aus dem Ofen.« Wyatt verschwand wieder in der Küche, während Sutton aufsprang und Teller aus dem Regal holte. Als ich ebenfalls aufstehen wollte, winkte sie ab.

»Bleib sitzen. Du brauchst die Erholung dringender als wir.«

Ich nickte dankbar und nahm mir fest vor, morgen oder übermorgen Muffins oder Scones zu backen, um mich zu revanchieren. Am Wochenende hatte ich momentan noch nichts vor, und das musste ich ausnutzen.

Debby hatte bereits darüber geklagt, dass wir seit Mums Geburtstag vor einer Woche kaum miteinander gesprochen hatten. Sie platzte vor Neugier und wollte unbedingt wissen, wie es zwischen mir und Miles lief. Aber ich hatte es bisher schlichtweg nicht geschafft, sie anzurufen. Nach der Arbeit war ich oft so erledigt gewesen, dass ich erst mal eine Folge *Sex Education* geschaut und sonst nichts getan hatte. Und dann war da noch Miles, den ich seit unserer Pause in der Kostümkammer an zwei Abenden besucht hatte. Jedes Mal mit dem festen Vorsatz, darüber zu reden, was das zwischen uns war. Doch es war nie zu einem Gespräch gekommen. Zum einen, weil er mindestens genauso erschöpft war wie ich, und zum anderen, weil wir mit anderen Dingen beschäftigt gewesen waren.

Ich hatte beide Male die Nacht bei ihm verbracht, und am Morgen waren wir zusammen zur Arbeit gegangen, wobei wir vor Juan so getan hatten, als wären wir uns zufällig auf dem Weg begegnet. Keine Chance, dass er uns das wirklich abgekauft hatte.

Ein Lächeln stahl sich auf meine Lippen, als ich an Miles dachte. Die Momente, wenn wir in seinem Bett lagen, er einen Arm um mich schlang und ich mich an ihn kuschelte, waren meine liebsten. Wenn ich nicht an den nächsten Morgen und die Zukunft dachte und die Welt vollkommen in Ordnung war.

»Achtung, heiß!« Wyatt kam mit der Lasagne aus der Küche und stellte sie auf dem kleinen Couchtisch ab.

Ich setzte mich aufrecht hin und atmete den köstlichen Geruch ein, der mir in die Nase stieg. »Danke fürs Kochen. Ich weiß gar nicht, womit ich es verdient habe, dass ich hier so verwöhnt werde.«

»Das mach ich gern. Ich bin froh, dass ich nicht nur für mich allein kochen muss. Kleine Portionen kriege ich nicht hin.« Wyatt setzte sich neben Sutton auf die Couch.

»Du bist mein Held, weißt du das?«, sagte sie, und ich dachte nicht zum ersten Mal, dass die beiden eine wahnsinnig schöne Freundschaft hatten. Da gab es keine Dramen, keine Missverständnisse und auch keine komplizierten Gefühle. Und Sutton hatte mir bereits mehr als einmal gesagt, dass sie und Wyatt wie Geschwister waren. Vermutlich fühlte ich mich deshalb in der WG so wohl. Ich brauchte eine familiäre Atmosphäre, um richtig durchatmen zu können.

Wieder tauchte Miles in meinen Gedanken auf, ebenso wie die Frage, wer ihn auffing, wenn es ihm schlecht ging. Er hatte zwar Peyton, und sie stand ihm ganz offensichtlich nah, aber darüber hinaus hatte ich ihn nie über Familienmitglieder oder Freunde sprechen hören, die ihm besonders wichtig wären.

»Wie viel willst du?« Sutton hielt einen Teller in der Hand und sah mich fragend an.

»Gern eine größere Portion, danke!«

Sie lud mir ein ordentliches Stück Lasagne auf den Teller und stellte ihn vor mir auf dem Couchtisch ab, dann machte sie mit Wyatts und ihrem Teller weiter.

In den nächsten Minuten sagte keiner von uns besonders viel. Wir waren zu beschäftigt mit Essen, das mal wieder köstlich schmeckte.

»Wie war eure Woche denn so?«, fragte ich schließlich, als ich den Großteil meiner Portion gegessen hatte.

»Gut. Ich durfte gestern mehrere Stunden lang ein Mandala stechen, das sich zwischen den Schulterblättern hindurch bis zum unteren Rücken gezogen hat. Das war ’ne super Session und hat echt Spaß gemacht.«

»Ich find’s ja nach wie vor beeindruckend, dass du mit einer Nadel Kunst auf der Haut von Menschen machst«, meinte ich.

Sie grinste. »Wenn du es so formulierst, klingt es tatsächlich ziemlich cool, was ich da so mache.«

»Ist es auch«, warf Wyatt ein.

»Und warum darf ich dir dann keins stechen?« Fast schon anklagend sah sie ihn an.

Er verzog das Gesicht. »Weil mir Nadeln Angst machen.«

Sie schüttelte bloß den Kopf. »Ich bin mir sicher, ich würde dir die Angst nehmen können.«

»Irgendwann«, versprach er und wandte sich an mich. »Wie läuft’s in der schillernden Theaterwelt?«

»Ganz gut – bisschen stressig alles, aber das gehört dazu. Ich bin wahnsinnig gespannt auf die Aufführung. Auch wenn es noch ein guter Monat bis zur Premiere ist, werde ich langsam nervös.«

»Das glaub ich dir sofort! Muss ein irres Gefühl sein, das eigene Stück inszeniert auf der Bühne zu sehen. Apropos, hast du uns schon Karten gesichert?« Sutton sah mich erwartungsvoll an, und die Selbstverständlichkeit, mit der sie sich mit mir freute, rührte mich.

Sie war mir in den letzten Wochen immer mehr ans Herz gewachsen. Ihre scheinbar nicht endende Energie tat mir gut, auch wenn ich wusste, dass sie genauso Momente der Erschöpfung hatte wie wir alle. Aber sie gehörte zu den Menschen, von denen man mit einem gestärkten, positiven Gefühl wegging, und das schätzte ich sehr.

»Klar. Eure Karten habe ich bereits zurücklegen lassen.«

»Dann ist ja gut. Und sonst so? Alles gut?« Sie warf mir einen durchdringenden Blick zu, und ich wusste, auch ohne dass sie es direkt aussprach, dass sie auf Miles anspielte.

»Alles gut.«

»Auch alles besprochen und definiert?«

Ich wich ihr aus. »Na ja, noch nicht, aber das Gespräch steht an.«

»Wieso habe ich den Eindruck, den Einstieg in diese Unterhaltung verpasst zu haben? Geht es um Miles?« Wyatt sah mich fragend an, und ich seufzte.

»Wir haben noch immer nicht darüber geredet, was das zwischen uns ist.«

»Und du willst es gern definieren?«, hakte Wyatt nach.

»Na ja … irgendwann schon. Ich meine, momentan ist es schön, so wie es ist, aber ich merke, dass Miles mir immer wichtiger wird, und ich würde gern wissen, ob es ihm ähnlich geht.«

»Dann solltest du ihn vermutlich darauf ansprechen«, warf Sutton ein.

»Ich weiß. Das nehme ich mir auch seit Tagen vor, aber bei der Arbeit ist dafür keine Zeit, und abends bin ich dann oft erledigt …«

Wenn ich ehrlich war, war es nicht nur die Erschöpfung, die mich davon abhielt, das Thema anzusprechen. Es war die Angst, dass das, was wir hatten, dann schlagartig vorbei wäre. Ich wusste nicht, wie ich damit fertig werden sollte, falls Miles ganz anders empfand. Falls ich mich täuschte und die Zuneigung in seinen Augen falsch deutete. Doch wenn ich daran dachte, wie liebevoll er mich festhielt und wie sanft er mich küsste, konnte ich mir nicht vorstellen, dass ich mir das nur einbildete.

»Ihr habt recht«, sagte ich. »Ich muss wirklich mit ihm reden. Am besten ich fahre gleich heute noch zu ihm.«

Sutton und Wyatt tauschten einen schnellen Blick, aber ich wartete ihre Erwiderung nicht ab.

Hastig tippte ich eine Nachricht an Miles:

Hast du heute Abend schon was vor?

Keine Minute später trudelte seine Antwort ein:

Nicht wirklich. Wieso, hast du bereits wieder Sehnsucht nach mir? Du bist hier jederzeit willkommen! :*

Ein breites Lächeln erschien auf meinen Lippen, und mein Herzschlag beschleunigte sich.

> Ein bisschen Sehnsucht vielleicht ...
> Ich könnte in einer Stunde bei dir sein.
> Passt das?

> Klar! Ich freu mich auf dich.

Ich ließ das Handy sinken und blickte auf. Meine Mitbewohner musterten mich mit dem exakt gleichen skeptischen Blick und hochgezogenen Augenbrauen.

»Kleiner Test an dieser Stelle – warum fährst du zu Miles?«, fragte Sutton.

Ich verdrehte die Augen. »Ich werde mit ihm über uns reden.«

»Reden«, wiederholte Wyatt mit zuckenden Mundwinkeln. »Du weißt aber, dass du dafür einen gewissen Abstand bewahren und deine Kleider anbehalten solltest. Sonst kommst du morgen zurück und weißt immer noch nicht, woran du bei ihm bist.«

»Wyatt hat recht. Und wenn der Redeteil gut läuft, spricht ja nichts gegen die Sache mit dem Klamottenloswerden.«

Abwechselnd sah ich meine Mitbewohner an. »Danke für euer Vertrauen in mich.« Ich konnte mir ein Grinsen nicht verkneifen, vor allem, weil mir klar war, dass ihre Kommentare nicht von irgendwoher kamen. Ich stöhnte. »Warum ist das alles so kompliziert? Warum will ich die Dinge definieren, sobald Gefühle im Spiel sind?«

»Weil Gefühle zu oft mit Angst verbunden sind«, meinte Sutton und klang dabei ungewohnt ernst.

Ich nickte langsam. »Das stimmt wohl. Aber es muss doch einen Weg geben, stärker als diese Angst zu sein.«

»Wenn du ihn gefunden hast, sag mir wie.« Sutton lachte kurz auf, verstummte im nächsten Augenblick jedoch wieder. »Wie auch immer … Das Wichtigste ist, dass du dich wohlfühlst und Miles sagst, was du brauchst, damit es dir mit der Situation gut geht.«

»Da hast du vermutlich recht. Ich berichte euch später, wie es lief.«

»Oder morgen«, warf Wyatt ein.

Schmunzelnd sah ich ihn an. »Ja … vielleicht auch erst morgen.«

Ich stand vor Miles' Tür und betätigte die Klingel. Mein Herz schlug schnell, und ich fragte mich unwillkürlich, wann ich mich daran gewöhnen würde, dass es das jedes Mal tat, wenn ich kurz davor war, ihn zu sehen. Seine Nachrichten geisterten noch durch meinen Kopf.

*Du bist hier jederzeit willkommen.*

Trotz seiner Worte gab es einen Teil in mir, der sich fragte, welche Version von Miles ich gleich vor mir haben würde. Die, die mich über das ganze Gesicht anstrahlte, oder die, auf deren Miene ein Schatten lag, den ich zu gern wegwischen würde. Aber ich wusste, dass er das nur selbst konnte.

Als die Tür aufging, machte mein Herz einen Satz.

»Hi, Audrey.« Miles lächelte, und im nächsten Moment schlang ich bereits meine Arme um ihn.

Sein vertrauter Geruch hüllte mich ein und gab mir direkt ein Stückchen Ruhe. Ein Stückchen Geborgenheit. Etwas, was ich in den letzten Jahren viel zu selten gefühlt hatte. Bei Miles war ich in Sicherheit – und nicht nur, weil ich mich bestens selbst verteidigen konnte. Ich war es, weil ich wusste, dass er mir nie bewusst wehtun würde.

»Es ist schön, dich zu sehen«, murmelte er, und ich löste mich mit einem warmen Gefühl im Bauch von ihm.

»Wir haben uns doch erst vor ein paar Stunden gesehen.«

»Ja, aber das war die …«

»Arbeits-Audrey?«, fragte ich grinsend.

»Genau.« Miles lachte und griff nach meiner Hand. Er zog mich mit sich, und die Tür fiel hinter mir ins Schloss.

Stumm folgte ich ihm ins Wohnzimmer. Wir setzten uns auf die Couch, wobei er meine Hand nicht losließ.

»Alles okay?«, fragte er leise, während er mit dem Daumen Kreise auf meinen Handrücken malte, und die Haut kribbelte, wo er mich berührte.

Wir saßen nah genug, dass unsere Beine sich berührten. »Ja«, hörte ich mich sagen. »Ich wollte dich nur sehen.«

Er nickte langsam, sein Blick lag unverwandt auf mir. Ich suchte nach den Worten, die ich mir auf dem Weg zurechtgelegt hatte, doch sie waren wie fortgewischt.

Miles ließ meine Hand los, und seine Finger strichen sanft über meinen Arm bis zu meiner Taille. Ich schloss kurz die Augen, genoss seine Berührung und den innigen Moment. Wollte ich das wirklich kaputt machen? Vielleicht brauchten wir gar kein Gespräch. Vielleicht fühlten wir längst dasselbe und es reichte, uns das zu zeigen.

*So wie du schon mal darauf vertraut hast, dass ihr dasselbe wollt, und er plötzlich weg war?*

Rasch brachte ich den skeptischen Anteil in mir zum Verstummen. Ich wollte jetzt nicht vorsichtig sein oder die alten Wunden von damals ergründen.

»Ich hab den ganzen Tag über gehofft, wir würden heute noch mal Zeit für uns finden«, murmelte Miles.

Ich hob den Kopf, und unsere Münder waren nicht mehr weit voneinander entfernt. Einen Wimpernschlag später spürte ich seine Lippen auf meinen.

Dann ging alles schnell.

Ehe ich michs versah, saß ich auf Miles' Schoß. Er vergrub die Hände in meinen Haaren, und ich hielt mich an seinen Schultern fest, während wir uns küssten. Wieder und wieder. Ich verlor mich in seinen Berührungen, in dem Gefühl seiner Hände auf meiner Haut, als er sie unter den Pullover schob. Ich verlor mich in seinen Küssen, in den Funken, die durch meinen Körper stoben, wann immer seine Zunge gegen meine stieß.

In diesem Moment fühlte ich mich vollkommen sicher. Vollkommen ganz.

Auch wenn ich wusste, dass mich meine Zweifel einholen würden, dass der Schatten auf Miles' Gesicht zurückkehren würde und es Dinge gab, die ich ihm noch immer nicht erzählt hatte – hier und jetzt war alles in Ordnung. Ich wusste, dass ich nicht deswegen hergekommen war und wir reden sollten, aber als Miles' Lippen auf meinen lagen, vergaß ich all das. Es war leicht, mich bei ihm fallen zu lassen. Nicht zu denken, sondern nur da zu sein, die Nähe zu genießen und mir vorzustellen, es könnte ewig so weitergehen.

Irgendwann wechselten wir vom Wohnzimmer ins Schlafzimmer. Es war längst dunkel, und ich kuschelte mich an ihn. Er schlang einen Arm um mich und zog mich näher.

»Ich bin froh, dass du hier bist«, flüsterte Miles, so leise, dass ich die Worte kaum verstand. »Du machst meine Welt ein ganzes Stück besser.«

Wärme regte sich in meiner Brust, aber auch ein leiser Schmerz. Ich hörte die Sehnsucht in seiner Stimme, genauso wie die Traurigkeit.

»Ich bin auch froh, hier zu sein.« Es stimmte. In seinem Zimmer, seinem Bett, hatte der Rest der Welt keinen Einfluss auf uns.

Doch ich wusste, dass wir irgendwann die glückliche Blase verlassen mussten. So war es jedes Mal.

Müde tapste ich in die Küche. Ich war neben Miles aufgewacht, sein Arm hatte schwer auf meiner Taille gelegen, sein ruhiger Atem mich albern grinsen lassen. Trotzdem hatte ich mich nach ein paar Minuten vorsichtig von ihm weggerollt und war aufgestanden. Es war zu warm unter der Decke, und meine Gedanken begannen bereits wieder zu kreisen.

Ich brauchte jetzt dringend Kaffee. Ich setzte gerade Wasser auf, als ich hörte, wie hinter mir jemand die Küche betrat.

»Wenn du gewartet hättest, hätte ich dir den Kaffee auch ans Bett gebracht«, sagte ich schlaftrunken, drehte mich um und begegnete Peytons überraschtem Blick.

Erschrocken stolperte ich zurück und stieß gegen den Kühlschrank. »Sorry, ich dachte du wärst …«

»Miles? Ja, das habe ich mir schon gedacht. Wobei ich nie Nein sage, wenn mir Kaffee ans Bett gebracht wird.« Ihre Mundwinkel zuckten leicht, und ich konnte nicht anders, als sie anzustarren.

Ich war mir überdeutlich bewusst, dass ich nur ein T-Shirt von Miles trug, das mir knapp bis zu den Oberschenkeln reichte.

Meine Haare fielen mir offen und ziemlich wirr über die Schultern, aber Peyton wirkte selbst noch ein bisschen verschlafen. Ihre dunklen Locken trug sie zu einem Zopf zusammengebunden, und sie hatte einen karierten Pyjama an, der verdammt süß aussah.

»Ich …« Räuspernd trat ich vom Kühlschrank weg und suchte nach den richtigen Worten. »Der Kaffee ist gleich fertig.«

Ein Lächeln erschien auf Peytons Lippen. Sie war eine schöne Frau – auch im Schlafanzug erkannte ich das sofort. Unwillkürlich fragte ich mich, ob wir, wenn wir uns in einem anderen Kontext kennengelernt hätten, vielleicht Freundinnen geworden wären.

Schweigend warteten wir, bis das Wasser kochte. Es war ein seltsamer Moment, und als ich das Wasser schließlich auf das Kaffeepulver in der French-Press-Kanne goss, war ich erleichtert, etwas zu tun zu haben.

»Ich kann verstehen, dass du bisher nicht mein größter Fan bist.« Peytons Stimme erklang so plötzlich, dass ich fast das Wasser danebenschüttete.

Langsam drehte ich mich zu ihr um. In ihrem Blick lag ein verletzlicher Ausdruck, der so gar nicht zu ihrer starken, unerschütterlichen Ausstrahlung passen wollte.

»Miles hat mir gesagt, dass es damals auf der Party einen Notfall gab und du ihn gebraucht hast«, sagte ich. »Es stimmt schon, ich habe mit diesem Abend, mit Miles und dir nicht das Beste verbunden, aber im Grunde kenne ich dich nicht. Und ich will nicht …«

Ich holte tief Luft und sah Peyton an, die mich erwartungsvoll musterte. Jahrelang hatte ich einen gewissen Groll mit mir herumgetragen, hatte mich gefragt, ob die Dinge anders gelaufen wären, wenn Peyton Miles nicht angerufen hätte. Wenn er auf der Party geblieben wäre. Aber die Wahrheit war: Keiner von uns konnte die Vergangenheit ändern. Und Menschen wie Nathan gab es überall. Es hätte trotzdem passieren können. So oder so trug Peyton keine Schuld. An nichts von dem, was mir passiert war.

Ich gab mir einen Ruck. »Ich will nicht mehr in der Vergangenheit feststecken. Du bist Miles sehr wichtig, und vielleicht kann ich auch irgendwann ein fester Teil seines Lebens sein.« Die Worte auszusprechen, kostete mich Überwindung. Vor allem, weil ich sie noch immer nicht zu Miles gesagt hatte, aber sie erschienen mir in diesem Augenblick richtig. »So oder so fände ich es schön, dich besser kennenzulernen.«

»Wirklich?« Peyton presste die Lippen zusammen, als wäre ihr das Wort einfach herausgerutscht.

Ich nickte bekräftigend. »Wirklich. Also falls du ebenfalls dafür offen bist … Ich meine, vielleicht hast du an neuen Bekanntschaften ja gar kein Interesse, und ich weiß ja nicht, was Miles über mich erzählt hat. Vielleicht willst du auch gar nicht …«

»Ich fände es schön, hier in Chesthill noch andere Kontakte als Miles zu haben«, unterbrach sie mein Gestammel. »Und was ihn angeht: Er strahlt über das ganze Gesicht, wenn er über dich spricht.« Kurz wirkte es, als wollte sie dem noch etwas hinzufügen, doch dann richtete sie ihre Aufmerksamkeit auf die Kanne hinter mir auf der Ablage. »Jetzt brauche ich aber dringend eine Tasse Kaffee. Ich habe die letzte Nacht mal wieder viel zu schlecht geschlafen.« Peyton durchquerte die Küche und öffnete einen Schrank, um drei Tassen daraus hervorzuholen. Sie schob die Kaffeekanne zu mir herüber. »Schenk dir und Miles zuerst ein. Ich bin mir sicher, er freut sich, wenn er gleich eine Tasse ans Bett gebracht kriegt.«

»Danke. Auch für das kurze Gespräch.«

»Nichts zu danken.« Peyton lächelte und holte eine Packung Milch aus dem Kühlschrank.

Als ich wieder zurück in Miles' Zimmer ging, hatte ich ihre Worte noch im Ohr. *Er strahlt über das ganze Gesicht, wenn er über dich spricht.* Daran hielt ich mich fest und beschloss, diesmal das Thema, was das zwischen uns war, auch wirklich anzusprechen.

»Hey«, ich trat ans Bett und begegnete Miles' schläfrigen Blick.

»Ist das Kaffee?« Seine Augen weiteten sich, und er richtete sich auf.

Ich nickte. »Ich dachte, du könntest welchen gebrauchen.«

»Du bist ein Schatz!«

Ich setzte mich neben ihn, reichte ihm vorsichtig eine Tasse und schob meine Füße unter die warme Bettdecke. Ein tiefes Seufzen entfloh mir, als ich an meinem eigenen Kaffee nippte. »So darf ein Tag gern öfter starten«, sagte ich.

»Allerdings.«

Ich betrachtete Miles unverhohlen. Seine Haare waren noch vom Schlaf zerzaust, aber seine Augen wirkten inzwischen deutlich wacher. Während er seinen Kaffee trank, trat ein zufriedener Ausdruck auf sein Gesicht, und ich biss mir unwillkürlich auf die Lippe. Er sah so verflucht hinreißend aus.

»Alles okay?«

Ich nickte. »Ja. Ich habe mich in der Küche eben mit Peyton unterhalten.«

Er hielt inne, und seine Hand verharrte mit der Kaffeetasse mitten in der Luft. »Oh, und wie war's?«

»Gut.« Ich lächelte. »Ich glaube, ich kann mit ihr noch mal neu starten und das, was war, hinter mir lassen.«

»Das klingt wirklich gut.« Seine Miene wurde weich, und ich lehnte mich zu ihm, um ihm einen Kuss auf den Mund zu hauchen. »Ich weiß.«

In den nächsten Minuten tranken wir schweigend unseren Kaffee.

In meinem Kopf wirbelten mehrere Satzanfänge durcheinander, aber keiner schien mir passend.

»Was ist los?«

Ertappt zuckte ich zusammen.

Miles beugte sich über mich und stellte die leere Tasse auf den Nachttisch. Als er sich wieder zurück ins Kissen sinken ließ, griff er nach meiner freien Hand. Mit den anderen hielt ich noch immer meine Tasse umklammert.

Ich räusperte mich. Mein Hals fühlte sich auf einmal seltsam trocken an. »Es ist nur … Ich frage mich, was hier gerade zwischen uns passiert. Was es dir bedeutet, wie es weitergeht …« Ich wich seinem Blick aus und schaute konzentriert auf die nachtblaue Bettdecke, unter der meine Beine steckten.

»Hey.« Sanft strich er mit dem Daumen über meinen Handrücken. »Schau mich bitte an.«

Ich hob den Kopf und begegnete seinem ruhigen Blick.

»Ich würde lügen, wenn ich sage, dass mir das zwischen uns nicht auch ein wenig Angst macht.« Er lachte kurz auf und wurde direkt wieder ernst. »Ich für meinen Teil kann nur sagen, dass ich wirklich gern Zeit mit dir verbringe und dich besser kennenlernen will. Wir geben ein gutes Team ab, oder nicht? Wenn ich in deiner Nähe bin …« Er suchte nach Worten, und seine Mundwinkel hoben sich leicht. Ich biss mir auf die Lippe und rückte ein kleines Stückchen näher zu ihm.

»Mir geht's auch so«, sagte ich leise. »Ich finde es schön mit dir, und wir werden sehen, wo es hinführt, oder?«

»Ja.« Er nickte, und einen Moment lang sahen wir uns schweigend an, ehe wir gleichzeitig den Abstand überbrückten.

Der Kuss war nicht stürmisch, sondern bedächtig. Zärtlich. Er war wie ein leises Versprechen, dass wir es diesmal besser machen würden. Dass wir unserer Geschichte eine neue Richtung geben würden. Ich schloss die Augen und ließ mich fallen. Beschloss, dem Gedanken, dass ich genau da war, wo ich sein sollte, zu glauben.

# 32. KAPITEL

## Miles

Meine Schritte fühlten sich leicht an, als ich nach Hause ging. Beinahe beschwingt. Vermutlich trug ich sogar ein breites Lächeln auf den Lippen, wobei bei den warmen Temperaturen, die heute herrschten, die meisten Leute, die mir entgegenkamen, ebenfalls ungewohnt fröhlich wirkten.

Die letzten Tage waren gut gelaufen. Richtig gut. Bei den Proben waren Felicity, die anderen und ich im Flow, und sobald ich die Bühne betrat, verschmolz ich mit meiner Rolle. Ich liebte den Zeitpunkt, wenn die Proben intensiver wurden. Wir verbrachten inzwischen alle den Großteil des Tages auf der Bühne. Wie bereits in der Vergangenheit zeigte mir das vor allem eines: Ich gehörte dorthin. Zwischen die Requisiten, mitten ins Scheinwerferlicht. Dorthin, wo ich ein anderer wurde und eine Geschichte erzählte, die nicht meine war.

Die Pausen verbrachte ich meist mit Dan und den anderen Schauspielern, oder ich schlich mich mit Audrey weg. Seit dem Geburtstag bei ihrer Mum vor gut zwei Wochen konnte ich kaum stillhalten, sobald ich sie sah. Der ständige Drang, in ihrer Nähe sein zu wollen, war beinahe besorgniserregend. Fast so besorgniserregend wie der Gedanke, der immer wieder auftauchte, ganz gleich, wie sehr ich dagegen ankämpfte. *Wann wird die Illusion platzen, und wann wirst du erkennen, dass du nicht so viel Glück haben kannst?*

Ich sagte mir selbst, dass ich aufhören musste, so zu denken. Aber es war verdammt schwer, gegen die Stimme in meinem Kopf anzukommen. Möglicherweise, weil ich ihr schon viel zu lange zuhörte.

Entschlossen beschleunigte ich meine Schritte. Am Himmel dämmerte es bereits, und mein Magen knurrte, weshalb ich diesmal die schönen Fassaden und bunten Häuser der Straßen nicht ganz so sehr wertschätzen konnte wie sonst. Zum Glück wartete zu Hause eine Tiefkühlpizza, die ich in den Ofen schieben würde, sobald ich da war. Das würde zwar auch noch ein paar Minuten dauern, bis die fertig war, aber ich musste immerhin nicht selbst kochen.

Da Audrey nach der Probe hatte durchklingen lassen, dass sie mal wieder einen Abend komplett in der WG verbringen wollte, rechnete ich nicht mehr damit, dass ich sie heute noch sah. Was ich schade fand, aber ich konnte sie verstehen. Und ich konnte die Zeit nutzen, um selbst mal wieder etwas Normales zu tun. Als Dan mich vorhin gefragt hatte, ob ich später noch was trinken gehen wollte, hatte ich direkt zugesagt, um nicht den ganzen Abend auf der Couch zu verbringen oder noch einzelne Passagen durchzugehen. Da Peyton heute zu ihrer Mum gefahren war, um nach ihr und ihren Brüdern zu sehen, erwartete mich in meiner Wohnung sowieso nichts als Stille. Dans Frage war also genau zum richtigen Zeitpunkt gekommen, außerdem tat es gut, sich zwischendurch zu erinnern, dass es neben den Proben noch normale Aktivitäten wie Treffen in einer Bar gab.

Wenig später erreichte ich meine Wohnung, schlüpfte aus meinen Schuhen und ging direkt in die Küche, um die Pizza in den Ofen zu schieben. Während ich wartete, dass sie fertig wurde, sprang ich schnell unter die Dusche und beantwortete danach auf der Couch die Nachrichten einiger Freunde aus Studienzeiten, die inzwischen nicht viel mehr waren als Bekannte.

Recht weit unten kam ich zu Mums Kontakt und hielt inne. Ich hatte eine Weile nichts mehr von meinen Eltern gehört. Das war nicht weiter ungewöhnlich, es vergingen oft mehrere Wochen, bis einer von ihnen anrief – meistens Dad – und wir uns kurz auf den aktuellen Stand brachten, wobei es selten über Small Talk hinausging. Trotzdem wäre es schön, wenn die Abstände zwischen den Telefonaten nicht immer größer werden würden.

Kurz entschlossen drückte ich den Chatverlauf weg und rief in den Kontakten die Festnetznummer meiner Eltern auf. Bis zur Premiere dauerte es noch drei Wochen, und ich wollte sie zumindest kurz gehört haben, bevor sie mich auf der Bühne sahen. Den kurzen Schmerz darüber, dass sie sich bisher nicht die Mühe gemacht hatten, mich zu fragen, wie es lief, schob ich beiseite.

Nach dem vierten Klingeln wurde der Anruf angenommen.

»Alison Wilson hier.«

»Hi, Mum.«

Kurz herrschte am anderen Ende der Leitung Stille, dann hörte ich ein Glas klappern, als hätte Mum es gerade auf einem Tisch abgestellt.

»Miles, was für eine Überraschung! Hatten wir uns zu einem Telefonat verabredet? Dein Dad hat gar nichts gesagt.«

Ich konnte mir genau vorstellen, wie sie die Stirn runzelte und versuchte, sich zu erinnern, ob sie einen Termin vergessen hatte. Dabei sollte ich als ihr Sohn jederzeit anrufen können und dafür weder einen Termin noch Dads Ankündigung brauchen.

»Nein, ich wollte mich spontan melden und hören, wie es euch geht.«

»Ach so.«

Ein Rascheln erklang. Vielleicht hatte Mum sich auf eines der vielen beigen Sofas in unserem Wohnzimmer gesetzt. Jede Wette, dass sie nebenher durch ihre Mails scrollte oder gleich wieder nach ihrem Wein griff. Immerhin war es früher Abend, das war normalerweise die Zeit, zu der meine Eltern sich zu Hause für ein abendliches Dinner oder ein Meeting mit Kollegen richteten.

»Uns geht es gut – alles wie immer«, begann Mum, bevor ich etwas sagen konnte. »Ich nehme an, du hast dich gut eingelebt in Chesthill? Dein Job fordert dich bestimmt ganz schön, aber welche Arbeit tut das nicht? Ich bin froh, wenn ich zwischendurch mal eine freie Minute habe. Tatsächlich muss ich gleich auch schon wieder los. Clarissa, meine neue Assistentin, und ich wollten die Termine für die nächsten Tage durchgehen.« Sie holte tief Luft, ohne zu bemerken, dass sie das Gespräch quasi allein führte. »Dafür werden dein Vater und ich aber bald Urlaub nehmen und wegfahren. Wir schaffen es endlich, unsere USA-Reise anzutreten, die ich seit Jahren plane. Ganze drei Wochen wollen wir weg, auch wenn ich an dem einen oder anderen Meeting dann online teilnehmen muss. In zwei Wochen geht's schon los.«

Sie redete weiter, aber ich hörte nur noch ein Rauschen. Kälte machte sich in mir breit, und es fiel mir schwer, zu atmen.

»In zwei Wochen?«, würgte ich hervor und erschrak selbst über meine kratzige Stimme.

»Ja, das habe ich doch eben gesagt. Was ist denn los mit dir?«

Ich öffnete den Mund, bereit, ihr zu sagen, dass das nicht ihr Ernst sein konnte. Dass sie nicht ganz so selbstbezogen und desinteressiert sein konnte. Doch kein Wort kam über meine Lippen.

Es würde ohnehin nichts nützen. Mum und Dad hatten den Termin der Premiere vergessen. Sie würden nicht im Publikum sitzen, wenn ich die Bühne betrat, weil sie stattdessen in New York oder sonst wo saßen und ihr Geld verprassten, um sich von ihrer Arbeit zu erholen. Dass ihr Sohn seine erste größere Rolle an einem richtigen Theater hatte, kümmerte sie nicht.

»Viel Spaß in den USA«, hörte ich mich sagen. Dann legte ich auf. Wie betäubt warf ich das Handy neben mich auf die Couch und ging in die Küche, um die Pizza aus dem Ofen zu holen.

Ich wusste selbst nicht, warum die Enttäuschung mich so hart traf. Warum ich es immer noch nicht gelernt hatte. Ich durfte von Mum und Dad nichts mehr erwarten. Sie lebten ihr Leben, ich lebte meins, und meins passte nicht zu ihrem. Es hatte keinen Platz in ihren Terminkalendern, und daran würde sich nicht einfach etwas ändern. So war es die letzten Jahre gewesen, und so würde es in den nächsten sein.

Der Appetit war mir gründlich vergangen, dennoch aß ich die Pizza, ehe ich aufstand, Jacke und Schuhe anzog und die Wohnung verließ. Kalter Wind schlug mir entgegen. Von der Julisonne, die uns tagsüber mit warmen Temperaturen verwöhnt hatte, war nichts mehr zu spüren. Ich holte mein Handy aus der Tasche und öffnete den Chatverlauf mit Dan. Er hatte mir die

Adresse der Bar geschickt. Wir gingen diesmal nicht ins *O'Briens*, sondern in eine Bar, die einen Block entfernt von der Rosebery Avenue, ein ganzes Stück hinter der Kathedrale lag und weniger touristisch war.

Ich hatte zwar noch eine gute Stunde Zeit, bis wir uns in der Bar trafen, aber wenn mir jetzt eines guttat, dann war es Ablenkung. Und wenn es fürs Erste nur ein Spaziergang war. Seit dem Anruf hatte sich ein dezentes Pochen in meinem Kopf festgesetzt, und ich hatte wenig Lust auf stärkere Schmerzen. Ich musste das Telefonat verdrängen und nach vorn schauen.

Trotzdem kam ich nicht dagegen an, dass die Stimme, die mir seit meiner Kindheit erzählte, dass mit mir etwas nicht stimme, weil meine eigenen Eltern so wenig Interesse zeigten, wieder lauter wurde. Sie flüsterte mir zu, dass ich es nicht wert war und dass ich niemals gut genug sein würde – ganz gleich, wie sehr ich mich anstrengte.

Ich presste die Lippen zusammen und beschleunigte meine Schritte. Ich würde die Stimme ignorieren, genauso wie die Enttäuschung und die Wut. Es nützte ohnehin nichts. Letztendlich zählte, dass wichtige Leute von anderen Theatern kommen würden. Und dass ich Joanne und Simon überzeugte, damit sie erneut mit mir arbeiten würden. Außerdem waren da noch die Journalisten und natürlich Peyton und Audrey. Das waren die Leute, auf die ich mich konzentrieren musste. Auf die es wirklich ankam.

Wen kümmerte es, dass meine Eltern nicht kamen? Ich war dreiundzwanzig und nicht fünf. Ich brauchte sie nicht klatschend und begeistert in der ersten Reihe wie ein kleines Kind.

Als ich nach einem großen Umweg eine Stunde später die Bar erreichte, hatte ich mich so weit gefangen, dass ich sicher war, man würde mir meine Laune nicht direkt ansehen. Kurz hatte ich überlegt, doch abzusagen, aber was ich nach diesem Telefonat wirklich gebrauchen konnte, waren ein starker Drink und Leute, die nicht zu viele Fragen stellten. Die sich über das Theater und die Bühne unterhielten, über die Welt, in der ich zumindest für kurze Zeit in andere Rollen schlüpfen konnte und nicht länger Miles sein musste.

Ich straffte die Schultern und betrat die Bar. Stimmen und warme Luft schlugen mir entgegen. Die Bar war bereits überraschend gut gefüllt. Ich sah mich suchend um. Das Mobiliar war unspektakulär, die Tische und Stühle waren aus einem dunklen Holz und an den Wänden hingen vereinzelt Bilder von der Kathedrale, dem Theater und der Landschaft um Chesthill herum. Aber es gab einen Billardtisch in einer Nische neben der Theke und eine Dartscheibe weiter hinten in der Bar. Aus den Lautsprechern in den Ecken ertönte leise ein Countrysong, der trotz des jungen Publikums perfekt zu der Bar passte.

Ich ging tiefer in den Raum hinein und entdeckte Dan schließlich an einem Tisch am Fenster. Ihm gegenüber saß Felicity, und die beiden schienen in eine hitzige Diskussion verstrickt zu sein.

Ich schob mich zu ihnen hindurch und ließ mich auf den freien Stuhl neben Felicity sinken. »Hey, Leute.«

»Hi, gut, dass du hier bist. Kannst du Dan bitte sagen, dass die *Loki*-Serie um Längen besser ist als die anderen Serien? Und wie kann man Loki bitte nicht für eine der genialsten Figuren aus dem Marvel-Universum halten? Er ist deutlich vielschichtiger als andere – vermeintliche – Helden.« Felicity sah mich auffordernd an, ihre Augen blitzten vergnügt, und aus dem Grinsen in Dans Gesicht las ich, dass sie sich schon seit Längerem in Rage redete.

»Ich hab, ehrlich gesagt, keinen der Marvel-Filme oder -Serien gesehen«, sagte ich.

Felicity schnappte nach Luft. »Bitte was? Wir brauchen einen Filmabend.«

Dan lachte und trank einen Schluck von etwas, was Bier oder Cider sein konnte. »Lass Miles erst mal ankommen und etwas bestellen.«

»Sorry.« Felicity strich sich eine Strähne aus dem Gesicht. »Wenn es um meine Lieblingsfilme und Schauspieler geht, kann ich etwas überschwänglich werden. Ist alles okay bei dir?«

Ich nickte und versuchte, mich auf die Atmosphäre der Bar einzulassen. Stimmengewirr lag in der leicht stickigen Luft, und es roch nach frittiertem Essen. Vereinzelt erklang lautes Gelächter – genau so, wie es in einer Bar sein sollte.

Als eine Bedienung an unseren Tisch trat, bestellte ich einen Whisky und lehnte mich zurück. Ich musste nur ein bisschen abschalten, dann würde schon wieder alles in Ordnung kommen.

Felicity warf mir einen prüfenden Blick zu, vertiefte sich dann aber wieder in das Gespräch mit Dan. Vermutlich fragte sie sich, was zwischen heute Nachmittag, als ich mit guter Laune die Probe verlassen hatte, und jetzt passiert war.

*Nichts weiter als der übliche Scheiß, der kommt, sobald ich mich mit meinen Eltern auseinandersetze.*

Als kurz darauf mein Whisky kam, bestellte ich direkt ein Bier für danach, was ich vorhin völlig vergessen hatte. Dan und Felicity tauschten einen kurzen Blick, aber ich ignorierte ihn. Ich brauchte ihre Sorge nicht. Was ich brauchte, war Abstand zu meinen Gedanken.

Abstand zu mir selbst.

»Du bist dran.« Dan hielt mir einen Dartpfeil entgegen.

Ich griff danach und merkte, dass ich leicht schwankte. Auf das Bier waren zwei weitere gefolgt, und inzwischen zeigte der Alkohol Wirkung. Das Gute daran war, dass sich eine leichte Taubheit in mir breitmachte und das Telefonat mit Mum immer mehr in den Hintergrund rückte. Das Schlechte war, dass ich nicht mehr so gut zielen konnte und Dan und Felicity haushoch gegen mich gewannen.

Ich brachte mich in Position und zielte. Daneben. Schulterzuckend wandte ich mich ab. »Ich hol mir noch ein Bier«, sagte ich zu Dan und drehte mich um, ehe er antworten konnte.

Von der Leichtigkeit, die ich den Tag über gespürt hatte, war nichts mehr da. Die Premiere war in drei Wochen, und während der Gedanke daran mich in den letzten Tagen in Aufregung versetzt hatte, war da jetzt etwas, was meine Freude dämpfte. Als läge ein grauer Filter auf allem, was mit den Aufführungen zu tun hatte.

Ich hasste meine Eltern dafür. Und mich, weil ich zuließ, dass es mir etwas ausmachte. Und weil ich jetzt schon wieder daran dachte. Dabei hatte ich das Telefonat bis eben ganz gut verdrängt.

Wenn ich wenigstens den Mund aufgemacht und Mum die Meinung gesagt hätte – vielleicht hätte sie dann irgendeine Reaktion gezeigt. Vielleicht hätte sie sich entschuldigt, auch wenn das unwahrscheinlich war. Viel eher hätte sie die Stirn gerunzelt, kurz innegehalten und dann gesagt, sie müsse das mit meinem Vater besprechen und sehen, ob sie ihre Termine und Pläne umlegen könnten.

Ich drängte mich an einer Gruppe junger Leute vorbei und steuerte auf die Bar zu. Kurz darauf saß ich mit einem Bier vor mir am Tresen. Mit jedem Schluck wurde die Taubheit noch ein wenig größer. Doch die erhoffte Leichtigkeit blieb aus. Die Erinnerung an das Telefonat mit Mum rückte wieder immer mehr in den Vordergrund und setzte einen Strudel aus Gedanken frei, und ich wusste nicht, wie ich ihn abschalten konnte.

Wie in Trance griff ich nach meinem Handy und scrollte in den Kontakten zu Audreys Namen. Ehe ich michs versah, wählte ich ihre Nummer und presste das Handy an mein Ohr. Das Stimmengewirr um mich herum verblasste, als sie ranging.

»Hi, Miles.«

»Audrey«, rief ich und merkte selbst, dass ich viel zu laut war. »Ich wollte nur deine Stimme hören.«

»Ist alles okay?« Sie klang besorgt.

Warum machten sich heute ständig alle Sorgen?

»Klar«, sagte ich und starrte mein Bier an, das bereits halb geleert war. »Mir geht's bestens. Warum auch nicht? Oh, warte – ich wüsste einen Grund. Mum und Dad werden nicht zur Premiere kommen. Oder zu einer der anderen Aufführungen. Sie haben es vergessen. Komplett. Sie haben nämlich Besseres zu tun ... in die USA zu fliegen und sich von ihrer Arbeit zu erholen, zum Beispiel.« In meinen Worten lag viel zu viel Bitterkeit. Ein Pochen setzte in meinem Kopf ein, und auf einmal kam mir die Luft in der Bar zu stickig vor. Ich griff nach meiner Jacke, stand auf und stolperte in Richtung Ausgang.

»Was ist passiert?«, hörte ich Audreys Stimme. »Wo bist du?«

Endlich war ich bei der Tür angekommen und trat hinaus ins Freie. Die kalte Luft erwischte mich unvorbereitet, doch sie tat gut. Nahm etwas von der Taubheit mit, die sich in den letzten beiden Stunden über mich gelegt hatte.

»Ich bin mit Dan und Felicity in einer Bar«, murmelte ich. »Den Feierabend genießen oder so.«

Es knackte am anderen Ende der Leitung, dann klang Audreys Stimme plötzlich lauter. »Was ist passiert, Miles?«

»Was schon?« Ich ging ein paar Schritte und lehnte mich an die Hauswand der Bar. In meinem Kopf drehte es sich, und ich spürte Übelkeit in mir aufsteigen. »Mum ist passiert. Ein Telefonat, und alles geht den Bach runter. Warum tust du dir das mit mir eigentlich an?«

Noch während ich den Gedanken aussprach, wusste ich, dass ich in eine ungute Richtung steuerte. Aber mein Mund war schneller, mein Kopf gehorchte mir nicht mehr, und ich schaffte es nicht, mich zusammenzureißen und der anständige, gute Kerl zu sein, den Audrey verdient hatte.

Vielleicht, weil ich nie wirklich dieser Kerl gewesen war.

»Denkst du nicht, es wäre besser, nach Hause zu gehen?«, fragte Audrey in ruhigem Tonfall. »Was auch immer passiert ist, sich zu betrinken, ist keine gute Lösung. Geh heim, Miles. Ich kann auch zu dir kommen, wenn du nicht allein sein willst.«

»Wirklich?« Scheiße, klang meine Stimme jämmerlich.

»Wirklich. Also sehen wir uns in einer halben Stunde bei dir?«

»Ist gut.« Ich legte auf, schrieb Dan eine kurze Nachricht, dass ich heimging, ehe ich mich in Bewegung setzte.

Irgendwie schaffte ich es, innerhalb der halben Stunde nach Hause zu laufen. Kurz nachdem ich in meiner Wohnung angekommen war, klingelte es auch schon an der Tür. In der Stille, die mich umgab, klang das Geräusch erschreckend laut.

Es klingelte ein zweites Mal, und ich zuckte zusammen. »Fuck.« Wie lange stand ich schon mit der Hand an der Klinke, ohne mich zu bewegen? Ich riss die Tür auf und blickte einer überrumpelten Audrey ins Gesicht.

Sie fing sich jedoch schnell und scannte mich mit einem prüfenden Blick. »Kann ich reinkommen?« Ein wachsamer Ausdruck lag in ihren Augen, und ich fragte mich, warum sie glaubte, vorsichtig sein zu müssen.

»Klar.« Ich trat beiseite, und sie schlüpfte in die Wohnung. Als sie mich umarmte, hielt ich sie eine Spur zu lange fest. Kurz schloss ich die Augen und wünschte, ich wäre nicht in dieser Verfassung. Ich wünschte, diese Schwere läge nicht auf meiner Brust und dass ich das Telefonat mit Mum vergessen könnte. Ich wünschte, ich könnte den Teil in mir, der noch immer wie ein kleiner Junge auf Liebe und Interesse wartete, hinter mir lassen.

Aber er hielt sich hartnäckig.

Schweigend gingen wir ins Wohnzimmer. Der Spaziergang durch die kühle Nachtluft hatte meinen Kopf immerhin ein bisschen geklärt, dafür wurde jetzt der Schmerz in meinem Innern lauter. Der ganze Abend war einfach beschissen gewesen.

»Willst du was zu trinken?« Ich drehte mich zu Audrey um.

Sie schüttelte den Kopf. »Ich will wissen, was passiert ist.«

Mit einem Seufzen sank ich auf die Couch. Audrey folgte, ließ aber ein Stückchen Abstand zwischen uns.

»Wie ich dir am Telefon schon gesagt habe: Meine Eltern kommen nicht zur Aufführung.« Ich atmete hörbar aus. Auf einmal fühlte ich mich unendlich müde. »Keine Ahnung, warum mich das überhaupt noch aus der Bahn wirft. Ich sollte es inzwischen besser wissen.«

»Wenn es um die Familie und die eigenen Gefühle geht, spielt es keine Rolle, was der Kopf sagt. Du hast jedes Recht, sauer und enttäuscht zu sein und mehr von ihnen zu erwarten.« Audreys sanfte Stimme drang leise zu mir herüber. Sie klang viel zu verständnisvoll.

Ich wusste, dass sie mich trösten wollte, dass sie für mich da sein wollte, wie es gute Menschen nun mal taten. Und ich wusste, dass ich es zulassen sollte, dass ich dafür dankbar sein sollte, aber ich schaffte es nicht.

»Was weißt du schon über Eltern, denen man egal ist?« Die Worte strömten aus mir heraus, und ich merkte sofort, dass es die falschen waren, doch ich konnte nicht aufhören. »Die sich einen Scheiß für einen interessieren? Deine Mum zählt jetzt schon die Tage bis zur Premiere … Du verstehst nicht, wie es sich anfühlt, das niemals zu haben.«

Audrey setzte sich aufrecht hin und sah mich durchdringend an. »Tu das nicht.«

»Tu was nicht?«

»Lass es nicht an mir aus. Du bist wütend, das ist okay, aber ich bin hier, um für dich da zu sein.«

»Vielleicht solltest du das nicht sein.« Ich sprang auf und lief unruhig hin und her. »Haben wir wirklich eine zweite Chance bekommen? Oder läuft es nur darauf hinaus, dass du irgendwann erkennen wirst, dass ich nicht zu dir passe und du etwas Besseres verdient hast?«

Audrey schüttelte den Kopf und stand ebenfalls auf. »Hör auf damit. Hör auf, dich selbst fertigzumachen.« Sie trat auf mich zu und streckte eine Hand nach mir aus, doch ich zuckte reflexartig zurück. Ein verletzter Ausdruck huschte über ihr Gesicht.

Die Tatsache, dass ich es war, der für diesen Ausdruck sorgte, machte alles nur schlimmer.

Ich ballte die Hände zu Fäusten. Wieso kriegte ich meinen Scheiß nicht auf die Reihe? Warum sabotierte ich früher oder später jedes Mal die Dinge, die gut liefen? Das Schauspielen war die einzige Sache, die ich hinbekam. Die ich nicht vermasselte. Die einzige Sache, in der ich wirklich gut war. Doch auch das reichte nicht.

Es reichte nie.

»Siehst du es denn nicht?«, fuhr ich fort. »Ich bin nicht gut für dich. Als ich bei dir zu Hause war, war mehr als deutlich, dass deine Eltern nur das Beste für dich wollen. Und ich bin nicht das Beste.«

Sie runzelte die Stirn und atmete tief durch. Ihre Haare fielen ihr offen über die Schultern, und mit einem schmerzhaften Stich in der Brust dachte ich, dass sie auch jetzt wunderschön aussah.

»Was ist mit mir?«, fragte sie leise. »Sollte es nicht mehr zählen, was ich will? Lass meine Eltern mal aus dem Spiel. Es geht nicht um sie. Es geht auch nicht um deine Eltern. Wenn sie nicht begreifen, was für ein Glück sie mit dir als Sohn haben, ist das ihr Pech. Es geht um dich. Um uns. Darum, was du über *dich* denkst. Was *du* willst. Was *ich* will.«

»Du sagst das so leicht.« Ich wollte ihren Worten glauben, ich wollte es wirklich.

*Aber du weißt, dass sie unrecht hat. Dass du nicht in der Lage bist, die Beziehung mit ihr zu führen, die sie verdient hat.*

Am liebsten hätte ich meinen Kopf gegen die Wand gerammt, um die Stimme darin endlich zum Verstummen zu bringen.

»Weil es leicht ist. Wenn wir den Rest der Welt vergessen und uns nur auf uns konzentrieren …«

»Aber der Rest der Welt ist nun mal da«, unterbrach ich sie. »Die Treffen in der Kostümkammer oder abends bei mir … Dabei sind wir in einer Blase. Aber das ist eine Illusion, das ist nicht die Realität.«

Sie stolperte zurück, und jetzt sah ich auch in ihrem Gesicht Wut und Enttäuschung. »Was bin ich für dich, Miles? Das zwischen uns, was bedeutet es dir wirklich? Bei unserem letzten Gespräch in deinem Bett hast du gesagt, dass es gut läuft, dass du Gefühle für mich hast und willst, dass wir uns weiterhin besser kennenlernen, aber das jetzt … Was denkst du wirklich?«

Ich hob die Hände und ließ sie wieder fallen. Suchte nach den Worten, die in mir schlummerten. Die ihr sagten, dass ich in ihrer Nähe freier atmen konnte und es liebte, ihr zuzuhören. Die ihr sagten, dass sie mein Leben und mich besser machte. Dass sie mich inspirierte und mir die Hoffnung zurückgab, dass wir tatsächlich eine zweite Chance hatten.

Aber ich blieb stumm.

Warum blieb ich stumm?

Audrey trat einen weiteren Schritt zurück. »Du weißt es nicht«, flüsterte sie. »Du hast gesagt, dass wir die Vergangenheit hinter uns lassen können, dass wir neu anfangen können. Dass wir uns eine gemeinsame Zukunft aufbauen können …« Ihre Stimme versagte. Genau wie ich es gerade tat.

»Das wollte ich auch!«, rief ich. »Ich will es immer noch. Aber ich weiß nicht, ob es funktionieren kann.«

»Ob was funktionieren kann?«

»Du und ich.«

Stille. Wir standen uns schwer atmend gegenüber. Gute drei Schritte lagen zwischen uns, aber der Abstand fühlte sich viel größer an.

»Ich fass es nicht«, murmelte Audrey. Tränen schimmerten in ihren Augen, und ich hasste es, dass ich dafür verantwortlich war. »Ich habe mich trotz allem, was damals passiert ist, wieder auf dich eingelassen. Habe gegen den Schmerz angekämpft und die Erinnerungen, die mit dir zurückkamen ...« Sie schüttelte den Kopf, als wäre sie in Gedanken meilenweit entfernt. Etwas an ihrer Stimme ließ mich aufhorchen.

Kälte machte sich in mir breit, und ich machte wieder einen Schritt auf sie zu. »Was meinst du? Ich habe dir doch erklärt, dass Peyton einen Notfall hatte und ...«

»Und du für sie da sein musstest, ja, ich weiß.« In ihren Augen blitzte etwas auf, und erst im nächsten Moment begriff ich, dass es Resignation war. »Ich wünschte nur, der Abend wäre damals anders verlaufen. Ich wünschte, ich wäre nie zur Party gegangen.«

»Warum?«

Sie schüttelte den Kopf und presste ihre Lippen zusammen.

»Warum?«, wiederholte ich.

»Hör auf, mich zu drängen. Du willst die Antwort nicht hören, glaub mir.« Die Schärfe in ihrer Stimme schrillte wie eine Alarmglocke in meinem Kopf.

Ich dachte an unsere erste Begegnung im Theater. An den Schock in ihrem Gesicht. An ihre Abwehrhaltung. Sie hatte mir gesagt, sie wolle die Vergangenheit vergessen und nur nach vorn schauen. Und dann war Peyton aufgetaucht, und Audrey hatte wieder dichtgemacht. Mir war schon damals der Gedanke gekommen, dass ich etwas verpasst hatte. Dass mir ein Puzzleteil der Geschichte fehlte, denn Audrey wirkte nicht wie der eifersüchtige Typ, der jahrelang nicht darüber hinwegkam, dass ich einer Freundin zu Hilfe eilte, statt sie nach Hause zu fahren.

»Was ist passiert, nachdem ich von der Party weggegangen bin?« Meine Frage hallte laut durch den Raum.

Audrey zuckte zusammen, und dann sah ich es: Schmerz zeichnete sich auf ihrem Gesicht ab. Tiefer Schmerz.

»Es war dieser Abend, oder?«, fragte ich und wünschte, sie würde mir nie darauf antworten.

Audrey sah mich einen Moment lang schweigend an, dann nickte sie. »Ja«, stieß sie leise hervor.

»Du wurdest auf der Party damals mit den K.-o.-Tropfen abgefüllt.« Jedes Wort tat weh. »Deshalb konntest du mich am Anfang unserer Zusammenarbeit kaum ansehen. Und deshalb hast du mich im letzten Schuljahr komplett ignoriert. Weil ich … Ich war nicht da.« Blanker Horror machte sich in mir breit. Bilder von Audrey, wehrlos und ausgeliefert, wirbelten durch meinen Kopf.

Es war meine Schuld.

»Warte, nein«, sagte Audrey. »Tu das nicht! Fühl dich nicht für etwas verantwortlich, wofür du nichts kannst!« Ihre Worte drangen kaum zu mir durch.

»Ich hätte es verhindern können«, murmelte ich. »Wenn ich zu dir zurückgekommen wäre, wenn ich dir Bescheid gesagt hätte – wäre es dann nicht passiert? Hättest du anders gehandelt? Hätte der Kerl dann keine Chance gehabt? Natürlich nicht. Ich …« Ich brach ab und schüttelte den Kopf, als könnte ich so die entsetzliche Wahrheit aufhalten, die unwiderruflich in mir aufstieg.

Ich hatte Audrey im Stich gelassen. In ihrer schlimmsten Nacht war ich nicht da gewesen. Klar – ich hatte nicht wissen können, dass ihr so etwas passieren würde, aber das spielte keine Rolle. Entscheidend war, dass ich nicht da gewesen war. Dass sie meinetwegen bereits einmal verletzt worden war. Das offenbarte, was ich tief in mir die ganze Zeit über befürchtet hatte: Ich war nicht gut für sie.

Ich war es nie gewesen.

# 33. KAPITEL

## Audrey

Miles taumelte zurück. Er schüttelte den Kopf und ballte die Hände zu Fäusten. »Das hätte nicht passieren dürfen«, murmelte er. »Das ist alles so verkehrt.«

Ich holte tief Luft, dabei wusste ich nicht, wofür. Was sollte ich sagen? In meinem Kopf jagte ein Bild das nächste.

Nathans alkoholgetränkter Atem an meinem Hals. Seine Hand auf meinem Oberschenkel. Seine Worte, die ich nicht verstanden hatte, weil ich zu benebelt gewesen war.

Doch an den Ekel erinnerte ich mich noch genau. Und an die Furcht.

Ich wünschte selbst, dass die Nacht damals nicht passiert wäre. Aber das war sie. Ich hatte meinen Weg gefunden, damit umzugehen. Weiterzumachen. Und ich konnte mit Miles den Abend nicht erneut durchleben. Ich schaffte das nicht.

»Es spielt keine Rolle«, sagte ich. »Und es ist nicht deine Schuld. Es ist wichtig, dass du das weißt.«

»Natürlich spielt es eine Rolle!« Er sah mich an, und ein Sturm tobte in seinen Augen. »Siehst du es denn nicht? Ich bin nicht gut für dich!«

In seiner Stimme lagen keine Zweifel, und ich wusste, dass ich nicht zu ihm durchdringen konnte. Er war so dermaßen überzeugt davon, dass er recht hatte, dass er nicht dagegen ankämpfen würde.

Er würde nicht für *uns* kämpfen.

Wie ironisch war es, dass er es war, der mich um eine zweite Chance gebeten hatte, und jetzt derjenige war, der aufgab?

»Ich sollte gehen«, sagte ich und wünschte, es gäbe nicht diese leise Hoffnung in mir, dass er mich aufhielt.

Miles sagte nichts, und die Hoffnung zerbrach.

Die Tränen in meinen Augen liefen über und rannen über meine Wangen. Es tat weh, ihn so zu sehen. Aber noch mehr weh tat es, dass er uns einfach aufgab. Dass er es vorzog, der Angst und den Zweifeln zu glauben.

Er dachte, er wäre nicht gut für mich? Wenn er mich tatsächlich deshalb von sich stieß, dann hatte er recht.

Das hier war nicht gut für mich.

Ich hatte mich in den letzten Jahren aufgerappelt, hatte mir mein Selbstbewusstsein und das Gefühl von Sicherheit zurückgeholt. Ich hatte dafür gearbeitet, dass meine Träume in Erfüllung gingen, und alles dafür getan, mich selbst zu beschützen.

»Dann war es das also?« Ich sah ihn an, suchte nach einer Spur von dem Mann, der mich in den letzten Wochen so oft zum Lachen gebracht hatte. »Du gibst auf?«

»Du hast jemand anderen als mich verdient«, sagte Miles dumpf. Er stand neben der Couch, ein verlorener und unendlich trauriger Ausdruck lag auf seinem Gesicht. »Geh, Audrey. Geh einfach.«

Seine Worte trafen mich wie ein Hieb in den Magen. Übelkeit machte sich in mir breit, und ich stolperte in Richtung Tür. Wie in

Trance lief ich nach draußen, wo mir kalte Luft entgegenschlug. Ich folgte der Straße und fand wie durch ein Wunder zur Bushaltestelle. Die Anzeige sagte, dass in dreizehn Minuten der nächste Bus fahren würde, also beschloss ich, zu laufen. Mit schnellen Schritten ging ich los, wobei ich meine Umgebung kaum wahrnahm. Ich konnte immer noch nicht ganz verstehen, was in der letzten Stunde passiert war. Was so dermaßen schiefgelaufen war.

Als Miles angerufen hatte, hatte ich sofort begriffen, dass etwas passiert war. Was auch immer er sich selbst einredete, es zerstörte ihn, dass seine Eltern sich so wenig für ihn interessierten. Irgendetwas war schon früh in ihm kaputtgegangen, und ich hatte den Verdacht, dass er nicht wusste, wie er es heilen sollte. Vielleicht hätte ich ihm helfen können, wenn er mich gelassen hätte.

*Geh. Geh einfach.*

Ein Schluchzen stieg in mir auf, und ich biss wütend die Zähne zusammen. Ich wollte nicht weinen. Nicht wegen Miles.

*Du hättest vorsichtiger sein müssen.*

Der Gedanke tauchte unwillkürlich in meinem Kopf auf, und am liebsten hätte ich laut geflucht. Stattdessen beschleunigte ich meine Schritte noch mehr.

Wie hatten die Dinge nur so schnell bergab gehen können? War ich zu blind gewesen, als ich ihm geglaubt hatte, dass er sich eine Zukunft mit mir vorstellen konnte?

Vielleicht hätte ich wissen müssen, dass es nicht so leicht sein konnte, und mir den Schmerz ersparen können, der jetzt in mir tobte. Doch im Grunde wusste ich, dass das nicht stimmte. Schon als wir im Garten meiner Eltern miteinander getanzt hatten, war es zu spät gewesen.

Ich hatte mein Herz verloren. An den Kerl, bei dem ich mir geschworen hatte, ihn nie wieder in mein Leben zu lassen.

In den letzten Wochen hatte Miles die Erinnerung an die schlimmste Nacht meines Lebens mit neuen Erinnerungen überschrieben. Wenn ich ihn jetzt sah, war da nicht mehr Angst oder Entsetzen, weil ich mit ihm etwas Schreckliches verband. Auch wenn ihn keine Schuld traf, war er für mich immer wie ein Denkmal an das gewesen, was damals passiert war.

Doch jetzt waren da Wärme und eine tiefe Zuneigung, von der ich nicht gewusst hatte, dass ich dazu fähig war.

Zumindest war es bis eben so gewesen.

Ich bog bei der nächsten Kreuzung links ab und hoffte, dass ich noch richtig war. Immerhin kam mir die breite Straße mit ihren großen Geschäften und Häusern bekannt vor. Während ich den dünnen Schal im Gehen enger um mich schlang, fragte ich mich, wann die Kälte in meinem Innern verschwinden würde.

Noch immer sah ich Miles' verletzten Ausdruck vor mir. War es falsch, dass ich gegen den Impuls ankämpfen musste, zurückzugehen, um nach ihm zu sehen? Wütend wischte ich mir über die Wangen. Ich musste mich zusammenreißen. Mich auf mich selbst konzentrieren und den Schmerz zurückdrängen. Ich grub die Fingernägel in die Handinnenfläche und wich einem Fußgänger aus, der mir entgegenkam.

Es war lange her, dass mich meine Gefühle so sehr überrollt hatten. Ich kannte das nicht mehr – dass es bei jedem Atemzug wehtat. Dass ich einen Menschen vermisste, obwohl ich gerade erst von ihm weggegangen war. Dass ich ihn hassen und zugleich verstehen konnte.

Ich bog in unsere Straße ein und zerrte mein Handy aus der

Jackentasche. Mit bebenden Fingern scrollte ich zu Debbys Namen durch. Ich würde den Schmerz nicht einfach wegschieben können. Genauso wenig wie Miles' Worte und die Bilder von damals, die durch meinen Kopf wirbelten.

Es war zu viel.

Zu viele Erinnerungen, zu viele Empfindungen. Zu viel von allem.

Als ich die Haustür aufschloss, ging Debby ran.

»Hey, Audrey? Ist alles in Ordnung? Es ist ungewöhnlich spät für einen Anruf …« Ihre vertraute Stimme zu hören, reichte aus, dass die Tränen zurückkamen.

»Debby«, schluchzte ich. »Es ist alles schiefgegangen.«

»Oh, Süße. Ich bin für dich da. Egal, ob du reden willst oder noch etwas Zeit brauchst. Ich bin da, okay?«

Schniefend streifte ich meine Schuhe ab, hängte die Jacke im Flur auf und schlich in mein Zimmer, weil ich nicht wusste, ob ich Suttons und Wyatts Sorge jetzt ertrug. »Okay. Gib mir ein paar Minuten, ja?«

»Was immer du brauchst«, sagte Debby, und in diesem Moment war ihre Stimme wie eine tröstende Umarmung. Ich presste das Handy fester an mein Ohr und sank auf mein Bett. Dann ließ ich den Tränen freien Lauf und versteckte mich nicht länger vor dem Schmerz.

Die nächsten beiden Tage verbrachte ich wie auf Autopilot. Ich ging ins Theater, konzentrierte mich auf meine Arbeit und bat Simon um alle Jobs, für die ich nicht direkt zu den Schauspielern musste. Miles sah ich nur zweimal, und wir wichen unseren Blicken gleichzeitig aus. Sahen woandershin und versuchten offenbar beide, die Erinnerung an unsere Auseinandersetzung zu verdrängen. Aber der Schmerz kam trotzdem.

Ich vermisste ihn. Und ich war wütend. Es war verwirrend, und die meiste Zeit über wusste ich selbst nicht, was ich fühlen sollte. Was ich wusste, war, dass jetzt nur das Stück zählte. Wir näherten uns der Premiere, und da war kein Raum für Komplikationen und Gefühle. Ich hatte bei dem Telefonat mit Debby einmal alles rausgelassen, und seither verbot ich es mir, ein weiteres Mal zu weinen.

Jetzt war zum Glück Wochenende, und ich lief Miles nicht ständig über den Weg. Obwohl ich normalerweise mittwochs zum Kickboxen ging, hatte ich für heute eine Extrastunde gebucht. Ich brauchte die Bewegung zur Ablenkung. Außerdem tat es gut, mich daran zu erinnern, wie stark ich war. Wie viel Kraft ich hatte und wie gut ich allein zurechtkam.

Mit jedem Tritt und jedem Schlag holte ich mir mehr von meinem Selbstbewusstsein zurück. Während ich mit meinem Trainingspartner Schritte und Abfolgen durchging, verblasste alles andere. Ich vergaß Miles' trauriges Gesicht und wie weh es getan hatte, als mein Herz ein weiteres Mal gebrochen war. Ich vergaß meine Enttäuschung und dass er mir trotz allem fehlte. Ich vergaß, dass ich gedanklich wieder und wieder zu der Nacht in meinem ehemaligen Zimmer zu Hause zurückkehrte, in der Miles und ich uns so unendlich nah gewesen waren. Ich vergaß, dass sich gerade mein Traum erfüllte und ich dennoch nie unglücklicher gewesen war.

Erst, als ich das Studio wieder verließ und mich auf den Heimweg machte, holte mich alles wieder ein. In der Wohnung angekommen, verkroch ich mich daher sofort mit meinem Laptop im

Bett. Ich wollte niemanden sehen. Irgendwann klopfte Sutton an die Tür, aber ich schickte sie weg. Wenn sie zu mir kam, würde sie mich trösten wollen, und das würde die Tränen zurückbringen.

Ich wollte nicht reden.

Oder fühlen.

Ich wollte abschalten und mich von irgendwelchen seichten Serien davontreiben lassen.

Mit einer Hand schnappte ich mir ein Kissen und drückte es fest an mich. In den letzten Jahren war ich vorsichtig gewesen, wen ich in mein Leben ließ. Ich hatte mich nur auf oberflächliche Beziehungen eingelassen und alles Tiefe, alles mit starken Emotionen, vermieden. Es war einfach gewesen: keine Gefühle, keine Verletzung. Kein Vertrauen, keine Enttäuschung.

Mein Leben war deswegen nicht nur einsam oder leer gewesen. Ich hatte Zeit mit meinen Freundinnen verbracht und mich ganz auf das Studium konzentriert. Ich war mit Kommilitonen in Theatervorstellungen gegangen und hatte sie anschließend ausgiebig diskutiert und analysiert. Ich hatte geschrieben und entdeckt, dass ich es liebte, Dialoge und Szenen zu entwerfen.

Warum also war da plötzlich diese Leere? Dieses Loch in meinem Innern, als würde etwas fehlen? Als wären mir sämtliche Energie und Lebensfreude genommen worden?

Es war nicht fair, dass es mir schlecht ging.

Debby hatte mir vor ein paar Wochen, als das mit Miles anfing, gesagt, ich solle auf mein Bauchgefühl hören. Sutton und Wyatt hatten mich ermutigt, an die Liebe zu glauben und sie zuzulassen. Und was hatte ich jetzt davon?

Ein schwerer Kloß setzte sich in meinem Hals fest, und ich umklammerte das Kissen fester. Unwillkürlich wanderten meine Gedanken zu Miles. Was er wohl gerade machte? Ob es ihm genauso beschissen ging? Oder machte er weiter wie bisher, in der festen Überzeugung, dass es für alle so am besten war?

Dass er dachte, er könnte entscheiden, was ich verdiente oder nicht, machte mich noch immer wütend. Hielt er mich für so unselbstständig? Ich konnte selbst entscheiden, was das Beste für mich war. Ich musste nicht von ihm beschützt werden. Eigentlich hatte ich gedacht, er hätte das verstanden, aber anscheinend hatte ich mich geirrt. Wie in so vielen Dingen.

Mein Plan war gewesen, in Chesthill ein neues Kapitel aufzuschlagen. Meinen Traum zu leben und am Theater durchzustarten. Ich war fest davon überzeugt gewesen, hier jemand zu sein, dessen Vergangenheit keine Rolle spielte. Und jetzt war es ausgerechnet diese beschissene Nacht vor über vier Jahren, die mich einholte und alles zerstörte.

Ich hasste Nathan so sehr dafür.

Meine Eltern waren damals der Meinung, ich solle zur Polizei zu gehen und Anzeige erstatten. Aber ich hatte mich dagegen gesträubt. Zu groß war meine Scham gewesen und die Angst, dass die Sache wegen mangelnder Beweislage ohnehin fallen gelassen werden würde. Ich hatte damals einige Tage gebraucht, um überhaupt darüber reden zu können, und als ich mich endlich dazu überwunden hatte, waren sämtliche Spuren der Tropfen längst wieder aus meinem Körper verschwunden. Wäre Nathan nicht ohnehin von der Schule abgegangen, hätte ich nicht gewusst, wie ich das letzte Schuljahr hätte zu Ende bringen sollen. Mum und Dad wären vermutlich mit mir ans Ende des Landes gezogen. Oder hätten selbst irgendwie dafür gesorgt, dass Nathan von der Schule verwiesen wurde. Sie waren damals so unendlich wütend und entsetzt gewesen. Also hatte ich mich zusammengerissen, so gut es ging. Trotzdem war ich jedes Mal zusammengezuckt, wenn jemand mit ähnlicher Statur und Kleidung wie Nathan an mir vorbeilief. Monatelang hatte mich regelmäßig die Angst gepackt und gelähmt. Wenn ich abends durch die Straßen lief und Schritte hinter mir hörte. Wenn mich jemand im Supermarkt versehentlich streifte. Wenn im Bus jemand zu nah neben mir saß.

Doch auch wenn ich versucht hatte, mich zusammenzureißen, meinen Eltern war natürlich nicht entgangen, wie es mir wirklich ging. Mum hatte schließlich vorgeschlagen, ich solle einen Selbstverteidigungskurs machen, und der Trainer dort hatte mir Kickboxen empfohlen. Das hatte mich gerettet. Das tat es immer noch.

Unruhig positionierte ich mich anders, sank tiefer in das Kissen und klappte den Bildschirm des Laptops ein Stückchen nach unten, sodass ich die Serie weiterverfolgen konnte.

Ich hatte die Schulzeit mit erhobenem Kopf beendet. Ich war stärker als meine Angst gewesen. Stärker als die Erinnerungen an Nathan.

Ich würde auch das hier überstehen.

Mit diesem Gedanken schaute ich die Serie weiter und schlief irgendwann ein. Nur um mitten in der Nacht mit nassen Wangen aus einem Traum von Miles hochzuschrecken.

# 34. KAPITEL

## *Miles*

Meine Augen brannten, und mein Kopf brummte. Ich wusste nicht, die wievielte Stunde ich auf der Bühne stand. Das Scheinwerferlicht war auf mich gerichtet, und ich schwankte leicht. Felicity warf mir einen zornigen Blick zu.

Ich gab mich der irren Verzweiflung hin, die mich überflutete. »Du kannst mich nicht einfach verlassen.« Die Worte waren geflüstert und hallten dennoch laut im Saal wider.

»Siehst du es denn nicht? Wir sind nicht mehr glücklich! Du bist besessen von unserer Liebe, dabei zerstören wir alles. Was ist mit unseren Familien? Mit unseren Freunden? Wir werden sie alle verlieren. Meine Karriere habe ich bereits verloren, ich kann nicht noch mehr Verluste ertragen.«

»Nein!« Mit einem Satz war ich bei ihr. Hielt sie am Arm fest und sah sie flehend an. »Geh nicht.«

Felicity schüttelte traurig den Kopf. »Ich muss.«

Ich sank zu Boden und stieß einen verzweifelten Laut aus, der irgendwo tief aus meinem Innern zu kommen schien.

Dann ging das Licht aus, und Dunkelheit senkte sich über die Bühne.

Atemlos stand ich auf. Die Kopfschmerzen waren vergessen.

»Das war verdammt gut«, hörte ich Felicitys Stimme. Das Licht ging wieder an, und sie kam grinsend auf mich zu. Keine Ahnung, wie sie noch so fit aussehen konnte.

Ein Blick auf die Uhr zeigte, dass es bereits kurz nach acht war. Die anderen Schauspieler waren schon vor zwei Stunden gegangen, aber Felicity hatte vorgeschlagen, noch mal ein paar Szenen durchzugehen, und Joanne war ebenfalls geblieben. Ich hatte den starken Verdacht, dass sie über Superkräfte verfügte und darum keinen Schlaf brauchte. Zumindest stand sie jeden Morgen um acht auf der Matte, trieb uns zu Höchstleistungen an und verließ als Letzte das Theater. Nicht selten nach Einbruch der Dämmerung.

»Da kann ich mich Felicity nur anschließen«, sagte Joanne und wirkte zu meiner Erleichterung ein kleines bisschen müde. Offenbar war sie doch auch nur ein Mensch.

»Miles, du verleihst Johnny genau die richtige Mischung aus Verzweiflung und Wahnsinn. Pass aber auf, wenn du mit deiner Stimme spielst, dass du laut genug sprichst, sodass das Publikum jederzeit mit einbezogen ist. Felicity, du reagierst als Julie hervorragend, darfst deine Angst aber noch mehr zeigen. Du fürchtest dich vor Johnnys starken Gefühlen, liebst ihn aber gleichzeitig immer noch. Diese innere Zerrissenheit darfst du gern noch mehr betonen. Vielleicht gehst du bei der Szene ein Stück weiter nach vorn an den Bühnenrand? Ich denke, du kannst auch ruhig auf die Knie sinken, ohne dass es zu viel ist.«

Felicity und ich wechselten einen kurzen Blick und nickten. Gedanklich notierte ich Joannes Anmerkungen, während ich zwischen der Hoffnung schwankte, dass wir hier endlich Schluss machten, und dem Wunsch, dass es ewig weiterging und ich nicht wieder in meine Wohnung zurückmusste, wo ich einfach nur Miles war. Nicht der Schauspieler, nicht Johnny, sondern nur der Kerl, der es mit Audrey vermasselt hatte.

»Ich denke auch, dass das funktionieren könnte«, sagte ich. »Sollen wir jetzt gleich die Szene noch mal durchgehen und deine Anmerkungen umsetzen?«

Ein müdes Lächeln erschien auf Joannes Lippen. Obwohl ihre Frisur noch tadellos saß und ihre Bluse kaum Falten aufwies, war ihr der lange Tag bei genauerem Hinsehen doch anzusehen. »Ich würde sagen, wir machen für heute Schluss und starten morgen früh mit der Szene, wenn wir alle ausgeruht sind. Aber wenn ihr es jetzt noch einmal durchgehen wollt, bin ich raus.«

Felicity und ich sahen uns an, und bevor ich mich entscheiden konnte, ob ich weiterproben wollte oder nicht, sagte Felicity: »Okay, dann lassen wir es für heute gut sein, oder, Miles?«

Ich nickte. Erleichterung mischte sich mit einem Hauch Enttäuschung. Innerlich wappnete ich mich schon mal für den Moment, wenn ich den Saal verließ und mich auf den Heimweg machte. Es würde mühsam werden, denn sobald ich draußen war, würden die Gedanken zurückkommen. So war es seit dem Streit mit Audrey ständig.

In den letzten Tagen hatte ich mich regelrecht in die Proben gestürzt und versucht, jede freie Minute gedanklich mit dem Stück und meiner Rolle zu verbringen. Die Tatsache, dass Audrey es geschrieben hatte und etwas von ihr in jeder Szene steckte, machte es zwar schwer, sie zu vergessen, aber zumindest vergaß ich zwischendurch mich selbst.

Ich verstaute das Skript in meinem Rucksack, verabschiedete

mich mit einem Kopfnicken von Joanne und ging in Richtung Ausgang. Felicity folgte mir.

»Das lief heute richtig gut«, meinte sie, als wir den Proberaum verließen.

»Fand ich auch. Wobei ich trotzdem froh bin, dass wir noch etwas Zeit bis zur Premiere haben.«

Sie nickte zustimmend. »Jetzt geht's um die Feinheiten. Aber das kriegen wir auch noch hin.« Ihr Lächeln war so zuversichtlich, dass etwas von dem Gefühl auf mich überging: Solange ich meine neuen Freunde – unsere Theaterfamilie für diese Produktion – an meiner Seite hatte, konnte die Premiere nur ein Erfolg werden.

Als wir auf die Straße traten, steuerte Felicity nach links. »Ich treffe mich noch mit einer Freundin in der Stadt und muss da lang.«

»Alles klar. Dann genieß den Abend. Bis morgen früh.«

»Bis morgen.« Sie strahlte mich an, winkte kurz zum Abschied und drehte sich um.

Einen Moment lang sah ich ihr nach, und auf einmal wünschte ich mir, ich könnte einen Abend lang mit ihr tauschen. Auch wenn ich wusste, dass Felicity ebenfalls ihre Tiefpunkte hatte, wirkte sie die meiste Zeit über optimistisch und voller Energie. Sie strahlte eine gewisse Zuversicht aus, die mich jedes Mal anspornte, die Dinge ebenfalls in einem positiven Licht zu betrachten.

Ganz ähnlich wie Audrey es tat.

Der Gedanke an sie versetzte mir einen schmerzhaften Stich. Wann würde das endlich aufhören?

Ruckartig drehte ich mich um und schlug den Heimweg ein. Die Straßenlaternen entlang der Rosebery Avenue strahlten ein warmes Licht aus, und die Schaufenster der bereits geschlossenen

Läden leuchteten hell in der hereinbrechenden Dämmerung. Es war ein ruhiger Abend, ein milder Wind wehte, und wenn ich nicht so müde gewesen wäre, hätte ich die Stimmung vermutlich noch mehr genießen können. Kurz wanderte mein Blick in Richtung Himmel, wo die ersten Sterne erschienen. Unwillkürlich musste ich an das Planetarium denken. An Audreys begeisterten Blick, während über uns ganze Galaxien über die Leinwand flimmerten. Ich presste die Lippen zusammen und konzentrierte mich wieder auf den Weg vor mir. Ich musste aufhören, ständig an sie zu denken.

Entschlossen beschleunigte ich meine Schritte. Im Park vor der Kathedrale saß eine Gruppe junger Leute zusammen, und ihr Gelächter schallte hell durch die Nacht, doch ich blendete es hastig aus. Als ich zu Hause ankam, empfing mich der Geruch von frisch gekochtem Essen. Ich glaubte, Curry und Kokosmilch auszumachen, aber vielleicht irrte ich mich auch.

»Peyton?«, rief ich und betrat die Küche.

Sie stand am Herd und drehte sich lächelnd zu mir um. »Hi, Miles. Dein Timing ist perfekt. Das Curry sollte gleich fertig sein.«

»Du bist meine Heldin«, sagte ich und lehnte mich neben Peyton gegen die Arbeitsfläche.

»Langen Tag gehabt?«, fragte sie.

»Das kann man so sagen.«

Sie runzelte die Stirn. »Ist das normal, dass bis spätabends geprobt wird?«

»In den Wochen vor der Premiere schon. Und Felicity und ich sind ähnlich perfektionistisch, fürchte ich. Außerdem bin ich ganz froh um die Ablenkung.«

Sie nickte wissend. »Immer noch so schlimm?«

Ich seufzte. Bisher hatte ich Peyton nur einen groben Abriss von der Auseinandersetzung mit Audrey gegeben.

»Ich sehe sie jeden Tag. Auch wenn sie mir aus dem Weg geht und Blickkontakt meidet … Es ist beschissen.« Müde rieb ich mir übers Gesicht. »Dabei weiß ich, dass ich es selbst verbockt habe. Ich wollte sie an dem Abend nur sehen und mich vergewissern, dass wir okay sind. Dass sie sich nicht auch abwendet, aber dann ist alles schiefgegangen. Vermutlich war es ohnehin nur eine Frage der Zeit, bis so was passiert.«

Peyton sagte einen Moment lang nichts und rührte das Curry um. Schließlich zog sie den Topf vom Herd und sah mich eindringlich an. »Das ist ganz großer Bullshit, und das weißt du. Du sabotierst dein eigenes Glück. Ich verstehe, dass es ätzend ist, dass deine Eltern nicht zur Premiere kommen. Glaub mir, ich kenne mich mit Enttäuschungen, was die Familie angeht, aus.« Ein bitterer Zug trat um ihren Mund.

Peyton war voller Hoffnung von dem Besuch bei ihrer Mum zurückgekommen und hatte gemeint, dass ihre Mutter tatsächlich in Erwägung zog, Roy zu verlassen und mit ihren beiden Söhnen auszuziehen. Aber einen Tag, nachdem Peyton wieder in Chesthill angekommen war, hatte ihre Mum angerufen. Roy hatte ihr und den Jungs von der Geschäftsreise Geschenke mitgebracht. Sie war sich sicher, jetzt würde sich alles ändern und Roy seine Wutausbrüche und Alkoholexzesse in den Griff kriegen. Peyton hatte den ganzen Abend über kein Wort gesprochen, aber später hatte ich sie in ihrem Zimmer weinen hören.

»Du hast es selbst in der Hand, Miles«, fuhr sie fort, und ihre Miene wurde sanft. »Wir müssen uns nicht von unserer Familie definieren lassen, weißt du? Wir können sie trotzdem auf unsere

Art lieben und respektieren, aber wir müssen nicht darauf warten, dass sie unseren Erwartungen gerecht werden. Nicht, wenn *wir* es sind, die dadurch leiden.«

Ich verzog das Gesicht. »Leichter gesagt, als getan.«

»Ich weiß. Geht mir ja auch so. Aber wir können uns zumindest gegenseitig daran erinnern, dass wir anders sein können, als das, was uns vorgelebt wird.«

»Das stimmt.« Dankbar sah ich sie an.

Auch wenn ich mir für Peyton gewünscht hätte, dass das Studium das Richtige für sie war, freute ich mich insgeheim darüber, dass sie nach Chesthill gekommen war. Während unserer Kindheit waren wir ständig zusammen gewesen, und das hatte ich in den letzten Jahren viel zu sehr vermisst. Bei Peyton konnte ich mich nicht verstecken oder in eine Rolle flüchten. Sie kannte mich, und das hatte mich schon mehr als einmal zu mir selbst zurückgebracht.

»Vielleicht solltest du doch noch mal mit Audrey reden. Dir etwas Zeit geben, ohne aber euch gleich aufzugeben.«

Nachdenklich sah ich sie an. »Ich wünschte, ich könnte das einfach so tun.«

Ich dachte an Audreys verletztes Gesicht. An das Entsetzen in ihren Augen und den Moment, als ich begriffen hatte, welcher Abend es gewesen war, an dem ihr eines der schrecklichsten Dinge angetan wurde, die ich mir vorstellen konnte.

»Ich weiß nicht, ob ich der Richtige für sie bin. Nicht, nachdem … Es ist zu viel passiert«, sagte ich leise.

Peyton runzelte die Stirn. »Warum? Ist an dem Abend etwas passiert, von dem ich nichts weiß?«

Ich schluckte schwer. In den letzten Tagen hatte ich versucht, nicht so oft daran zu denken. Wann immer der Gedanke aufgetaucht war, hatte ich ihn von mir geschoben. Schuldgefühle flackerten in mir auf, zusammen mit der schrecklichen Gewissheit, dass es zu spät war. Dass ich nicht mehr ändern konnte, was vor vier Jahren passiert war.

Ich holte tief Luft. »Auf der Party damals in der Schule, als ich zu dir gefahren bin … Ich weiß jetzt, warum Audrey so sauer war. Warum sie danach nicht mehr mit mir gesprochen hat und warum sie auf dein Auftauchen so geschockt reagiert hat.« Es tat weh, darüber zu sprechen, aber ich zwang mich, weiterzureden.

Audrey war diejenige, die damit lebte. Die sich den Erinnerungen immer wieder stellen musste und die es geschafft hatte, sich dennoch aufzurappeln. Nach vorn zu schauen und weiterzumachen. Sie war es, der Schreckliches passiert war – nicht ich. Ich sollte zumindest darüber reden können.

»Audrey wurde an dem Abend mit K.-o.-Tropfen abgefüllt. Sie hat auf mich gewartet, aber ich bin nicht wiedergekommen, und ich nehme an, dass dieses Arschloch, das ihr das angetan hat, die Situation ausgenutzt hat. Das letztens war nicht einfach nur ein kleiner Streit, bei dem ich mich danebenbenommen hab, weil ich angetrunken und sauer über das Gespräch mit Mum war. Ich hätte damals für sie da sein müssen und war es nicht. Audrey wurde meinetwegen verletzt, und … ich kann ihr nicht noch mal wehtun. Ich kann nicht noch mal dafür verantwortlich sein, dass es ihr schlecht geht. Als ich bei ihren Eltern war und gesehen habe, wie sie mit Audrey umgehen …« Ich schüttelte den Kopf. »Ich passe nicht zu ihr. Sie hat jemanden verdient, der sein Leben im Griff hat, der nicht eine Bühne braucht, um vor seinem eigenen Leben zu flüchten. Sie verdient jemanden, der gern zu ihren Eltern fährt und keine Angst vor deren Interesse und Liebe hat. Ich bin nicht der Mann, der gut für Audrey ist. Zumindest nicht jetzt, und ich weiß ehrlich gesagt nicht, ob ich es irgendwann sein kann.«

Meine Augen brannten, und ich merkte, dass ich die Hände zu Fäusten geballt hatte. Ein dumpfer Schmerz wütete in meinem Innern, und ich wusste, wenn ich ihn an die Oberfläche ließ, würde er mich gnadenlos überrollen.

»Scheiße, das ist heftig!« Peyton sah einen Moment lang so geschockt aus, wie ich es gewesen war, als Audrey mir davon erzählt hatte. »Das ist …« Sie schüttelte den Kopf. »Ich werde nie verstehen, wie es solche Arschlöcher geben kann. Wie so was einfach immer und immer wieder passieren kann.«

Ich presste die Lippen zusammen und nickte knapp. Genau das dachte ich seit dem Streit mit Audrey immer wieder.

»Aber, dass du dich dafür selbst fertigmachst, bringt nichts!« Eindringlich sah Peyton mich an. »Das ist furchtbar, was Audrey passiert ist, keine Frage. Ich will mir gar nicht ausmalen, wie es für sie gewesen sein muss. So etwas sollte niemand durchmachen müssen. Aber es ist nicht deine Schuld. Zieh dir diesen Schuh nicht an! Schuld ist einzig und allein dieser Kerl. Niemand sonst.« Sie streckte eine Hand nach mir aus und drückte fest meinen Arm.

Ich blinzelte und richtete mich ein Stück auf. »Ich weiß. Theoretisch weiß ich das alles, aber praktisch …« Ich fuhr mir durch die Haare. »Sorry, ich wollte gar nicht mit alldem herausplatzen.«

Sie schüttelte entschieden den Kopf. »Nein, das ist wichtig. Du darfst und sollst darüber reden. Ich hoffe, du weißt, dass ich für dich da bin.«

Sie sagte nicht, dass alles gut werden würde. Sie sagte nicht, dass Audrey und ich das wieder hinkriegen würden, weil sie mich kannte. Ich hasste leere Versprechungen und Floskeln. Stattdessen gab Peyton mir genau das, was ich brauchte: das Versprechen, dass ich nicht allein war.

Ich räusperte mich. »Ich glaube, ich wäre jetzt bereit zum Essen«, sagte ich und zwang mich zu einem halbherzigen Lächeln.

Peyton nickte nach einem kurzen Zögern. »In Ordnung.«

Ich holte Teller aus dem Schrank und hielt sie Peyton hin, damit sie sie mit Reis und Curry füllen konnte. Mein Magen zog sich erwartungsvoll zusammen, als mir der Geruch in die Nase stieg.

Vielleicht gelang es mir ja, zumindest für heute Abend nicht zu viel zu grübeln und es mir mit Peyton gemütlich zu machen. Die Gedanken an Audrey und wie sehr sie mir fehlte, kamen ohnehin spätestens, wenn ich im Bett lag. Wenn mich Dunkelheit und Stille umgaben und mein Kopf viel zu laut wurde. Dann wirbelten Fetzen von dem Telefonat mit Mum durch meinen Kopf, nur unterbrochen von Audreys traurigen Augen, als ich sie weggeschickt hatte.

Selten hatte ich mir mehr gewünscht, ich könnte daran glauben, dass alles gut werden würde. Aber ich kam nicht gegen die zweifelnde Stimme in meinem Innern an, die es besser wusste.

# 35. KAPITEL

## Audrey

Wärme hüllte mich ein. Vertraute Wärme, die unheimlich gut roch. Ich blinzelte und richtete mich träge ein Stückchen auf. Miles lag neben mir. Sein Arm lag schwer auf meiner Hüfte, und ich konnte nicht anders, als zu lächeln. Zufrieden seufzend kuschelte ich mich wieder an ihn. Schloss die Augen und dachte stumm, dass ich am liebsten ewig in diesem Moment verweilen würde.

Bis Miles sich bewegte und seine Hand über meine Hüfte zu meinem Oberschenkel glitt.

Ich wusste sofort, dass etwas nicht stimmte. Es waren andere Hände. Sie waren rauer. Fordernder. Ich öffnete die Augen und erstarrte.

Nathan sah mich aus halb gesenkten Lidern an.

Ich schreckte zurück und schrie. Schrie, wie ich es damals nicht hatte tun können, weil ich bereits zu ausgeknockt war.

Schweißgebadet fuhr ich hoch. Mein Haar klebte an der Stirn, und mein Atem ging unnatürlich schnell. Blinzelnd sah ich mich in meinem Zimmer um. Dämmriges Licht sickerte durch das

Fenster, und ich brauchte kurz, um zu begreifen, dass ich geträumt hatte.

Von Miles. Es war das vierte Mal in Folge. Neu war allerdings, dass Nathan darin auftauchte.

Ich schüttelte mich und griff nach dem Wasserglas auf dem Nachttisch. Nachdem ich einen Schluck getrunken hatte, lauschte ich kurz, doch nichts rührte sich. Offenbar hatte ich nur im Traum geschrien. Zum Glück.

Mein Puls raste, was bei dem Traum kein Wunder war. Seit der Sache mit Miles war etwas in mir aufgebrochen. Ich war mir sicher gewesen, die Vergangenheit verarbeitet zu haben, aber sie warf ihren Schatten bis in die Gegenwart. Dabei hätte Miles nie erfahren sollen, dass die Partynacht, in der er mich stehen gelassen hatte, dieselbe Nacht gewesen war, in der Nathan mich außer Gefecht gesetzt hatte. Es machte die Dinge nicht leichter, nur schmerzhafter. Ich trank einen weiteren Schluck Wasser, und langsam beruhigte sich mein Puls wieder.

Wie grausam es war, dass ein paar wenige Minuten – denn viel länger war ich mit Nathan nicht allein gewesen – so viel verändern konnten. Vermutlich lebte er völlig unbekümmert sein Leben weiter. Ich presste die Lippen zusammen. Nein, daran durfte ich nicht denken. Wieder und wieder in die Vergangenheit zu gehen, änderte nichts. Ich musste die Sache für mich abschließen.

Ich sank zurück ins Kissen, aber an Schlaf war nicht mehr zu denken. Der Wecker zeigte kurz vor halb sieben an – wäre nicht Wochenende, müsste ich in einer halben Stunde aufstehen. Aber ich hatte heute frei und vorgehabt, gemütlich auszuschlafen. Damit war es jetzt wohl vorbei.

Seufzend griff ich nach meinem Handy und öffnete die App

mit meinen Chatverläufen. Bei Miles' Namen hielt ich inne. Keine Ahnung, wie oft ich seit unserem Streit vor über einer Woche unsere letzten Nachrichten schon angestarrt hatte. Zu oft auf jeden Fall.

Miles und ich gingen uns noch immer aus dem Weg, und ich wartete vergeblich darauf, dass es mir gleichgültiger wurde. Dass mich nicht jedes Mal ein schmerzhafter Stich durchzuckte, wenn ich ihn auf der Bühne oder im Flur des Probegebäudes sah.

Ich vermisste ihn. Sein Lachen und seine Leichtigkeit, von der ich inzwischen wusste, dass sie nur eine Seite von mehreren war.

Warum hatte er mir nicht mehr zugetraut? Glaubte er, ich würde mit seinen Päckchen nicht fertig werden? Damit, dass er ein schwieriges Verhältnis zu seinen Eltern hatte? Glaubte er wirklich, was er sagte und dass ich ohne ihn besser dran war? Aber das sollte nicht seine Entscheidung sein! Ich verstand nicht, wie er uns so einfach aufgeben konnte.

Oder hatte er nie dasselbe empfunden wie ich?

Ich hasste die Angst, die sich in mein Herz schlich, das sich in den letzten Tagen zu oft schmerzhaft zusammengezogen hatte. Wütend auf mich selbst legte ich das Handy weg und setzte mich auf.

Ich sollte überhaupt nicht über Miles nachdenken. Darüber, ob er mich genauso sehr vermisste wie ich ihn und ob er seine Worte bereute.

*Geh. Geh einfach.*

Der schmerzvolle Ausdruck, der auf seinem Gesicht gelegen hatte, verfolgte mich bis jetzt. Ich wünschte nur, er hätte mit mir darüber geredet, statt mich wegzuschicken. Statt mich aufzugeben.

Tränen schossen mir in die Augen, und ich blinzelte sie entschlossen weg. Ich konnte es mir nicht leisten, mich von meinen Gefühlen überwältigen zu lassen. Mit gestrafften Schultern stand ich auf und ging ich ins Badezimmer, um mich für den Tag zu richten.

»Achtung, heiß! Hier kommt eine neue Ladung frische Pancakes.« Wyatt betrat mit einer Pfanne das Wohnzimmer und stellte sie auf dem kleinen Couchtisch ab.

Mit leuchtenden Augen sah Sutton zuerst die Pancakes und dann Wyatt an. »Kann ich dich auch heiraten, wenn du mein bester Freund und unsere Freundschaft rein platonisch ist?«

Er grinste. »Kommt drauf an, was du mir zu bieten hast. Das Übernehmen aller Putzdienste?«

Sie verzog das Gesicht. »Vielleicht muss ich mir das doch noch mal überlegen. Aber verdammt, deine Pancakes sind göttlich!«

Schmunzelnd beobachtete ich die beiden. In einem musste ich Sutton recht geben: Die Pancakes rochen legendär, und ich hatte mich schon darauf gefreut, seit Wyatt mit Kochen angefangen hatte.

»Und, was steht bei dir heute an?«, fragte Sutton mit vollem Mund.

Ich stach mit der Gabel in den obersten Pancake und schob ihn auf meinen Teller. »Keine Ahnung«, sagte ich. »Die letzten Tage waren so dermaßen anstrengend und arbeitsintensiv, dass ich mir über das Wochenende noch gar keine Gedanken gemacht habe. Ich wollte mit Debby telefonieren und ein bisschen spazieren gehen. Vielleicht werde ich ansonsten einfach lesen, Serien schauen und entspannen.«

»Das klingt doch nach einem guten Plan«, meinte Sutton. »Ich bin ja schon echt gespannt auf die Premiere. Eineinhalb Wochen sind es noch, oder?«

Ich nickte mit einem nervösen Gefühl im Bauch, das sich jedes Mal einschlich, wenn jemand die Aufführungen erwähnte. Unwillkürlich fragte ich mich, wie sich die Schauspieler fühlten. Ich musste immerhin nicht auf die Bühne, und auch wenn ich auf die Reaktionen des Publikums mehr als gespannt war, würde ich selbst nichts performen. Meinen Teil hatte ich dann bereits geleistet. Die Schauspieler hingegen würden an jedem Aufführungstag auf der Bühne stehen, sie hatten ihren Teil noch vor sich – und das mehrmals.

»Ich habe mir den Termin jedenfalls fest eingetragen«, klinkte Wyatt sich ein.

»Das freut mich, ehrlich. Langsam steigt die Aufregung.«

»Das glaube ich sofort, aber ohne wäre ja auch irgendwas verkehrt, oder?«, fragte Sutton.

Ich griff nach meiner Kaffeetasse und trank einen großen Schluck. »Irgendwie schon.«

Nach einem kurzen Moment des Schweigens, in dem wir uns unseren Pancakes widmeten, sah ich die beiden an. »Was macht ihr heute noch so?«

»Ich fahre zu Emy.« Ein Strahlen breitete sich auf Wyatts Gesicht aus.

»Wie schön. Bestell ihr liebe Grüße«, sagte Sutton. »Ich würde sie sehr gern mal sehen.«

»Irgendwann kommt der Tag.« Wyatt klang voller Zuversicht, und ich hoffte, dass er recht behielt.

»Und was steht bei dir an?«, wandte ich mich an Sutton, um das Thema zu wechseln.

»Ich habe später ein Date.«

Meine Augenbrauen schossen nach oben. »Mit …?«

»Erinnerst du dich an den Barkeeper vom Karaokeabend?«

»An Wyatts Kollegen? Ja klar.«

»Wir gehen heute Nachmittag Kaffee trinken und später vielleicht noch in eine Bar.« Sutton klang zwar nicht euphorisch, aber zumindest lag ein kleines Lächeln auf ihren Lippen.

»Das wird sicher toll. Du musst mir danach alles erzählen.«

Sie zuckte mit den Schultern. »Mal sehen. Ich versuche auf jeden Fall, offen zu sein.«

»Er ist ein netter Kerl«, warf Wyatt ein.

»Ich weiß. Sonst hättest du mir die Sache längst ausgeredet«, erwiderte Sutton.

»Jepp. Und du hättest dich trotzdem mit ihm getroffen und mir an den Kopf geworfen, dass du auf dich selbst aufpassen könntest.«

»Ganz genau.« Sutton schenkte ihm ein zuckersüßes Lächeln, und Wyatt schüttelte den Kopf.

»Aber wenn überhaupt müsste ich eigentlich ihn warnen und nicht dich.«

Sutton schlug Wyatt spielerisch gegen den Arm. »Hey, was soll das denn heißen?«

Grinsend schnappte ich mir einen weiteren Pancake und lauschte dem Geplänkel der beiden. Auf der anderen Seite des Fensters hingen dunkle Wolken am Himmel, aber in unserer gemütlichen Wohnzimmernische war davon nichts spürbar. Wärme breitete sich in meinem Innern aus. Bei dem ganzen Mist, der mit Miles passiert war, war die Wohnung wie ein sicherer Hafen, in dem ich jederzeit ankommen und entspannen konnte. Dafür war ich unendlich dankbar.

Gerade, als ich mir einen zweiten Kaffee einschenkte, brummte mein Handy. Ich hatte es neben mich auf das Sofa gelegt und musste vergessen haben, das Vibrieren auszustellen. In der Erwartung, dass Debby mir geschrieben hatte, griff ich danach. Und hielt überrascht inne.

Die Nummer des Absenders war unbekannt, und als ich die Nachricht öffnete, wusste ich auch, warum.

Ich überflog den Inhalt und ließ mich gegen die Rückenlehne des Sofas sinken. In der letzten Stunde hatte ich kaum an Miles gedacht, doch jetzt kehrte der Druck auf meinem Brustkorb schlagartig zurück.

Die Nachricht war von Peyton.

> Hey, Audrey, ich bin's, Peyton. Vielleicht wunderst du dich, dass ich dir schreibe – ich war mir bis eben auch nicht sicher, ob ich das wirklich durchziehe, aber ich würde gern mit dir reden. Hättest du Lust, dass wir uns später auf einen Kaffee treffen?

Seit unserem kurzen Gespräch in Miles' Küche hatten wir uns nicht mehr gesehen. Damals war ich gerade aus seinem Bett gekommen, hatte sein Shirt getragen und mich wie die glücklichste Frau auf dem Planeten gefühlt. Das schien unendlich weit weg zu sein.

Stirnrunzelnd starrte ich die Nachricht an. Worüber wollte sie reden? Über Miles? Hatte er etwas über mich gesagt? Ihr am Ende womöglich erzählt, was damals auf der Party passiert war? Bei dem Gedanken wurde mir kurz schlecht, dabei war es nur verständlich, wenn er mit ihr darüber gesprochen hatte. Sie war vermutlich die einzige Person, die er nicht von sich stieß. Kurz durchzuckte mich ein Anflug von Eifersucht, was mich im selben Moment nervte.

»Alles okay?«, fragte Sutton, und ich nickte hastig.

»Ich habe nur eine unerwartete Nachricht bekommen.« Ohne lange nachzudenken, tippte ich eine Antwort und legte das Handy wieder weg.

Vielleicht riss ich damit nur weitere Wunden auf und bereute es später, aber wenn Peyton reden wollte, würde ich ihr zumindest zuhören. Sie hatte einen netten Eindruck gemacht, und ich wollte mich ganz sicher nicht von meiner Eifersucht leiten lassen.

Es regnete, als ich am Nachmittag die Wohnung verließ. Mit dem Regenschirm in der Hand ging ich die Straße entlang und betrat kurz darauf die Rosebery Avenue. Der nasse Asphalt glänzte dunkel und strahlte zusammen mit den steinernen Fassaden der Häuser eine mystische Stimmung aus. Ganz anders als bei Sonnenschein wirkte die Stadt auf einmal melancholisch und düster. Und dennoch verlor sie dabei nichts von ihrem Charme. Ganz im Gegenteil. Wäre ich eine Künstlerin, würde ich den Anblick vermutlich auf einer Leinwand festhalten wollen.

Ich steuerte auf das *Coffee Corner* zu, in dem wir uns verabredet hatten. Obwohl ich noch am anderen Ende der Rosebery Avenue war, sah ich das Café bereits, denn das Logo mit der Kaffeetasse, aus der der Dampf in Form eine Kaffeebohne aufstieg, war selbst von Weitem nicht zu übersehen.

Ob Miles wusste, dass wir uns trafen? Vermutlich, denn woher sollte sie sonst meine Nummer haben?

Nervös kaute ich auf meiner Lippe. Seit Peytons Nachricht dachte ich ständig an ihn. Und daran, was sie von mir wollte.

Als ich kurz darauf das Café erreichte, atmete ich noch einmal tief durch, ehe ich die Tür aufstieß. Warme Luft und der Duft von Kaffee strömten mir entgegen. Ich zog meinen Regenmantel aus, während ich mich umblickte.

Ich entdeckte Peyton an einem Tisch im hinteren Teil, in der Nähe eines Sofas. Das Café war gut besucht, aber nicht überfüllt, und ich bahnte mir einen Weg zu ihr durch.

»Hi«, sagte ich, als ich bei ihr ankam. Sie saß an einem runden Tisch, auf dem eine kleine Vase mit einer Blume stand. Generell war die Einrichtung des Cafés eher schlicht, aber nicht lieblos. Die Blumen auf den Tischen sorgten für bunte Tupfer, während der Rest überwiegend hell gehalten war.

»Oh, hi.« Sie warf mir ein vorsichtiges Lächeln zu, und etwas von der Anspannung fiel von mir ab. »Ich war mir nicht sicher, ob du tatsächlich kommen würdest.« Peyton strich sich eine lockige Strähne aus dem Gesicht. Sie trug einen beige-rot-karierten Cardigan über einem engen, hellen Oberteil, und nicht zum ersten Mal dachte ich, dass sie definitiv ein Händchen für Mode hatte.

»Ich war mir ehrlich gesagt auch nicht sicher«, gab ich zu und setzte mich.

Peyton nickte und trommelte mit den Fingern auf der Tischkante.

Erstaunt beobachtete ich sie. Bisher war sie mir vor allem tough und selbstbewusst vorgekommen – vielleicht auch etwas verschlossen. Aber definitiv nicht unsicher und nervös.

Als eine Bedienung an unseren Tisch trat, bestellte ich einen Kaffee, während Peyton sich für einen Chai Latte entschied.

Sobald die Bedienung weg war, wandte ich mich Peyton zu, wartete darauf, dass sie den Anfang machte, doch als sie nichts sagte, war ich es, die das Schweigen brach. »Wie geht es Miles?« Die Worte platzten einfach aus mir heraus, und kaum hatte ich sie ausgesprochen, wollte ich sie auch schon wieder zurücknehmen.

Aber über Peytons Gesicht huschte lediglich ein verständnisvoller Ausdruck. »Du vermisst ihn.« Es war keine Frage, und ich erwiderte nichts auf ihre Feststellung. Denn ja, ich vermisste ihn. Wie verrückt.

Sie schüttelte den Kopf und sah mir zum ersten Mal richtig in die Augen. »Muss ich kapieren, warum ihr euch selbst im Weg steht? Er vermisst dich nämlich auch, und zuzusehen, wie er leidet … Es ist so sinnlos.«

Ihre Worte waren wie Balsam für meine Seele, auch wenn ich die leise Hoffnung, die in mir aufstieg, am liebsten verdrängt hätte. »Es bin nicht ich, die uns im Weg steht«, murmelte ich.

»Da ist was dran.« Peyton seufzte tief und sah auf, als eine andere Bedienung – ein junger Kerl mit einem freundlichen Lächeln – uns die Getränke brachte.

Ich bedankte mich und nippte vorsichtig an dem Kaffee, während Peyton ihre Hände an dem Chai wärmte.

»Du fragst dich sicher, warum ich mich mit dir treffen wollte.«

Ich nickte.

»Es geht um die Party von damals. Die vor vielen Jahren, als Miles zu mir gefahren ist, ohne dir Bescheid zu geben.«

Reflexartig versteifte ich mich, und an Peytons Blick merkte ich, dass es ihr nicht entgangen war. Shit. Wenn sie über die Sache mit Nathan reden wollte, war ich raus. Ich hatte nicht die Kraft, diesen Abend ein weiteres Mal zu durchleben.

»Ich meine damit nicht, was dir passiert ist«, sagte sie und ließ damit keinen Zweifel mehr, dass Miles ihr davon erzählt hatte. »Das ist deine Geschichte, und nur du bestimmst, wann und mit wem du darüber redest. Hat Miles dir gesagt, warum er damals zu mir gefahren ist?«

Ich runzelte die Stirn. »Er meinte, es gab einen Notfall und dass du ihn dringend gebraucht hättest.« Erstaunt registrierte ich, dass ich mir nie richtig Gedanken gemacht hatte, was genau passiert war. Nachdem ich jahrelang überzeugt gewesen war, zwischen ihnen wäre etwas gelaufen, hatte mir die Information, dass es einen Notfall gegeben hatte, gereicht.

Auf einmal schämte ich mich dafür, dabei so etwas wie Erleichterung verspürt zu haben. Was auch immer Peyton durchgemacht hatte, der traurige Ausdruck, der sich jetzt auf ihr Gesicht legte, erzählte von einer unschönen Geschichte.

»So kann man es auch beschreiben, ja.«

Sie trank einen Schluck von ihrem Chai Latte, und ich lehnte mich zurück. Ihr Blick glitt zur Seite, als wäre sie in Gedanken meilenweit weg.

»Ich habe Miles angerufen, weil Roy – der Freund meiner Mum – durchgedreht ist«, sagte sie leise. »Es war nicht das erste Mal, aber es war besonders übel. Er hat rumgeschrien, Möbel durch die Gegend geworfen und ich hatte einfach nur Angst um meine Brüder. Ich stand mit Leo und Liam in einer Ecke im Wohnzimmer, dicht an die Wand gedrängt. Mum hat sich irgendwann hinter das Sofa geduckt, als Roy den CD-Player nach ihr geworfen hat.«

Ich hielt die Luft an. Der tiefe Schmerz war Peyton deutlich anzusehen, und ich wagte es nicht, laut zu atmen oder ein Geräusch zu machen, das sie aus ihrer Erzählung riss. Es musste sie ziemlich viel Überwindung kosten, überhaupt davon zu reden.

»Irgendwann hat Roy sich ein Bier aus der Küche geholt und ist gegangen. Liam hat in der Stunde danach kein Wort gesagt, und Leo hat nicht aufgehört zu weinen. Am schlimmsten war jedoch Mums Reaktion: Sie hat in der Minute, in der Roy gegangen ist, angefangen aufzuräumen. Es war furchtbar. Ich habe es irgendwie geschafft, mich zusammenzureißen und Liam und Leo in mein Bett zu bringen. Sie haben sich nur unter der Bedingung hingelegt, dass ich bei ihnen bleibe und die Tür abschließe, falls Roy in betrunkenem und wütendem Zustand zurückkommt.« Sie schüttelte den Kopf, als sähe sie die Bilder von damals vor sich. »Es war jedenfalls schon spät in der Nacht, als sie endlich eingeschlafen sind und ich aus dem Zimmer rauskonnte, um eine Minute für mich zu haben.« Sie blinzelte, als müsste sie erst wieder in das Café und die Gegenwart zurückfinden, ehe sie mich ansah. »Das war der Moment, in dem ich Miles angerufen habe. Ich dachte, ich zerbreche, wenn ich allein wach bleibe und versuche, alles zusammenzuhalten. Ich wollte für einen Augenblick auch schwach sein dürfen. Ich wollte Angst haben und weinen dürfen.«

»Oh Gott«, entfuhr es mir. »Das ist …« Ich suchte nach den richtigen Worten, fand aber keine.

»Heftig? Beschissen? Krass? Ein Desaster? Ja zu allem davon.« Peyton versuchte es mit einem halbherzigen Lächeln, aber es kam nicht viel mehr als eine Grimasse heraus.

»Das tut mir ehrlich leid«, sagte ich und verfluchte mich im selben Moment für die leeren Worte. »Ich weiß nicht, wie schlimm das für dich gewesen sein muss, aber ich weiß, wie sich Hilflosigkeit anfühlt. Wie es ist, wenn einem jegliche Kontrolle entrissen und der Boden unter den Füßen weggezogen wird.« Bilder von mir auf der Rückbank in Nathans Wagen tauchten vor meinen Augen auf, doch ich ließ sie vorbeiziehen, ohne ihnen Macht über mich zu geben.

»Du hättest so etwas nie erleben sollen«, murmelte ich leise.

»Genauso wenig wie du.« Die Sanftheit in Peytons Stimme ließ mich zusammenzucken, und als ich zu ihr aufsah, erkannte ich Mitgefühl in ihrem Blick. Und Verständnis.

»Es ist gut, dass Miles zu dir gefahren ist«, sagte ich, und erst, als ich die Worte aussprach, begriff ich, dass ich sie auch so meinte. Peyton hatte an diesem Abend ihren besten Freund gebraucht, und es war nur verständlich, dass er sofort aufgebrochen war.

Ich dachte an all die Tage, an denen ich mich gefragt hatte, was passiert wäre, wenn Miles nicht gegangen wäre. Doch das spielte keine Rolle. Er war bei Peyton gewesen, und das war richtig so, denn sie hatte ihn gebraucht.

Ich würde nie verstehen, warum Nathan mich unter Drogen gesetzt und in sein Auto geschleppt hatte. Es würde nie okay sein. Aber das war meine Geschichte, und ich hatte einen Weg gefunden, damit umzugehen. Miles' möglicher Part darin, wenn die Dinge anders gelaufen wären, war nichts weiter als ein hypothetischer Gedanke, der ins Nichts lief. Es war nie seine Geschichte gewesen, denn was ich in diesem Augenblick begriff, war, dass er in dieser Nacht tatsächlich zur richtigen Zeit am richtigen Ort gewesen war. Bei Peyton, die ihn brauchte, weil sie um das Leben ihrer Mum fürchtete und etwas Schlimmes miterlebt hatte.

*Und was ist mit dir? Hättest du es nicht auch verdient, dass jemand da war?*

Die Fragen kamen reflexartig auf, und ich presste die Lippen zusammen. Kurz durchzuckte mich ein bitteres Gefühl, doch dann dachte ich an Debby, die mir gefolgt war. Die mich aus dem Wagen geholt und verhindert hatte, dass Nathans Hände noch weiter meine Beine hinaufglitten.

Es war nicht niemand da gewesen.

Debby hatte mich heimgefahren, und meine Eltern waren, als ich ihnen Tage später von allem erzählte, nichts als pure Unterstützung und Trost gewesen. Etwas, was Peyton gebraucht hätte. Was vermutlich in vielen Momenten auch Miles gebraucht hätte.

»Danke, dass du mir davon erzählt hast«, sagte ich, und Peyton lächelte zaghaft.

»Es war mir wichtig, dass du weißt, was damals passiert ist. Dass du weißt, dass Miles ein guter Kerl ist.«

Traurig sah ich Peyton an. »Das weiß ich. Aber ich glaube, er weiß es nicht. Und ich bin nicht bereit, mich weiter von ihm verletzen zu lassen. Was aber passieren wird, wenn er nicht aufhört, sich selbst fertigzumachen. Er hat mich weggeschickt, hat er das erzählt?«

Peyton runzelte die Stirn und schüttelte den Kopf.

»Nachdem er eins und eins zusammengezählt und begriffen hatte, dass die Sache mit den K.-o.-Tropfen auf derselben Party passiert ist, auf der wir damals zusammen waren und auf der er mich deinetwegen allein gelassen hatte, hat er sich die Schuld für alles gegeben. Und mich quasi rausgeworfen.« Der Druck auf meiner Brust kehrte zurück, und ich rang nach Luft. »Ich weiß deine Offenheit zu schätzen, und bin dir sehr dankbar für das Gespräch. Aber ich glaube, ich sollte gehen.«

Peyton nickte nach einem kurzen Zögern. »Das verstehe ich.«

»Danke.« Ich holte einen Geldschein aus meinem Geldbeutel

und legte ihn auf den Tisch. Dann stand ich auf, winkte Peyton noch mal kurz zum Abschied zu und eilte nach draußen an die frische Luft.

Das Gespräch mit Peyton war wichtig gewesen. Es hatte etwas in mir gelöst, von dem ich nicht gewusst hatte, dass es gelöst werden musste. Aber es brachte auch den Schmerz darüber zurück, was ich verloren hatte. Wen ich verloren hatte.

Mit schnellen Schritten machte ich mich auf den Heimweg und ignorierte das Brennen in meinen Augen. Ich würde den Tränen erst nachgeben, wenn ich in meinen eigenen vier Wänden war.

## 36. KAPITEL

# Miles

Ich stand bereits draußen an der frischen Luft, als ich realisierte, dass ich mein Skript vergessen hatte. Inzwischen brauchte ich es bei den Proben nicht mehr, jeder Satz saß und ich kannte die meisten Dialoganteile von Felicity ebenfalls auswendig. Trotzdem hatte ich dort sämtliche Anweisungen notiert, ganz abgesehen davon, dass das Skript in den letzten Wochen mein täglicher Begleiter geworden war. Vermutlich brachte es Unglück, es eine Woche vor der Premiere zu verlieren. Bei dem Gedanken musste ich kurz über mich selbst schmunzeln. Wie oft hatte ich mich über die Aussage, Theaterleute wären alle abergläubisch, lustig gemacht?

Kurz entschlossen kehrte ich um und ging zurück in das Theatergebäude. Inzwischen probten wir nur noch hier, damit wir uns an die Akustik und den Saal gewöhnen konnten. In den letzten Tagen hatte ich tatsächlich mehr Stunden auf der Bühne als in meiner Wohnung oder meinem Bett verbracht. Anspannung lag in der Luft, aber auch Vorfreude, denn bald würden wir den Leuten das Ergebnis unserer harten Arbeit präsentieren können.

Mit einem Lächeln auf den Lippen betrat ich den Theatersaal und steuerte auf die Bühne zu. Es war bereits spät am Abend, da wir lange geprobt und noch einmal den Terminplan für die nächsten Tage und die Aufführungen durchgesprochen hatten. Als ich die Stuhlreihen durchquerte, in denen nächste Woche das Publikum sitzen würde, setzte ein nervöses Flattern in meiner Magengegend ein. Ich war so in Gedanken versunken, dass ich erst, als ich die Bühne erreichte, bemerkte, dass ich nicht allein war.

Audrey saß in der ersten Reihe am Rand und hatte den Kopf über ihr Notizbuch gebeugt, in das sie etwas schrieb. Sie musste so vertieft darin sein, dass sie meine Schritte nicht gehört hatte.

Ich holte tief Luft und wagte es, sie für einen Moment zu betrachten. Sie sah müde aus. Und wunderschön. Ihre langen dunklen Haare fielen offen über die Schultern, und sie trug ein weinrotes Cordkleid, das wahnsinnig süß aussah. Wir sprachen immer noch nur das Nötigste. Ich konzentrierte mich auf meine Rolle und das Stück und sie sich auf die Vorbereitungen. Felicity und Dan hatten mich beide bereits gefragt, was zwischen Audrey und mir vorgefallen war, aber ich war ihnen ausgewichen. Ich wollte nicht darüber reden. Das war auch einer der Gründe, warum ich die Pausen meistens allein verbrachte und ein paar Schritte vom Theater wegging. Einfach so durch die Straßen lief. Nur so schaffte ich es, den Kopf freizukriegen. Manchmal besuchte ich auch die antike Buchhandlung und stöberte durch die alten Ausgaben, was meine Nerven jedes Mal beruhigte. Aber Audrey hielt sich trotzdem hartnäckig in meinen Gedanken. Ganz gleich, wie sehr ich es auch versuchte, von ihr loszukommen, ein Anblick reichte, und mein Herz begann wieder zu rasen.

So wie jetzt.

Ich wollte gerade an ihr vorbeigehen, um das Skript zu holen, als sie aufblickte.

Kurz blinzelte sie verwirrt, dann sprang sie auf. »Wie lange stehst du da schon? Ich hab dich gar nicht reinkommen gehört.« Sie verschränkte die Arme, und die Abwehr in ihrem Blick tat weh.

Ich presste die Lippen zusammen. Was war nur aus uns geworden?

Bilder von uns beiden, eng umschlungen im Garten ihrer Eltern, tauchten vor mir auf. Wir waren so verdammt glücklich gewesen. Und dann war alles kaputtgegangen und die Illusion unserer zweiten Chance zerplatzt.

»Sorry.« Ich trat einen Schritt zurück, dabei lagen zwischen uns bestimmt fünf Meter. »Ich hab mein Skript vergessen.«

Sie sah mich mit undurchdringlicher Miene an. »Ach so.«

Wie festgefroren standen wir da. Ungesagte Worte schwebten zwischen uns, aber ich schaffte es nicht, auch nur eines davon auszusprechen.

Mit einem Ruck wandte ich mich von ihr ab und ging auf die Bühne zu. Auf zwei Holzblöcken, die Felicity und mir in einer der Anfangsszenen als Bank diente, lag das Skript. Ich war mir Audreys Blick in meinem Rücken überdeutlich bewusst, als ich die Bühne betrat und nach dem Text griff, den sie vor Monaten geschrieben hatte.

Inzwischen las ich manche Zeilen anders. Insbesondere den Part, in dem Felicity als Julie im Park von einem Mann überfallen wurde. Jedes Mal, wenn Felicity aufschrie und zu Boden ging, wurde mir schlecht. Unweigerlich sah ich Audrey an ihrer Stelle. Wie sie sich nicht wehren konnte und hilflos dalag. Ich schüttelte mich, als könnte ich so das Bild abstreifen.

Mit dem Skript in der Hand verließ ich die Bühne. Audrey hatte ihr Notizbuch inzwischen eingepackt, und unsere Blicke trafen sich, als sie mit der Tasche über der Schulter in Richtung Mittelgang ging. Ich lief langsam auf sie zu, und mein Puls schoss nach oben. Würde mein Herz irgendwann weniger rasen, wenn ich sie sah?

»Audrey, ich …« *Ich will mich entschuldigen. Ich will es besser machen. Ich will, dass das noch nicht unser Ende ist.*

Es waren einfache Sätze, aber keiner davon kam über meine Lippen.

Ein trauriger Ausdruck trat auf Audreys Gesicht, und ich schluckte schwer. Es musste nicht so hart sein, oder? Peyton hatte mir mehr als einmal gesagt, dass ich ein Idiot war, weil ich Audrey von mir weggestoßen hatte. Aber ich schaffte es nicht, die Hoffnung zuzulassen, dass ich es wiedergutmachen konnte.

Audrey war ohne mich besser dran. Dieser Gedanke hatte sich festgesetzt, und ganz gleich, wie sehr ich auch versuchte, ihn abzuschütteln, er hielt sich hartnäckig. Wie ein ungebetenes Mantra wiederholte er sich in meinem Kopf. Immer und immer wieder.

Ich hatte nach den letzten Proben jeden Abend mein Handy hervorgeholt und mehrere Minuten abwechselnd auf Audreys Nummer und auf die Telefonnummer meiner Eltern gestarrt. Es war erbärmlich, wie die unterschiedlichsten Gefühle in mir gegeneinander ankämpften.

Ein Teil in mir wollte Audrey anrufen und sich entschuldigen.

Ein anderer Teil wusste, dass sie etwas Besseres als mich verdient hatte.

Und dann gab es noch den Teil in mir, der meinen Eltern sagen wollte, dass ich einen Dreck auf sie gab. Gleichzeitig wollte ich sie jedoch anflehen, zur Aufführung zu kommen, um zu sehen, was ich erreicht hatte. Dabei waren sie vermutlich ohnehin nicht zu

Hause, sondern längst in den Staaten. Tingelten durch New York und taten so, als würden sie entspannen, nur um dann doch in jedem Café am Laptop zu sitzen und zu arbeiten.

»Lass gut sein, Miles.« Audrey schob sich an mir vorbei und eilte mit schnellen Schritten zum Ausgang.

Ich starrte ihr nach, und alles in mir schmerzte.

Reiß dich zusammen, ermahnte ich mich selbst.

Du kannst es dir nicht leisten, dich jetzt selbst runterzuziehen. Dafür waren das Stück und die Aufführungen zu wichtig.

Um kurz nach zehn saß ich immer noch mit Peyton im Wohnzimmer, ohne auch nur ein Wort zu sagen. Sie malte auf einem ihrer Skizzenblöcke, während ich auf den Bildschirm schaute, über den eine alte Folge *Game of Thrones* flimmerte, und nichts davon wirklich mitbekam. Eigentlich sollte ich bald ins Bett gehen, weil es morgen wieder früh losging, aber wenn ich mich jetzt hinlegte, würde in meinem Kopf erneut das Chaos ausbrechen. Zu viele Gedanken wirbelten darin durcheinander, und ich brauchte die Ablenkung.

Ich warf einen schnellen Blick zu Peyton. Sie hatte vorhin mit ihrer Mum telefoniert und war seither auffallend still.

»Alles okay?«, fragte ich und stellte den Ton leiser.

Sie sah auf und nickte hastig.

»Wirklich?«

Sie seufzte. »Nein. Mum hat angerufen, weil Roy mal wieder ausgetickt ist. Ich hasse es, dass ich den Kerl nicht einfach anzeigen kann.«

»Warum eigentlich nicht?«

»Das weißt du ganz genau. Mum würde mir das nie verzeihen,

und ich will nicht, dass das Jugendamt ihr die Jungs wegnimmt, weil sie glauben, sie kann ihnen kein sicheres Zuhause schaffen.«

Ich nickte langsam und musste die Worte, die mir auf der Zunge lagen, hinunterschlucken. *Sicher* hörte sich das, was Peyton mir seit Jahren über Roy erzählte, nämlich nicht an. Vermutlich wäre die Lage noch mal anders, wenn er auch auf die Jungs losgehen würde. Wie krank war unsere Welt, dass es erst ein blaues Auge und sichtbare Spuren brauchte, damit jemand handelte?

Ich war schon so oft kurz davor gewesen, die Polizei zu rufen, aber damit hätte ich die Freundschaft mit Peyton aufs Spiel gesetzt. Und ich respektierte sie zu sehr, um hinter ihrem Rücken zu agieren. Trotzdem fühlte sich das alles entsetzlich verkehrt an.

»Kann ich irgendetwas tun?«, fragte ich.

Sie sah mich mit einem traurigen Lächeln an. »Nicht wirklich. Abgesehen davon tust du mehr als genug, indem du mich hier wohnen lässt. Sobald ich weiß, was ich als Nächstes tun will, suche ich mir übrigens eine eigene Wohnung. Aber seit ich das Studium hingeworfen hab, hab ich so gar keinen Plan.« Sie runzelte die Stirn und ließ ihr Skizzenbuch sinken.

»Du findest das Richtige für dich. Das weiß ich einfach. Sobald dein Kopf nicht mehr voll ist mit der Sorge um deine Familie, wird Platz für anderes sein.«

»Ja, nur wann wird das sein?« Sie sah dermaßen geknickt aus, dass ich einen Arm ausstreckte und sie kurz an mich zog.

»Du bist einer der stärksten Menschen, die ich kenne, Peyton. Irgendwie wird das wieder in Ordnung kommen. Deine Brüder bleiben nicht ewig zu Hause, und vielleicht kommt deine Mum doch noch zur Vernunft.«

Sie schniefte leicht, und ich drückte sie noch etwas fester an mich. »Ich hoffe es. Als ich bei ihr war, hatte ich sie fast so weit. Wir saßen abends mit einem Tee im Wohnzimmer, und es war ganz ruhig im Haus. In dem Moment hat sie mir gegenüber zum ersten Mal zugegeben, dass die Beziehung toxisch ist und sie glaubt, daran kaputtzugehen, wenn sie bleibt. Ich habe ganz stillgehalten und nur leise gefragt, ob sie denn bereit ist, zu gehen. Sie meinte, sie spielt mit dem Gedanken und hat schon mit ihrer Schwester geredet, ob sie übergangsweise mit den Jungs bei ihr unterkommen könnte. Aber dann kam Roy zurück und hat mit ein paar Sätzen wieder alles zunichtegemacht.« Sie hatte eine Hand zur Faust geballt. »Ich hasse das.«

»Ich auch«, sagte ich leise, und sie sah mich dankbar an.

»Zum Glück habe ich dich. Ich wüsste nicht, was ich sonst machen würde.«

»Du würdest es auch ohne mich schaffen, aber ich bin ebenfalls froh, dass wir uns haben.« Was ich nicht aussprach, war, dass ich sie vermutlich viel mehr brauchte als sie mich. Ich hatte außer Peyton wenige Menschen, denen ich komplett vertraute. Felicity und Dan könnten zu solchen Freunden werden, wenn wir alle in Chesthill blieben und die Zukunft uns vielleicht auch für weitere Projekte zusammenbrachte. Aber richtig durchatmen konnte ich nur bei Peyton.

Und ich hatte es bei Audrey gekonnt.

»Was ist?«, fragte Peyton, und ich zuckte ertappt zusammen. War es so leicht, in meiner Miene zu lesen?

»Ich hatte heute im Theater ein kurzes Gespräch mit Audrey.« Ich verzog das Gesicht. »Na ja, eigentlich war es kein Gespräch. Aber es war das erste Mal, dass wir wieder allein in einem Raum waren, und da lag eine Menge in der Luft ... Warum kann ich nicht aufhören, sie zu vermissen?«

»Weil Gefühle nicht so leicht zu beeinflussen sind? Weil du dich in sie verliebt hast und aus absolut idiotischen Gründen nicht mit ihr zusammen bist?«

Finster sah ich Peyton an. »Du sagst das so leicht.«

»Dabei ist es furchtbar kompliziert, du nicht gut für sie und die Vergangenheit ganz schrecklich. Ich weiß. Aber denkst du nicht, es wird langsam mal Zeit, diese Version der Geschichte zu aktualisieren und nach vorn zu schauen?«

Darauf erwiderte ich nichts.

»Menschen machen Fehler, und grausame Dinge passieren«, fuhr sie leise fort. »Das ist unsere Welt. Aber wir haben dennoch die Wahl, wie wir damit umgehen. Was wir uns über uns selbst erzählen.«

Ich ließ ihre Worte auf mich wirken und konzentrierte mich auf den Bildschirm. Dabei spürte ich Peytons eindringlichen Blick, bevor sie sich wieder ihrem Skizzenbuch widmete.

Erst nach ein paar Minuten schaffte ich es, zu antworten. »Danke.«

## 37. KAPITEL

# Miles

Mit gerunzelter Stirn stand ich in der Kostümkammer vor Dan, der mich mit kritischem Blick musterte. Als Bühnen- und Kostümbildner war er in seiner Arbeit perfektionistisch. Eine Krankheit, die vermutlich so gut wie alle Theaterleute hatten.

»So schlimm?«, fragte ich.

Er schüttelte den Kopf. »Nein, nein. Das Kostüm ist schon das richtige. Aber vielleicht können wir das Hemd ein bisschen weiter aufknöpfen.«

Ich öffnete den ersten Knopf des blütenweißen Hemds, das ich zu einer ausgewaschenen schwarzen Jeans trug. Die Kostüme waren modern gehalten, wichen aber dennoch völlig von unseren privaten Kleidungsstilen ab. So trug Felicity auf der Bühne ausschließlich hochgeschnittene Hosen und enge Blusen, während sie in den Proben auch öfter ein Kleid getragen hatte. Juan hatte in seiner Rolle ein rockiges Outfit bekommen, was einen harten Kontrast zu den Tweedjacken bildete, die ich an ihm gewohnt war. Den Vogel schoss aber Brittany ab, die als Felicitys Zofe, oder vielmehr als ihr Hausmädchen, eine Art Anzug trug, der eher in ein Gericht als in ein reiches Haus passte. Dass Dan darauf verzichtet hatte, sie in ein Kleid mit Schürze zu stecken, rechnete Brittany ihm jedenfalls hoch an.

»Okay, das müsste gehen. Dann kannst du jetzt in die Maske.« Mit diesen Worten wandte er sich Felicity zu, die bereits in der Maske gewesen war und jetzt ihr Kostüm bekam.

Ich nickte Felicity kurz zu, ehe ich mich umdrehte und den Raum verließ. Seit dem Gespräch mit Peyton war eine Woche vergangen, und die Premiere stand kurz bevor. In den letzten Tagen hatte ich tagsüber Stunden über Stunden auf der Bühne verbracht und daher zum Glück kaum Zeit gehabt, über Audrey oder meine Eltern nachzudenken. Doch nachts holten mich die Gedanken ein, und ich war oft verschwitzt und mit einem bitteren Gefühl im Mund aufgewacht. Auch heute lag seit dem Aufstehen eine seltsame Schwere auf meiner Brust. Ich hatte schlecht geschlafen und war viel zu früh aus einem Traum geschreckt, an den ich mich nicht mehr erinnern konnte. Mein Blick war direkt auf mein Handy gefallen, in der irren Hoffnung, Mum oder Dad hätten sich gemeldet. Oder Audrey. Hatten sie aber natürlich nicht.

Ich atmete tief durch und begab mich in die Maske, wo ich bühnentauglich geschminkt wurde. Während ich den Anweisungen der Make-up-Artistin folgte, mal die Augen schloss und sie dann wieder öffnete, konzentrierte ich mich auf meine Atmung. Mir war ein wenig übel, und ich wusste, dass die Nervosität bei der Premiere in zwei Tagen noch stärker werden würde.

Das hier war nur die Generalprobe.

Sobald ich auf der Bühne stand, würde sich das jedoch legen. So war es immer. Doch als ich kurze Zeit später die Bühne betrat, verschwand das Gefühl nicht. Irgendwie fühlte es sich vollkommen verkehrt an. Das war mir noch nie passiert. Ich sprach meinen Text, machte die richtigen Gesten und verpasste auch kaum einen Einsatz, aber ich fühlte die Rolle nicht. Ich schaffte es nicht, zu Johnny zu werden. Stattdessen war ich immer noch Miles, und es wurde mit jeder Szene schlimmer.

Felicity gab alles und war die perfekte Spielpartnerin, aber ich wusste, dass sie es ebenfalls bemerkte. Ich war nicht bei der Sache. Bei den Szenen, in denen ich nicht dran war und hinter der Bühne stand, um neu gepudert zu werden oder einen Kostümwechsel vorzunehmen, schweiften meine Gedanken ab. Zu meinen Eltern und zu Peyton, zu Audrey, die mir heute bisher kein einziges Mal in die Augen gesehen hatte, und zu der Frage, wann alles so entsetzlich aus der Bahn geraten war.

Ich verfluchte mich selbst dafür – niemand brauchte jemanden, der in Selbstmitleid versank. Ich hatte das riesige Privileg, auf der Bühne stehen zu dürfen, meinen Traum leben zu dürfen. Warum zur Hölle kriegte ich es also nicht hin, mich zusammenzureißen?

Als Joanne in der Pause meinte, wir sollten uns alle kurz Zeit für uns zu nehmen, bevor es weiterging, war ich regelrecht erleichtert. Fast schon fluchtartig verließ ich das Theater und blieb abrupt stehen. Audrey saß auf einer kleinen Steinmauer neben dem Theater und reckte ihr Gesicht in die Sonne. Ich nahm mir einen Moment und betrachtete sie genauer. Sie wirkte immer noch müde. Erschöpft. Ob das an dem Theaterstück und der näher rückenden Premiere lag? Oder an uns?

Ihr Anblick ließ mein Herz unwillkürlich schneller schlagen. Peytons Worte hallten durch meinen Kopf, und auf einmal sah ich, was sie sah. Es war idiotisch, dass wir einander nicht mehr in die Augen sehen konnten. Dass wir uns aus dem Weg gingen und so taten, als hätte es die letzten Wochen nicht gegeben. Als hätte es die gemeinsamen Nächte, den Tanz bei ihren Eltern, unsere lebhaften Gespräche über die Theaterwelt und unsere Träume nicht gegeben.

Gott – wie dämlich war ich?

»Audrey?«

Sie fuhr herum und sprang auf, als sie mich sah.

Sofort hob ich die Hände. »Ich hab dich nicht erschrecken wollen, sorry.«

»Was willst du?« Die Resignation in ihrer Stimme kam mir bekannt vor. Ich fühlte mich auch so unendlich kraftlos.

»Es tut mir leid.« Ich trat einen Schritt auf sie zu, hielt aber noch genügend Abstand.

In meinem Kopf sprangen die Gedanken hin und her, aber ich wollte mir nicht die Zeit nehmen, sie zu sortieren. Reichte es nicht, dass ich seit Tagen schlecht schlief und jeden Morgen mit einem Stechen in der Brust aufwachte, weil ich Audrey vermisste? Vielleicht hatte ich recht und es gab andere Kerle, die unkomplizierter waren. Mit denen sie es leichter hätte, aber ich sollte diese Entscheidung nicht länger allein treffen. Peyton hatte mir mehrmals gesagt, dass Audrey selbst entscheiden konnte, was gut für sie war und was nicht. Ich hatte es nicht hören wollen, aber sie jetzt so müde, verletzlich und erschöpft vor mir zu sehen, machte deutlich, wie unglücklich sie war.

»Und was genau?«, fragte sie und klang auf einmal ganz kühl.

Ich zuckte zusammen, obwohl ich ihre distanzierte Haltung verdiente. »Dass ich dich weggeschickt habe.« Ich ließ sie nicht aus den Augen. »Dass ich nicht anders gehandelt habe. Dass ich damals nicht für dich da war. Dass ich es in den letzten Tagen nicht war. Es sind eine Menge Dinge, die mir leidtun.«

Die Worte waren einfach da, und ich war froh, sie endlich auszusprechen. Auch wenn ich keine Ahnung hatte, was als Nächstes folgen würde, war es mir wichtig, mich zu entschuldigen. Ihr zu verstehen zu geben, dass ich zumindest begriffen hatte, dass es nicht gerade die feine Art gewesen war, sie so vor den Kopf zu stoßen.

Sie nickte langsam. »Okay.« Ihre blauen Augen ruhten auf mir, und ich konnte nur schwer darin lesen. Die Wärme, die in ihnen gelegen hatte, wenn sie mich lachend ansah, fehlte. Aber es lag auch nicht mehr nur Abwehr darin.

»Gut. Das wollte ich nur loswerden, bevor ich wieder auf die Bühne gehe. Es tut mir wirklich leid. Ich wollte dich nie verletzen!«

Sie lächelte traurig. »Ich weiß.«

Stille breitete sich zwischen uns aus, und ich suchte vergeblich nach den richtigen Worten.

Audrey räusperte sich. »Was ist eigentlich los? Auf der Bühne, meine ich. Du bist nicht …«

»Gut?« Ich verzog das Gesicht.

»Du spielst heute anders«, sagte sie, ohne auf meinen Kommentar einzugehen. »Unkonzentrierter. Gibt es irgendetwas, was helfen könnte?«

Ich konnte nicht ausmachen, ob sie sich als Autorin des Stücks um meine Leistung sorgte oder als der Mensch, der mir bis vor Kurzem noch sehr nah gewesen war.

»Ich weiß es nicht. In zwei Tagen wird es besser laufen. Da bin ich mir sicher.« Unruhig fuhr ich mir durch die Haare.

Audrey verfolgte die Geste und sah mich nachdenklich an. »Hast du mit deinen Eltern noch mal gesprochen?«

Ich zuckte zusammen. »Nein.«

»Vielleicht solltest du das vor der Aufführung tun.« Ihre Stimme nahm einen sanften Klang an, auch wenn die Vorsicht in ihren Augen blieb.

»Ich weiß nicht, ob das etwas bringt«, brach es aus mir hervor.

Audrey machte einen Schritt auf mich zu, und ihre Miene wurde weich. »Denkst du nicht, sie sollten zumindest wissen, wie es dir damit geht, dass sie nicht zur Premiere kommen?«

Ich wich ihrem Blick aus. »Vielleicht.«

»Du bist ein großartiger Schauspieler, Miles, und ich habe keinen Zweifel, dass du übermorgen auf der Bühne dein Bestes geben wirst.« Sie sah mich an, als würde für den Moment unser Streit und alles, was zwischen uns stand, keine Rolle spielen. »Als Johnny kannst du alle überzeugen, das weiß ich. Aber nach der Aufführung bist du wieder du selbst, und dann holt es dich ein, dass sie nicht da sind.« Für einen Moment hatte ich den Eindruck, als wollte sie noch etwas hinzufügen, aber dann schüttelte sie den Kopf und setzte sich in Bewegung. »Wir müssen rein. Es geht gleich weiter.« Sie schob sich an mir vorbei, und ich starrte ihr nach, als sie das Theatergebäude betrat.

Mein Kopf war jetzt noch voller als zuvor, aber die Übelkeit war verschwunden. Ich holte mein Handy aus der Hosentasche, das ich vor der Pause eingesteckt hatte, und scrollte zu der Nummer meiner Eltern durch. Mehrere Sekunden lang starrte ich sie an, doch dann steckte ich das Handy mit einem Seufzen weg und ging zurück auf die Bühne.

## 38. KAPITEL

# Audrey

Ich saß aufrecht auf einem der gepolsterten Sitze in der ersten Reihe und konnte die Augen nicht von der Bühne lösen. Es war die Szene kurz vor dem Finale, und Felicity und Miles gaben noch mal alles.

Seit der Pause spielte er wieder besser, auch wenn für die Premiere noch Luft nach oben war. Doch selbst wenn er nicht in Topform war, konnte jeder erkennen, dass Miles ein begnadeter Schauspieler war. Er brachte die Emotionen so echt rüber, dass ich mehr als einmal die Luft anhielt. Und auch jetzt, als er für seinen letzten Monolog, bevor er sterben würde, auf die Knie sank und dabei Tränen in seinen Augen glitzerten, bekam ich regelrecht eine Gänsehaut.

In den letzten Wochen hatte ich alles dafür getan, um mich ganz auf die Arbeit zu konzentrieren. Wie früher – bevor ich nach Chesthill gekommen und Miles wieder in mein Leben getreten war. Doch es war mir nicht vollständig gelungen, wieder zu der alten Audrey zu werden, die komplizierten Gefühlen aus dem Weg ging und alles vermied, was sie verletzen könnte.

Während ich Miles beobachtete, setzte ein schmerzhaftes Stechen in meinem Brustbereich ein, und gleichzeitig spürte ich eine seltsame Wärme, beinahe Zuneigung. Zu sehen, wie er auf der Bühne alles gab und genau das tat, wovon er immer geträumt hatte, machte etwas mit mir. Es war schwer, auf jemanden wütend zu sein, den man zugleich so verflucht gernhatte. Ich wünschte, der verlorene Ausdruck auf seinem Gesicht, als ich ihn auf seine Eltern angesprochen hatte, würde mich kaltlassen. Aber das tat er nicht. Ein Teil von mir wollte für ihn da sein, wollte ihn in den Arm nehmen und seine Zweifel vertreiben. Wenn er nur für einen Moment durch meine Augen sehen könnte, würde er erkennen, dass er längst gut genug war.

Seine Entschuldigung wirbelte noch immer durch meinen Kopf. Er schien es ernst zu meinen, was natürlich meine Hoffnung fütterte, die ich am liebsten konsequent unterdrückt hätte. Es wäre besser, nichts mehr von ihm zu wollen und zu akzeptieren, dass unsere Geschichte vorbei war. Dass wir kein Happy End bekommen hatten. Das Leben ging weiter, und wir würden unseren Weg gehen. Jeder für sich.

Doch als Miles die Bühne verließ, wusste ich, dass ich mir auch in der Hinsicht etwas vormachte. Ich konnte nicht einfach aufgeben. Nicht, wenn ich sah, wie seine Augen auf der Bühne leuchteten. Wenn ich daran dachte, wie er mich voller Zuneigung ansah und wie es in seinen Augen aufblitzte, wenn ich ihn neckte.

Zum ersten Mal seit Jahren hatte ich mir selbst wieder erlaubt, alles zu fühlen. Seinetwegen. Und dann hatte er es sabotiert, weil ich meine Klappe nicht hatte halten können. Nicht zum ersten Mal wünschte ich mir, ich hätte Nathan und diese verdammte Nacht nie erwähnt.

Ein Klatschen neben mir holte mich abrupt aus meinen Gedanken. Joanne stand auf und applaudierte kurz, bevor sie die Schauspieler zusammenrief. »Ich würde vorschlagen, ihr macht kurz Pause, zieht euch um und dann besprechen wir, wie es gelaufen ist.«

Gemurmel und einstimmiges Nicken waren die Antwort. Ich riss mich zusammen und konzentrierte mich auf die Notizen, die ich mir während der Probe gemacht hatte.

Joanne wandte sich mir zu. »Das lief okay, aber ich glaube, über ein paar Punkte sollten wir noch mal sprechen.«

»Da kann ich mich nur anschließen«, klinkte Simon sich ein, der neben ihr gesessen hatte.

Wir verglichen unsere Notizen – zwei Übergänge waren noch etwas zu holprig gewesen, eine Lichteinstellung musste geändert werden und in einer Szene waren die Schauspieler auf der falschen Seite von der Bühne abgegangen, sodass es hinter der Bühne hektisch geworden war. Ich hatte auch noch ein, zwei Stellen, an denen die Emotionen noch dramatischer sein konnten, und Simon und Joanne stimmten mir zu.

Wieder einmal musste ich den Drang unterdrücken, mich selbst zu kneifen. In zwei Tagen war es so weit, und mein Stück würde tatsächlich aufgeführt werden. Etwas, wovon ich vor Monaten noch geträumt hatte. Dass Joanne und Simon mich inzwischen wie selbstverständlich mit einbezogen und ernst nahmen, erfüllte mich mit Stolz. Ich hatte vor, sie nach den ersten Aufführungen zu fragen, ob ich mich für eine weitere Produktion im dramaturgischen Bereich bewerben konnte. Vielleicht konnte Simon eine Assistentin gebrauchen, zudem bildeten er, Joanne und ich ein gutes Team. Da dieses Projekt durch die Kooperation mit der Uni entstanden war, betrug die Spielzeit nur zwei Monate. So, wie ich Joanne und Simon einschätzte, planten sie längst die nächste Saison, und ich wollte unbedingt weiterhin Teil ihres Teams bleiben.

Für den Rest des Tages stand nicht mehr viel an. Wir besprachen mit den Schauspielern unsere Anmerkungen, und alle notierten sich das Gesagte eifrig, bevor wir noch mal die ein oder andere Szene durchspielten. Obwohl ich versuchte, mich auf die Arbeit zu konzentrieren, ertappte ich mich zwischendurch immer wieder dabei, wie mein Blick zu Miles huschte. Ich wusste nicht, ob meine Worte etwas bewirkt hatten. Seine hatten es auf jeden Fall. Ich hatte nicht gewusst, wie sehr ich seine Entschuldigung gebraucht hatte. Es vertrieb den Schmerz nicht völlig, aber es machte ihn zumindest leichter.

Als ich mich auf den Heimweg machte, fing es an zu nieseln. Da es für einen Schirm nicht stark genug regnete, zog ich mir nur die Kapuze über und beschleunigte meine Schritte. Erneut wanderten meine Gedanken zu Miles und seiner Entschuldigung. Ich wusste einfach nicht, was ich davon halten sollte. Ein Teil von mir wollte ihm glauben, wollte, dass alles wieder so war wie vor unserem Streit, aber ein anderer Teil …

Kurz entschlossen griff ich nach meinem Handy und wählte Debbys Nummer. Sie ging nach dem dritten Klingeln dran.

»Hey, Audrey. Ich habe vorhin an dich gedacht und mir vorgenommen, mich bald zu melden. Dein Timing ist also perfekt.«

Lächelnd drückte ich das Handy fester an mein Ohr. »Dann passt es also gerade?«

»Jepp. Ich bin zu Hause.« Es raschelte kurz, dann war ihre Stimme wieder da. »So, ich habe es mir eben mit einem großen

Kissen und einer Wolldecke auf dem Bett bequem gemacht. Also, was ist los?«

Ich schüttelte ungläubig den Kopf. »Wie machst du das bloß?«

»Süße, ich habe dich bereits gekannt, da haben wir auf deinem Bett noch diese komischen Tests aus Zeitschriften mit Titeln wie *Steht er wirklich auf dich?* und *So findest du heraus, welcher Jahreszeitentyp du bist!* gemacht. Ich höre es, wenn was im Busch ist.«

Ich lachte erstickt. »Das waren noch Zeiten, als Zeitschriften mit toxischen Inhalten, die unser Selbstbild verzerren sollten, unser größtes Thema waren.«

»Jepp. Rückblickend erschien damals vieles leichter.«

Ich seufzte. »Wem sagst du das.«

»Also?«

Ich überquerte die Straße und ging unter einer Straßenlaterne hindurch. Es war nicht mehr weit bis zu meiner Wohnung und ich beschleunigte meine Schritte, da der Regen nun doch etwas stärker wurde. »Miles hat sich heute bei mir entschuldigt. Es kam ziemlich aus dem Nichts. Er meinte, dass es ihm leidtue, dass er mich weggeschickt habe. Und dass er nicht für mich da war.«

Kurz herrschte Schweigen am anderen Ende der Leitung. »Oh«, machte Debby schließlich.

»Oh?«

»Freuen wir uns darüber?«

Wieder seufzte ich. »Ja. Und nein. Ich bin verwirrt. Die letzten Tage habe ich mir immer wieder gesagt, dass ich ihn mir aus dem Kopf schlagen muss. Ich habe eine Karriere, auf die ich mich konzentrieren will. Das ist seit Jahren mein Traum! Aber dann stand er vorhin plötzlich mit diesem reuevollen Blick vor mir. Ich glaube ihm, dass es ihm wirklich leidtut, und vielleicht hat er auch tatsächlich begriffen, dass er Mist gebaut hat. Dass ich selbst entscheiden kann, was gut für mich ist und was nicht, und dass es echt beschissen ist, nur aus der Angst heraus, nicht zu genügen, zu handeln!« Ich redete mich immer mehr in Rage, aber Debby unterbrach mich kein einziges Mal. Das machte sie nie. Sie wusste, dass ich zuerst alles rauslassen musste, bis ich bereit für ihre Meinung war.

»Ich meine«, fuhr ich fort, »was soll das überhaupt? Er taucht hier auf – als Schauspieler in meinem Stück –, und dann bringt er auch noch alles durcheinander. Ich wollte doch einfach nur einen guten Start in die Arbeitswelt hinlegen und mich auf mein Stück konzentrieren. Mich zu verlieben, war nie Teil des Plans. Und mir zwei Tage vor der Premiere Gedanken über Miles Wilson zu machen, ganz sicher auch nicht!«

Ich atmete hörbar aus. Inzwischen hatte ich meine Straße erreicht, ohne es zu registrieren. Mit gerunzelter Stirn starrte ich die Haustür an und beschloss, noch kurz draußen zu bleiben. Zum Glück war der Eingang überdacht, sodass ich nicht völlig durchnässt wurde.

»Debby?« Sie war verdächtig still dafür, dass ich so viel gesagt hatte.

»Du hast dich in ihn verliebt?«

Ich blinzelte und brauchte einen Moment, um mich zu fangen. »Das habe ich gesagt, oder?«

»Hast du.«

»Tja …« Ich setzte mich auf den Treppenabsatz vor unserer Tür. »Dann bin ich wohl so richtig am Arsch.«

Debby lachte leise, und von allen Reaktionen hätte ich mit der am wenigsten gerechnet.

»Oh, Audrey. Ich wünschte wirklich, ich wäre gerade bei dir.«

»Um mir ganz direkt ins Gesicht lachen zu können?«

»Nein, natürlich nicht. Entschuldige. Es ist nur … Wenn man mal davon absieht, dass Miles eine ziemlich idiotische Nummer abgezogen hat, als er dich weggeschickt hat, sind das eigentlich gute Nachrichten.«

»Hä?«, entfuhr es mir. »In welcher Welt sind das bitte gute Nachrichten?«

»Du hast dich für ihn geöffnet. Du hast deine Gefühle für ihn zugelassen! In den letzten Jahren hast du mir oft gesagt, dass du Angst hast, dich so sehr daran zu klammern, die Kontrolle über alles zu behalten, dass du nicht mehr in der Lage bist, dich zu verlieben. Einem Mann zu vertrauen und seine Nähe zuzulassen. Aber bei Miles ist dir das gelungen. Ich weiß, dass die letzten Wochen viele Erinnerungen hochgeholt haben, aber gleichzeitig haben sie gezeigt, dass du über die Vergangenheit hinweg bist. Dass du stärker geworden bist – nicht, weil du dich verteidigen kannst und niemanden an dich heranlässt, sondern weil du es trotz deiner Angst getan hast.«

Ich hielt ganz still, während ich Debbys Worte sacken ließ. Sie schienen mich von innen zu wärmen, und ich packte sie direkt in mein Herz.

»Wow«, murmelte ich leise und blinzelte gegen die Tränen an, die sich klammheimlich in meine Augen geschlichen hatten. »Wenn man es so betrachtet … Gott, was würde ich ohne dich nur tun?«

»Das müssen wir hoffentlich nie herausfinden.«

Ich nickte, obwohl sie es nicht sehen konnte. »Danke, Debby.

Du hast recht, schätze ich. Dass ich mich verliebt habe, muss kein Weltuntergang sein.«

Sie lachte. »Nein, muss es nicht.«

Ich biss mir auf die Lippe, während sich tief in meinem Bauch ein nervöses Kribbeln breitmachte. »Glaubst du, wir haben noch eine Chance? Das wäre dann die dritte, und ich weiß nicht, wie oft ich das Glück noch herausfordern kann.«

»Ich denke, das liegt ganz bei euch. Willst du ihm noch mal eine Chance geben?«

Ich zögerte. Mein Herz klopfte fast schon schmerzhaft schnell, als wollte es mir die Antwort aufdrängen. »Ich will keine Angst mehr haben. Nicht vor irgendwelchen Albträumen, nicht vor Erinnerungen, nicht davor, verletzt zu werden. Ich will aber auch nicht, dass mir noch mal wehgetan wird.«

»Ich weiß nicht, ob es das eine ohne das andere gibt«, sagte Debby langsam. »Ob man lieben und sich gleichzeitig schützen kann. Oder ob man das Risiko, verletzt zu werden, eingehen muss.«

»Du bist ganz schön klug, weißt du das?«, fragte ich mit einem Lächeln.

»Manchmal.« Ich konnte das Schmunzeln praktisch hören.

Mit einem Ruck stand ich auf. »So, ich sollte mal reingehen. Hier regnet es inzwischen ganz schön stark.«

»Alles klar. Hör auf dein Bauchgefühl, Audrey. Du wirst schon den richtigen Weg finden.«

»Ich hoffe es. Zum Glück sehen wir uns übermorgen bei der Premiere. Ich könnte ein bisschen Debby-Audrey-Zeit gut gebrauchen.«

»Ich auch.«

»Wenn du da bist, werde ich auch nicht so viel reden und dich mehr zu Wort kommen lassen. Ich hab dich gar nicht gefragt, wie es dir geht. Sorry.«

Debby lachte. »Kein Problem. Aber ich nehme dich beim Wort. Und mach dir keinen Kopf. Du weißt, ich bin für dich da. So wie du es auch für mich bist.«

»Danke. Ich bin froh, dass wir uns haben.« Ich hielt mich an dem Gedanken fest, dass ich Debby übermorgen Abend sehen und in die Arme schließen konnte. Bei der Premiere des Stücks.

Himmel, wenn ich daran dachte, wurde ich direkt wieder nervös.

»Also, dann bis übermorgen, Debby. Ich bin schon ganz gespannt, was du zur Aufführung sagst.« Ich schloss die Haustür auf und flüchtete ins warme Treppenhaus.

»Und ich erst! Mach's gut bis dahin. Ich freu mich auf dich.« Mit diesen Worten legte Debby auf, und ich betrat die Wohnung, in der mir direkt das Gelächter von Sutton und Wyatt entgegenwehte.

Mit einem Lächeln schlüpfte ich im Flur aus den Schuhen. In meinem Kopf jagte ein Gedanke den nächsten, und ich schwankte zwischen Aufregung, Freude und Angst, aber in all dem Chaos verspürte ich auch Hoffnung. Worauf genau, konnte ich nicht sagen, aber ich hoffte, die nächsten Tage würden mir mehr Klarheit bringen.

# 39. KAPITEL

## Miles

»Jetzt mal bitte kurz stillhalten.« Mel, eine der Make-up-Artistinnen beugte sich über mich und malte mit einem Pinsel um mein Auge herum. Ich sah nach oben an die Decke und versuchte, nicht zu blinzeln. Oder daran zu denken, wie sich in wenigen Stunden der Theatersaal füllen würde.

Es war nicht meine erste Aufführung, aber meine erste, in der ich nicht Student war und in der es darum ging, nicht nur die Zuschauer, sondern auch Joanne und Simon zu überzeugen. Und natürlich die anderen Regisseure, Theaterexperten und Presseleute, die heute kommen würden. Die Premiere war der Start, und wenn wir es vermasselten, würde die Presse sich nicht die Mühe machen, bei einer späteren Vorstellung noch mal vorbeizuschauen, um sich umstimmen zu lassen. Heute musste es also gut werden.

Ich atmete tief ein und rutschte unruhig auf dem Stuhl hin und her, was mir ein missbilligendes Schnalzen von Mel einbrachte. Verdammt, ich musste mich wirklich zusammenreißen.

Gestern hatte ich mich nur mit Mühe davon abhalten können, den ganzen Tag noch mal Texte und Szenen im Kopf durchzugehen. Stattdessen war ich eine Runde joggen gewesen und hatte versucht, mich anderweitig abzulenken. Was dank Peyton auch ziemlich gut geklappt hatte.

Wir hatten gerade zusammen gekocht, als plötzlich ihre Mum angerufen hatte. Sie hatte sich endlich dazu entschlossen, mit ihren beiden Söhnen auszuziehen und vorübergehend bei ihrer Schwester unterzukommen. Roy war wohl ein weiteres Mal ausgetickt, und aus irgendeinem Grund schien das endlich der entscheidende Moment gewesen zu sein, der Peytons Mum realisieren ließ, dass es reichte. Dass sich etwas ändern musste.

Ich hatte Peyton natürlich gesagt, dass sie ruhig direkt zu ihrer Tante fahren könne, aber sie hatte darauf bestanden, die Premiere abzuwarten. Wie sehr mich das insgeheim erleichterte, hatte ich nicht sagen müssen. Sie wusste es auch so.

Peyton war alles, was ich an Familie heute Abend im Zuschauerraum haben würde.

»Miles?«

Ich schreckte aus meinen Gedanken. »Ja?«

Mel sah mich schmunzelnd an. »Wir sind fertig.«

Blinzelnd warf ich einen Blick in den Spiegel. Meine Lippen erstrahlten in einem hellen Rot, das auf der Bühne dennoch nicht zu unnatürlich aussehen würde, und meine Augen waren dezent mit Kajal umrandet. Mel hatte außerdem meine Wangenknochen mit Rouge betont, damit das Scheinwerferlicht mich nicht blass und kränklich aussehen ließ.

Hastig stand ich auf und bedankte mich noch mal bei Mel, bevor ich hinaus auf den Gang ging. Überall wuselten Leute herum – Schauspieler, die in die Maske mussten, Lichttechniker, die noch einmal alles prüfen wollten, und natürlich Joanne, Simon und

Audrey, die überall nach dem Rechten sahen und sicherstellten, dass kurz vor der Aufführung keine Katastrophen passierten. Bis heute Abend waren es zwar noch ein paar Stunden, aber im Theater summte es bereits jetzt wie in einem Bienenstock.

Ich atmete ein weiteres Mal tief durch und steuerte den Theatersaal an. Auch hier hielten sich einige Leute auf – es wurden Plätze markiert, die für die Presse und andere wichtige Gäste frei gehalten wurden, und Programmzettel verteilt.

Da ich kurz einen Moment für mich brauchte, setzte ich mich in eine der hinteren Reihen und blickte auf die Bühne. Der rote Vorhang stand gerade offen, und ein Scheinwerfer ließ die Bühne hell erstrahlen. Dort unten würde ich später stehen und zu Johnny werden. Ich würde die Zuschauer mitnehmen und hoffentlich begeistern. Würde sie zusammen mit Felicity und den anderen Schauspielern für zwei Stunden ihren Alltag vergessen und ganz in die Geschichte eintauchen lassen.

Ein Lächeln breitete sich auf meinen Lippen aus. Bei all den Dingen, die verkehrt liefen und schwer zu ertragen waren, blieb das Theater der eine Ort, an dem ich mich richtig fühlte. Zu Hause. Hier existierte noch so was wie Magie, wenn der Vorhang beiseiteschwang und ich die ersten Zeilen sprach. Wenn Felicity und ich ganz in unseren Rollen aufgingen und dabei alles andere ausblendeten. Es war ein Zauber, den ich nirgendwo sonst verspürte.

Ein Rascheln erklang neben mir, und ich sah auf. Ein Blick aus kristallklaren Augen traf mich, und mein Lächeln wurde breiter. Es passierte wie automatisch.

»Hi«, sagte Audrey leise und deutete auf den Stuhl neben mir. »Ist da noch frei?«

Ich brachte nicht viel mehr als ein Nicken zustande. Sie sah unfassbar schön aus. Ihre Haare fielen in sanften Wellen über die Schultern, und sie trug eine hochgeschlossene schwarze Hose und eine blassblaue Bluse, die ihre Rundungen betonte. Ihr Blick zuckte zur Bühne und wieder zu mir. Himmel, es war viel zu leicht, mich in dem schummrigen Licht in ihren blauen Augen zu verlieren.

»Es ist der Wahnsinn, oder?«, fragte sie.

Ich wusste sofort, was sie meinte. »Der absolute Wahnsinn. Und dabei geht es noch gar nicht los.«

»Ich glaube, ich werde heute Abend kurz hyperventilieren, wenn der Vorhang zum ersten Mal aufgeht. Ich bin ja innerlich schon die ganze Zeit am Ausflippen, wenn ich nur meinen Namen im Programmheft unter ›Autorin des Stücks‹ sehe.« Ihre Stimme vibrierte vor Aufregung.

Unwillkürlich lehnte ich mich ein Stück zu ihr. Audrey strahlte pure Energie und Begeisterung aus. Sie wirkte so verdammt lebendig. Das hatte mich von Anfang an fasziniert und zu ihr hingezogen.

»Du kannst stolz auf dich sein, weißt du das?« Ich räusperte mich, meine Stimme klang auf einmal seltsam belegt. »Du hast wahnsinnig viel erreicht, und wenn ich daran denke, dass du gerade erst richtig loslegst … Ich bin jedenfalls stolz auf dich. Falls ich das überhaupt so sagen darf.«

Sie wandte den Kopf in meine Richtung und sah mich an. Ein breites Lächeln lag auf ihren Lippen, die ich eine Spur zu lange anstarrte. Ich erinnerte mich noch viel zu gut an unseren letzten Kuss. Daran, wie sie leise an meinem Mund geseufzt hatte und ich dachte, ich würde sie am liebsten nie wieder loslassen.

»Darfst du«, sagte sie. »Ich bin auch stolz auf dich. Du bist ein wahnsinnig guter Schauspieler, und auch wenn ich vor ein paar Monaten nie gedacht hätte, das jemals zu sagen: Ich bin froh, dass du Johnny spielst.«

Ich starrte sie an, versuchte, ihre Worte zu begreifen. Es fühlte sich wie ein Anfang an. Als würde sie mir die Hand reichen – vorsichtig, zögerlich, aber dennoch. Hoffnung bäumte sich in mir auf.

»Audrey, ich …«

»Warte«, unterbrach sie mich, und etwas von dem Feuer in ihren Augen erlosch. »Auf diesen Tag haben wir beide hingefiebert, und ich finde, wir sollten uns ganz auf das Stück konzentrieren. Darauf, dass unsere Träume heute wahr werden.«

Enttäuschung machte sich in mir breit, auch wenn ich Audrey verstand. »Ich will nicht, dass es vorbei ist«, flüsterte ich, und ihr Blick wurde sanft. Sie lehnte sich mir entgegen, und ich schob meine Hand vorsichtig über die Lehne des Stuhls und griff nach ihrer.

Sie zuckte nicht zurück. Stattdessen sah sie mich unverwandt an.

Mein Herz raste inzwischen. Ich wollte daran glauben, dass es tatsächlich ein neuer Anfang war. Selbst wenn es bei Weitem nicht der erste war. Selbst wenn wir unsere Chancen bisher mehrfach verspielt hatten.

Ich überbrückte den Abstand, kam ihr noch ein Stück näher. Als Audrey ihre Finger mit meinen verflocht, verschwand auch der letzte Rest Zurückhaltung. Doch gerade, als meine Lippen ihre streiften, vibrierte mein Handy. Das Brummen tönte laut in meinen Ohren. Wir fuhren auseinander. Atemlos starrte sie mich an.

»Was zur Hölle …?« Ich zerrte das Handy aus meiner Hosentasche, bereit, dem Anrufer für das beschissenste Timing der Welt zu gratulieren – selbst wenn er dadurch vermutlich mein Make-up gerettet hatte –, und erstarrte. Es war Peyton.

Fluchend nahm ich den Anruf an. »Ist alles okay?«

Ein lautes Atmen erklang. »Miles? Hörst du mich?«

»Ja, was ist los?« Alarmiert setzte ich mich aufrecht hin.

Audrey runzelte die Stirn. Die Spannung, die eben noch zwischen uns in der Luft gelegen hatte, verflog schlagartig.

»Roy ist hier.«

»Was?«

»Roy ist hier«, wiederholte Peyton, und die Panik in ihrer Stimme war kaum zu ertragen.

»Roy ist hier? Was meinst du damit?«

»Ich habe ihn auf der Straße vor dem Laden gesehen.«

»Okay, ganz langsam. Wo bist du? Bist du in Sicherheit?«

»Im Secondhandshop«, erwiderte Peyton. Das Zittern in ihrer Stimme verhieß nichts Gutes. »Ich habe eben Ladenschluss gemacht und bin nach draußen. Da stand er auf der anderen Straßenseite und hat zu mir rübergestarrt. Ich bin sofort zurück in den Laden und habe abgeschlossen. Als ich wieder rausgeschaut habe, war er weg. Bilde ich mir das nur ein? Bin ich verrückt?«

»Nein, bist du nicht«, sagte ich so ruhig, wie ich konnte. »Ich komme sofort zu dir.«

»Bist du nicht schon im Theater?«

»Ja, aber das spielt keine Rolle.« Ich ignorierte Audreys fragenden Blick und presste das Handy fester an mein Ohr. »Ich komme zu dir, und dann bringe ich dich nach Hause oder hierher ins Theater, ganz wie du willst. Und wir sollten die Polizei informieren.«

»Und ihnen sagen, dass ich glaube, den psychopathischen Ex meiner Mum gesehen zu haben? Weil die das bestimmt ernst nehmen.« Sie lachte verzweifelt auf. »Nein, das ist keine Option. Und dass du kommst, auch nicht. In ein paar Stunden geht es doch los, und du musst sicher noch in die Maske.«

»Da war ich schon«, rutschte es mir heraus. Sofort bemerkte ich meinen Fehler, aber es war zu spät.

»Dann kommst du auf keinen Fall.«

»Aber …«

»Ich kann gehen«, sagte Audrey plötzlich.

Ich fuhr zu ihr herum. »Wie bitte?«

»War das Audrey?«, fragte Peyton.

»Ja, sie sitzt neben mir.«

»Wenn sie kommen kann, dann lass sie gehen. Vielleicht habe ich es mir ja doch nur eingebildet, und Roy war gar nicht da.«

Ich schüttelte den Kopf und warf Audrey einen grimmigen Blick zu. »Auf gar keinen Fall«, sagte ich zu Peyton.

»Miles, es geht nur darum, dass mich jemand aus dem Laden begleitet und mich heil ins Theater bringt. An einen Ort mit so vielen Menschen wird Roy mir nicht folgen. Ich habe keine Ahnung, wie er überhaupt hierherkommt. Woher er überhaupt weiß, wo ich bin. Mum muss ihm erzählt haben, dass ich hier arbeite. Wie auch immer, wenn du schon in der Maske warst, bleibst du im Theater. Deine Regisseurin wird es dir sicherlich nicht durchgehen lassen, dass du wenige Stunden vor der Aufführung verschwindest.«

Ich ballte eine Hand zur Faust und sprang auf. Das alles fühlte sich verkehrt an. Ich musste für Peyton da sein. Das war es, was wir füreinander taten. Wie ließen uns nicht im Stich – erst recht nicht, wenn sie tatsächlich Roy gesehen hatte und er sich in der Stadt aufhielt. Aber sie hatte nicht ganz unrecht. Joanne würde mich definitiv einen Kopf kürzer machen, wenn ich so kurz vor der Premiere einfach ging.

»Ich kann ja Dan mitnehmen«, klinkte Audrey sich ein. »Die meisten Schauspieler haben ihre Kostüme bereits an, und es sind genügend Mitarbeiter da, die heute aushelfen. Ich weiß, dass er meistens mit dem Auto kommt, dann sind wir schneller als zu Fuß und innerhalb weniger Minuten bei Peyton. Das wird nicht lange dauern.«

»Hör auf sie«, sagte Peyton. »Bitte. Ich will einfach nur hier weg.«

»Natürlich.« Unruhig fuhr ich mir durch die Haare. Ich hasste alles an dieser Situation. Die Angst, die Machtlosigkeit. Ich wollte das Richtige tun. Ich musste das Richtige tun. »Ich war schon mal nicht da, als ich es hätte sein sollen«, murmelte ich.

Audrey trat zu mir und legte mir eine Hand auf den Arm. »Es ist eine völlig andere Situation«, sagte sie bestimmt. »Und auch damals warst du genau da, wo du gebraucht wurdest: bei Peyton. Joanne will gleich noch mal mit euch allen sprechen. Lass mich zu Peyton fahren. Wir kriegen das hin.«

Ich holte zischend Luft. »Okay«, sagte ich und ignorierte das ungute Gefühl dabei. »Aber frag Dan, ob er dich begleitet. Und beeilt euch.«

Audrey nickte, drehte sich um und verließ mit schnellen Schritten den Saal.

»Sie fährt gleich los«, sagte ich zu Peyton und setzte mich ebenfalls in Bewegung. »Es wird alles gut.«

Es musste.

Wenn ich daran dachte, dass Roy tatsächlich vor dem Laden gelauert hatte, um Peyton Angst zu machen … Der Kerl gehörte weggesperrt.

»Okay, danke. Kannst du noch kurz dranbleiben?«

»Natürlich.«

Mit dem Handy am Ohr folgte ich Audrey aus dem Saal. Bei jedem Schritt sagte ich mir, dass alles gut werden würde und ich nicht die zwei Menschen, die mir am Wichtigsten waren, im Stich ließ. Aber das Gefühl blieb.

## 40. KAPITEL

# Audrey

»Ich finde nach wie vor, ich sollte mitgehen.«

»Nein.« Entschlossen sah ich Miles an. In seinen Augen lag die pure Verzweiflung. Ich verstand seine Sorge um Peyton, aber in zwei Stunden ging die Aufführung los. Er hatte keine Zeit mehr, sich umzuziehen und wegzufahren und danach noch mal in die Maske zu gehen.

Ganz abgesehen davon, dass Joanne das niemals zugelassen hätte. Sie hatte ja mich schon nicht gehen lassen wollen. Erst als ich ihr mehrfach versichert hatte, dass ich in einer halben Stunde wieder da sein würde und es sich um einen Notfall handelte, hatte sie zugestimmt.

»Wenn dir irgendetwas komisch erscheint, ruf mich sofort an«, sagte Miles. »Nein, ruf am besten direkt die Polizei!«

»Mach ich.« Ich sah ihn beschwichtigend an. »Es wird alles gut gehen. Wir holen Peyton einfach nur im Laden ab und begleiten sie hierher. Alles andere muss bis nach der Aufführung warten.«

Er nickte und sah von mir zu Dan, der zum Glück einen Assistenten hatte, der das Ankleiden der Schauspieler, die noch nicht in ihren Kostümen steckten, übernehmen konnte. Joanne hatte zwar nicht gerade glücklich darüber gewirkt, dass er ebenfalls kurz wegmusste, aber sie musste an meiner Stimme gehört haben, wie ernst die Lage war, denn sie hatte schließlich eingewilligt.

»Du bleibst die ganze Zeit über bei ihr, kapiert?«, sagte Miles.

»Ey, ey.«

»Das ist nicht witzig«, fuhr Miles ihn an.

Ich legte Miles eine Hand auf den Arm, um ihn zu beruhigen. »Ich versteh deine Sorgen, die mache ich mir auch. Aber es ist keine große Sache. Wir sind gleich zurück.«

Miles wirkte nicht überzeugt, nickte aber mit zusammengepressten Lippen. Sein Körper war völlig angespannt, und ich hätte gern etwas Aufmunterndes gesagt, wusste aber nicht, was. In Wahrheit schlug mir selbst das Herz bis zum Hals, wenn ich daran dachte, in was für einer Situation Peyton gerade steckte.

Miles blieb stehen, während Dan und ich ins Auto stiegen. Er sah geknickt und ängstlich aus, und ich war kurz davor, noch mal auszusteigen und ihn zu umarmen. Ich wollte ihm sagen, dass er sich keine Sorgen machen musste und dass das hier nicht seine Verantwortung war. Dass er weder mich noch Peyton jederzeit beschützen konnte. Dass er nicht verhindern konnte, dass es Menschen gab, die uns nicht nur Gutes wollten. Aber Dan startete bereits den Motor. Also winkte ich nur kurz, während Miles uns mit zusammengekniffenen Augen nachstarrte.

»Deine Freundin hat also einen irren Stalker und deshalb müssen wir sie aus dem Laden holen?«, fragte Dan und bog bei der nächsten Kreuzung links ab. Zum Glück wusste er sofort, wo der Laden lag, als ich ihm die Adresse genannt hatte.

»So in der Art«, murmelte ich. »Peyton ist sich sicher, jemanden gesehen zu haben, der ihr nicht gerade Gutes will, und jetzt hat sie Angst, den Laden zu verlassen.«

Dan runzelte die Stirn. »Das ist übel. Es gibt einfach viel zu viele schlechte Menschen auf der Welt.«

Dem konnte ich nur zustimmen.

Ich tastete mit der Hand nach dem Armband an meinem Handgelenk und dem Tattoo darunter. Seit Peytons Anruf hatte mich eine seltsame Nervosität ergriffen. Es war alles zu schnell gegangen – der Moment zwischen Miles und mir, unser Gespräch, die plötzliche Nähe und dann der Anruf.

Waren wir wirklich kurz davor gewesen, uns zu küssen? Und wollte ich das überhaupt? Ein lauter, mächtiger Teil in mir schrie Ja. Dem Teil war es egal, dass Miles mich verletzt hatte und die letzten Tage furchtbar gewesen waren. Aber da war auch der andere, vorsichtige Teil, der nicht recht wusste, was das Richtige war. Ich presste die Lippen zusammen und starrte auf die Straße vor uns. Kam es mir nur so vor, oder schalteten sämtliche Ampeln auf Rot, sobald wir sie anfuhren?

Als ich heute Morgen voller Aufregung und Vorfreude das Haus verlassen hatte, hätte ich niemals damit gerechnet, später im Auto zu sitzen, um ausgerechnet Peyton zu Hilfe zu eilen. Seit unserem Gespräch im Café hatte ich ein paarmal an sie gedacht. An ihre Geschichte und wie viel sie schon durchgemacht hatte. Ich hoffte so sehr, dass sie gut darüber hinwegkam. Dass sie stärker als die Angst war. Bisher hatte sie auf mich einen toughen, unerschütterlichen Eindruck gemacht, aber wie viel konnte ein Mensch aushalten? Wann war es genug?

Kurz darauf bogen wir in eine schmale Straße ein, und Dan parkte das Auto vor einem Bankgebäude.

»Drei Häuser weiter müsste der Secondhandshop sein«, meinte er.

»Alles klar.« Ich stieg aus, griff nach meinem Handy und wählte Peytons Nummer. Sie ging direkt dran.

»Wir sind gleich da«, sagte ich. »Wir laufen jetzt auf den Laden zu.«

»Okay, gut. Ich warte an der Tür und schließe auf, wenn ihr da seid. Sorry, dass ich so paranoid bin, aber das hat mir gerade echt einen Schreck eingejagt.«

»Kein Problem«, versicherte ich. »Ich verstehe das. Bis gleich.« Damit legte ich auf. Dan deutete die Straße hinunter, und wir setzten uns in Bewegung.

Es war nicht viel los, obwohl sich der Shop in der Nähe der Innenstadt befand. Vielleicht lag das aber auch an dem ungemütlichen Wetter. Ein kühler Wind pfiff durch die Gassen, und am Himmel hingen schwere Regenwolken. Trotz Einzug des Augusts war vom Sommer heute keine Spur zu sehen.

»Hier ist es, oder?«, fragte Dan und steuerte auf die Eingangstür eines kleinen Ladens zu. Ich folgte ihm, doch da ging bereits die Tür auf.

»Danke, dass ihr gekommen seid«, rief Peyton und trat nach draußen. »Gott, es ist mir ja echt etwas peinlich, dass ich so einen Aufstand wegen nichts mache, aber …«

Weiter kam sie nicht.

Wie aus dem Nichts stürmte ein Mann um die Ecke des Ladens und ging direkt auf Peyton los. »Du dreckige kleine Schlampe.« Er stieß Peyton heftig gegen die Schulter, sodass sie nach hinten stolperte und zu Boden stürzte.

Perplex starrte sie ihn an.

»Dachtest du, du kommst damit durch? Hast deiner Mami eingeredet, sie wäre ohne mich besser dran, was? Aber weißt du was? Sie kann ohne mich nicht leben. Weil sie ohne mich nämlich nichts ist.« Drohend baute er sich über Peyton auf.

Reglos beobachtete ich die Szene. Blut rauschte in meinen Ohren, und der Drang, schnellstens das Weite zu suchen, machte sich in mir breit.

Peyton kroch ein Stück zurück, als Roy mit dem Fuß ausholte. Das war der Moment, in dem ich mich endlich aus meiner Starre löste.

»Wir müssen was tun!«, rief ich Dan zu, der sich ebenfalls nicht bewegte und die Augen weit aufgerissen hatte. Ich dachte nicht weiter darüber nach, rannte direkt auf Roy zu und krachte mit meinem ganzen Körpergewicht gegen ihn.

Fluchend stolperte er zur Seite und fuhr zu mir herum.

»Hey, beruhigen Sie sich«, sagte Dan, der neben mich getreten war.

Roy lachte höhnisch und verzog das Gesicht. »Es geht hier nicht um euch. Geht mir aus dem Weg.«

Schneller, als ich es ihm zugetraut hätte, schubste er uns zur Seite und machte einen Satz in Peytons Richtung. Sie war gerade dabei, wieder aufzustehen, als seine Faust sie in den Bauch traf. Mit einem erstickten Schrei krümmte sie sich zusammen.

»Scheiße«, stieß Dan hervor und eilte an Peytons Seite. Er zog sie ein Stück zurück, aus Roys Reichweite, aber das hielt ihn nicht davon ab, sich ein weiteres Mal drohend über ihr aufzubauen.

Peyton presste sich wimmernd eine Hand auf ihren Bauch.

Übelkeit machte sich in mir breit, aber ich gab der Angst keinen Raum. Ich kniff die Augen kurz zusammen und visierte dann

Roy an. Er stand mit dem Rücken zu mir, überzeugt, dass nichts und niemand ihn aufhalten könnte. Erst recht keine junge Frau. Unbändige Wut stieg in mir auf, und meine Hände ballten sich zu Fäusten. Menschen wie er – Menschen wie Nathan – glaubten, sie kämen mit allem durch. Sie glaubten, sie könnten Grenzen überschreiten, ohne dass es Konsequenzen gab.

Bilder flackerten in mir auf. Ich spürte den glatten Ledersitz unter mir. Spürte Nathans Atem in meinem Gesicht, als er sich über mich beugte.

Ich hob die Hände, und dann ging alles ganz schnell.

## 41. KAPITEL

# Miles

Die Uhren gingen langsamer, als drehte die Welt sich nur noch in Zeitlupe weiter. Ich wusste, dass das verrückt klang, aber genau so kam es mir vor. Mir war schlecht wie noch nie vor einer Aufführung, und es lag nicht an der Aufregung.

Joanne hatte uns im Aufenthaltsraum für eine letzte Besprechung – oder vielmehr eine kleine Motivationsrede – zusammengerufen. Die Stimmung war aufgekratzt, Nervosität und Vorfreude lagen in der Luft, aber ich bekam kaum etwas davon mit. Ich sah, wie die anderen sich auf die Bühne vorbereiteten, wie sie ihr Lampenfieber mit Wasser runterspülten oder Glücksbringer in der Hand hin- und herdrehten. Aber ich fühlte nichts davon.

All meine Gedanken galten Audrey und Peyton. Die Angst hatte sich in jedem Winkel meines Körpers ausgebreitet. Ich ließ sie im Stich. Ich saß hier mit Make-up im Gesicht und in ein Kostüm gehüllt, statt bei ihnen zu sein.

Es war verkehrt. Komplett verkehrt.

*Deine Schuld, deine Schuld, deine Schuld.*

Ich durfte nicht noch mal nicht da sein …

Seit Audrey und Dan weggefahren waren, saß ich im Aufenthaltsraum hinter der Bühne und schaffte es nur mit Mühe, nicht den Verstand zu verlieren. Mein Handy hielt ich fest umklammert, für den Fall, dass Audrey, Peyton oder Dan anrief. Was sie aber nicht taten.

Was dauerte da so lange? Sie waren vor einer halben Stunde losgefahren und müssten längst wieder da sein.

Unruhig sprang ich auf. Das Zimmer war groß und hell, in einer Ecke stand ein Sofa, und es gab mehrere Tische mit Stühlen, die im Raum verteilt waren. An den Wänden hingen Plakate von Stücken, die hier im Theater bereits aufgeführt worden waren. Unter anderen Umständen hätte ich es genossen, hier zu sein und darauf zu warten, dass es losging. Diesmal jedoch nicht. Ich lief zu einem der Fenster und schaute hinaus. Dunkle Wolken hingen über Chesthill, und es sah nach Regen aus.

Verdammt, wo blieben sie? Ich entsperrte mein Handy, scrollte zu Audreys Nummer durch und hielt inne. Sie hatte gesagt, ich solle ihr vertrauen und sie machen lassen. Aus irgendeinem Grund wollte ich mich daran halten und ihr zeigen, dass ich ihr vertraute und an sie glaubte, auch wenn es sich falsch anfühlte. Auch wenn es die Hölle war, nichts zu tun.

Ich rang nach Atem und stützte mich mit einer Hand am Fenster ab. Seit wann war die Luft hier drin so schlecht? Die Umgebung begann zu flimmern, und ich schloss die Augen. Das war nicht gut.

»Miles?« Felicitys Stimme erklang nah an meinem Ohr. Ich spürte eine Hand auf meinem Rücken und rang ein weiteres Mal nach Luft. Schwindel packte mich, und ich sank auf die Knie.

»Verdammt, Miles! Was ist los? Kann jemand Wasser bringen?«

»Es geht mir gut«, stieß ich hervor und öffnete blinzelnd die Augen. Felicitys Umrisse erschienen, erst verschwommen, dann langsam scharf.

Besorgt sah sie mich an. »Nein, dir geht es nicht gut. Setz dich mal hin und leg die Beine hoch.«

Ich tat wie geheißen und nahm auch die Wasserflasche an, die Brittany mir kurz darauf reichte. »Es geht schon wieder«, sagte ich, und Brittany zog sich auf eine Geste von Felicity hin wieder zurück.

»Okay, was ist los?« Felicity setzte sich neben mich. Wir lehnten mit dem Rücken an der Wand unter dem Fenster, die Beine angewinkelt. »Du drehst nicht wegen ein bisschen Lampenfieber durch, dafür kenne ich dich inzwischen zu gut.«

Ich brachte ein halbherziges Lächeln zustande, das erlosch, sobald ich an Peyton und Audrey dachte. »Eine gute Freundin von mir hat vorhin angerufen, weil sie jemanden gesehen hat, der sich möglicherweise an ihr rächen will oder so. Der Typ ist gefährlich und … Scheiße, ich habe Audrey zu ihr fahren lassen! Zusammen mit Dan. Sie sollten sie in dem Laden, in dem sie arbeitet, abholen und hierher bringen. Sie sind vor etwas über einer halben Stunde los und noch nicht wieder da. Wenn ihnen etwas zustößt – wenn Audrey oder Peyton in Gefahr sind und ich nicht da bin …« Ich brach ab und schüttelte den Kopf. »Daran darf ich gar nicht denken.«

»Das klingt übel.« Felicity legte mitfühlend eine Hand auf mein Knie und drückte es sacht.

Ich biss die Zähne zusammen, bis es schmerzte. »Das ist es auch.«

Sie schwieg einen Moment und warf mir dann einen prüfenden

Blick zu. »Dir ist aber klar, dass es nicht deine Verantwortung oder Schuld ist, dass sie jetzt dort sind, oder?«

Ich zuckte zusammen. »Da bin ich mir nicht so sicher.«

»Du kannst nicht überall gleichzeitig sein. Audreys Stück feiert heute Abend Premiere! Sie braucht dich als Schauspieler für die Hauptrolle genau hier.«

»Wenn man es so betrachtet …« Seufzend knetete ich meine Hände, um mir nicht durch das Gesicht zu fahren. Mel würde mich dafür umbringen. »Es ist nur … Ich hasse es, nichts zu tun. Zu wissen, dass sie vielleicht in Gefahr sind und ich nicht da bin, ist der Horror. Das macht mir so verdammt viel Angst. Kein Wunder, dass ich es in den letzten Jahren vermieden habe, mich zu verlieben. Sich so um jemanden zu sorgen, ist furchtbar.«

Ein Lächeln erschien auf Felicitys Lippen. »Wusste ich es doch, dass zwischen dir und Audrey was läuft.«

Ich verzog das Gesicht. »Ja, da lief was. Bis ich es verbockt habe.« Ich dachte an den Beinahe-Kuss, bevor Peyton angerufen hatte, und kämpfte gegen die Hoffnung an, die sich in mir breitmachte.

»Wenn du mich fragst, sieht es nicht so aus, als wäre bei euch beiden das letzte Wort schon gesprochen.«

»Das ist es auch nicht. Wenn mich die letzte halbe Stunde eines gelehrt hat, dann, dass ich keine Zeit mehr verschwenden will.« Erst als ich die Worte aussprach, realisierte ich, dass es stimmte. Ich wollte nie wieder solche Angst spüren und mich so unendlich machtlos fühlen. Aber ich wollte auch nicht mehr vor meinen Gefühlen davonlaufen. Peyton hatte mir wieder und wieder gesagt, dass ich den Bullshit, den ich mir über mich selbst erzählte, schon zu lange glaubte. Dass ich die Zweifel, die in meiner Kindheit entstanden waren, für wahr hielt, anstatt zu erkennen, dass ich sie nicht länger brauchte.

Ich richtete mich ein Stück auf und straffte die Schultern. Audrey war eine kluge, starke Frau, und ich wäre ein Idiot, wenn ich nicht um sie kämpfte. Zumindest das hatte ich inzwischen kapiert. Ich konnte nicht ändern, was damals passiert war, und ein Teil von mir würde sich vermutlich immer fragen, ob ich es hätte verhindern können. Aber damit musste ich irgendwie fertig werden. Genauso wie mit der Tatsache, dass ich es meinen Eltern nicht einfach verzeihen konnte, dass sie heute nicht da waren.

»So, ihr Lieben. Damit die Schminke nachher nicht glänzt, müsst ihr alle noch einmal gepudert werden. Es geht bald los.« Mel betrat zusammen mit den anderen aus dem Schminkteam den Raum, und ich stand auf.

»Das wird schon«, sagte Felicity zuversichtlich, und ich brachte nicht viel mehr als ein Nicken zustande. Es musste alles gut gehen. Es musste einfach.

Mel kam auf mich zu, und ich schloss die Augen, damit sie mein Gesicht pudern konnte. Ich zwang mich, still zu halten und mich zumindest für einen kurzen Moment auf die bevorstehende Aufführung zu konzentrieren. Auf meine Rolle und das Publikum, das gekommen war, um uns auf der Bühne zu sehen. Um sich verzaubern zu lassen.

Sobald Mel fertig war, checkte ich mein Handy, doch es war weder ein Anruf noch eine Nachricht eingegangen. Verflucht, Audrey!

Wenn sie zurück war, würde ich ihr sagen, dass ich es jetzt verstand. Ich konnte nicht kontrollieren, was passierte. Es gab zu viele Mistkerle da draußen, Menschen, die andere verletzten und denen es nicht leidtat. Ich würde Audrey nicht davor bewahren können, dass sie solchen Menschen begegnete, und mit der Entschlossenheit, mit der sie zu Peyton gefahren war, benötigte sie meinen Schutz vielleicht auch gar nicht.

Vermutlich stimmte es, was Felicity sagte, und Audrey brauchte mich hier – als Johnny, der in ihrem Stück an seinen Gefühlen zerbrach, weil er seine Angst nicht überwand. Er wollte die Liebe seines Lebens kontrollieren, weil er glaubte, sie so jederzeit in Sicherheit zu wissen. Nur funktionierte die Realität so nicht. Indem ich mich selbst aus dem Spiel nahm, bewahrte ich Audrey vor gar nichts. Ich tat ihr nur weh.

Letztendlich konnte ich nur eines tun: ein Mensch sein, der gut für andere war. Gut für Audrey, gut für Peyton und meine Freunde.

Es wurde Zeit, dass ich aus meinen Fehlern lernte und mir eine neue Geschichte über mich selbst erzählte. Eine, in der ich nicht der Kerl war, der nie genug sein würde, sondern einer, der sich seinen Gefühlen stellte. Der sein Bestes gab und wusste, dass das genug war.

Ich wollte Audrey nie wieder von mir stoßen, nur weil ich glaubte, nicht gut für sie zu sein. Denn sie hatte recht: Sie konnte selbst entscheiden, was – und vor allem wer – gut für sie war. Und wenn sie glaubte, ich wäre es, konnte ich mich verdammt glücklich schätzen.

Entschlossen entsperrte ich das Handydisplay und wählte Audreys Nummer. Nach wiederholtem Klingeln ging die Mailbox ran.

Kälte machte sich in mir breit, und als Joanne den Raum betrat und uns für eine letzte Stimmübung zusammenrief, konnte ich nur noch das Beste hoffen.

*Lass ihnen nichts passiert sein.*

Nicht jetzt, wo ich endlich wieder so etwas wie Hoffnung spürte.

## 42. KAPITEL

# Audrey

Mein Körper übernahm die Kontrolle. Ich kannte die richtigen Schritte, wusste, wie ich das Gewicht verlagern musste, um einen gezielten Tritt in Roys Kniekehlen zu landen.

Mein Körper wusste genau, was er zu tun hatte, und als ich mich in Bewegung setzte, war da keine Angst mehr. Nur die Gewissheit, dass ich stark genug war, um es mit Roy aufzunehmen. Zumindest, solange ich den Überraschungseffekt auf meiner Seite hatte.

Mein Fuß traf Roys Kniekehle, und er knickte wie erwartet ein. Als er zu mir herumfuhr, sprang ich zurück und nahm eine Verteidigungshaltung ein. Er stolperte mit schmerzverzerrtem Gesicht auf mich zu und schlug blind drauf los. Ich duckte mich unter seinem Arm hindurch, brachte wieder etwas Distanz zwischen uns, ehe ich zum Angriff überging. Etwas, womit Roy nicht rechnete. Womit Typen wie er fast nie rechneten.

Ich machte einen Satz auf ihn zu, packte seinen Nacken und drückte ihn nach unten. Gleichzeitig rammte ich ihm mein Knie mit voller Wucht zwischen die Beine. Es war eines der ersten Dinge, die ich im Selbstverteidigungskurs gelernt hatte.

Mit einem Ächzen sackte Roy auf die Knie. Ich drückte ihn fester nach unten. »Ruf die Polizei«, rief ich Dan zu.

In diesem Moment befreite Roy sich aus meinem Griff und sprang mit einer Geschwindigkeit, die ich nicht hatte kommen sehen, auf die Beine. Er ging erneut mit der Faust auf mich los, doch ich duckte mich unter dem Schlag weg und nutzte Roys Schwung, um ihm den Arm auf den Rücken zu drehen. Gleichzeitig trat ich ihm mit dem Fuß in die Kniekehle.

»Du Miststück!«, fluchte er und versuchte, sich zu befreien.

Doch ich war darauf gefasst, und keine Sekunde später war Dan bei mir. Mit aller Kraft drückten wir ihn auf den Bauch und hielten ihn dort fest.

»Die Polizei ist schon unterwegs«, stieß Dan atemlos hervor.

»Verfluchte Scheiße«, zischte Roy. »Damit kommt ihr nicht durch.« Er bäumte sich auf, aber jetzt war auch Peyton da, die sich von dem Schlag in den Bauch zumindest einigermaßen erholt zu haben schien. Auch wenn ihr der Schmerz ins Gesicht geschrieben stand. Sie setzte sich auf seine Beine und hielt ihn gemeinsam mit Dan und mir am Boden fest.

»Es ist vorbei«, sagte sie mit überraschend fester Stimme. Mit gestrafften Schultern sah sie auf Roy herab. »Es ist endlich vorbei.«

Das Zittern setzte ein, als die Polizei kam und Roy in ihren Wagen verfrachtete. Während Dan schilderte, was vorgefallen war, wich sämtliche Anspannung aus meinem Körper. Schlagartig wurde mir bewusst, was in den letzten Minuten passiert war. Und wie viel hätte schiefgehen können. Ich presste meine bebenden Lippen zusammen und drehte mich zu Peyton um, die verdächtig blass war.

Ein paar Passanten liefen vorbei und schauten neugierig auf die Szene, die sich ihnen bot, aber ein strenger Blick der Beamten reichte, dass sie weiterliefen.

»Sie müssen für eine offizielle Aussage mitkommen.« Einer der beiden Polizisten, die vor ein paar Minuten aus dem Wagen gesprungen waren, trat mit ernster Miene zu Peyton und mir. Zwar hatte Dan das Nötigste erklärt und geschildert, was vorgefallen war, was genug war, um Roy fürs Erste mitzunehmen, aber natürlich mussten wir eine offizielle Aussage machen.

»Das geht nicht«, hörte ich mich sagen und blinzelte die Tränen weg, die mir auf einmal in die Augen stiegen. Während mein Puls sich verlangsamte, realisierte ich allmählich wieder, was hier passierte. Und vor allem, dass ich zurück ins Theater musste. Zurück zu Miles und den Schauspielern, die bald auf die Bühne gehen würden. »Wir müssen alle drei zurück ins Theater«, erklärte ich und merkte selbst, dass meine Stimme viel zu hoch klang. Ich ballte die Hände zu Fäusten und zwang mich, tief durchzuatmen. »In einer Stunde beginnt die Aufführung, verstehen Sie?«

Der Polizist, ein junger Mann, den ich auf Mitte zwanzig schätzte, sah ganz und gar nicht aus, als würde er mich verstehen. Vielmehr so, als hätte ich den Verstand verloren und würde nur wirres Zeug stammeln.

Gott, Joanne würde mich vermutlich umbringen, wenn wir nicht rechtzeitig zurückkamen.

Der Polizist wollte gerade zu einer Erwiderung ansetzen, als Dan sich einklinkte.

»Es ist die Premiere, und die junge Frau hier«, er zeigte auf mich, »hat das Theaterstück geschrieben. Ich bin Masken- und Kostümbildner, und sie«, er nickte in Richtung Peyton, »ist die beste Freundin des Hauptdarstellers. Können wir nicht einfach morgen früh für die Aussage kommen? Die wichtigsten Daten haben Sie ja bereits. Der Kerl hat sie angegriffen, und wir haben ihn aufgehalten. Diese Aufführung ist wirklich sehr wichtig!«

Mit einem unwilligen Brummen drehte der Polizist sich zu seinem Kollegen um. Ich sah uns bereits auf dem Revier sitzen und die Premiere verpassen, als er schließlich mit zusammengepressten Lippen nickte. »Ich sehe Sie morgen früh auf dem Revier.«

Erleichterung durchflutete mich, als die beiden noch mal kurz zum Abschied nickten und dann in den Wagen stiegen. Sobald der Wagen verschwunden war, drehte ich mich zu Peyton um. Sie war immer noch blass, und als ich auf ihre Hände blickte, merkte ich, dass sie zitterten. Mit wenigen Schritten war ich bei ihr.

»Er ist weg«, sagte ich leise und nahm sie vorsichtig in den Arm.

Ein Schluchzen drang aus ihrer Kehle, und sie hielt sich an mir fest.

»Du hast es überstanden.« Sanft strich ich ihr über den Rücken. »Alles wird gut.«

Als sie sich von mir löste, rang sie nach Luft. »Du warst unglaublich, Audrey. Miles hätte sich keine Minute lang Sorgen machen müssen. Woher kannst du das?«

Ich lächelte schwach. »Das mit dem Treten und Niederringen?«

Sie nickte mit einem erstickten Lachen.

»Ich habe mehrere Selbstverteidigungskurse besucht und gehe regelmäßig zum Kickboxen.«

Ein verständnisvoller Ausdruck machte sich auf ihrem Gesicht breit. »Das war mega. Danke dir. Ich dachte echt, er schlägt mich gleich k. o.« Ihre Miene verdunkelte sich.

»Das dachte ich auch«, entfuhr es Dan. »Miles schuldet mir was dafür. So viel zu: Kannst du mir einen kleinen Gefallen tun? Fahr mal mit Audrey eine Freundin abholen. Kleiner Gefallen, von wegen.«

Einen Moment lang starrte ich Dan an, dann prustete ich los. Es war ein befreiendes, möglicherweise zu lautes Lachen, aber es tat verdammt gut. Vor allem, als Dan und Peyton mit einstiegen.

In den letzten Jahren hatte ich mir oft gesagt, dass ich stärker geworden war. Dass ich meine Angst immer wieder besiegen konnte. Und es stimmte, ich war stärker geworden. Das hatte das Aufeinandertreffen mit Roy eindeutig gezeigt. Aber was ich in den letzten Jahren vergessen hatte, war, dass stark zu sein, nicht hieß, es immer sein zu müssen. Vor allem nicht allein. Ich hatte verlernt, anderen zu vertrauen. Und dann war ich hierhergekommen. Plötzlich waren da Sutton und Wyatt gewesen. Felicity, Dan, die anderen Schauspieler. Und Miles.

Bei dem Gedanken an ihn durchfluteten mich Wärme und eine tiefe Gewissheit, die vermutlich schon länger in mir geschlummert hatte. Unsere Geschichte war noch nicht vorbei.

»Wir sollten zurück zum Theater«, sagte ich. Dan und Peyton nickten, und wir liefen in Richtung Auto.

Auf einmal konnte ich es kaum erwarten, zurück zum Theater zu kommen.

Zurück zu Miles.

# Miles

»Noch eine Dreiviertelstunde bis zum Beginn der Aufführung.« Juan ging neben mir auf und ab und blieb immer wieder stehen, um die Arme in die Seite zu stützen und laut ein- und auszuatmen. Dass er mich damit in den Wahnsinn trieb, wäre noch untertrieben.

Alexa, eine Kollegin von Dan, zupfte an meinem Kostüm herum, öffnete den obersten Knopf und richtete den Kragen des Hemds etwas auf. Ich ließ es geduldig über mich ergehen.

Doch innerlich war ich kurz davor, alles hinzuschmeißen und zu dem verfluchten Secondhandladen zu fahren. Inzwischen war ich mir sicher, dass etwas schrecklich schiefgelaufen war. Vor meinem inneren Auge sah ich Dan, Audrey und Peyton gekidnappt in Roys Wagen oder – noch schlimmer – halb tot auf dem Boden des Ladens.

»Brr«, machte Juan und zog Grimassen. Vermutlich wollte er damit seine Gesichtsmuskulatur lockern, in mir weckte er nur das Bedürfnis, ihn möglichst schnell aus dem Raum zu befördern.

»Miles?« Felicity kam atemlos auf mich zu. Sie war noch einmal in der Maske gewesen, weil ihr Augen-Make-up leicht verrutscht war.

»Ist alles okay?«

Schlitternd blieb sie vor mir stehen. »Dan hat eben geschrieben, dass er das Auto in der Straße neben dem Theater geparkt hat.«

Die Worte reichten aus, um alles andere auszublenden. Selbst Juans Kaugeräusche, die mit jeder Sekunde lauter wurden. Hastig verließ ich das Zimmer und ignorierte sowohl Alexas Aufschrei als auch Joannes scharfe Stimme, die fragte, was zur Hölle ich mir dabei dachte, jetzt einfach rauszugehen. Selbst wenn ich hätte bleiben wollen, es ging nicht. Ich musste mich einfach vergewissern, dass es Audrey und Peyton gut ging.

Mit jedem Schritt wurde ich schneller, und die letzten Meter nach draußen rannte ich. Felicity folgte mir – mit Joannes frustriertem Ruf im Hintergrund. Wir nahmen den Hinterausgang, sodass uns zumindest noch keine Zuschauer sahen, die sich bereits im Foyer versammelt hatten.

Auf dem Parkplatz in der Seitenstraße neben dem Theater kam ich zum Stehen. Das Herz klopfte mir bis zum Hals, als ich Peyton hinter Dan entdeckte. Bei ihrem Anblick fiel der schwere Druck, der auf meiner Brust gelegen hatte, von mir ab. Zumindest ein Teil davon.

»Gott sei Dank«, stieß ich hervor und lief auf sie zu. Ich zog sie in meine Arme, nur um sie im nächsten Moment wieder ein Stück von mir wegzuschieben und eingehend zu mustern. »Bist du okay?«

Sie sah müde aus, dunkle Ringe lagen unter ihren Augen und ich glaubte, Tränenspuren auf ihren Wangen zu sehen. Aber sie lächelte. Ein tapferes, starkes Lächeln. »So nah dran an okay, wie lange nicht mehr.«

Ich stieß die Luft aus, die ich unbewusst angehalten haben musste. »Gut! Ich hatte solche Angst um euch. Die letzte Stunde war der Horror …«

Sie grinste leicht. »Das kann ich mir vorstellen. Ich schätze, du bist völlig durchgedreht?«

»Na ja …«

»Ist er«, bestätigte Felicity, und ich wandte mich ihr zu, nur um direkt wieder innezuhalten.

Audrey stand neben ihr. Sie sah etwas blass aus, aber auch sie lächelte.

»Audrey«, flüsterte ich, und unsere Blicke trafen sich. Wir hatten uns nur eine gute Stunde nicht gesehen, aber es kam mir wie eine kleine Ewigkeit vor.

In dieser Sekunde lösten sich sämtliche Zweifel, Ängste und Sorgen, die zwischen uns gestanden hatten.

Ich machte mir nichts vor – mir war klar, dass ich an mir arbeiten musste. Dass wir an uns arbeiten mussten, wenn wir wollten, dass es zwischen uns funktionierte. Vertrauen entstand nicht über Nacht, und Audrey und ich brauchten Zeit, um es zu entwickeln. Aber was ich inzwischen mit unumstößlicher Klarheit wusste, war, dass ich es wollte. Ich wollte ihr vertrauen. Ich wollte glücklich sein. Und ich war bereit, dafür an mir zu arbeiten. Ich war sogar bereit, meine Eltern anzurufen und ihnen zu sagen, wie es mir tatsächlich damit ging, dass sie heute nicht da waren und so wenig Interesse zeigten. Aber das konnte bis nach der Aufführung warten.

Audrey konnte es nicht.

Ich setzte mich in Bewegung und steuerte direkt auf sie zu. Es war, als sähe ich sie zum ersten Mal. Ihre klaren blauen Augen, die mich voller Wärme musterten. Ihre dunklen Haare, durch die ich wieder und wieder mit den Fingern fahren wollte. Ihr leicht gerecktes Kinn, das von Stolz und Stärke erzählte.

Auf dem letzten Meter kam sie mir entgegen. Wir stolperten aufeinander zu, unaufhaltsam und entschlossen. Als ich die Arme um sie schloss, überrollte mich unendliche Erleichterung.

»Ich bin so froh, dass es dir gut geht«, murmelte ich und hielt sie noch ein bisschen fester.

»Ich auch«, erwiderte sie und löste sich vorsichtig von mir. Wir sahen uns an, lächelnd, aufgeregt, nervös. Unzählige ungesagte Worte schwebten zwischen uns, und ich wusste, wir würden uns die Zeit dafür nehmen, sie auszusprechen.

Ich räusperte mich. »Ich glaube, ich sollte wieder reingehen, bevor Joanne mich wirklich noch einen Kopf kürzer macht.«

Sie lachte leise. »Das glaube ich auch.«

Ich hob eine Hand und strich ihr eine Strähne aus dem Gesicht. Ob sie eine Ahnung davon hatte, wie verflucht bezaubernd sie war? Mein Blick fiel auf ihre Lippen, und ich bemerkte es genau, als ihr Atem stockte. Sie trat einen winzigen Schritt auf mich zu, sodass kaum noch Luft zwischen unseren Körpern war. Ihre Augen ruhten unverwandt auf mir, und das helle Funkeln darin gab mir den Rest. Ich überwand das letzte bisschen Distanz, nahm ihr Gesicht in beide Hände und küsste sie. Audrey keuchte leise auf und vergrub ihre Hand in meinem Nacken. Sie drängte sich dicht an mich, und ich küsste sie zärtlich, sanft. Als hätten wir alle Zeit der Welt, uns wieder und wieder zu küssen.

Als sie den Mund öffnete und unsere Zungen aufeinandertrafen, schoss Hitze durch meinen ganzen Körper. Sie füllte mich aus, und ich glaubte, in Flammen zu stehen. Da war nur noch Audrey. Ihr blumiger Duft, ihre weichen Lippen und ihr leises Seufzen, als ich den Kuss vertiefte.

Himmel, wie sehr ich das hier vermisst hatte.

»Sag mir, dass das nicht wahr ist!« Mels Stimme durchbrach die Stille, und wir lösten uns schlagartig voneinander.

Atemlos tauschten wir einen kurzen Blick, und Audrey grinste breit, bevor sie sich mit bemüht ernster Miene Mel zuwandte, die die Hände in die Hüften stemmte.

»Jetzt kann ich deine Lippen grad noch mal neu schminken.« Sie schnalzte missbilligend mit der Zunge. »Was steht ihr überhaupt hier draußen herum? Miles, du gehst sofort hinter die Bühne. Dan, du wolltest doch noch ein letztes Mal die Kostüme checken, und Audrey, solltest du nicht bei Joanne und Simon sein?« Sie sah uns mahnend an, wobei mir das winzige Zucken ihrer Mundwinkel nicht entging.

»Ich bin schon unterwegs«, sagte ich und drehte mich noch einmal zu Peyton um. »Sehe ich dich im Publikum?«

Sie nickte lächelnd. »Ich werde in der ersten Reihe sitzen. Audrey hat mir einen Platz reserviert.«

»Perfekt.« Ich eilte nach drinnen, wobei ich Audrey noch einmal zuzwinkerte.

»Hals und Beinbruch!«, rief sie mir nach, dann war sie aus meinem Sichtfeld verschwunden.

## 43. KAPITEL

# Audrey

Das war er. Der Augenblick, auf den wir alle gewartet hatten. Auf den wir die letzten Wochen und Monate hingearbeitet hatten.

Ich saß aufrecht in dem rot gepolsterten Stuhl, den Blick unverwandt auf die Bühne gerichtet. Neben mir saßen Debby und Peyton und zwei Reihen hinter mir meine Eltern sowie Sutton und Wyatt. Der Saal war gut besucht, und wenn ich mich umblickte, sah ich erwartungsvolle Gesichter.

Als der Vorhang aufschwang, hielt ich unwillkürlich den Atem an. Felicity saß auf einer Parkbank, in grünes Licht getaucht, das der Bühne eine schummrige Atmosphäre verlieh. Perfekt für die erste Szene, in der sie und Miles sich zum ersten Mal heimlich trafen. Felicity zupfte an einer Blume und sah in die Nacht hinaus. Ich bewegte lautlos die Lippen, als sie den ersten Satz sprach. Dann betrat Miles die Bühne. Ich wusste sofort, dass er heute seine bisher beste Leistung abliefern würde. Er füllte die Bühne mit seiner Präsenz aus, ohne auch nur ein Wort zu sagen. Seine angespannten Schultern und der hoffnungsvolle, verliebte Blick, waren ganz Johnny. Er eilte auf Felicity zu, sank vor ihr auf die Knie und griff nach ihrer Hand.

Es war eine theatralische erste Szene, die von überzogener Romantik und Verliebtheit nur so strotzte, aber die Geschichte brauchte es, um die spätere Eskalation glaubwürdig zu machen.

Ich verfolgte jedes Wort und jede Geste und war mehr als einmal kurz davor, mich selbst zu kneifen. Es waren meine Sätze, die die beiden sprachen, aber es war längst nicht mehr mein Stück. Es war das Werk von uns allen, und zu sehen, wie es auf der Bühne zum Leben erwachte, war der Wahnsinn. Eine plötzliche Wärme durchflutete mich, und ich konnte nicht anders, als breit zu grinsen.

Als hätte sie meine Gedanken gehört, griff Debby nach meiner Hand und drückte sie kurz. »Ich bin so stolz auf dich«, flüsterte sie mir zu, und mein Lächeln wurde noch breiter.

Die letzten Stunden wirbelten noch durch meinen Kopf – die Erschütterung, die Angst und dann die Erleichterung. Das Wiedersehen mit Miles und das starke Flattern in meiner Bauchgegend, wann immer ich an ihn dachte. Ich würde das alles erst mal sacken lassen müssen. Vielleicht konnte ich in ein paar Tagen noch einmal in Ruhe mit Peyton reden, falls sie das wollte. Was sie erlebt hatte – was Roy ihrer Familie angetan hatte – würde Zeit brauchen, um es zu verarbeiten. Aber ich wollte ihr beistehen, wenn sie es zuließ.

Wenn ich jetzt daran dachte, dass ich anfangs eifersüchtig auf sie gewesen war, konnte ich nur den Kopf schütteln. Die Dinge hatten sich so ganz anders entwickelt als erwartet.

Auf der Bühne wurde es dunkel, und die nächste Szene begann. Diesmal saß Miles allein da und hielt einen Monolog. Er ging ganz in seinen Gefühlen auf, ließ uns an seinem Schmerz teilhaben, als er sich ausmalte, dass er seine große Liebe verlieren könnte. Mit jedem weiteren Satz übertraf er sich selbst. Er spielte noch roher und intensiver als zuvor.

Zuneigung erfüllte mich, und ich strich gedankenverloren mit den Fingern über meine Lippen, wo ich noch immer unseren Kuss spürte. Ich wusste, dass es mit Miles nicht nur leicht werden würde. Dass wir beide unsere Päckchen hatten und wir unsere selbst errichteten Mauern immer wieder würden überwinden müssen. Aber ich wollte es versuchen. Ich wollte es unbedingt.

Miles hatte sich Stück für Stück in mein Herz geschlichen, obwohl ich mir geschworen hatte, dass darin kein Platz für ihn war. Er hatte mich dazu gebracht, wieder Nähe und Gefühle zuzulassen, und auch wenn das manchmal verdammt Angst einflößend war, wollte ich nicht wieder zurück.

Ich wollte nicht mehr vorsichtig sein. Nicht mehr ständig alles abwägen – immer in der Absicht, mich selbst zu schützen.

Ich wollte lieben und es riskieren, mein Herz zu verlieren. Ich wollte mit Miles lachen, mich inspirieren lassen und auch die schmerzhaften Momente, die schweren Tage mit ihm teilen. Die Tage, an denen er zweifelte, ob es ausreichte, was er tat, und an denen mich die Angst, erneut verletzt zu werden, umhaute.

Ich wollte, dass wir es noch einmal versuchten und diesmal ehrlich miteinander waren. Ich war so viel mehr als die Verletzungen, die mir zugefügt worden waren. Ich war das, was ich aus meinen Erfahrungen machte, und ich entschied mich dafür, nach vorn zu blicken. Ich entschied mich dafür, zu vertrauen und zu lieben – trotz des Risikos, verletzt zu werden. Trotz allem.

Und ich würde mich immer wieder dafür entscheiden.

# Miles

Lauter Applaus schallte uns entgegen. Ich stand Hand in Hand mit Felicity auf der Bühne und spürte das Lächeln auf meinem Gesicht. Wir verbeugten uns ein weiteres Mal, und Pfiffe erklangen. Lachend sah ich ins Publikum und kniff die Augen zusammen. Da waren sie, in der ersten Reihe: Peyton und Audrey. Mit stolzen Gesichtern schauten sie zu mir hoch, und auf einmal hatte ich Tränen in den Augen.

Auf diesen Abend hatte ich gewartet. Auf diesen Moment, in dem das Publikum das Stück voller Begeisterung annahm und uns mit Applaus belohnte. Ich wartete auf den Schmerz darüber, dass meine Eltern nicht da waren, aber er blieb aus. Da war nicht viel mehr als ein kleiner Stich und der Anflug von Bedauern. Ich würde sie morgen anrufen und daran arbeiten, auszusprechen, wie es in mir aussah. Doch für heute brauchte ich sie nicht. Die Leute, die an mich glaubten und sich für mich freuten, waren da. Und darauf kam es an.

Mein Blick fand den von Audrey, und sie sprang von ihrem Stuhl hoch. Sie pfiff laut, und es hätte nicht viel gefehlt, dass ich von der Bühne gesprungen und zu ihr geeilt wäre. Keine Ahnung, womit ich das Glück verdient hatte, ihr nach all den Jahren wieder zu begegnen, aber ich würde mein Bestes geben, mich ab jetzt darüber glücklich zu schätzen.

Wie in Trance nahm ich wahr, dass wir die Bühne verließen und kurz darauf mit allen Schauspielern gemeinsam noch einmal nach vorn gingen. Diesmal mit Joanne und auf ein energisches Winken von Felicity hin auch mit Audrey. Sie schob sich zu mir durch und griff nach meiner Hand. Mit leuchtenden Augen sah sie mich an, und ich speicherte den Anblick in meinem Gedächtnis, um ihn später wieder und wieder hervorholen zu können. Mein Herz schlug fast schmerzhaft schnell gegen die Rippen, und ich fragte mich, ob man vor Glück tatsächlich platzen konnte. Adrenalin rauschte durch mich hindurch, und ich fühlte mich so befreit wie lange nicht mehr.

Während Joanne sich bei allen bedankte und auf die nächsten Veranstaltungen aufmerksam machte, beugte sich Audrey zu mir herüber. »Du warst so verdammt gut, Miles.«

Ich drückte ihre Hand und blinzelte gegen die Tränen in meinen Augen an. »Danke. Für alles. Das hier ist auch dein Werk und dein Applaus. Du kannst wirklich stolz sein.«

»Das bin ich«, erwiderte sie lächelnd.

Die nächsten Minuten waren chaotisch. Wir verließen die Bühne und zogen uns in den Ankleideräumen um. Es wurde gelacht, gefeiert und Komplimente wurden verteilt. Allen war die Erleichterung, dass die Premiere erfolgreich war, deutlich anzusehen.

Ich liebte die Euphorie und das Hoch, das einen nach einer gelungenen Aufführung ergriff. Es war, als würde ich schweben, als wäre ich vollkommen frei von sämtlichen Sorgen. Ich wusste, dass der Zustand nicht ewig anhielt, aber wenn die Realität wieder reinkickte, würde Audrey da sein. Wir würden uns Zeit füreinander nehmen und reden.

Gerade, als ich den Umkleideraum verließ und den Theatersaal ansteuerte, hielt Dan mich auf. »Hey, kommst du nachher mit? Ein paar von uns wollen noch was trinken gehen.« Erwartungsvoll sah er mich an, aber ich schüttelte den Kopf; ich wollte mich erst versichern, dass Peyton okay war.

»Nächstes Mal«, sagte ich, »heute ist anderes wichtiger.«

»Alles klar. Verstehe ich vollkommen! Dann genieß deinen Abend. Du warst der Hammer auf der Bühne.« Er winkte mir zum Abschied zu und steuerte in Richtung Ausgang. Ich sah ihm kurz nach, dann machte ich mich auf die Suche nach Peyton und Audrey.

Einige Stunden, eine Pizza und viele Worte später, lag ich im Bett. Peyton hatte mir, während wir es uns mit dem Essen auf der Couch gemütlich gemacht hatten, von Roy erzählt. Davon, dass er ihr aufgelauert und Audrey ihn überwältigt hatte. Allein bei der Vorstellung wurde mir schon wieder schlecht vor Wut. Aber die Polizei hatte ihn in Gewahrsam genommen, und es würde mit Sicherheit ein Annäherungsverbot gegen ihn erlassen werden. Der erste Schritt war also getan, und sobald Peyton und ihre Mum so weit waren, über die letzten Jahre auszusagen, folgten hoffentlich noch weitere Konsequenzen. Meiner Meinung nach gehörte Roy weggesperrt. Aber ich hatte mich zusammengerissen und Peyton zugehört, ohne zu wütend zu werden. Sie brauchte Zeit, um das alles zu verarbeiten, das war ihr anzusehen gewesen, selbst wenn sie mehrfach betont hatte, dass es ihr gut ging.

Seufzend drehte ich mich auf die Seite und griff nach meinem Handy. Es war bereits nach Mitternacht, aber meine Gedanken kamen nicht zur Ruhe.

Nach der Aufführung hatte ich nur kurz mit Audrey gesprochen, da sie mit ihren Eltern und Debby zum Abendessen verabredet gewesen war. Auch wenn ich das nur zu gut verstand, hätte ich sie am liebsten gebeten, stattdessen mit mir mitzukommen. Ich öffnete unseren Chatverlauf und starrte ihren Namen an.

Mein Herz machte einen Satz, als ich daran dachte, wie sie mich auf der Bühne angesehen hatte. Wie ihre Augen gestrahlt und ihr Gesicht beinahe geglüht hatte.

Ohne darüber nachzudenken, was ich tat, tippte ich eine Nachricht an sie.

> Ich weiß nicht, wie es dir geht, aber ich muss ständig an dich denken. Und ich weiß, wir sehen uns morgen, aber ich muss dir jetzt schon sagen, dass sich die Dinge für mich geändert haben. Ich will es ab jetzt richtig machen, Audrey. Das mit dir und mir … Also, falls du das auch willst. Ich wäre dabei. Ich bin ab jetzt all in. Keine Ausreden, keine falschen Zweifel mehr.

Bevor ich es mir anders überlegen konnte, schickte ich die Nachricht ab, nur um sie im nächsten Moment mit einem mulmigen Gefühl im Bauch noch mal zu lesen. Verdammt. Aber ich löschte den Text nicht wieder und machte auch keine Anstalten, meine eigenen Worte zu relativieren. Ich meinte, was ich schrieb.

Ich zwang mich, das Handy wieder wegzulegen, um es nicht wie ein Idiot die halbe Nacht lang anzustarren, als es an der Tür klingelte. Augenblicklich saß ich aufrecht im Bett und schlug die Decke zurück. Ein Blick auf den Wecker zeigte kurz nach halb eins.

Ich runzelte die Stirn. Wer um alles in der Welt klingelte um diese Uhrzeit an meiner Tür? Für den Bruchteil einer Sekunde durchzuckte mich der Gedanke, dass es Audrey sein könnte. Mein

Körper reagierte mit einem hoffnungsvollen Schauer, den ich am liebsten unterdrückt hätte. Warum sollte sie so spät noch zu mir fahren, wenn wir uns morgen sahen?

Hastig griff nach einer Jogginghose und schlüpfte hinein, bevor ich zur Tür ging. Hoffentlich war Peyton von der Klingel nicht aufgewacht. Vorsichtig öffnete ich die Tür, und mein Herz setzte aus. Nur um in der nächsten Sekunde umso schneller zu schlagen.

»Ich will es auch.« Audrey stand mit ihrem Handy in der Hand vor mir und lächelte. Wenn die Welt in diesem Moment um mich herum untergegangen wäre, wäre die Wahrscheinlichkeit sehr hoch gewesen, dass ich es nicht mal mitbekommen hätte.

»Du bist hier«, stammelte ich und gratulierte mir im Stummen für diese mehr als offensichtliche Feststellung.

Audreys Mundwinkel bogen sich noch ein Stückchen weiter nach oben, und ich war verloren. Himmel, wie hatte ich nur glauben können, sie einfach wieder aus meinem Leben verbannen zu können?

Ich räusperte mich. »Ich meine, ich dachte, Debby würde bei dir in der WG schlafen.«

»Das tut sie auch. Aber ich wollte dich sehen. Ich habe mir die letzte halbe Stunde immer wieder gesagt, dass ich verrückt bin, weil ich nicht bis morgen warten kann. Dass ich übertreibe oder mein Adrenalinspiegel durch die heutigen Ereignisse durcheinandergeraten ist. Aber dann kam deine Nachricht an. Genau in der Minute, in der ich in deine Straße eingebogen bin.« Sie lachte erstickt und fuhr sich durch ihre langen Haare. »Also sind wir vermutlich beide etwas verrückt.«

Ich brachte nicht viel mehr als ein Nicken zustande. Sie vor mir zu sehen – unversehrt, mit diesem wunderschönen Lächeln und dem entschlossenen Ausdruck im Gesicht –, kam mir völlig unwirklich vor. Die letzten Stunden waren heftig gewesen – auf die schmerzvollste und schönste Weise. Alles, was ich jetzt noch wollte, war Audrey in meine Arme zu ziehen.

»Willst du reinkommen?«, fragte ich leise.

In ihrem Blick lag ein dunkles Funkeln, als sie mich ansah. »Ich dachte schon, du fragst gar nicht mehr.«

Ich trat einen Schritt zurück, und Audrey schlüpfte ins Innere der Wohnung. Sie zog Mantel und Schuhe aus und durchquerte den Flur. Wortlos folgte ich ihr in mein Zimmer und schloss die Tür hinter mir. Stille breitete sich aus.

Audrey drehte sich zu mir um und sah mich an. Diesmal trug ich kein Theater-Make-up im Gesicht, und es war auch niemand da, der uns unterbrechen würde. Es gab nur uns und die Nacht.

Ihr Blick lag unverwandt auf mir, und Hitze durchströmte mich, gefüllt von Hoffnung und Vorfreude. Wir brauchten keine Worte, als wir aufeinander zugingen und den Abstand überbrückten. Jetzt zählte nur, dass wir zusammen waren. Dass wir die letzten Stunden überstanden hatten und immer noch da waren. Immer noch wir waren.

Als ihr Mund auf meinen traf, war da kein Zögern mehr. Ich wusste, was ich wollte, und an der Art, wie sie sich an mich schmiegte und den Kuss vertiefte, schien sie es auch zu wissen. Ich schlang einen Arm um Audreys Taille und zog sie noch ein Stückchen näher. Sie seufzte leise auf und vergrub eine Hand in meinen Haaren. Atemlos stolperten wir auf mein Bett zu. Ich setzte mich auf die Kante und zog Audrey auf meinen Schoß. Mit einem leisen Lachen beugte sie sich zu mir herunter. Strich neckend mit ihren Lippen über meine und zog sich dann wieder zurück.

»Du bist unmöglich«, murmelte ich, konnte ein Lächeln jedoch nicht verbergen.

Sie schmunzelte. »Du bist viel zu ungeduldig. Wir haben Zeit, oder nicht?«

Ich streckte eine Hand nach ihr aus und streichelte sanft über die Wange. Zeichnete mit meinem Daumen ihre geröteten Lippen nach und verlor mich in ihrem Blick, der mich mit seiner endlosen Tiefe lockte. »Das haben wir.« Ich holte tief Luft. »Ich glaube, ich habe mich in dich verliebt, Audrey. Und ich glaube, dass mich das noch glücklicher als ängstlich macht, was ein verdammtes Wunder ist.«

»Oh.« Mit leicht geweiteten Augen sah sie mich an.

Mein Innerstes zog sich zusammen. Die zweifelnden Stimmen in meinem Innern wollten sich melden, wollten mir sagen, dass ich mich geirrt hatte und zu viel passiert war. Dass es zu spät für eine weitere Chance war. Aber ich ließ sie nicht zu Wort kommen. Stattdessen hielt ich mich an Audreys Blick fest. An dem Gefühl ihrer Haut unter meinen Fingern und an ihren Worten, als sie mich zärtlich ansah.

»Mir geht es genauso. Und glaub mir – ich habe dagegen angekämpft. Aber ich habe mich trotzdem in dich verliebt. Du hast dich hartnäckig in mein Herz geschlichen, und jetzt krieg ich dich da nicht mehr raus.«

Ihre Worte drangen nur verzögert zu mir durch. Wärme erfüllte mich, unendliche, wohlige Wärme. »Kannst du damit leben?«

»Damit, in dich verliebt zu sein?«, fragte sie lächelnd. »Ich schätze schon. Kannst du es?«

»Ich schätze, ja.«

Im nächsten Moment spürte ich Audreys Lippen erneut auf

meinen. Sie küsste mich langsam. Zärtlich. Als hätten wir alle Zeit der Welt. Ich schlang meine Arme um sie und versprach mir selbst, diesen Augenblick nie zu vergessen.

Wir wussten nicht, was die Zukunft bringen würde. Wenn es gut lief, blieben wir in Chesthill und machten weiterhin unsere Träume wahr. Doch selbst wenn nicht – wenn das Leben andere Pläne mit uns hatte, würden wir das Beste daraus machen.

Denn wir würden es gemeinsam tun. Wir würden für unser Glück und unsere Träume kämpfen. Wieder und wieder.

# EPILOG

# Audrey

*Drei Wochen später*

»Okay, ich mach's.« Miles sah mit grimmiger Entschlossenheit auf sein Handy.

»Du schaffst das«, sagte ich zuversichtlich. Wir saßen auf den Stufen der Kathedrale. Ein milder Wind wehte, und der Himmel zeigte sich in seinem schönsten Tiefblau. Ein paar Touristen schlenderten vorbei, schossen Fotos von dem gotischen Bauwerk hinter uns und von der malerischen Straße mit ihren vielen kleinen Details, deren Anblick mir inzwischen so vertraut wie die Bühne im Theater war.

»Gut.« Miles atmete tief durch und wählte die Nummer. »Hallo?«, sagte er wenige Sekunden später und stand nervös auf. »Dad? Hi.«

Ich beobachtete, wie er die Stufen hinunterging und unruhig hin und her lief. Heute Abend stand die fünfte Aufführung an. Es fühlte sich noch immer unwirklich an. Die ersten Kritiken waren so gut ausgefallen, dass der Saal auch nach der Premiere jedes Mal gut gefüllt gewesen war.

*Aufstrebendes Theater glänzt mit modernem Stück*, hieß es in einem der Artikel, und ich hatte ihn dreimal hintereinander gelesen. Sie mochten die Inszenierung, lobten die Schauspieler und die Botschaft des Stücks, das daran erinnerte, toleranter und offener zu sein. Natürlich gab es auch ein paar kritischere Meinungen, aber das gehörte dazu, und ich konzentrierte mich auf das positive Feedback.

Ich wusste noch nicht, wie es weiterging, aber Joanne hatte mir zwischen den Zeilen bereits gesagt, dass sie und Simon an einer weiteren Zusammenarbeit mit mir sehr interessiert waren. Alles in allem lief es also verdammt gut.

Mein Blick glitt erneut zu Miles. Mit angespannten Schultern sprach er leise ins Handy, zu leise, um verstehen zu können, was er sagte. Ich wusste, wie viel Überwindung ihn dieser Anruf kostete. Er wollte schon seit der Premiere mit seinen Eltern reden. Ihnen endlich sagen, wie enttäuscht er darüber war, dass sie das Stück bisher nicht gesehen hatten und wie es ihm mit ihrem vermeintlichen Desinteresse in den letzten Jahren gegangen war. Und heute war es endlich so weit. Er erhoffte sich damit nicht, dass sich plötzlich alles änderte. Aber er wollte die Enttäuschung nicht mehr länger nur mit sich selbst ausmachen.

»Also kommt ihr nächste Woche?« Er lief wieder in meine Richtung, seine Stirn war gerunzelt und ein Muskel an seinem Kinn zuckte nervös. »Ja, es findet am Samstag eine Aufführung statt.« Er setzte sich neben mich, und ich legte ihm behutsam eine Hand aufs Knie, die er sofort umschloss. »Nein, es ist nicht zu spät dafür.« Er atmete hörbar aus. »Ja, okay … Bis nächste Woche, Dad.«

Als er auflegte, blieb er ein paar Sekunden reglos neben mir sitzen. Eine Reisegruppe näherte sich der Kathedrale, aber sie stellten sich zum Glück auf die andere Seite der Treppe.

»Alles okay?«, wagte ich zu fragen.

Miles nickte. »Sie kommen nächste Woche zur Aufführung.«

»Das ist doch gut, oder?«

Er zog die Schultern hoch. »Ich schätze schon? Ich hab Dad gesagt, wie ich mich fühle, und er hat zugehört. Zwar hatte er danach nicht wahnsinnig viel zu sagen, außer dass er und Mum kommen würden, aber er hat zugehört. Es war keine Entschuldigung, und ich mache mir nicht die Illusion, dass sie sich komplett ändern werden, aber dass sie kommen, ist zumindest ein Anfang.«

»Das freut mich für dich«, sagte ich und drückte seine Hand.

»Danke.« Er wandte den Kopf in meine Richtung, sodass er mich direkt ansah. »Ohne dich hätte ich das nicht geschafft.«

»Hättest du schon.«

Er schüttelte den Kopf. »Du unterschätzt deinen guten Einfluss auf mich.« Ein Lächeln zupfte an seinen Mundwinkeln, und ich lehnte mich ihm entgegen.

»Ach ja?«

»Oh ja.« Sein Blick fiel auf meine Lippen und er kam mir ein Stück entgegen. Wie immer, wenn er das tat, schlug mein Herz schneller.

Wir hatten in den letzten Wochen viel geredet. Darüber, dass wir es diesmal richtig machen und die Dinge, die uns beschäftigten, immer direkt ansprechen wollten. Die Vergangenheit funkte uns manchmal noch dazwischen, und Miles hatte immer wieder Momente, in denen er sich zurückzog, weil ihn die Gedanken überrollten, nicht gut für mich zu sein. Was dann half, war, ihm Raum zu geben, sich zurückzuziehen, und ihm gleichzeitig zu signalisieren, dass ich für ihn da war. Und dass ich keinem dieser Gedanken glaubte.

Uns beiden war klar, dass es nicht nur einfach werden würde, aber *einfach* war ohnehin noch nie unsere Stärke gewesen.

»Habe ich dir schon mal gesagt, wie glücklich ich darüber bin, dass wir beide jetzt hier sind?«, flüsterte Miles nah an meinen Lippen.

Schmunzelnd schüttelte ich den Kopf. »Heute noch nicht.«

»Oh, okay. Also dann: Ich bin glücklich.«

Mein Lächeln wurde breiter. »Das trifft sich gut. Ich bin es nämlich auch.«

»Und das, obwohl ich vorgestern einen Texthänger bei der Aufführung hatte?«

Ich lachte auf. »Das hatte ich schon wieder vergessen.«

»Dann tu lieber so, als hätte ich gerade nichts gesagt.«

Ehe ich etwas erwidern konnte, beugte sich Miles vor und bedeckte meine Lippen mit seinen. Ich seufzte auf und versank in dem Kuss. In seinen Lippen, die bedächtig und fordernd zugleich auf meinen lagen. Er rutschte noch ein Stück näher und vergrub eine Hand in meinen Haaren. Ich vertiefte den Kuss, stieß mit der Zunge gegen seine, bis kleine Funken durch meinen Körper stoben. Ob ich davon je genug bekommen konnte?

Als Stimmengewirr an meine Ohren drang, löste ich mich widerwillig von Miles. Die Reisegruppe ging die Stufen hoch, um die Kathedrale zu besuchen, und musste dafür direkt an uns vorbei.

»Lass uns von hier verschwinden«, sagte Miles und griff nach meiner Hand.

Wir standen auf und liefen zu dem Park vor der Kathedrale, wobei ich meine Finger mit seinen verschränkte. »Worauf hättest du Lust?«, fragte er. »Bis wir ins Theater müssen, haben wir noch drei Stunden.«

»Ich habe bestimmt seit einer Woche keine Waffeln mehr im *Coffee Corner* gegessen.«

»Na, dann machen wir das! Felicity und Dan wollten auch vor der Aufführung für eine kleine Stärkung dahin.«

»Dann passt das ja perfekt.«

In einvernehmliches Schweigen gehüllt, schlenderten wir die Straße entlang. Passierten die blumengeschmückten Laternen, die bunten Häuserfassaden, die im Sonnenlicht hell glänzten, und liefen am Keramikladen und der Buchhandlung vorbei, wobei Miles einen sehnsüchtigen Blick auf die ausliegenden Bücher auf den Tischen warf.

Ich hatte nicht damit gerechnet, dass ich mein Herz so leicht an Chesthill verlieren würde. Dass ich hier Freunde und generell Menschen finden würde, bei denen ich mich unendlich wohlfühlte. Dass ich mich verlieben und einen Teil von mir heilen würde, von dem ich nicht gewusst hatte, dass er geheilt werden musste. Ich hatte mich darauf eingestellt, dass mein Traum in Erfüllung gehen würde – das schon. Aber was ich letztendlich bekommen hatte, war so viel mehr. Ein Zuhause. Einen Ort, an dem ich ich selbst sein konnte. An dem ich es mir erlauben konnte, wieder alles zu fühlen und zu vertrauen.

Als hätte Miles meine Gedanken erahnt, drückte er sanft meine Hand. Ein Lächeln stahl sich auf meine Lippen, und als wir das Café erreichten, wurde es noch ein Stück breiter. Was auch immer die nächsten Tage, Wochen und Monate brachten, ich war bereit, das Beste daraus zu machen. Nach den Sternen zu greifen und mein Herz Stück für Stück noch weiter zu öffnen. Denn darum ging es letztendlich, oder? Zu lieben und das Leben zu nehmen, wie es kam. Offen für jede Überraschung und jede Wendung zu sein und zwischendurch in die einzelnen Momente einzutauchen und sie voll auszukosten.

»Bereit für die weltbesten Waffeln und einen extragroßen Kaffee?«, fragte Miles und öffnete die Tür.

Schmunzelnd ließ ich seine Hand los und betrat das Café. »Und wie ich dafür bereit bin!«

## TRIGGERWARNUNG

(Achtung: Spoiler)

Liebe Leser*in,

*Acting Brave* handelt von Träumen, Freundschaft und Liebe, aber es spricht auch Themen an, die weniger leicht und schön sind. Um dir ein möglichst tolles Leseerlebnis zu ermöglichen, möchte ich auf die Inhalte hinweisen, die potenziell schmerzhaft zu lesen sind und belastend sein können.

In dem Buch thematisiere ich sexuelle Übergriffigkeit unter dem Einfluss von K.-o.-Tropfen. Zudem wird das Thema häusliche Gewalt und das Miterleben einer toxischen, gewaltvollen Beziehung behandelt.

Während die Figuren frei erfunden sind, teilen weltweit zahlreiche Menschen, insbesondere Frauen, diese Erlebnisse. Bei Übergriffen jeglicher Art sollte es möglich sein, Hilfe und Unterstützung zu bekommen, und auch wenn es Mut kostet, sich diese zu holen: Du bist nicht allein.

Hilfsangebote für von sexualisierter und genereller Gewalt Betroffene gibt es unter anderem durch das Bundeshilfetelefon »Gewalt gegen Frauen« kostenlos unter: 08000 116 016. Sowie eine Online-Beratung unter: www.hilfetelefon.de

Bitte schaut gut auf euch und andere und bleibt achtsam.

Alles Liebe
Jana

# Danksagung

*Acting Brave* zu schreiben, war ein bisschen wie einen Traum zu leben, den ich mir nie erfüllt habe. (Als Kind hatte ich eine Phase, in der ich unbedingt Schauspielerin werden wollte, inzwischen bin ich sehr froh, stattdessen Geschichten erzählen zu dürfen und dadurch den Traum irgendwie doch ein bisschen leben zu können).

Ohne die Unterstützung einiger toller Leute wäre all das nicht möglich gewesen.

Ein riesiges Danke geht an das Team von Ravensburger, allen voran Nadja und Paula. Es hat mir wahnsinnig viel Freude gemacht, mit euch das Beste aus der Geschichte rauszuholen und die Rosebery Avenue lebendig werden zu lassen. Meiner Lektorin Tamara danke ich für die vielen klugen Anmerkungen und die Unterstützung. Auch wenn Lektorate und ich wohl nie beste Freundinnen werden, machst du es mir so angenehm wie möglich!

Meinen Agentinnen Gesa, Kristina und Mathilda danke ich für die Unterstützung, das offene Ohr und den Glauben an meine Ideen.

Danke außerdem an meine wundervollen Testleserinnen: Annika, Ann-Kristin, Alina, Anna und Jana. Eure Anmerkungen und eure Begeisterung waren Hilfe und Motivation zugleich.

Nina, dir danke ich fürs Testlesen, für den Austausch und dass du von Anfang an an meiner Seite bist.

Rebekka, danke für den Austausch und fürs Jederzeit-melden-Können. Mit dir ist der Autorinnenjob weniger einsam!

Ich danke meinen Freund*innen, meiner Familie und all den Menschen, die mich seit so vielen Jahren begleiten. Außerdem den vielen Autorenkolleg*innen und Buchblogger*innen, die das Leben in der Buch-Community so viel schöner machen. Ihr seid großartig!

Der größte Dank gilt jedoch dir und allen Leser*innen. Danke, dass ihr meine Geschichten lest und dazu beitragt, dass ich meinen Traum leben kann! Ich hoffe, wir lesen uns bei Peytons und Wyatts Geschichte in *Breaking Free* wieder. Bis dahin findet ihr alle Informationen und Neuigkeiten zu meinen Büchern auf Instagram unter @janaschaeferr. Schreibt mir gern, ich freue mich, von euch zu hören!

Alles Liebe
Jana

Freu dich auf Band 2
der cozy Rosebery Avenue!

Blättere um für eine
exklusive Leseprobe!

# LESEPROBE

Jana Schäfer
»Breaking Free«
Rosebery Avenue, Band 2
ISBN 978-3-473-58640-0

## Peyton

Die Luft schmeckte nach Freiheit. Ich atmete tief ein und verlangsamte meine Schritte. Es gab keinen Grund, mich zu beeilen. Ich hatte Zeit, und was noch besser war: Ich durfte sie nutzen, wie ich wollte.

Ein Lächeln stahl sich auf meine Lippen. Der milde Septemberwind fuhr durch meine braunen Locken, wirbelte sie durcheinander, als wollte er ihnen zuflüstern, dass ab jetzt alles besser werden würde. Leichter. Seit die Polizei dieses Arschloch in Untersuchungshaft gesteckt hatte, konnte ich wieder durchschlafen, und das war das schönste Gefühl überhaupt.

Die Sorge um Mum und meine Brüder Liam und Leo, die trotz allem in mir aufstieg wie ein alter Instinkt, den ich nie ganz loswerden würde, schob ich beiseite. Damit würde ich mich später befassen, wenn ich sie anrief, um mich zu vergewissern, dass es ihnen bei meiner Tante nach wie vor gut ging.

An der nächsten Kreuzung ließ ich die Hauptstraße hinter mir und bog in eine kleinere Straße ein. Sofort wurde der Autolärm leiser. Ich ging unter Straßenlaternen, an denen Töpfe mit bunten Blumen hingen, hindurch – lila und rote Tupfer, die einen hellen Kontrast zu dem grauen Himmel bildeten. Die Leute, die mir entgegenkamen, grüßten freundlich, etwas, was ich aus Birmingham nicht kannte. Vermutlich war das dieser Kleinstadtflair, von dem mein bester Freund Miles mir vorgeschwärmt hatte, als er mir von Chesthill, seinem neuen Zuhause, erzählt hatte. Und jetzt war es auch meins.

Heute Morgen hatte ich den neuen Mietvertrag unterschrieben. Die Wohnung besaß ein Schlaf- und ein Wohnzimmer, eine kleine Küche und ein noch kleineres Bad, aber für mich reichte sie vollkommen aus. Sie war jetzt mein eigenes Reich, und ich überlegte schon seit Tagen, wie ich es einrichten würde. Ich musste Miles unbedingt fragen, wo es hier ein Gartencenter gab. In Birmingham hatte ich in einer WG mit zwei anderen Studierenden gelebt und nur elf Quadratmeter für mich gehabt. Jeder freie Winkel war mit Zimmerpflanzen vollgestellt gewesen, und ich konnte es kaum erwarten, diesmal mehr Platz zu haben. Ganz für mich allein. Mein Lächeln wurde breiter. Beschwingt beschleunigte ich nun doch meine Schritte, als auf einmal ein kleines Mädchen um die Ecke geschossen kam.

Sie blieb auf dem Gehweg stehen und sah sich suchend um. »Dad?«, rief sie. Sie konnte nicht viel älter sein als vier, höchstens fünf. Lange dunkle Haare umrahmten ihr Gesicht, in dem sich Hoffnung und Frustration abwechselten.

»Hey«, sagte ich und trat langsam auf sie zu. »Du suchst deinen Dad?«

Das Mädchen nickte heftig. »Er soll mich abholen.«

Ich schaute zu der Straße, aus der sie gekommen war, konnte aber niemanden entdecken. Was machte sie hier so ganz allein?

»Kommst du gerade aus dem Kindergarten?«, hakte ich nach, und die Kleine nickte langsam. »Wollen wir vielleicht dahin zurückgehen?«

Sie schüttelte heftig den Kopf, sodass ihre Haare nur so flogen. »Mein Daddy kommt gleich«, erklärte sie mit dieser Ernsthaftigkeit, die nur Kinder an den Tag legen konnten. »Er hat es mir versprochen!« Ihre Stimme zitterte leicht, und ihre Augen glänzten verdächtig.

Verdammt, sie würde jeden Moment losheulen. Ich ging in die Knie und sah sie direkt an. »Sollen wir zusammen warten?«, schlug ich vor, während ich fieberhaft überlegte, wie ich sie dazu bewegen konnte, zurück zu ihrem Kindergarten zu gehen, ohne dass sie Theater machte. Bestimmt wurde sie bereits vermisst.

Unwillkürlich dachte ich an Leo und Liam. Auch wenn die beiden inzwischen Teenager waren, hatte ich die Zeit, als sie Kindergartenkinder gewesen waren, noch gut in Erinnerung. Nicht selten hatte ich sie auf dem Heimweg von der Schule abgeholt und direkt mitgenommen, während Mum zu Hause schon mit einem warmen Essen auf uns gewartet hatte. Damals war unser Leben noch in Ordnung gewesen, und wir hatten nicht gewusst, dass Dad uns kurz darauf verlassen und für seine neue Stelle in die USA ziehen würde. Dass wir so gut wie nichts mehr von ihm hören und Mum sich daraufhin in eine toxische Beziehung nach der anderen stürzen würde. Dass sie schließlich bei Roy hängen bleiben würde, der unser Leben zum Albtraum machen sollte.

Ich schüttelte die Gedanken ab und konzentrierte mich wieder auf das Mädchen vor mir. »Vielleicht sind deine Eltern ja schon da und warten vor dem Kindergarten«, versuchte ich es erneut.

»Er hat gesagt, er holt mich ab.« Ihre Lippen bebten, und diesmal liefen die Tränen über und kullerten in dicken Tropfen über ihre Wangen. Der Anblick traf mich mitten ins Herz, und ich strich ihr vorsichtig über den Arm. »Na komm, gehen wir mal zum Kindergarten zurück.«

Ich richtete mich gerade auf, als ein Kerl aus derselben Straße rannte, aus der das Mädchen vorhin gekommen war.

»Emy!«, rief er und blieb erleichtert stehen. »Gott sei Dank! Da bist du ja.«

Hinter ihm folgte eine große, schlanke Frau. Sie schoss an dem Mann vorbei und schloss das Mädchen in ihre Arme. »Was hast du dir nur dabei gedacht, einfach wegzulaufen?«, fragte sie, während die Kleine schluchzend ihre Hände nach dem Mann ausstreckte. »Daddy!«

Zögernd ließ die Frau das Kind los, das sich sofort in die Arme seines Vaters stürzte. Ich beobachtete die Szene mit gemischten Gefühlen.

»Danke, dass Sie stehen geblieben sind und nach ihr geschaut haben«, sagte die Frau zu mir.

Ich nickte nur und sah zu dem Kerl, der mir ebenfalls dankend zunickte. Er hatte das Mädchen jetzt auf seinem Arm, und die Ähnlichkeit war kaum zu übersehen. Die gleichen dunklen Haare, das gleiche Blitzen in den Augen, die in einem warmen Braun schimmerten.

»Natürlich. Das hätte doch jeder gemacht. Ich muss dann auch mal weiter. Einen schönen Tag noch«, sagte ich, machte einen Bogen um die drei und ging die Straße hinunter. Die Eltern sahen jung aus – nicht viel älter als ich. Trotzdem erklärte das nicht ganz, warum sie ihr Kind auf der Straße herumlaufen ließen, wo regelmäßig Autos fuhren. So wie die Kleine geklungen hatte, war der Kerl zu spät dran gewesen, und wenn ich etwas nicht leiden konnte, dann, wenn Kindern Dinge versprochen und anschließend nicht gehalten wurden. Aber ich wollte nicht vorschnell urteilen. Jeder war mal zu spät, und es konnte alles Mögliche dazwischengekommen sein.

Trotzdem konnte ich nicht verhindern, dass ich kurz an meinen eigenen Dad dachte. Daran, dass seine Arbeit immer an erster Stelle gestanden hatte. Ich hätte viel darum gegeben, auch nur ein einziges Mal von ihm vom Kindergarten abgeholt zu werden. Ich konnte für die Kleine nur hoffen, dass ihr Vater sie normalerweise nicht vergaß.